La Ligue des ténèbres

Saison 3 : L'Appel

Catherine Loiseau

Copyright ©2017 Catherine Loiseau
Tous droits réservés

ISBN : 979-10-94812-37-2
Dépôt légal : Décembre 2017

Illustration de couverture : Sylvie Sabater
Mise en page : Roxanne Tardel

REMERCIEMENTS

La Ligue des ténèbres se termine avec ce volume et une page se tourne.

Une nouvelle fois, je me dois de remercier tous ceux qui ont permis que La Ligue des ténèbres voie le jour : Rachel Fleurotte, Andréa Deslacs, Elouan Delaunay, Hardkey, Roxanne Tardel, Iphégore Ossenoire…

Sans leurs précieux conseils, leurs corrections et leurs yeux avisés, Sam et ses amis dormiraient probablement au fond de mon ordinateur.

Un grand merci à Roxanne Tardel pour son aide pour la maquette.

Un immense « bravo » à Sylvie Sabater, auteur des couvertures de la Ligue des ténèbres, qui a su donner vie à cet univers.

Un merci tout particulier à mon compagnon Aurélien Calonne, pour son aide et sa patience.

Pour finir, merci à tous les lecteurs de suivre cette aventure et de soutenir la Ligue des ténèbres dans ses projets de conquête du monde !

ÉPISODE 17 –
LES SEIGNEURS DU CIEL

J'aime regarder le ciel le matin, alors qu'il se pare des couleurs de l'aube. J'adore les nuances qui l'illuminent : tous ces ors, ces bleus, ces oranges, ces roses... Tous ces stratus, ces nimbus et autres phénomènes météorologiques fascinants...

Me lever tôt et descendre de mon antre, pour rejoindre l'entrée de la plus haute tour du château, celle qui abrite la grande horloge, me met en joie. De là, je dispose d'une vue imprenable sur la cité et je peux contempler le soleil poindre entre les toits.

Malheureusement, mes vieux os goûtent moins ces levers aux aurores et les volées de marches qui les accompagnent. J'ai depuis longtemps passé l'âge des acrobaties et des poursuites folles. Mais lorsque je me tiens là-haut, dominant à la fois la ville et l'horizon, je ne peux m'empêcher de repenser à Geshtalan et à sa course des Seigneurs du ciel.

*

Un an avait passé depuis notre affrontement avec l'Union et leur enfermement à Eudaimonia. Un an que nous voyagions d'univers en univers, au gré de nos humeurs et des courants de l'Entremonde. Mes cheveux avaient repoussé, même si je les gardais courts. En revanche, la cicatrice dans mon cou n'avait pas disparu. Pas plus que mes cauchemars.

Malgré tout, je ne m'estimais pas malheureuse. J'avais une famille, une merveilleuse maison et l'opportunité unique de voir du pays. Mes compagnons avaient plus ou moins abandonné l'idée de conquête du monde et la Ligue des ténèbres s'accordait des vacances prolongées. Ginger et Tom, d'abord réticents, avaient vite retrouvé le goût de l'errance et des arnaques au jour le jour. Le professeur était content tant qu'on le laissait bricoler ses inventions. Ces vagabondages sans but ne pouvaient néanmoins pas durer éternellement, une partie de moi le savait. Je ne le réalisai pleinement qu'après notre atterrissage à Geshtalan.

De prime abord, ce monde n'avait rien d'exceptionnel : nous émergeâmes de l'Entremonde dans une rue discrète, bordée de hautes demeures blanchies à la chaux. Nos provisions en nourriture et en sucreries diminuaient dangereusement, aussi, nous décidâmes de marquer une halte dans ce plan. Comme d'ordinaire, nous nous équipâmes et nous sortîmes.

Dès que je posai un pied dehors, une chaleur sèche me frappa. Lady Astley tira d'une aumônière un éventail, qu'elle ouvrit d'un claquement et actionna pour se rafraîchir.

— Tom ! appela-t-elle. Sois un amour et ramène-moi une ombrelle, s'il te plaît. Celle couleur crème avec la dentelle perlée sera parfaite.

Mon frère reparut quelques secondes plus tard, avec l'objet en question.

— Eh bien ! Quel cagnard, commenta-t-il en sautant en bas de la *Tédesplen*.

Comme pour ponctuer ses dires, un vent léger agita nos vêtements et nous communiqua une fraîcheur bienvenue. Je soupirai d'aise. La brise charriait des senteurs épicées particulièrement plaisantes. Tom et Ginger étudièrent les environs.

— Ça ressemble à Élysée, non ? nota lady Astley.

— Plutôt aux illustrations des mille et une nuits, répondis-je.

Ces toits ronds, ces murs d'une blancheur immaculée et ce ciel d'un bleu profond m'évoquaient en effet le lointain orient. Des badauds qui apparurent au bout de la ruelle confirmèrent cette impression, avec leurs amples pantalons et leurs turbans.

Je les suivis du regard alors qu'ils s'éloignaient, après nous avoir jeté un bref coup d'œil. Un vrombissement de moteurs me fit lever la tête. Un dirigeable d'une taille conséquente passa au-dessus de nous. Ses cuivres étincelèrent sous le soleil tandis que claquait derrière lui une bannière chamarrée.

— Oooooooooh! s'exclama le professeur.

Il étudia l'engin avec un sourire ravi. Son allégresse n'eut pas le temps de retomber, car deux autres vaisseaux nous survolèrent. Le premier était un modeste ballon à l'enveloppe rapiécé. Le deuxième ressemblait plus à un galion flottant, ses grandes voiles blanches fièrement déployées. M. Nutter poussa un cri de joie. Je l'attrapai par la manche avant qu'il ne détale dans la direction prise par ces aéronefs.

Trois nouveaux appareils traversèrent le ciel. Le savant se mit à trépigner. J'adressai un regard à Tom et Ginger.

— Ils se rendent tous au même endroit, visiblement. Ça vaudrait le coup d'aller y faire un tour, non?

Mes camarades acquiescèrent. Nous filâmes dans la *Tédesplen* nous changer, abandonnant nos vêtements victoriens pour des tenues un peu plus en phase avec ce que les locaux affectionnaient. Nous prîmes également de l'argent et des armes avant de sortir et de miniaturiser la *Tédesplen*. Ginger la passa autour de son cou, je notai que la machine au bout de sa chaîne s'harmonisait avec sa robe de soie. Pour ma part, j'avais opté comme Thomas pour un pantalon ample et une chemise. Je portais aussi un chapeau à large bord.

Ainsi vêtue, la température me sembla tout de suite plus supportable. Nous quittâmes la ruelle pour nous aventurer dans la ville, prenant la direction qu'avaient empruntée les vaisseaux. Nous traversâmes des artères aux murs blancs, mais aux volets peints de couleurs vives, aux toits sphériques dorés ou ornés de mosaïques. D'abord désertes, les rues se peuplèrent au fur et à mesure qu'elles s'élargissaient. Les locaux nous saluèrent avec amabilité. Il régnait ici une ambiance bon enfant.

Nous arrivâmes bientôt à une avenue qui marquait le début d'un marché. Des tissus déployés en travers des maisons offraient de l'ombre aux chalands. Les vendeurs apostrophaient les badauds, leur vantaient leurs marchandises. Le brouhaha m'assourdit. Tout en tenant le bras du professeur pour qu'il ne cavale pas vers les vaisseaux qu'on apercevait par intermittence entre le plafond d'étoffes, je tendis l'oreille.

— Goûtez mon pur jus de Remeji, venu directement de Manorlia !

— Il est frais, mon poisson, il est frais ! Tout droit des océans d'Elgou.

— Soie de Casetti ! Demandez la soie de Casetti !

Je m'arrêtai net à ces mots. Ginger lâcha une exclamation, preuve qu'elle avait entendu elle aussi. Nous pivotâmes d'un bel ensemble pour nous retrouver devant l'étal incriminé.

— Gentes dames, soie de Casetti ? nous proposa le boutiquier.

D'un geste, il désigna les rouleaux étalés. J'en palpai un du bout des doigts. Cela ressemblait effectivement aux étoffes que l'on pouvait trouver à la foire de Cassetti.

— Que se passe-t-il ? s'enquit mon frère.

— Je veux voir les vaisseaux ! trépigna le professeur.

— Nous y allons, le rassura Ginger.

En quelques mots, nous expliquâmes à nos compagnons de quoi il retournait. Tom jeta un regard suspicieux au vendeur.

— Qu'est-ce que ça signifie, tout ça ?

Un nouvel engin nous survola. Je lorgnai vers lui avec anxiété.

— Ces vaisseaux pourraient appartenir à d'autres voyageurs, commenta Ginger.

Le dirigeable que nous avions aperçu semblait bien trop avancé pour venir de ce monde. Je serrai le bras de M. Nutter. Il loucha vers moi avec inquiétude.

— Ça ne va pas, Samantha ?

Je le rassurai d'un sourire.

— Ce n'est rien.

Je n'avais guère envie de me retrouver face à des voyageurs planaires, mais j'avais noté l'éclat dans les yeux de mes camarades. M. Nutter trépignait à l'idée de voir de plus près ces engins. Quant à Tom et Ginger, ils étaient curieux de découvrir ce qui se cachait là-bas.

Je regardai de nouveau le ciel. Le ballet des aéronefs était incessant. Il y en avait de toutes les formes : ballons, dirigeables, montgolfières, bateaux ailés, forteresses volantes aux allures asiatiques, et autres constructions étranges dotées de très longues ailes droites sous lesquelles d'imposants moteurs vrombissaient

— Des avions ! s'exclama le professeur Nutter. Je pensais que seuls ces fichus Français les connaissaient.

— Il faut croire que non. Ou que ces fichus Français, comme vous dites, maîtrisent le voyage entre les mondes, répliqua Tom.

— Ne parlez pas de malheur, ronchonna le savant.

— Sam ? m'interpella mon frère. Que veux-tu faire ?

Je réalisai que j'avais gardé le nez en l'air, et baissai la tête.

— Allons voir où cette troupe se rend. Nous aviserons en fonction, proposai-je.

Nous traversâmes le marché, suivant le ballet des engins volant, et arrivâmes sur une place déjà bondée. Nous nous faufilâmes entre les groupes installés, et le panorama que je découvris me cloua.

Nous nous trouvions sur une esplanade au sommet d'une immense muraille. Devant nous s'étalait à perte de vue un désert de sable rouge. Des centaines et des centaines de navires convergeaient en direction d'une série de tentes dressées à plusieurs yards de là. Beaucoup d'appareils étaient posés, certains restaient amarrés en hauteur et flottaient au vent. La beauté du spectacle me coupa le souffle.

Un autre aérodyne nous survola, s'attira applaudissements et cris de joie de la foule qui se massait-là. Ginger aborda un homme à côté de nous.

— Excusez-moi, mais pourriez-vous me dire ce qui se passe ici ?

— Vous venez d'arriver ? s'étonna-t-il.

Il étudia notre mise.

— Ah, des nouveaux voyageurs. Bienvenue à Geshtalan en ce cas.

— Merci, répondit sobrement Ginger.

L'inconnu se tourna et désigna les appareils.

— Vous débarquez pile à temps pour la Course.

— La Course ?

— Celle qui a lieu tous les cinq ans entre les voyageurs planaires. Vous venez pour participer ? Dans ce cas, avez-vous un vaisseau ?

— Oui, et le meilleur au monde ! s'exclama le professeur.

— J'espère pour vous. Si vous saviez le nombre de gaillards qu'on voit débouler au volant d'un tas de boue.

— Eh ! la *Tédesplen* n'est pas un tas de boue !

— Et quel est le prix qui récompense cette compétition ? s'enquit Ginger.

L'homme se retourna et pointa du doigt une immense tour qui surplombait la ville. Son toit sphérique rayonnait sous le soleil.

— L'équipage qui la remporte est couronné « seigneur du ciel » et devient le monarque de tous ceux qui ont participé.

Avant que j'aie pu dire quoi que ce soit, Tom et Ginger échangèrent un regard. Je distinguai une étincelle que j'avais appris à redouter s'allumer dans leurs prunelles.

— Seigneurs du ciel, hein ? nota lady Astley.

— Ça vaudrait le coup d'aller faire un tour au stand des inscriptions…, glissa mon frère.

*

La *Tédesplen* planait nonchalamment, manœuvrée par Thomas qui la rapprochait du campement se dressant en plein désert. Je regardai par la baie vitrée et soupirai.

— Vous êtes sûrs que c'est vraiment une bonne idée ? ronchonnai-je.

— Certains, répondit Tom.

— Allez, Samantha. Ce n'est qu'une course. Que peut-il nous arriver ? renchérit Ginger.

Je lui adressai une œillade lourde de sens et m'apprêtai à lui rappeler tous les ennuis qui nous étaient tombés dessus à chaque fois que l'un d'entre nous avait prononcé ce genre de phrase. Le professeur me coupa :

— Une course, c'est amusant ! s'exclama-t-il. Et puis, j'ai hâte de voir les autres machines de plus près.

Je dus me ranger à l'avis collectif. Je soupirai et me renfonçai dans mon siège. Mon frère suivit les vaisseaux qui convergeaient vers les tentes. Alors que nous approchions, je remarquai qu'une sorte de champ délimitait une aire de stationnement. Tom repéra une place libre et s'y posa sans accroc.

Alors que nous descendions de la *Tédesplen*, un homme s'avança dans notre direction, une liasse de papiers à la main. Il portait une longue tunique blanche ainsi qu'un foulard qui protégeait sa tête des rayons implacables du soleil. Il s'inclina devant nous en arrivant à notre hauteur.

— Bienvenue à Geshtalan, voyageurs, nous salua-t-il. Je suppose que vous venez concourir au titre de Seigneurs du ciel.

— Bien évidemment, répondit Ginger en s'esclaffant.

Elle agita un éventail pour ponctuer ses dires et se rafraîchir. À l'abri sous son ombrelle, dans ses soieries légères, lady Astley en imposait.

— Je suis Khalis, pour vous servir. C'est moi qui m'occuperai de vos inscriptions.

Un coup d'œil aux alentours me permit de voir que d'autres personnes vêtues du même habit clair circulaient parmi les engins stationnés. Ils transportaient tous une écritoire et un encrier. J'avisai à leur cou un médaillon, frappé d'un nuage.

— Ce symbole représente notre cité, me renseigna Khalis, qui avait perçu mon regard. Depuis des siècles, Geshtalan organise la course des Seigneurs du ciel.

Il nous observa attentivement.

— Je ne me souviens pas vous avoir déjà rencontrés, et j'officie depuis plus de trente ans. S'agit-il de votre première participation ? s'enquit-il.

Il nous avait percés à jour, aussi Ginger préféra-t-elle opter pour la vérité.

— Tout à fait. Nous avons entendu parler de cette compétition si renommée, et nous avons décidé de tenter notre chance. Nous adorons les courses et nous pouvons nous targuer d'en avoir remporté quelques-unes. Mais celle-ci serait le joyau sur notre couronne. Qui ne voudrait pas devenir Seigneur du ciel ?

Enfin, Ginger opta certes pour la vérité, mais pour une vérité peignée, brossée, lustrée, pomponnée et décorée de rubans.

Si Khalis goba ou non ces bobards resta un mystère, car il se contenta d'un sourire poli. Il ouvrit son écritoire, prit l'une de ses plumes et la trempa dans un encrier à sa ceinture.

— Bien, en ce cas, je vais enregistrer le nom de votre appareil et celui des membres d'équipage.

Je me désintéressai de la scène, laissant Ginger et Tom régler les détails administratifs. Après tout, ils se targuaient de pouvoir embobiner n'importe qui, ils devraient venir à bout de quelques bureaucrates facilement.

Je parcourus du regard les vaisseaux déjà amarrés. Il s'en trouvait là des centaines, de formes et de tailles différentes. Certains arboraient un style futuriste, qui me rappela le HMS Victoria et les Skeljs. D'autres semblaient sortis tout droit d'un XVIIIe siècle où l'on aurait appris aux bateaux à voler. La grande majorité des engins étaient des ballons, montgolfières, ou variantes de dirigeables. J'en repérai un, particulièrement rutilant, dont la carlingue dorée étincelait sous le soleil.

Je pensai à tous les pilotes et les équipages, tous ces voyageurs entre les mondes, comme nous. J'étais partagée. D'un côté, une curiosité intense me dévorait. J'avais envie d'aborder ces gens, de savoir d'où ils venaient, ce qui les avait poussés à prendre la route. Je voulais connaître les univers qu'ils avaient visités.

Mais d'un autre côté, je ne pouvais m'empêcher de songer à l'Union des parfaits. Je me frottai la nuque. Du bout des doigts, j'effleurai ma cicatrice. Une main se posa sur mon épaule. Je sursautai. Tom brandit fièrement un morceau de papier.

— Nous sommes inscrits ! s'exclama-t-il.

Le professeur, qui était resté calme jusque-là, absorbé par la contemplation des vaisseaux, poussa un cri de joie et se mit en tête d'effectuer sa danse de la victoire. Khalis ouvrit des yeux horrifiés en le voyant. Je parvins par bonheur à arrêter le vieil homme avant qu'il n'aille trop loin.

Notre guide se recomposa une figure et s'inclina devant nous.

— Le départ aura lieu demain. Les règles vous seront rappelées à ce moment. Je vous conseille de profiter de cette journée pour faire le plein de provisions et de sommeil, vous en aurez besoin. Puissent les dieux des voyageurs se montrer cléments avec vous.

Il nous salua, puis s'éloigna. M. Nutter me lança un regard intrigué.

— Nous avons des dieux ? demanda-t-il.

— Je pense que si des divinités s'intéressaient à nous, notre aventure avec Mercure les aura dissuadés de nous prendre pour fidèles, répliqua Ginger avec pragmatisme.

J'acquiesçai machinalement. Une question me turlupinait.

— Dites-moi, vous savez au moins en quoi consiste la course ?

— Oh oui ! s'enthousiasma lady Astley. C'est un parcours imposé dans le désert, sans point de ravitaillement, sans eau ni rien. Entre sept et dix jours d'épreuve, selon les conditions climatiques.

— Apparemment, une édition réussie compte au moins un ou deux disparus et des tempêtes de sable, m'informa mon frère.

Je poussai un profond soupir, me massai les tempes et respirai un grand coup avant de répondre le plus calmement possible.

— Et vous nous avez inscrits quand même. Êtes-vous demeurés ou avez-vous envie de nous tuer ? m'enquis-je d'un ton affable.

Tom haussa les épaules d'un air désinvolte, une attitude qu'il adoptait souvent étant enfant et qui enrageait Mère. Je comprenais mieux pourquoi maintenant.

— Tout se passera bien. Nous en avons vu d'autres, assura-t-il.

— Tout ceci s'annonce follement amusant ! s'exclama le professeur.

— Nous pouvons gagner, avec un peu de chance et d'habilité, ajouta Ginger.

Un ricanement narquois retentit derrière nous. Je me retournai. Deux hommes étaient appuyés contre le bastingage de la *Tédesplen*. Ils étaient vêtus de combinaisons amples de couleur crème et portaient bonnets de pilote de cuir, ornés de lunettes. L'un d'eux donna une pichenette au métal du blindage. Je dus empêcher le professeur de lui sauter à la gorge.

— Gagner avec ça ? Sérieusement ? Allons, ne soyez pas ridicules, se moqua l'un des inconnus.

— Nous et notre *Espadon rouge* sommes les meilleurs, répondit l'autre. Vous n'avez aucune chance.

Je dévisageai les nouveaux venus. Ils suintaient de confiance en eux et affichaient un sourire bravache. L'un d'entre eux poussa le vice à m'appeler « ma mignonne », à m'adresser un clin d'œil et à s'enquérir de mes tarifs. J'eus une très forte envie de lui casser les genoux. Seule la poigne de mon frère verrouillée sur mon épaule et l'arrivée d'un autre groupe m'arrêta. Une femme et un homme s'approchèrent. Ils portaient tous les deux des vêtements réminiscents des uniformes de la marine anglaise. La nouvelle venue me toisa d'un air méprisant, avant de plaquer son regard acier sur celui qui nous avait abordés.

— Eh bien, Jock, encore occupé à essayer de terroriser les bizuts ? l'apostropha-t-elle. Tu sais pourtant que votre *Espadon rouge* est un tacot rouillé et que notre *Hispaniola* est à la pointe de la technologie. Nous remporterons cette course.

— Dans tes rêves, pétasse, cracha le dénommé Jock.

La femme tressaillit sous l'insulte, pendant que l'homme qui l'accompagnait grondait :

— Montre du respect à ma sœur !

— Oh pardon… J'oubliais que je m'adressais aux fameux de Sagran. Qu'est-ce que ça fait de vous dire que le titre vous passera sous le nez cette fois encore ?

Les deux ne tombèrent pas dans le panneau.

— L'équipage de la *Perle Noire* vieillit, répliqua le frère de Sagran. Ils ne gagneront pas cette année.

— Non, parce que c'est nous qui allons l'emporter ! s'exclama le professeur Nutter.

Nos rivaux lui jetèrent un regard froid.

— Avec ce tas de boue ? J'en doute, se moqua la femme.

Elle ne dut sa vie qu'à la promptitude de mes réflexes et à la poigne de mon frère.

— Laissez-moi l'étriper ! rugit M. Nutter, se débattant pour nous échapper à Tom et moi.

Les de Sagran nous toisèrent avec mépris, avant de tourner les talons. Le dénommé Jock et son équipage ricanèrent, puis les imitèrent.

— À demain. Dormez bien et profitez de vos dernières heures de répit. Lorsque surgira l'*Espadon Rouge*, il sera trop tard, nous lança Jock.

Nous les observâmes s'éloigner.

— Quel accueil sympathique, commenta mon frère.

— Oui, les menaces et vantardises d'avant course, la bonne vieille tentative d'intimidation, ajouta Ginger. J'espère que ces gens-là ne se croient pas originaux, car vraiment, j'ai rarement vu des concurrents baigner autant dans le cliché.

J'opinai. Au final, je n'étais pas sûre de vouloir connaître les autres voyageurs planaires. Entre l'Union des parfaits et ces individus, il y avait de quoi se lamenter de la perte du savoir-vivre.

— Ils ont insulté la *Tédesplen*, siffla le professeur Nutter.

Je remarquai que mon mentor écumait littéralement de rage. Je lui tapotai l'épaule.

— Ne vous inquiétez pas. Ils ont dit ça pour nous énerver.

Le vieil homme m'adressa un regard noir.

— Ils ont insulté mon bébé. Je ne peux pas laisser passer ça.

Il grimpa quatre à quatre l'échelle qui menait à la cabine.

— Professeur, que faites-vous ?

— Ils ont insulté ma machine. Je file augmenter la puissance des moteurs et des hélices ! Ils vont voir ce qu'ils vont voir. Oh, et j'en profiterai pour construire un rayon de la mort qu'on mettra sur le cockpit. Ça leur apprendra !

— Ce serait mieux d'installer des canons, suggéra Ginger.

— J'ai une réputation à tenir. Ce sera rayon de la mort, un point c'est tout ! trancha M. Nutter.

Il disparut dans la cabine. Je lançai un regard éloquent à mon frère et à Ginger. Cette dernière souriait d'un air de triomphe, comme si elle avait prévu l'enchaînement des faits. Pas de doute, la Ligue des ténèbres était repartie dans la course à la conquête.

*

Le matin arriva bien plus vite que je ne l'aurais cru. Je dormis peu et restai allongée dans ma cabine, fixant le plafond. Je pensais à ces voyageurs, à leurs vaisseaux, à la course. Seigneurs du ciel. Encore un titre ronflant. Et un nouveau plan de mes compagnons. J'espérais que, contrairement à nombre de leurs autres idées, cette escapade-ci se finirait bien.

Le soleil se leva et Ginger vint me secouer.

— C'est l'heure, pépia-t-elle.

J'ouvris un œil. Lady Astley avait abandonné ses habituelles robes contre un pantalon de toile, des bottes, une chemise et un veston. Même dans ces vêtements grossiers, elle dégageait une séduction phénoménale. Je ne pus m'empêcher de ressentir une pointe de jalousie.

— Je m'habille et j'arrive, grommelai-je.

J'enfilai mes propres frusques et grimpai dans le poste de pilotage. Pour l'occasion, le professeur Nutter avait bricolé une partie de la nuit afin d'ouvrir la baie vitrée. Devant nous s'étalait le désert, immense et magnifique. Nous nous trouvions sur la ligne de départ, entouré par les vaisseaux.

Je plaçai mes mains en visière pour me protéger du soleil déjà cuisant. Tom et M. Nutter revinrent dans la cabine. Mon frère et le savant portaient des combinaisons de toile semblable à celles des autres équipages. Ils affichaient tous les deux un large sourire. Tom sauta sur son siège avec un enthousiasme que je ne lui avais pas vu depuis un moment. M. Nutter fila avec un tournevis en direction des consoles et commença à bricoler une nouvelle jauge.

— Voilà, le compteur de vitesse est fin prêt ! s'exclama-t-il.

— Le compteur de vitesse ? Depuis quand en avons-nous besoin ? m'enquis-je.

— Oh, depuis qu'Edmund a arrangé les moteurs pour leur donner de la puissance, m'informa Ginger d'un ton détendu. Du coup, il serait plus sage de savoir à quelle vitesse nous avançons, histoire d'éviter les ennuis. Et les obstacles.

J'étais loin de partager le calme qu'elle affichait, pas quand mon frère et le professeur Nutter souriaient de cette manière.

— Vous êtes sûrs que…, commençai-je.

Un rugissement surgi du dehors m'interrompit. Je passai la tête par une des fenêtres de l'habitacle. Un homme sur une plate-forme volante venait d'apparaître. Sa voix, amplifiée par un dispositif que n'aurait pas renié le professeur, résonna sur la ligne de départ.

— Voyageurs et voyageuses, vous êtes rassemblés ici, car vous avez ressenti l'appel de la course !

Je ne pensais pas avoir ressenti quoi que ce soit, mais au vu des acquiescements de mes compagnons, j'étais une exception.

— Je vous rappelle les règles de cette course. Elle se déroulera sur trois mille miles. Des jalons vous guideront dans la route. Vous les reconnaîtrez, ils portent l'emblème de Geshtalan. Suivez-les jusqu'à revenir à la cité. Le premier équipage à passer la ligne d'arrivée remportera le titre de Seigneurs du ciel.

— J'ai hâte ! soupira Ginger. Les Seigneurs du ciel gouvernent tous les voyageurs qui ont pris part à la course. Imaginez ce que nous pourrons faire avec une telle armada.

— Du calme, nous sommes loin d'avoir gagné ! crus-je bon de lui rappeler.

Mais à ses yeux étincelants, je sus que Ginger était perdue dans ses fantaisies.

— La compétition se déroule du lever au coucher du soleil, poursuivit l'homme. Nous avons implanté des verrous à vos machines, qui couperont les moteurs et les immobiliseront à la tombée de la nuit.

Je lançai un regard au professeur, qui haussa les épaules.

— Ils sont venus poser ce bazar tard hier soir, expliqua-t-il. Apparemment, c'est la loi.

J'étais étonnée que mon mentor ait laissé des inconnus toucher sa chère *Tédesplen*.

— Si vous êtes surpris à bouger de nuit, vous serez disqualifiés. Vous perdrez également la course en cas d'avarie, ou d'accident empêchant votre vaisseau de repartir, reprit l'homme au porte-voix.

Je m'attendais à ce qu'il énonce des règles supplémentaires, mais l'orateur se fendit juste d'un :

— Bonne chance à tous, et que vos dieux respectifs vous gardent.

Pas de mise en garde, pas d'explication du règlement. Je sentis venir le coup fourré. Je n'eus pas le temps de me pencher plus sur cette histoire : l'intervenant se tourna vers une femme qui brandit un drapeau rouge brodé d'un nuage or, le symbole de Geshtalan. Tom referma les vitres de la *Tédesplen* et s'installa au poste de pilotage. Les moteurs commencèrent à vrombir. Le son différait de l'ordinaire, plus riche et profond. Le sol vibra sous mes pieds. La femme abaissa le drapeau. Les participants se ruèrent en avant. La violence du départ me jeta en arrière. Je dérapai sur le parquet fraîchement ciré, jusqu'à heurter la paroi du fond.

Je me redressai. Un cahot m'envoya valser dans un autre mur. Sonnée, je me relevai à grand-peine, uniquement pour voir mon frère effectuer une embardée pour éviter un concurrent. Je valdinguai à travers la carlingue et me raccrochai au siège de Thomas.

— Samantha, cesse de faire le pitre s'il te plaît, je pilote ! osa me lancer ce mufle.

Je me préparai à lui asséner une réplique bien sentie. Un choc contre la *Tédesplen* me jeta de nouveau au sol. Je glissai aux pieds de Ginger, qui eut la gentillesse de me rattraper et me redresser. Nous filions dans le désert, entourés par trois vaisseaux : deux dirigeables et un engin non identifié constitué de bric et de broc. Ils avaient décidé que la *Tédesplen*, trop volumineuse, méritait un aplatissement en règle. Les deux appareils se mirent à nous percuter avec régularité.

— Eh ! s'exclama le professeur. Ils vont m'abîmer la peinture !

— Ah, c'est comme ça, hein ? gronda Tom.

Il pianota sur les commandes.

— Vous feriez mieux de vous accrocher.

J'eus à peine le temps d'obéir et de me cramponner au siège de Ginger. Une brusque accélération manqua de me coller à la paroi du fond. J'eus l'impression que mes yeux s'enfonçaient dans mon crâne. Le paysage devint flou, les dunes se transformèrent en une traînée ocre et rouge, le ciel en une bande bleue. Le professeur hurla de joie. Je hurlai tout court. La sensation s'étira durant de désagréables minutes, jusqu'à ce que Ginger, qui avait conservé son calme, ne décrète :

— C'est bon, on les a semés.

Tom pressa une commande, la *Tédesplen* retrouva une vitesse normale. Mes jambes s'affaissèrent sous moi.

— C'était quoi, ça ? m'enquis-je d'une voix tremblante.

— Mon nouvel accélérateur ! m'expliqua fièrement le vieil homme. Pas mal, non ?

J'acquiesçai, faute d'une meilleure réplique, et essuyai la sueur qui inondait mon front. Je jetai un coup d'œil aux rétroviseurs. Nos poursuivants se trouvaient en effet derrière à une distance correcte. Je reportai mon attention sur le désert devant nous. Une dizaine de points lumineux caracolaient en tête.

— Maintiens l'allure, Tom, annonça Ginger. On s'en tient au plan.

— Quel plan ? relevai-je.

Pour toute réponse, Ginger me sourit d'un air énigmatique. Je compris que je ne tirerai rien de plus et m'enfermai dans un mutisme boudeur.

Nous atteignîmes bientôt la première balise. Il s'agissait en réalité d'une tourelle d'une taille respectable, sur laquelle claquait un fanion aux couleurs de Gesthalan. Alors que nous approchions, deux bras mécaniques se déplièrent et nous pointèrent un pan du désert. Tom obliqua dans cette direction.

Nous volâmes toute la journée, suivant les indications des balises. Ginger remplaça Tom aux commandes pour qu'il puisse faire un somme. Le professeur voulut essayer aussi, mais après deux tonneaux, un looping et un crash dans une dune évités de justesse, nous résolûmes de ne plus le laisser s'asseoir au siège de pilotage.

La nuit tomba très rapidement, le ciel s'embrasa de teintes rouge, orange et jaune, avant de virer au bleu outremer.

À peine l'astre avait-il disparu derrière l'horizon qu'une alarme cristalline retentit. Les moteurs de la *Tédesplen* ralentirent, jusqu'à s'arrêter totalement. Ginger consulta sa montre à gousset.

— Pile à l'heure. Leur verrou est vraiment bien réglé.

Le savant hocha la tête d'un air pensif. Lady Astley s'étira comme un chat.

— Il est l'heure de dormir. Prenons des forces pour demain.

Une telle attitude me surprenait de la part de mes compagnons.

— Vous n'essayez pas de forcer le verrou ?

Ginger esquissa le même sourire énigmatique que plus tôt.

— Va te coucher, Samantha, m'intima-t-elle.

J'obéis en ronchonnant et me demandai ce qu'ils pouvaient bien manigancer.

*

Les mauvais rêves rendirent mon sommeil agité. Je me réveillai en sursaut, trempée et tremblante, en percevant un crissement contre la paroi. Je tendis l'oreille. Rien. Je me rallongeai, persuadée que j'avais cauchemardé. Mais tandis que je fermai les yeux, le bruit reprit : un grattement contre la coque. J'avais déjà entendu ce genre de frottements, lorsque nous nous étions trouvés face aux zombies.

Je me redressai d'un bond et attrapai le fusil à bulle temporelle qui dormait au pied de ma couche. Je sortis de ma cabine dans l'idée de réveiller mes compagnons. Leurs lits étaient vides. Je remontai au poste de pilotage et les repérai, tapis dans l'ombre. Mon frère m'aperçut le premier et m'intima d'un signe de rester discrète. Comme si j'allais causer du raffut !

Je me plaçai derrière l'un des sièges. Tom m'indiqua la porte. À travers la vitre, je distinguai la silhouette de deux personnes, visiblement occupées à crocheter la serrure. Je me raidis et levai mon arme. Le professeur, accroupi près du tableau de commande, s'agita. Le battant s'ouvrit et les deux intrus entrèrent. À peine eurent-ils franchi le seuil qu'une vive lumière s'alluma. Nos invités se protégèrent les yeux avec un cri.

— Surprise ! s'exclama le savant.

Il bondit hors de sa cachette avec un fusil et tira. Une boule fuchsia jaillit du canon et percuta les deux hommes. Dès qu'elle les toucha, elle grandit jusqu'à former une sphère parfaite de gelée rose qui emprisonnait les visiteurs. Ginger se releva et s'avança vers eux d'un pas nonchalant. Elle étudia l'uniforme que portaient les importuns et lorgna sur leur manche.

— Le *Magnifique*, lut-elle. Eh bien, ces idiots n'ont même pas pensé à retirer leur matricule.

Ginger soupira et, d'un coup de pied fort gracieux, tenta d'envoyer la bulle rouler hors de la *Tédesplen*. Elle dut s'y reprendre néanmoins à deux fois pour lui faire passer la porte, le professeur s'étant montré assez généreux avec la gelée rose.

Je regardai la scène sans comprendre. Ou plutôt si, je comprenais ce qui se jouait là, mais cette connaissance n'arrangeait pas mon humeur. Je croisai les bras et toisai mes compagnons.

— Si je calcule bien, les autres candidats ont dépêché ces deux idiots pour saboter notre machine et nous mettre hors course.

— Il semblerait, répondit Ginger avec un sourire ravi.

— Alors tout le blabla sur les règles qu'il faut respecter, c'est du vent.

— Évidemment !

Le sourire de lady Astley s'élargit encore.

— Vous vous doutiez de ce qui arriverait, vous vouliez simplement avoir la confirmation que le règlement était optionnel. Maintenant, le professeur va faire sauter le blocage et nous profiterons de la nuit pour avancer. Je me trompe ?

— Samantha, un jour, nous ferons quelque chose de toi, répliqua Ginger.

J'ignorai la pique et fixai mes camarades d'un air mauvais.

— Une nouvelle fois, vous n'avez pas jugé bon de me parler de vos plans.

Ginger et M. Nutter jetèrent un coup d'œil à mon frère. Tom poussa un soupir.

— À vrai dire, Sam, c'est moi qui ai insisté pour qu'on te mette ainsi devant le fait accompli.

— Puis-je savoir pourquoi ? m'enquis-je d'un ton dangereusement calme. La réponse a intérêt à me satisfaire, sinon j'emprunte son fusil au professeur et je te fais suivre le même chemin que nos visiteurs nocturnes !

Nullement intimidé par mes menaces, Tom se laissa tomber dans un siège et me fixa.

— J'ai demandé à ce qu'on ne te mette pas dans la confidence, car tu aurais refusé que nous prenions part à la course.

— Mais bien sûr ! m'exclamai-je. Ce plan est bancal.

— Et depuis quand cela t'arrête-t-il ? s'enquit mon frère d'un ton très doux.

J'ouvris la bouche pour répliquer et ne trouvai rien à redire. Sans que nous eussions besoin de parler, la réponse flotta dans la cabine de la *Tédesplen*. J'avais peur et préférais rester terrée à l'abri de notre machine depuis Eudaimonia.

Je baissai les yeux. Un étau comprimait ma poitrine. Oui, j'avais peur. Je craignais d'affronter de nouveau le danger, d'être blessée, qu'on fasse du mal à mes compagnons. La simple idée, si ridicule soit-elle, que quelqu'un puisse me ramener à Eudaimonia suffisait à me terrifier. Tom se leva et passa un bras autour de mes épaules. Je le laissai faire.

— Nous avons gagné, Samantha. Ils sont partis pour toujours. Ne leur permets pas de t'enfermer à nouveau.

J'acquiesçai, sans être vraiment convaincue.

— Je n'ai plus envie de me battre, murmurai-je.

Ginger émit un rire ironique. Je redressai la tête et la foudroyai du regard.

— Quoi ? Ça ne te manque pas, tout ça ? Sortir quand personne ne peut te voir pour semer la pagaille, te jouer de tes ennemis, construire des machines défiant l'imagination avec le professeur ?

— J'ai des dizaines de projets, intervint alors M. Nutter. Mais j'ai besoin de toi pour les mettre en œuvre.

Je m'arrêtai, ne sachant quoi dire. Mes compagnons me regardaient et attendaient ma réponse. Je compris que si je décrétais que la course se terminait là, ils se rangeraient à mon choix. L'idée me tentait : rester loin des ennuis, mener une vie calme et tranquille, sans anicroche d'aucune sorte.

Une voix vint néanmoins me titiller, me soufflant que cela faisait un moment que je n'avais pas aidé le professeur pour ses inventions. Et puis, une autre équipe de voyageurs nous avaient attaqués. Nous ne pouvions pas laisser passer ça. D'autant plus que les rustres qui caracolaient en tête avaient insulté la *Tédesplen*. Je haussai les épaules.

— D'accord, mais on reste prudent. Pas de prise de risque inconsidérée.

— Évidemment, répondit Ginger.

— Tu nous connais, ajouta mon frère.

Je toisai le couple d'arnaqueurs. Ils affichaient un sourire innocent qui ne me trompa guère.

— Je sens que je vais regretter ma décision, grommelai-je.

Le professeur Nutter m'attrapa par le bras.

— Mais non, mais non. Viens avec moi et réglons son compte à ce fichu verrou qu'ils ont posé sur ma belle *Tédesplen*.

*

Le désert s'étalait devant nous, noyé dans une poussière flamboyante. Ginger avait pris les commandes, tandis que Tom piquait un somme bien mérité. La course durait depuis trois jours. Toutes les nuits, nous faisions sauter le verrou, et nous profitions de l'obscurité pour voler. Pas assez pour attirer l'attention sur nous – nous ne voulions pas qu'un des concurrents puisse nous repérer et amener la preuve aux organisateurs de notre tricherie – mais suffisamment pour grignoter l'avance des deux premiers, car l'*Espadon Rouge* de Jock, et l'*Hispaniola* des de Sagran caracolaient en tête. Trois équipages nous avaient attaqués le deuxième jour, nous les attendions et nous en étions débarrassés avec facilité. Un autre avait essayé de truquer les balises, qui s'étaient alors transformées en une sorte d'automate géant, qui avait réduit le vaisseau en bouillie. Je commençais à penser que les ingénieurs de la maison Chester étaient passés par là. Enfin, depuis cet incident, le trajet était plutôt calme.

Installée sur l'étrave de la *Tédesplen*, j'étouffai un bâillement, qui se mua en sourire, alors que je me remémorai le paillasson piégé que le professeur Nutter avait placé à l'entrée de la *Tédesplen*. Le dernier intrus qui avait tenté de pénétrer s'était retrouvé suspendu dans les airs. Nous l'avions baladé sur quelques miles avant de le laisser poser le pied par terre. Je me massai les tempes et reportai mon attention sur le paysage qui se déroulait devant moi. La visibilité était mauvaise à cause du vent mêlé de sable rouge. J'étais donc sortie de la *Tédesplen* et me trouvais sur la proue, solidement harnachée, le visage protégé par un masque et des lunettes.

J'étais chargée de guetter et d'avertir le pilote de potentiels dangers.

Tom m'avait désignée volontaire pour cette mission. Au départ, j'avais copieusement râlé, mais au final, la place ne manquait pas d'attrait. Le décor se révélait somptueux : vastes espaces brûlés, offrant un dégradé de toutes les couleurs chaudes du spectre. Je me sentais à la fois minuscule et gorgée d'énergie. La sensation dura jusqu'à ce que ce fichu brouillard tombe.

Je résistai à l'envie de me masser les yeux, car cela aurait signifié enlever mes lunettes et, vu le vent sableux, ce n'était guère une bonne idée. Je tournai la tête. À travers la vitre, je distinguai Ginger et le professeur, installés aux commandes, qui fixaient l'étendue devant eux. Les traits de lady Astley étaient tirés, preuve qu'elle commençait à fatiguer. Mais il nous fallait avancer.

Je reportai mon attention sur l'avant. Nous volâmes un moment avant que des formes sombres n'apparaissent au sein du brouillard. Je sortis de mon paquetage une longue-vue et la braquai dans la direction incriminée. Mon cœur bondit quand je captai l'éclat métallique de la coque de deux vaisseaux. Nous avions rattrapé l'*Espadon Rouge* et l'*Hispaniola*.

Je rampai sur l'extérieur de la Tédeplen jusqu'à atteindre la trappe que le professeur m'avait ménagée. Je l'ouvris, m'y glissai et me retrouvai dans la cabine de pilotage. Ginger tourna la tête vers moi.

— Ils sont devant, annonçai-je.

Un éclair d'excitation passa sur son visage.

— Va chercher Tom, décréta-t-elle.

Je m'exécutai et filai tirer mon frère du lit. Il nous rejoignit, les yeux encore ensommeillés, mais se réveilla bien vite lorsque je lui donnai la longue-vue. Les deux vaisseaux de nos opposants se trouvaient juste devant. Ginger laissa la place à Tom qui s'installa aux commandes de la *Tédesplen*.

— Rattrapons-les, voulez-vous ? proposa-t-il.

Il poussa les moteurs alors que le professeur Nutter lâchait un hululement joyeux. Le vent hurla à mes oreilles. Impossible de sortir pour guetter. Je louchai vers mon frère. Les yeux rivés vers l'avant, il semblait d'un calme olympien. Des volutes de sable rouge et orange nous entouraient. À travers, j'aperçus les appareils de nos concurrents. Ils zigzaguaient en un ballet à la fois gracieux et surprenant. Un instant, je crus qu'ils se battaient dans les airs. Je plissai les paupières pour mieux y voir et distinguai une forme sombre.

— Tom ! Devant ! criai-je.

Il ralentit et vira de bord à temps. Un immense pilier de pierre parut se matérialiser devant nous. La *Tédesplen* l'évita de justesse. Un choc retentit, suivi d'un affreux raclement métallique. Le professeur Nutter, que l'impact avait jeté à terre, se redressa l'air furieux et pointa un index menaçant en direction de Thomas.

— M. Wiseman ! Je vous avais pourtant interdit d'abîmer la carrosserie !

— Plus tard ! répliqua mon frère d'un ton sec. On a d'autres soucis pour le moment.

Le vent ballottait la *Tédesplen* de toute part. À travers les tourbillons de poussière, je distinguai les silhouettes fantomatiques de nouveaux piliers.

— Oh là là, gémit Ginger en se cramponnant à son siège. On va s'écraser.

— Pas si je peux l'éviter, gronda Tom. J'arrive à piloter dans l'Entremonde, ce n'est pas une bête tempête qui m'arrêtera.

Crispé sur les commandes, il manœuvra la *Tédesplen* à travers les courants. Je n'avais d'autre choix que de m'en remettre à lui. Avec appréhension, je regardai murs et colonnes apparaître dans le brouillard de sable et les bourrasques projeter notre frêle machine en leur direction.

À chaque fois, Tom les esquiva. Peu à peu, le vent se calma, jusqu'à retomber. Nous nous immobilisâmes au centre d'un vaste espace. Thomas exhala un profond soupir et essuya la sueur qui trempait son front.

— Bravo, lui dis-je.

— Merci, répondit-il sobrement.

L'effusion d'amour fraternel s'arrêta là, car le professeur Nutter poussa un cri d'extase.

— Regardez ! s'exclama-t-il.

La poussière se dissipait et laissait poindre des ruines immenses. Nous nous trouvions au cœur d'une place, bordée d'arches et de colonnes. Je distinguai sur les murs les vestiges de mosaïques et de fresques. La plupart des parois étaient écroulées, érodées, l'ensemble restait d'une taille colossale.

— On dirait une cité ancienne, commenta Ginger.

La construction dégageait une majesté écrasante. Je me surpris à béer devant ces piliers de marbre, à imaginer ce à quoi l'endroit devait ressembler au temps de sa splendeur. Un violent impact secoua la *Tédesplen* et me tira de ma rêverie. Je me rattrapai à mon siège.

— Encore ce fichu vent ! s'exclama lady Astley.

— Non ! gronda Tom.

Il reprit les commandes et pivota la *Tédesplen*, filant vers un éboulis. Un deuxième choc nous ébranla.

— On nous canarde !

Je regardai par la vitre et distinguai un vaisseau en embuscade en haut d'une colonne. L'*Hispaniola*. Le galion volant avait sorti ses canons. L'un d'eux luit et projeta en notre direction une boule grésillante. Tom effectua une manœuvre d'évitement. Je valdinguai dans la cabine et heurtai une paroi. Je me redressai en me frictionnant le crâne.

— Je vais le semer, décréta mon frère.

Il s'engagea entre une série de ruines. Dans les rétroviseurs, j'aperçus le massif appareil foncer à notre suite.

Le pilote ennemi négocia plusieurs virages serrés, mais dut abandonner : l'engin était trop large pour se glisser entre les colonnes où la *Tédesplen* venait de se faufiler. Tom s'éloigna encore puis s'arrêta dans un recoin. Nous attendîmes un bon moment avant d'oser sortir de notre cachette. Le galion n'était plus en vue. Tom poussa un soupir de soulagement.

— Eh bien, en voilà un qui n'avait guère envie qu'on le rattrape.

Ginger hocha pensivement la tête.

— Vu la taille de leur bateau, les de Sagran cherchent à compenser quelque chose, nota-t-elle.

Je lâchai un ricanement, qui se transforma en cri d'alarme.

— Là ! hurlai-je en désignant une ombre qui fonçait en notre direction.

Tom se rua sur les commandes. La *Tédesplen* roula sur le côté, dans un grand fracas, et évita de justesse le dirigeable qui voulait l'éperonner. L'*Espadon Rouge* portait bien son nom, avec son étrave prononcée peinte en écarlate. L'appareil de Jock fit un demi-tour serré et fondit de nouveau sur nous. Tom les esquiva.

— Je ne tiendrai pas longtemps ! gémit-il. Ils sont trop rapides.

— Professeur ! Rayon de la mort ! s'exclama Ginger.

Le vieil homme s'agrippa à une manette. Tom se déroba à une charge de l'*Espadon Rouge*, et réussit à placer le vaisseau dans la ligne de mire de notre rayon de la mort. Un jet violacé frappa nos adversaires, mais sans vraiment leur causer de dommages.

— Quoi ? éructa M. Nutter alors que l'Espadon nous prenait en chasse.

Il pressa trois fois la détente. Le rayon toucha le dirigeable une fois, toujours sans effet.

— C'est une plaisanterie ? hurla mon mentor.

— Professeur ! Vous auriez dû m'écouter et monter des canons ! cria Ginger.

— Je n'aime pas ces machins, je vous l'ai déjà dit. Ça manque de finesse !

Lady Astley jura en gallois. Je l'accompagnai en gaélique. Nos ennemis refirent un passage. Cette fois, Tom ne se montra pas assez rapide. Le métal de la *Tédesplen* gémit. Le savant se tordit les mains.

— Ils sont en train de me l'esquinter ! s'exclama-t-il.

— Professeur ! Allez me chercher votre plus gros calibre ! lui ordonnai-je.

— Mais…

— Vite !

Le vieil homme obéit et revint avec un fusil d'une taille impressionnante. Je l'attrapai et filai vers la trappe qui menait au-dehors.

— Sam ! s'écrièrent en cœur mes compagnons.

— Je sais ce que je fais. Tom, je compte sur toi.

Mon frère hocha la tête. Je me coulai à l'extérieur et me harnachai juste à temps. Thomas effectua une embardée. *L'Espadon Rouge* nous frôla. Je jurai à nouveau, agrippai mon fusil et me mis en position. Je patientai. L'engin fit demi-tour et fonça vers nous. Mon cœur s'accéléra, ma respiration devint courte. Je me forçai à ne pas bouger, tout comme je devinais que mon frère attendait. L'ennemi s'approcha, je distinguai deux silhouettes au poste de pilotage.

Au dernier instant, Tom esquiva la charge et je tirai. Le recul de l'arme me jeta en arrière et je ne dus mon salut qu'à mon harnais. Le fusil lâcha un projectile bleu et gluant, qui frappa l'une des ailes. Aussitôt, il se transforma en une sorte de limace visqueuse, qui s'étendit bientôt à tout l'appareil. Nos assaillants bâtirent en retraite. Je regagnai l'intérieur.

— Ça devrait les occuper un moment, déclarai-je.

Tom acquiesça, avant de se ruer une nouvelle fois sur les commandes et de faire plonger la *Tédesplen* derrière une colonne. Le répit se révéla hélas de courte durée. L'*Hispaniola* déboula hors des volutes de sables, ses canons prêts à faire feu. Heureusement, les de Sagran et leur équipage ne nous virent pas, et passèrent leur chemin. Quelques secondes plus tard, l'*Espadon Rouge* surgit. Jock avait réussi à se débarrasser de notre cadeau. Je serrai les dents. Un adversaire coriace, ce gaillard.

L'*Espadon Rouge* fila à la poursuite de l'*Hispaniola*. Nous attendîmes quelques instants puis nous suivîmes la même direction. Nous naviguâmes un moment dans la poussière, avant qu'un coin de ciel bleu n'apparaisse. Peu à peu, les vents se calmèrent. Je poussai un profond soupir. Nous étions sortis de la tempête.

Ginger vint relayer Tom au poste de pilotage. Je notai la fatigue sur le visage de mon frère.

— Eh bien, sacrée course, déclara-t-il. On peut dire qu'on l'a échappé belle.

Devant nous, je distinguai les carlingues étincelantes de nos ennemis.

— Oui, acquiesça Ginger. Il faudra jouer subtil pour arriver à passer devant ces deux-là.

— Ils ont abîmé la *Tédesplen*. Ils vont le payer, gronda le professeur.

Les regards de mes compagnons pivotèrent en ma direction. Je m'appuyai sur mon fusil d'un air bravache.

— Qu'est-ce qu'on attend, alors ? m'enquis-je.

*

Les machines filaient à toute allure devant nous. L'*Hispaniola* tenait la tête, talonné de près par Jock et son appareil. À travers la longue-vue, j'observais l'équipage de Jock s'affairer aux moteurs et aux voiles directionnelles. Les quatre hommes, en débardeurs, couverts de sueur et de cambouis, s'activaient et semblaient s'apostropher et rire. L'un d'eux retira son haut pour en essorer la transpiration.

— Intéressant…, nota Ginger à côté de moi.

Elle m'avait rejoint sur la proue de la *Tédesplen* et surveillait nos concurrents. Je lui adressai un regard lourd de sens.

— Tom n'apprécierait pas ce genre de commentaires, lui lançai-je.

— Thomas n'est pas mon époux, et quand bien même il le serait, je ne lui permettrais pas de me dicter ma conduite. Toi et moi savons qu'au contraire, il a besoin d'une femme pour le guider.

J'esquissai un sourire ironique.

— De plus, mon intérêt pour ces hommes est purement professionnel.

Je n'en étais pas convaincue, mais je laissai Ginger s'en tirer comme ça. Je me redressai sur la proue et me tournai vers l'arrière, ma longue-vue collée à l'œil. Deux vaisseaux nous talonnaient. Le premier était un de ces avions aux larges ailes de bois à plusieurs étages. Le deuxième, un engin aux lignes effilées et à la carapace chromée. D'après les calculs du professeur Nutter, la course devait encore durer deux jours et ces concurrents commençaient à remonter.

Pas moyen de nous approcher du peloton de tête. Lors de notre précédente tentative, nous avions essuyé un feu nourri de la part des deux autres. Ils semblaient avoir décidé qu'ils tiendraient la tête de la compétition et bloqueraient la route à tout vaisseau qui essayerait de passer. Ils ne se battraient entre eux qu'au dernier moment.

Je me rassis avec un soupir. Ginger rangea sa longue-vue.

— Je ne sais pas comment on va gagner, me lamentai-je.

— Fais-moi confiance, ronronna-t-elle avec un sourire.

Elle jeta un coup d'œil à l'engin argenté, qui grignotait implacablement du terrain. Il nous aurait rattrapés avant ce soir et nous dépasserait demain si nous le laissions faire.

— Cet équipage m'a l'air bien sûr de lui et de sa supériorité technologique, déclara Ginger.

J'opinai en silence. Lady Astley poussa un soupir dramatique.

— Ce serait dommage que leur bel équipement tombe en panne…

Je la regardai, nous sourîmes de concert

*

La nuit était tombée sur le désert. Les vaisseaux seraient à l'arrêt tant que l'obscurité durerait. Tout le monde respectait les lois, car nous nous trouvions désormais trop proches les uns des autres pour pouvoir avancer sans que nos concurrents le voient et le rapportent aux autorités. Cela dit, la règle de l'immobilité s'appliquait aux appareils, pas à l'engin que je portais sur le dos. Je lorgnai d'un air inquiet sur mon harnais et sur les réacteurs.

— Vous êtes sûrs que ça ne va pas me griller le postérieur ? m'enquis-je, au moins pour la vingtième fois.

— Ne t'en fais pas, Samantha, j'ai pensé à tout. Les moteurs généreront une flamme trop petite pour te causer du tort. En plus, avec les silencieux que j'ai ajoutés, tu pourras t'approcher sans crainte. Les poignées directionnelles sont ma dernière invention. Une bricole que je voulais essayer pour la *Tédesplen*. Tu pourras les tester en avant-première, n'est-ce pas merveilleux ?

À la lueur des lanternes, l'expression ravie du professeur me fit froid dans le dos. Mon frère me tapota l'épaule.

— Tout se passera bien, Samantha.

J'avais l'impression qu'il cherchait plutôt à se rassurer qu'à me détendre. Je lorgnai vers le vaisseau chromé amarré devant nous. Mes prédictions s'étaient révélées en partie fausses : il nous avait dépassés en fin d'après-midi. Et nous ne pouvions pas laisser ceci impuni.

Je me rappelai que je m'étais portée volontaire pour la suite, qu'il s'agissait plus ou moins de mon idée. Ce qui ne m'empêcha pas de pousser un profond soupir.

— Quand il faut y aller…

J'abaissai mes lunettes de pilotage, courus sur l'étrave de la *Tédesplen* et me jetai dans le vide. J'eus l'impression que mon estomac cherchait à grimper dans ma gorge, j'actionnai les propulseurs et déployai les ailes. Ma chute ralentit, et se vit remplacée par une agréable sensation de vitesse. Le corps à l'horizontale, je planais comme un oiseau. Je frôlai le sable du sol, avant de manœuvrer les poignées directionnelles. Je remontai alors en flèche. J'effectuai quelques vrilles ascendantes, puis me stabilisai. J'exultai. L'invention du professeur fonctionnait à la perfection ! Non seulement je volais, mais en plus je ne produisais presque aucun bruit.

Je mis le cap sur l'engin argenté. Aussi furtivement qu'un faucon, je m'approchai et décrivis un large cercle autour de l'appareil afin de repérer les lieux. Un homme se tenait en faction sur la proue, le visage caché par une énorme paire de lunettes. Je plongeai sous le ventre du vaisseau avant de remonter. Personne ne me vit, mais à leur décharge, j'étais vraiment silencieuse et la sentinelle observait plutôt le dirigeable et le galion devant.

Je m'orientai vers la coque. La partie compliquée commençait. Le vent sifflait à mes oreilles. Le blindage se rapprochait à toute allure. J'avisai un renfort métallique et me plaçai de manière à atterrir contre lui. J'actionnai les freins. Durant une horrible seconde, je crus que j'allais m'écraser, avant de ralentir et de me poser contre la paroi. J'agrippai la poignée, coupai les moteurs et repliai mes ailes. J'ouvris la besace que je portais à la ceinture et en tirai un drôle de dispositif hérissé de câbles que je plaquai contre la coque. Il émit un bruit de ventouse assez répugnant. Je pressai un bouton, la machine grésilla. Satisfaite, je hochai la tête et me laissai tomber. Je déployai mes ailes et enclenchai les générateurs avant de toucher le sol. Je planai jusqu'à la *Tédesplen*, goûtant l'air frais sur mon visage et le sentiment du travail bien accompli. Le meilleur restait à venir.

*

Nous étions déjà tous dans la salle de pilotage alors que le soleil pointait à peine à l'horizon. Mon frère se tenait aux commandes, les moteurs chauffaient. Aucun de nous ne parlait, mais notre excitation était presque palpable. Un son cristallin retentit dans l'air alors que l'astre apparaissait. Tom poussa la *Tédesplen* en avant. La machine bondit et fila en direction des concurrents. Le galion et le dirigeable prirent la tête, mais le vaisseau chromé peinait à avancer.

Nous le rattrapâmes et nous immobilisâmes à sa hauteur. À bord de la cabine de pilotage, le capitaine et ses marins couraient de droite à gauche, s'arrêtaient devant leurs instruments. L'un d'eux s'arrachait les cheveux. Envolée, l'attitude froide et arrogante, la panique régnait au fur et à mesure que l'appareil perdait de la vitesse. J'imaginais sans mal la teneur des conversations là-bas. « Je ne comprends pas ce qui se passe », « Impossible, tous les voyants sont au vert et nous n'avançons pas ».

— Fameux, votre disrupteur, Edmund, le félicita Ginger.

Le professeur répondit avec un grand sourire.

— Merci, j'ai eu l'occasion de l'améliorer depuis Sinik. J'en suis très content.

Mon frère accéléra. Nous laissâmes derrière nous les marins, bien en peine de comprendre ce qui leur arrivait.

— Plus que deux, commenta Ginger.

*

Le dirigeable de Jock fonçait à toute allure devant nous. Tom pilotait la *Tédesplen* pour le talonner, tout en restant hors de portée. En tête naviguait le galion des de Sagran. Je déployai ma longue-vue et observai le ballet sur le pont de l'appareil. Jock et ses hommes étaient disciplinés, malgré leur attitude désinvolte. Je les regardai un moment tendre les cordages, manœuvrer la machine, pousser les moteurs. Je repliai ma longue-vue.

— Professeur, avez-vous un autre disrupteur en stock ?

— Non, ma chère Samantha. Et de toute manière, je ne pense pas qu'il fonctionnerait sur ces rustres. Leur machine ressemble à la nôtre. J'ai conçu le disrupteur pour rappeler à ceux qui se croient supérieurs qu'ils ne nous arrivent pas à la cheville. J'ai peur qu'il ne marche pas sur l'*Espadon Rouge*.

— En plus, ces gens ont des fusils et semblent motivés pour s'en servir, déclara Thomas. Hors de question que je te laisse prendre ce risque.

— Ne joue pas les grands frères protecteurs avec moi, s'il te plaît, grondai-je.

Tom ne releva pas et se contenta de hausser les épaules. Je me rassis dans mon siège et fixai les vaisseaux devant moi. La course n'avançait pas et j'avais l'impression que nous nous traînions. Nous n'allions pas gagner en demeurant derrière ces malotrus. De plus, j'avais plutôt apprécié mon escapade de la nuit précédente et la sensation grisante de vol. J'avais envie de recommencer.

— J'ai peut-être une idée, annonça Ginger alors qu'un silence inconfortable s'étirait dans l'habitacle.

Je la regardai. Elle affichait une expression joueuse et ses yeux pétillaient. J'étais à la fois curieuse et inquiète de savoir ce qu'elle avait derrière la tête.

— Professeur, pourriez-vous faire deux choses pour moi ? demanda-t-elle.

— Tout ce que vous voulez, déclara le vieil homme.

— Trouvez-moi de quoi les ralentir, ainsi que votre explosif le plus puissant.

— C'est comme si c'était fait.

M. Nutter fila en direction de son atelier en sifflotant.

— Oh, et ramenez le générateur dorsal de Samantha, lança Ginger.

Je lui adressai un coup d'œil suspicieux.

— Quoi ? Ne va pas me dire que tu n'as pas envie d'un peu d'action.

Tom m'observa, puis reporta son attention sur Ginger.

— N'est-ce pas dangereux pour elle ?

Son intervention me détermina à accepter la proposition de Ginger. Je me levai de mon siège.

— J'ai vu pire, déclarai-je d'un ton bravache.

Le professeur revint avec mon planeur, une de ses bombes artisanales et un fusil au canon évasé.

— Je récupère les commandes, Tom, décréta Ginger. Tu t'occupes de me ralentir ces idiots suffisamment longtemps.

Mon frère étudia Ginger, l'air indécis, avant de capituler avec un soupir.

— À vos ordres, lady Astley…

Elle le remercia d'un sourire éclatant, avant de prendre sa place. Quelques cahots secouèrent la *Tédesplen*, le pilotage de Ginger n'étant pas aussi fluide que celui de Tom. Elle réussit néanmoins à stabiliser la machine.

— Tom, à toi. Sam, tiens-toi prête.

Le professeur m'aida à enfiler et fixer mon planeur, et me tendit sa bombe. Ce que j'avais à faire devint limpide. Tom ouvrit l'écoutille, épaula le fusil, visa et tira. Le canon émit un projectile lumineux, qui toucha l'arrière du dirigeable. Celui-ci tourbillonna, et ralentit, avant de reprendre son cap et d'accélérer de nouveau. Malgré tout, la manœuvre s'était révélée suffisante pour que Ginger rattrape Jock et son équipe.

Poussant les moteurs de la *Tédesplen* à fond, elle dépassa les concurrents et, au passage, leur adressa un salut ironique. En dépit du rugissement des moteurs, je distinguai très nettement le hurlement de rage du pilote. L'appareil nous rejoignit et effectua une embardée, nous percutant. Ginger l'avait vu venir et encaissa le choc.

— Ma belle machine ! Ils me l'esquintent ! gémit le professeur en commençant à s'arracher les cheveux.

— Du calme, lança Ginger. Nous allons le leur faire payer. Sam ?

Je grimpai par l'écoutille et me hissai dehors. Je pris bien garde de m'accrocher, et de rester baissée, de manière à ce que Jock et son équipage ne me prêtent pas attention.

Ils nous étaient repassés devant. Ginger ne l'entendait pas de cette oreille. Elle accéléra. Tom tira une nouvelle fois dans le dirigeable, touchant l'enveloppe. Celle-ci grésilla, mais tint bon, preuve que l'équipage l'avait traitée pour qu'elle résiste. Le coup ralentit néanmoins suffisamment l'appareil afin que Ginger reprenne l'avantage. Elle veilla bien à ce que ses adversaires voient qu'elle pilotait et leur souffla un baiser au passage. Ce qui eut le don de beaucoup les énerver.

Jock devint fou et lança son navire à l'assaut de la *Tédesplen*. Les chocs se mirent à pleuvoir. Je m'accrochai au blindage de la machine tant bien que mal et guettai une opportunité pour intervenir. Jock me la fournit en percutant violemment la *Tédesplen* qui roula sur le côté. Je fus éjectée et tombai. Je déployai mes ailes et actionnai les réacteurs avant de remonter en flèchc. Je rasai le dirigeable. Une fenêtre était ouverte. J'en profitai. Je jetai ma bombe, et poussai mes réacteurs à fond pour m'éloigner.

Des cris retentirent alors qu'une mousse rose dégoulinait par le hublot. Les moteurs ralentirent, l'*Espadon Rouge* perdit de l'altitude, jusqu'à toucher le sol et se planter dans une dune. J'attendis un instant, planant au-dessus de ma proie tel un faucon. Les quatre hommes d'équipage sortirent, dressèrent le poing vers le ciel avant de m'abreuver de noms d'oiseaux divers. Je leur adressai un salut ironique, et regagnai la *Tédesplen*.

*

L'*Hispaniola* caracolait en tête.

— Ils nous narguent, gronda Thomas, revenu aux commandes.

— Bien évidemment, répondit Ginger.

Elle s'éventa de la main, l'air satisfait. Je partageais son avis. J'étais très contente de ma sortie et d'avoir participé à abattre l'appareil de ces répugnants personnages. Ne restaient plus que les de Sagran et leur vaisseau.

— On les rattrape ? proposa Thomas.

Le professeur Nutter applaudit à la suggestion. Mon frère poussa les machines. La *Tédesplen* rugit et accéléra. Nous nous approchâmes du galion volant. Il était splendide, je devais le reconnaître, avec ses voiles déployées, ses pavillons claquant au vent, ses boiseries et ses cordages. Malheureusement, les affreuses gueules noires des canons pointés sur nous en gâchaient tout le charme.

— Attention ! s'écria Ginger.

Tom évita un projectile, le deuxième nous toucha. Le choc manqua de me jeter en bas de mon siège. Mon frère jugea préférable de ralentir et de nous replacer derrière eux. Il patienta, puis tenta de remonter à la hauteur du galion. Les de Sagran et leur équipage répétèrent l'action et nous dûmes à nouveau esquiver des tirs de boulets.

— Attendez voir ! rugit M. Nutter.

Il se rua sur les commandes de son rayon de la mort, et fit feu. Le rai percuta l'*Hispaniola*, mais sans plus d'effet qu'il n'en avait eu sur l'*Espadon Rouge*.

— Mais pourquoi est-ce que ça ne marche pas ? sanglota le savant.

— Essayez autre chose, proposa Ginger. Peut-être un canon, et…

— Il n'en est pas question ! cracha le vieil homme.

Il disparut dans ses quartiers et revint avec une panoplie d'armes. Rayon de glace, rayon sonique, rayon de démence… Aucun ne fit effet sur l'*Hispaniola*, au grand dam du professeur Nutter, qui se laissa tomber sur le sol de la cabine, l'air dépité. Tom tenta une nouvelle fois de dépasser les de Sagran, mais sans succès.

— Rien à faire, gronda-t-il. Ils me bloquent la route.

Ginger tira sa longue-vue et observa nos ennemis.

— Il faut qu'on attende la nuit, déclara-t-elle.

J'acquiesçai, ravie à l'idée d'enfiler de nouveau mon planeur. Le reste de la journée se déroula de la même manière : Tom harcelait le galion, qui nous empêchait de passer. Plus les heures défilaient, plus je me disais que nous avions commis une erreur en éliminant Jock et son équipage, ou le vaisseau argenté. Peut-être aurions-nous pu nous servir d'eux pour attaquer les de Sagran. Enfin, ce qui était fait ne pouvait être défait.

La nuit arriva, amenant de la fraîcheur et une obscurité bienvenue. J'observai le galion. Il flottait à quelques mètres des dunes, comme la *Tédesplen*. Les hommes prenaient leur quart, je vis deux sentinelles jouer aux cartes. J'attendis un moment, avant que mes compagnons ne m'équipent. Le professeur me confia une bombe et un disrupteur, Tom me recommanda la prudence, Ginger m'intima de leur causer le maximum de dégâts. J'abaissai mes lunettes et me lançai.

Le vent nocturne agita mes cheveux et caressa ma peau. Je planai en silence à ras le sol jusqu'à atteindre le bateau. Là, je remontai de manière à me placer sous la coque. Tout se déroulait bien, comme prévu, jusqu'à ce qu'un rai de lumière ne m'éclaire. Quelque chose siffla à mes oreilles. Je me déportai. Un projectile érafla ma jambe. Je poussai un cri et reculai. Une écoutille s'ouvrit. La sœur de Sagran apparut, une arbalète à la main. Sa vision m'en rappela une bien plus sinistre encore : Ann Sharp au bord de la Source, menaçant mon frère. Ma panique ne connut pas de limite. Je fuis et regagnai la *Tédesplen*. Tom m'accueillit et afficha une mine horrifiée lorsqu'il vit le sang qui coulait de mon mollet. Son visage se ferma, il serra les poings.

— Je vais leur dire ma manière de penser ! gronda-t-il.

Je l'arrêtai en posant la main sur son épaule.

— Du calme. Je n'ai rien.

Lady Astley et le professeur m'aidèrent à retirer mon planeur. Ginger me fit asseoir, et entreprit de panser ma plaie.

— Ce n'est pas très profond, tu devrais guérir vite. Mais je crois qu'on peut oublier les acrobaties nocturnes.

— Ils m'attendaient, grommelai-je.

— Ils sont moins stupides que ce que je pensais, commenta Ginger. Peut-être ne sont-ils pas vraiment nobles en fin de compte.

— Ça ne nous dit pas comment nous pouvons les battre, soupira Tom.

Le vieil homme observa mon mollet qui saignait, puis reporta son attention sur le galion.

— Cette course ne m'amuse plus, déclara-t-il.

— Ce n'est rien, le rassurai-je. Juste une égratignure. On ne s'arrête pas pour si peu.

Mon mentor me contempla avec de grands yeux tristes.

— Je vais m'allonger dans ma cabine, marmonna-t-il.

Sur ces mots, il fila, nous laissant plantés là Ginger, Tom et moi.

*

Le professeur Nutter se boucla dans son atelier et refusa d'en sortir. J'essayai de l'en déloger, de le persuader que tout se passerait bien, sans succès. Je tentai même de l'appâter avec un rayon de la mort. Je l'entendis marteler des tôles et chanter. Je remontai au poste de pilotage.

— Rien à faire, soupirai-je. Il boude toujours.

— Tant pis, on se débrouillera sans lui, décréta Tom.

M. Nutter s'enfermait parfois dans le mutisme et bricolait durant des heures, voire des jours. Nous avions l'habitude.

— Trouve tout ce qui pourrait servir comme arme ou pour stopper ces sagouins, ordonna Ginger.

Je descendis tant bien que mal à la cale, mon mollet me lançait, mais avait arrêté de saigner. L'endroit était encombré de toutes les inventions de M. Nutter et des babioles que nous avions pu glaner au cours de nos voyages. Je songeai qu'il faudrait penser à trier et étiqueter tout cela. En attendant, je me jetai à l'assaut de la pile. Je farfouillai un moment, avant d'extirper plusieurs objets : un rayon tracteur que le vieil homme avait fabriqué lorsque nous travaillions pour Mercure et qu'il n'avait eu l'occasion d'essayer ; un rayon de foudre, ainsi qu'un sac contenant plusieurs grenades libellées « bombes à lévitation ».

Je remontai voir mes compagnons. Tom s'était rapproché du galion. J'ouvris l'écoutille et épaulai le premier rayon, celui tracteur. Ginger loucha dans ma direction d'un air inquiet.

— Tu es sûre de savoir comment ça marche ? s'enquit-elle.

— Aucune idée, mais au point où nous en sommes.

Je plaçai le vaisseau dans ma ligne de mire et tirai. Rien ne se produisit durant quelques secondes. Puis le fusil commença à chauffer. Je ne cherchai pas à comprendre quel était le problème; je lançai l'arme par l'écoutille. Bien m'en prit, car elle explosa, secouant la *Tédesplen* au passage.

— Eh! s'exclama Ginger.

Je n'écoutai pas ses protestations et empoignai le rayon de foudre. Je répétai mon manège, cette fois avec plus de succès. D'une part, le fusil n'explosa pas. D'autre part, il généra une salve électrique qui toucha l'arrière du galion devant moi. Je me permis un cri de victoire, mais déchantai très vite. Certes, la poupe avait noirci, mais l'*Hispaniola* ne ralentit pas pour autant.

— Nom de nom de nom! grondai-je.

Je me retournai pour prendre la grenade à lévitation. Je me trouvai face à la gueule enténébrée d'un canon et me déportai d'un bond sur le côté.

— Merci, Samantha, déclara M. Nutter.

Il poussa l'arme jusqu'à l'écoutille. Je restai bouche bée devant cette horreur hérissée de molettes et manivelles, constellée de points de soudure et de raccords rouillés.

— Mais c'est…, commença Ginger, revenant de sa surprise.

— Un canon, oui, répondit le savant. Ne rendez pas les choses plus difficiles qu'elles ne le sont. Et vous, M. Wiseman, accélérez un peu s'il vous plaît.

Tom préféra obéir et regagner quelques yards sur le galion. M. Nutter leva le canon et, sans aucune sommation, fit feu. Un éclair blanc m'aveugla. Un choc secoua la *Tédesplen*. Quand ma vision revint à la normale, le canon fumait, mais l'*Hispaniola* caracolait toujours en tête. Nous dépassâmes par contre une dune qui avait été vitrifiée. Le fusil du professeur fonctionnait, mais on pouvait repasser pour la précision.

— Donnez-moi ça! m'exclamai-je.

Je repoussai le vieil homme, récupérai l'arme avant de passer le buste par l'écoutille. Le vent et le sable me firent plisser les yeux. Je serrai les dents et calai le canon portatif contre mon épaule. Je me forçai à ignorer les éléments et à ajuster mon tir. Plus rien n'existait que l'*Hispaniola* devant moi. Je pris trois grandes inspirations et pressai la détente.

L'arme gronda et fit feu. Le recul me jeta en arrière. Ma tête heurta le bord de la trappe. À moitié assommée, je sentis un liquide chaud couler le long de ma nuque. Des mains me relevèrent, tandis que j'entendais des cris de joie. Le brouillard de douleur qui m'avait entourée se dissipa, juste à temps pour une vision enchanteresse : l'*Hispaniola* en flammes. Sa poupe brûlait, son équipage s'agitait pour contenir les dégâts, mais sans succès. Lentement, le vaisseau piqua du nez, avant de se vautrer dans une dune. Ce qui eut pour effet d'éteindre l'incendie, mais aussi de disqualifier les de Sagran, car l'*Hispaniola* ne revolerait pas de si tôt. La Ligue des ténèbres exulta.

— Regardez ! s'exclama Ginger.

Au loin apparaissait Geshthalan.

— Prêts pour la dernière ligne droite ? demanda Tom.

— Et comment ! répondit le professeur.

Mon frère poussa les moteurs. Le paysage autour de nous devint flou, tandis que la cité se rapprochait. Bientôt, les toits ronds et colorés de la ville se dévoilèrent. J'aperçus les murailles, sur lesquelles se massait une foule déjà dense. Nous fonçâmes en direction de la ligne d'arrivée, que nous passâmes en hurlant de joie. J'épongeai mon visage et lâchai un cri de joie. Nous avions gagné.

*

Le soleil se couchait et embrasait l'horizon. Du haut des remparts de Geshatalan, nous disposions d'une vue imprenable sur le désert. Mais je n'avais pas trop envie de contempler cette étendue sableuse. Je préférais observer la ville et la foule qui se massait au pied de l'estrade où moi et mes compagnons nous tenions. La cohue se composait de Geshtaliens venus nous acclamer, mais aussi de nos adversaires malheureux, dont certains nous devaient personnellement leur défaite ainsi que la destruction de leur appareil.

Jock et ses hommes nous fixaient avec un regard mauvais. Quant aux de Sagran, ils paraissaient prêts à nous trucider. Heureusement que le professeur avait pensé à emporter son rayon de la mort. Bref, l'ambiance était légèrement tendue, chose que Khalis, le Geshtalien qui nous avait accueillis et inscrits à la course, ne semblait pas remarquer.

Il grimpa sur l'estrade d'un pas souple, ses longues robes blanches flottant derrière lui, et nous adressa un sourire, avant de se tourner vers la foule.

— Au nom des antiques traditions de Gesthalan, nous nommons la Ligue des ténèbres, à bord de la *Tédesplen*, Seigneurs du ciel ! clama-t-il.

Les locaux nous applaudirent chaudement, les voyageurs firent preuve de plus de modération. Je regardai Khalis d'un air indécis.

— Saluez les nouveaux Seigneurs du ciel ! Que l'Appel vous guide !

Il s'arrêta. Je m'attendais à ce que nous dussions faire un discours. À vrai dire, Tom et Ginger en avaient préparé un très joli. Ils n'en eurent pas le temps. Les voyageurs planaires inclinèrent la tête.

— Que l'Appel nous guide, reprirent-ils en chœur.

Chacun se fendit d'un petit geste, génuflexion, signe de croix ou équivalent. Certains marmonnèrent une prière et levèrent les yeux au ciel. Puis, les voyageurs tournèrent les talons et s'égayèrent dans les rues de Geshtalan. Tom, Ginger, le professeur et moi restâmes interdits. Nous espérions quelque chose de plus formel. Jock n'était pas encore parti, il s'avança vers nous et grimpa sur l'estrade. M. Nutter arma son rayon de la mort, mais Jock délaissa son air furibond pour un franc sourire.

— Félicitations, nous congratula-t-il. Vous nous avez bien eus. C'était un joli coup, vous méritez vraiment le titre.

— Euh…, commenta Ginger faute de mieux.

Jock tint à nous serrer la main, et manqua donc de me broyer les métacarpes. Puis, il s'inclina et descendit de la tribune, filant rattraper ses hommes.

— Si vous avez besoin de quoi que ce soit, n'hésitez pas.

— Euh…, continua Ginger.

— À la revoyure et bon vent ! lança-t-il.

Nous échangeâmes un regard surpris.

— Samantha, que se passe-t-il au juste ? me souffla le professeur Nutter… Quand est-ce qu'ils nous couronnent ?

— Le titre de Seigneurs du ciel n'est qu'informel, intervint alors Khalis.

— Mais, je ne comprends pas, s'étonna Ginger.

— Vous êtes Seigneurs, certes. Mais il s'agit là d'une désignation honorifique. Franchement, vous ne pensiez pas que tous ces gens vous obéiraient au doigt et à l'œil parce que vous avez gagné une course ?

Mes compagnons eurent le bon goût de ne pas répondre.

— Cela dit, ce titre vous donne le droit de lancer l'Appel.

Khalis pointa du doigt la flèche en haut de la plus haute tour qui surplombait Geshtalan.

— Si un jour, vous avez besoin d'assistance, vous pourrez revenir ici et solliciter l'aide des voyageurs.

— L'Appel ? notai-je.

Khalis apposa une main sur sa poitrine.

— Celui que vous ressentez au plus profond de vous, qui vous a poussés à quitter votre monde d'origine, qui vous a fait avancer sans poser de questions. C'est l'Appel qui réunit les voyageurs.

— Veuillez pardonner ma franchise, mais les derniers que nous avons rencontrés semblaient plus motivés par la trahison et la violence que par un quelconque Appel.

La bouche de Khalis se plissa en une moue dégoûtée.

— Certaines pommes sont pourries, ce n'est pas pour cela qu'il faut jeter le panier.

Je repensai à nos concurrents. Ils n'étaient pas si terribles, au final. Et puis, cette histoire pourrait bien se révéler bénéfique. Nous prîmes congé de Khalis et repartîmes à la *Tédesplen*.

— Que fait-on maintenant ? m'enquis-je.

— On pourrait rester quelques jours, proposa Ginger. Si certains voyageurs sont encore là, ça m'intéresserait d'en savoir plus sur eux et leur fameux Appel.

J'acquiesçai, l'idée me plaisait. Je m'arrêtai net alors que nous arrivions sur la place où nous avions garé la machine. Une jeune fille se tenait appuyée contre la coque, une jolie brune, vêtue d'une robe bleue.

—Alice ! m'exclamai-je.

Mais que fichait ici la Foudre des Skelj ?

ÉPISODE 18 — OPÉRATION APOCALYPSE

Alice. Drôle de créature perdue, un peu folle, ne sachant plus trop qui, ou ce qu'elle était et qui nous appela jadis à la rescousse mes compagnons et moi. Je me demande ce qu'elle trouverait à dire de Drael et de sa clique. Les quelques personnes au château qui me restent fidèles – une poignée de domestiques, la maîtresse des écuries, l'une des archivistes – me rapportent qu'il s'attache de plus en plus à salir mon nom auprès du souverain. C'est l'ennui quand on adopte l'image d'un magicien aux grands pouvoirs. De magicien à sorcier maléfique, le pas est vite franchi.

La tête de notre roi Thédéus va de mal en pis. Ce matin, il a égaré sa couronne dans ses appartements, et a failli jeter aux cachots l'un de ses pages qu'il accusait de vol. J'ai dû déployer tout mon talent pour qu'il laisse ce pauvre garçon en paix.

Son état m'inquiète, car Drael et ses sbires profitent de sa faiblesse, et car j'ai vu ce que le pouvoir pouvait donner entre les mains de celui qui a depuis longtemps décidé que la santé mentale était un concept très surfait.

*

Depuis notre départ de Geshtalan et l'arrivée impromptue d'Alice, une ambiance tendue régnait dans la cabine de la *Tédesplen*. Tom pilotait sans rien dire, le regard rivé sur l'avant. Ginger était assise dans son siège, les bras croisés. Quant au professeur, il fixait alternativement mon frère, lady Asltey, Alice et moi.

— J'ai la sensation que vous n'êtes pas heureux de me voir et de m'aider, finit par lâcher la Foudre des Skelj.

— Nous nous serions peut-être montrés plus contents si nous avions connu votre existence ! répliqua Ginger en m'adressant une œillade venimeuse.

Je levai les yeux au ciel.

— Je vous l'ai expliqué. Si je vous avais parlé d'Alice à l'époque, vous auriez voulu vous servir d'elle pour conquérir le monde…

— Et nous aurions réussi ! rétorqua lady Astley.

— Sans compter que nous aurions pu réduire en cendres l'Union des parfaits avant qu'ils ne te causent du tort, ajouta mon frère.

Je ne trouvai rien à répondre à cet argument et passai la main sur la cicatrice sur ma nuque. Le professeur Nutter fronça les sourcils à ces mots et intervint :

— L'Union a fait du mal à Sam, et pour ça, je me réjouis qu'ils moisissent dans leur paradis artificiel. Cela dit, si nous avions effectivement eu connaissance des pouvoirs de cette créature, nous aurions sans doute bien pu tuer l'Union des parfaits. Mais alors, nous n'aurions peut-être jamais découvert la Source. Nous ne nous serions probablement pas retrouvés à Polis. Deathrock et ma petite Dreampop vivraient toujours dans ce monde affreux, sous la coupe d'Eudaimonia. Et nous n'aurions jamais pu participer à la course de Geshtalan, sans parler de la remporter et de devenir Seigneurs du ciel.

Il était exceptionnel que le professeur se fende d'une tirade aussi longue sur un sujet autre que ses inventions, la conquête du monde, la pâtisserie ou les rayons de la mort. Il était d'autant plus rare qu'il fasse preuve d'une si grande pertinence. Tom et Ginger ne trouvèrent rien à redire. Mon frère bafouilla quelques mots, avant de se tourner vers moi et de pointer un index accusateur en ma direction.

— Là n'est pas la question ! Tu ne nous as pas prévenus, et j'estime ça déplorable.

— Certes, mais ne lui avons-nous pas menti à Casetti et à Polis parce que nous jugions que c'était le mieux pour elle ? intervint alors M. Nutter.

Décidément, le professeur se montrait en forme aujourd'hui. J'étouffai un rire malgré moi. Tom et Ginger foudroyèrent le vieil homme du regard. Il écarquilla les yeux, ne comprenant pas ce qui lui valait ces réprimandes muettes.

Ginger capitula et poussa un nouveau soupir. Elle m'observa, puis passa sur Alice, qu'elle détailla. Je connaissais assez Ginger pour savoir ce qu'elle pensait : elle essayait de définir quel genre de personne était Alice et si surtout elle pourrait tirer quelque chose d'elle. Elle devait également se demander l'étendue de ses pouvoirs.

— C'est quand même étonnant qu'une créature aussi puissante, capable de prendre n'importe quelle apparence et de réduire des mondes en cendres, ait besoin de nous pour se sortir du pétrin, lança lady Astley l'air de rien.

Gagné… Ma camarade tentait de sonder Alice afin de déterminer ses aptitudes. La Foudre des Skelj n'était pas décidée à rentrer dans ce jeu.

— Je vous l'ai expliqué, j'ai roulé ma bille. J'ai rencontré des gens adorables, des aventuriers comme vous, avec une machine. Machine qui est actuellement en rade dans un monde menacé par des météorites. Mes pouvoirs me permettent de traverser l'Entremonde seule, mais pas accompagnée et je ne peux pas les assister. J'ai cherché des voyageurs planaires et j'ai entendu parler de Geshtalan et de sa course. Je me suis dit que ça serait un bon moyen de trouver de l'aide et je suis tombée sur vous. Le hasard fait bien les choses, car vous représentez ma meilleure chance de sortir mes amis du pétrin. Maintenant, dois-je vous répéter tout ceci encore une fois, ou avez-vous compris ?

Un bref sourire étira les lèvres de Ginger, remplacé aussitôt par un air sévère.

— Nous sommes en route pour vous aider, de toute manière. Mais Sam a bien dû vous dire que nous ne travaillons pas pour rien, ajouta perfidement Ginger.

Je voulus répliquer.

— Elle m'a raconté en effet que l'appât du gain vous motivait, me coupa Alice. C'est pourquoi je jure que si vous secourez mes compagnons, j'aurai une dette envers vous, et je vous aiderai, quoi que vous demandiez.

Lady Astley afficha une moue dubitative.

— Oui, mais que vaut la promesse d'une… une Skelj, c'est ça ?

Son ton méprisant et hautain me hérissa. Alice ne tomba pas dans le piège. Elle se contenta de sourire.

— Je ne suis pas une Skelj, mais une de leurs créations. Quant à ma parole, elle est aussi digne de confiance que celle d'une fausse aristocrate.

Ginger émit un rire de gorge.

— Quitte à ressembler à une humaine, vous auriez pu choisir un moins sale caractère que celui de Samantha, commenta-t-elle.

— Eh ! m'écriai-je.

— Désolée, répondit Alice. Lorsqu'une créature artificielle comme moi entre en sommeil, le premier qui la réveille lui donne sa forme et sa personnalité.

— Ah ! C'est donc pour ça que je vous trouve à la fois sympathique et horripilante ! lança mon frère.

— Eh !

— Enfin bon, ça aurait pu être pire. J'aurais pu la réveiller ! s'exclama le professeur Nutter.

Je n'osai imaginer les conséquences d'une telle chose.

— Tout de même. Je ne vois pas pourquoi nous vous aidons…, commenta Ginger. Nous sommes vraiment trop gentils.

Avant qu'Alice n'ait eu le temps de répondre, je répliquai :

— Parce que de toute manière, nous sommes déjà en route, et que nous ne ferons pas demi-tour maintenant. Parce que j'estime avoir une dette envers elle. Parce qu'il est hors de question d'abandonner ses amis à une mort certaine alors que nous pouvons les aider, et parce que, pour une fois, vous allez suivre mes directives. Ça fera pour toutes les fois où c'est moi qui me suis retrouvée enlisée dans vos combines foireuses !

J'avais presque crié les derniers mots. Le professeur Nutter et mon frère tournèrent la tête vers moi, surpris par mon éclat. Ginger, quant à elle, me contemplait avec une satisfaction non dissimulée. Je la soupçonnai d'avoir cherché à provoquer mon agacement. Peut-être pour vérifier si je n'étais pas totalement brisée. Mais mon mauvais caractère allait bien, pas de soucis à se faire de ce côté-là.

Ginger s'étira langoureusement comme un chat.

— Tom ? On arrive bientôt ? demanda-t-elle.

— Ce n'est pas à moi qu'il faut poser la question, répondit-il.

Il arrêta la *Tédesplen*, au milieu du brouillard de l'Entremonde et jeta un coup d'œil à Alice.

— Je suppose que c'est le moment où je vous laisse les commandes ? lança-t-il.

Alice opina en guise d'assentiment. L'idée n'enthousiasmait pas Tom, mais Alice nous avait garanti qu'elle pouvait revenir sur les mondes où elle s'était déjà rendue. Un pouvoir Skelj, apparemment. Sans cela, nous pouvions errer des années dans l'Entremonde sans jamais retrouver notre chemin. Alice se leva et s'approcha du poste de pilotage. Le professeur Nutter se raidit.

— Je n'ai pas vraiment envie de lui laisser toucher ma belle machine, ronchonna-t-il.

— Et pourtant, j'en rêve ! s'écria Alice. C'est une vraie splendeur, cette *Tédesplen*. Et je m'y connais en ingénierie, je vous rappelle que je suis une créature artificielle. Mais celle-ci…

Elle promena un regard émerveillé sur la cabine de la *Tédesplen* et gagna ainsi l'amitié du professeur.

— C'est d'accord ! s'exclama-t-il.

Alice s'assit au poste de commande. Tom lui expliqua à quoi servaient les différents leviers et boutons et Alice se lança.

— C'est parti !

Un tremblement agita la *Tédesplen*, alors que la Foudre des Skelj nous plaçait dans un courant de l'Entremonde. Alice se mit à chantonner tout en manœuvrant la machine. Son pilotage était souple et fluide. Sous ses doigts, la *Tédesplen* ronronnait de plaisir, comme un chat qui s'étire au soleil. Le visage de M. Nutter s'orna d'un sourire ravi, qui ne cessa de grandir.

— Nous arrivons, déclara Alice au bout d'un long moment.

Le gris de l'Entremonde commença à se clairsemer. Un ciel apparut, un firmament rouge sang, zébré de traînées d'un orange enflammé. Un sol se matérialisa sous nos pieds. Nous ralentîmes et j'ouvris l'écoutille créée pour la course et sortis prudemment sur la coque avant de la *Tédesplen*. La chaleur qui régnait m'étouffa presque aussitôt. De la sueur perla à mon front. Je fixai le ciel. Les déchirures ardentes semblaient se rapprocher.

— Des météorites, m'informa Alice. Elles pilonnent la Terre depuis des mois, et les plus grosses arrivent. La planète est condamnée.

Je regardai autour de moi. Nous nous trouvions dans le faubourg d'une ville, qui avait dû être assez animée avant le début de la catastrophe. Aujourd'hui, ne restaient plus que des carcasses de voitures calcinées, des immeubles à moitié effondrés, des panneaux noircis. L'endroit me rappela Devil's Peak. À quelques yards de là s'étalait un vaste cratère.

Une explosion retentit au loin, le sol trembla sous mes pieds. Je tournai la tête en direction du bruit. Une lumière violente embrasa l'horizon, avant de se muer en un panache sombre. J'entendis des sirènes et des cris. Je réalisai où, et surtout quand, nous nous trouvions : juste à temps pour la fin du monde.

*

Les cailloux pleuvaient dehors : une averse de projectiles pas assez imposants pour nous causer du tort, mais suffisamment pour se révéler pénibles. Heureusement, Tom avait réussi à abriter la *Tédesplen* au rez-de-chaussée d'un immeuble qui tenait encore debout.

Je songeai à remettre mon armure énergétique Skelj, en souvenir du bon vieux temps, mais Alice me persuada qu'elle pourrait nous protéger des plus gros dangers, et que de toute manière, la discrétion serait notre meilleure alliée.

La Foudre des Skelj se vêtit de couleurs sombres et attacha ses cheveux.

— Tu ne t'équipes pas ? lui demandai-je tandis que je glissai des grenades à ma ceinture.

— Non. Une ancienne arme qui utilise des armes, ça serait trop étrange.

Je n'insistai pas et terminai de me préparer. Je rejoignis les autres dans le poste de pilotage et nous sortîmes. Le professeur miniaturisa la machine et la confia à Ginger, dont c'était le tour de la porter. Nous risquâmes un œil dehors.

Traversant un ciel écarlate, les cailloux célestes tombaient à intervalles réguliers. Les impacts et explosions qui faisaient vibrer le sol m'inquiétaient de plus en plus.

— En route ? proposai-je.

Mes camarades n'avaient pas l'air enchantés à cette idée, je me lançai à découvert afin de les forcer à me suivre. J'entendis Tom jurer en gaélique et Ginger en gallois, mais ils m'emboîtèrent le pas. Nous nous engageâmes dans les rues de cette ville.

Elle avait dû prospérer avant la catastrophe. Il ne restait désormais plus que des immeubles abandonnés, des maisons en ruines et des carcasses de voitures. Je frissonnai. Pour l'instant, aucune pierre ne nous était tombée sur le coin de la figure.

Notre chance tourna alors que nous traversions un boulevard déserté. Un éclair et un mouvement dans le ciel attirèrent mon attention. Je levai la tête. Une boule enflammée, nettement plus grosse que toutes les autres, fonçait droit sur nous. Je poussai un cri.

— À couvert !

Je cherchai du regard un endroit où nous abriter. Mais Alice se montra plus rapide. Elle se plaça devant nous et étendit les bras. Sa silhouette changea jusqu'à devenir bleue et légèrement transparente, comme lorsque je l'avais rencontrée. La météorite allait nous percuter. Mais au lieu de l'impact fatidique, elle rebondit sur une barrière invisible et explosa. Je vis la lumière, sentis une vague de chaleur, mais aucun des débris ne nous heurta. Alice reprit forme humaine et se tourna vers nous avec un sourire.

— Je n'ai plus tous mes pouvoirs de Foudre, mais je peux encore me rendre utile.

— Intéressant…, déclarèrent en cœur Tom et lady Astley.

— Vous pourrez m'apprendre à faire ça ? s'enquit le professeur Nutter.

— Pas si je peux l'éviter, répondit Alice. Avançons.

Nous reprîmes notre chemin, parcourant les rues désertes de la ville. L'ambiance était lourde et fantomatique. L'air semblait peser sur mes épaules, j'avais l'impression d'essayer de respirer quelque chose de solide. Nous ne croisâmes aucune âme vivante, pas d'humains, mais pas d'animaux non plus. Pas le moindre oiseau, pas même un insecte. Je me rapprochai d'Alice.

— Désolée de te demander ça, mais tes compagnons, tu es sûre qu'ils sont en vie ? m'enquis-je.

— Ils l'étaient quand je suis partie, nous expliqua-t-elle. Ils se trouvaient dans le coin, mais ils ont dû changer de planque. Je pense qu'ils se cachent dans un des entrepôts au nord. Enfin j'espère…

J'embrassai les alentours d'un geste.

— Mais on dirait qu'il ne reste plus personne ici ! m'exclamai-je.

— C'est en partie vrai, reconnut la Foudre des Skelj.

Elle leva la tête et contempla le ciel.

— Les grosses corporations ont affrété des arches dès qu'elles ont réalisé que la Terre était perdue. Les hommes possèdent déjà des colonies spatiales où les rescapés trouvent refuge. La planète est condamnée, mais l'humanité perdurera.

— Tout le monde est parti, donc ? m'enquis-je.

— Presque tout le monde, corrigea Alice.

Elle jeta un coup d'œil nerveux autour d'elle. Cela m'interpella. Soit Alice jouait le mimétisme et imitait les réactions humaines, soit traînait dans les alentours quelque chose qui l'inquiétait réellement.

— Ne lambinons pas, m'intima-t-elle.

Nous marchâmes un long moment dans ces rues désertes. Chaque minute qui passait augmentait ma fébrilité. Deux météorites s'écrasèrent auprès de nous, tirant des exclamations à Ginger et à mon frère. Seul le professeur Nutter semblait détendu. Il fallut l'empêcher d'aller voir les aérolithes qui tombaient. Au loin retentissaient de temps à autre les hurlements d'une sirène. S'y mêlèrent bientôt des cris. Je tendis l'oreille. Ils se rapprochaient. J'agrippai le bras d'Alice. La Foudre opina et fila derrière la carcasse d'une voiture. Nous nous tapîmes là.

Quelques instants plus tard surgit une troupe à l'angle d'une rue. Ils portaient de longues robes déchirées, grossièrement peintes en rouge, et transportaient des bannières où s'étalait un soleil écarlate.

— Réjouissez-vous ! La fin du monde est proche ! beugla celui qui marchait en tête.

Je m'aplatis dans ma cachette alors qu'une sueur froide inondait mon dos. J'avais déjà rencontré de pareils groupes, mais les derniers brandissaient des pancartes qui vantaient les mérites d'Eudaimonia. Mon frère me prit la main et la serra. Le sinistre équipage passa, en hurlant et chantant comme des forcenés. Ginger était blême, même le professeur Nutter ne semblait guère rassuré. Nous attendîmes qu'ils se trouvent hors de vue depuis un moment avant d'oser sortir de notre abri.

— Je suppose que ce sont ceux qui ne voulaient pas évacuer, lançai-je à Alice.

Elle opina.

— Entre autres. Certains refusent aussi de partir. Quitte à crever, ils préfèrent que ce soit sur le plancher des vaches plutôt que de risquer leur peau dans l'espace.

Je pouvais comprendre un tel argument.

— Mais, et tes compagnons ? s'enquit Ginger. Pourquoi ne pas avoir pris une de ces arches ?

— Nous espérions réparer notre machine et nous enfuir à son bord, se borna à répondre Alice.

Elle ne s'étendit pas. J'échangeai un regard avec lady Astley. Nous sentions tous deux qu'elle ne nous disait pas tout. La Foudre des Skelj coupa court à mes réflexions en annonçant qu'il était temps de repartir.

Nous la suivîmes, mais restâmes aux aguets. Le groupe de fanatiques m'avait fait froid dans le dos, comme tout ce qui pouvait me rappeler l'Union des parfaits et Eudaimonia. Alice avançait d'un pas souple et silencieux, avec une grâce et une rapidité inhumaine.

Elle nous fit tourner un long moment dans les rues, avant de s'arrêter devant un hangar, fermé par une lourde porte blindée. Elle tira de sa poche une sorte de crochet et l'introduisit dans la serrure. Elle fit jouer l'objet, un déclic retentit. Alice poussa le battant et, d'un signe pressant, nous intima de passer. J'obéis et me retrouvai dans une vaste pièce baignant dans la pénombre. Seul le flamboiement des météorites qu'on apercevait par les hautes fenêtres illuminait les lieux par intermittence.

— C'est lugubre, commenta Ginger.

— Je sais. Par ici, répondit Alice.

Elle nous guida vers le fond du hangar, jusqu'à un escalier qui s'enfonçait dans les profondeurs. Je descendis les marches avec précaution. Au fur et à mesure que nous avancions, une lumière apparut et j'entendis des voix. Nous débouchâmes dans un souterrain chichement éclairé par des lampes vacillantes. Une dizaine de visages se tournèrent en notre direction, l'air apeuré. Un homme se leva, tenant une barre de fer qu'il dressa comme une épée improvisée.

— Du calme, Khordel, ce n'est que moi, déclara Alice.

Son interlocuteur se détendit avec un soupir de soulagement. Je remarquai que son visage était tuméfié et qu'une attelle entourait sa jambe droite.

— J'ai cru que tu ne reviendrais jamais, avoua-t-il à Alice.

Elle s'approcha et le serra dans ses bras avec un naturel qui me saisit.

— Tu sais bien que je ne vous aurais pas abandonnés, Anya et toi. Jamais.

L'émotion qui teintait sa voix semblait bien réelle.

— On dirait Miracle, commenta le professeur Nutter, m'arrachant à mes réflexions.

Effectivement, la troupe qui se massait là ressemblait aux résistants de la cité souterraine qui s'opposait à Sinik. Quoique, en y regardant de plus près, ils avaient l'air bien plus apeurés. Alice lâcha Khordel et se recula d'un pas, observant ses ecchymoses et sa jambe blessée. Son visage s'assombrit.

— Que t'est-il arrivé ? Où est Anya ? s'enquit-elle.

Khordel secoua la tête.

— Raventus a fait une descente. Il l'a embarquée. J'ai essayé de m'interposer, mais tu vois le résultat. Enfin, je peux estimer heureux que lui et ses gorilles ne m'aient pas battu à mort…

Alice blêmit à ces mots. Qui que soit ce Raventus, il n'avait guère bonne réputation.

— Excusez-moi, intervint alors Thomas, j'aimerais bien avoir des précisions. Qui sont tous ces gens ?

— Ma *Tédesplen* n'est pas assez grande pour les accueillir, de toute manière ! s'exclama le professeur Nutter.

— Ceux qui n'ont pas eu de place sur les arches, parce que les armateurs et les généraux jugent qu'ils n'ont pas assez de valeur, cracha Alice.

Une grimace de dégoût tordit son visage. Mon frère lança un regard oblique en ma direction.

— On dirait qu'elle a aussi hérité de ton sens de la justice.

Je ne relevai pas la pique car je venais de reconstituer l'enchaînement des faits.

— Vous vouliez partir de ce monde en les embarquant avec vous, non ? demandai-je.

Alice et Khordel opinèrent.

— Nous pensions que l'*Éclair Céleste* pourrait les emmener loin. Hélas une météorite a touché notre machine. Nous ne pouvons pas décoller, Anya n'arrive pas à réparer, et maintenant, elle a été capturée.

Il agrippa le bras d'Alice.

— Ils détiennent Anya ! Ma femme ! Il faut la délivrer.

Il fit mine de se ruer vers l'extérieur en clopinant. Alice l'arrêta.

— Du calme, tu n'es pas en état. Je m'en occupe, moi et les autres, nous allons chercher Anya. N'est-ce pas ?

Alice nous lança un regard implorant. Ginger poussa un profond soupir qui signifiait « réunion au sommet » et invita Alice à nous rejoindre d'un geste. Nous nous isolâmes près des escaliers. Je craignis un instant que Ginger et Tom n'ergotent pour déterminer si nous devions ou non aider la Foudre et ses amis.

— Bon, c'est plus compliqué que prévu, murmura Ginger. Mais je suppose que, vu qu'on est là, on ne peut décemment pas vous laisser dans le pétrin.

— Merci, souffla Alice.

— Tu me remercieras une fois qu'on sera tous sortis d'affaire, répliqua lady Astley. Alors, explique-nous qui est ce Raventus.

— Pour ce que j'en sais, un ancien général. Quand les météorites ont commencé à tomber, il a pris le pouvoir d'une base militaire dans le coin. On raconte qu'il construirait sa propre arche et qu'il capture tous ceux qui pourraient l'aider dans cette entreprise.

— Charmant personnage, commentai-je.

— Son complexe est bien gardé, non ? lança Tom. Libérer votre amie ne sera pas facile. À moins que M. Nutter ait une idée. N'est-ce pas, professeur ? Professeur ?

Nous réalisâmes que le vieil homme n'était plus en vue. Je le cherchai avec une pointe de panique, qui se dissipa quand je le trouvai plus loin dans le souterrain. Il contemplait un bateau amarré là. Non, pas un bateau, corrigeai-je : une machine à voyager entre les mondes. Je m'approchai. L'engin, plus petit et plus fin que la *Tédesplen*, arborait des lignes élégantes et subtiles. Dommage que l'arrière disparaisse dans une bouillie de poutres et de tôles. La météorite n'avait pas épargné l'Éclair Céleste.

Le savant se tourna vers moi avec des yeux extasiés.

— Samantha, ce vaisseau est splendide et je veux en rencontrer la conceptrice !

— Cela risque d'être compliqué. Elle est retenue prisonnière.

— Quoi ? Mais il faut l'aider !

— C'est au programme, intervint lady Astley.

Elle fixa Alice.

— Par où commence-t-on ?

*

Tapie derrière un mur écroulé, je regardai le complexe à travers ma longue vue : de vastes bâtiments de pierre grise, entourés par une clôture de fils métalliques. Du barbelé, m'avait expliqué Alice avec une moue dégoûtée. Une saleté dont les maniaques dans le genre de Raventus se servaient pour blesser tous ceux qui voudraient entrer.

Au centre du groupement s'élevait un dôme gigantesque. En dessous se trouvait l'une des arches qui n'avaient pas quitté la terre. D'après ce qu'Alice avait pu glaner comme informations, Raventus attendait le dernier chargement de passagers avant de décoller. En tout cas, l'endroit était bien gardé. Des dizaines d'hommes en uniforme patrouillaient le long des barbelés, armes à la main. Nul doute qu'ils avaient reçu comme consigne d'ouvrir le feu au moindre danger.

Je reposai ma longue-vue.

— Anya et les autres prisonniers doivent être enfermés dans le complexe. Sûrement du côté de l'arche pour qu'ils puissent embarquer rapidement le moment venu, déclara Alice. Je n'en sais pas plus. Désolée.

Le moment venu… Je ne pus m'empêcher de lorgner vers le ciel. Les traînées incandescentes devenaient de plus en plus présentes. Les impacts se rapprochaient et la taille des météorites s'était accrue. Certaines étaient désormais aussi grosses qu'un poing. Je me sentais vulnérable sans un toit solide sur la tête. Alice et l'assurance qu'elle pourrait nous protéger ne parvenaient pas à dissiper mes angoisses.

Je regardai Ginger, allongée sur le sol à côté de moi.

— Sûre de ton coup ? demandai-je. Alice pourrait cramer ce complexe…

— D'une part, je te l'ai dit, je ne dispose plus des mêmes pouvoirs que lorsque j'étais la Foudre des Skelj. Mes dons ne fonctionnent plus aussi bien maintenant que j'ai quitté mon monde d'origine. D'autre part, bien que l'idée de réduire en cendres cet endroit me tente, il y a des gens à l'intérieur. Sans parler de l'arche. Elle possède peut-être des pièces qui nous permettront de réparer l'Éclair.

Je dus me ranger à cet avis. Ginger se leva et épousseta sa chemise et son pantalon.

— Finissons-en, déclara-t-elle. Tu es prête, Sam ?

— Autant que possible, soupirai-je en l'imitant.

Tom et le professeur regardèrent avec inquiétude dans notre direction. Mon frère tritura la *Tédesplen* autour de son cou. Nous la lui avions confiée, par mesure de précaution.

— Soyez prudentes.

— Toujours, répondit Ginger avec un sourire mutin.

J'aurais eu beaucoup à redire quant à cette affirmation, mais Ginger me prit par le bras et me tira hors de la cachette.

— N'oubliez pas le plan ! nous lança Alice.

— Pas de danger, répliqua Ginger.

Nous nous éloignâmes, marchant en direction du complexe. Mon cœur cognait de plus en plus fort dans ma poitrine au fur et à mesure que nous nous rapprochions de la grille. Les soldats nous repérèrent et pointèrent leurs armes en notre direction.

— Halte ! Qui va là ? cria l'une des sentinelles.

Ginger entra en action. Elle adopta une expression éplorée et courut en direction de la grille.

— S'il vous plaît, ne partez pas sans nous !

Elle se jeta contre la porte et s'accrocha au grillage. Les hommes reculèrent, la maintenant en joue, mais je pus voir sur leur visage une ombre d'indécision.

— Par pitié ! Ne nous abandonnez pas ! Nous pouvons vous être utiles ! sanglota Ginger.

— Qui êtes-vous ? lança celui qui nous avait apostrophées.

— Je suis Myria Dovin, et voici ma sœur Arabelle. Nous sommes mécaniciennes et on m'a dit que je trouverais de la place sur votre arche ! Par pitié, ne nous laissez pas mourir ici !

Les gardes s'observèrent, visiblement embarrassés. D'un côté, leurs ordres stipulaient sûrement qu'ils ne devaient permettre à personne de passer. D'un autre côté, aucun homme ne pouvait rester insensible à Ginger quand elle pleurait et adoptait un regard de chiot qu'on s'apprête à abandonner.

— Sergent, si elles sont mécaniciennes, ça intéressera le général Raventus, souffla l'une des sentinelles.

L'autre hésita, avant d'opiner doucement.

— Au pire, on pourra toujours les renvoyer dehors, murmura-t-il à la fois pour nous et pour lui-même. Mesdames, nous ouvrons la porte. Mettez les mains derrière la tête et entrez. Mais attention, à la moindre entourloupe, on vous abat. Est-ce clair ?

Ginger et moi acquiesçâmes. Les sentinelles déverrouillèrent un passage dans la grille où nous nous faufilâmes rapidement. Je me retins de jeter un regard en arrière de peur de révéler la position de mes compagnons. Le battant se referma derrière nous. La première partie de notre plan se déroulait sans accroc.

*

Une escouade de quatre gardes nous escorta à travers les couloirs du complexe, beaucoup d'honneur pour deux femmes désarmées. L'intérieur était sombre et dénudé, à peine éclairé par des lampes qui grésillaient. Les murs de béton conféraient à l'ensemble un aspect triste et oppressant. Nous croisâmes beaucoup d'hommes et femmes en uniforme. Tous arboraient un visage dur et fermé, mais je discernais la peur dans leurs regards.

Ginger jouait à la perfection son rôle de réfugiée éplorée, observant tout avec de grands yeux effrayés. Je l'imitai, veillant bien à paraître terrifiée. En réalité, nous mémorisions toutes deux le plan des lieux et repérions les sorties. Je me tenais agrippée à son bras. Lorsque nous passâmes devant un couloir qui se terminait par un battant marqué « sortie de secours », elle me pressa la main. J'opinai discrètement.

Nos guides nous menèrent jusqu'à un corridor plus vaste qui s'arrêtait devant une large porte. Le sergent toqua.

— Monsieur ? Nous vous amenons deux nouvelles recrues.

— Entrez, répondit-on depuis derrière la porte.

Le battant s'ouvrit et on nous poussa à l'intérieur. Je clignai des paupières, éblouie par une vive clarté. La pièce où nous avions pénétré baignait dans une lumière blanche aveuglante. Comme le reste du complexe, elle était spartiatement meublée : des étagères et un bureau derrière lequel se tenait un homme. Il leva les yeux vers nous. Son regard me transit.

J'avais déjà vu des fous, des déments, des nobles dégénérés, mais jamais personne ne m'avait scrutée ainsi, comme si je ne représentais rien et que ma vie n'avait pas plus de valeur que celle d'un insecte. Même l'Union des parfaits ne m'avait pas fait autant frissonner que cet homme.

Deux soldats demeurèrent avec nous, sans doute pour vérifier que nous n'attaquions pas le général. Les autres filèrent et refermèrent la porte.

— Eh bien, eh bien, qu'avons-nous là ? commenta Raventus en se levant de son siège.

Ginger se mit à trembler. Je me demandai quelle partie de sa peur était feinte et laquelle était réelle, car cet individu était dangereux, j'en avais la certitude.

— Je… Je suis Myria Dovin, je travaillais comme mécanicienne avec ma sœur au garage de mon père avant qu'une météorite ne le frappe… Je… J'ai entendu dire que vous cherchiez des gens habiles pour partir sur l'arche. Je pourrais vous être utile !

Elle avait pris un air à la fois terrifié et vulnérable et laissa filtrer des trémolos dans sa voix. Du grand art. Raventus l'étudia et je crus voir un éclat d'intérêt passer sur son visage.

— Quelle spécialité, en mécanique ? s'enquit-il.

— Les moteurs de voitures, surtout. Mais je peux me débrouiller avec la plupart des systèmes de propulsion. Je possède des notions concernant la ventilation.

Ginger avait bien appris son texte et répété avec le professeur. S'il lui ordonnait de montrer ce qu'elle savait, elle pourrait faire illusion. Raventus sourit avec douceur et saisit la main de lady Astley. Cette fois, l'inquiétude de Ginger devint réelle. Je me raidis. Le général examina les doigts de Ginger.

— Pas de trace de graisse et de cambouis. Étrange pour une mécanicienne.

Toute couleur déserta le visage de lady Astley. D'un geste vif, Raventus la laissa et attrapa ma main. Je me débattis. Une gifle me sonna. Je tombai. Raventus me maintint au sol d'une pression de sa botte, sans pour autant lâcher mon poignet.

— Toi, par contre, tu travailles avec des machines. La crasse est incrustée sous tes ongles et tes paumes sont calleuses.

Ses lèvres s'étirèrent en un sourire horrible.

— Tu pourras nous servir. Heureux que tu aies frappé à notre porte.

Il me libéra. Je me remis prestement debout, l'épaule douloureuse à cause de la clé qu'il m'avait infligée. Je m'accrochai à Ginger. Raventus la détailla des pieds à la tête.

— Je n'ai pas besoin de menteuses. D'ordinaire, j'exécute les déchets dans ton genre. Tu as néanmoins de la chance. Tu es jolie et il me manquait cette nuance de blond.

Il s'avança et attrapa du bout des doigts une mèche de Ginger.

— Pile la couleur du blé bien mûr.

Lady Astley s'était composé un visage de marbre et toisa froidement Raventus.

— Je ne suis pas sûre de comprendre, déclara-t-elle d'un ton polaire.

Raventus ne répondit pas et fit signe à ses deux hommes. Ils ouvrirent la porte.

— Suivez-moi, ordonna le général.

Il valait mieux obéir. Nous lui emboîtâmes le pas. Raventus partit dans un couloir, nous sur ses talons, flanquées par les deux soldats. Nous passâmes plusieurs ateliers, d'où montaient des bruits de tôles qu'on martèle et des odeurs familières de métal chaud. Ceux que nous croisâmes, vêtus de blouses blanches, saluèrent Raventus avec une déférence mêlée de terreur.

— Je recherche des scientifiques ou toute personne avec un talent utile, car je désire que l'humanité perdure. La Terre est condamnée. Le seul espoir réside dans les arches. Les autres se sont contentés d'entasser tous ceux qu'ils avaient sous la main et de fuir le plus rapidement possible en direction des colonies spatiales. Moi, je suis différent, nous expliqua le général.

Nous atteignîmes une intersection, à notre droite s'ouvraient de grandes portes. J'eus à peine le temps de jeter un coup d'œil à l'intérieur en passant et aperçus un morceau de l'arche. Elle était gigantesque.

— Les promoteurs de mon arche souhaitaient sauver le maximum de personnes, pourvu qu'elles puissent payer. Moi je sais que là où nous allons, l'argent ne servira à rien. Alors je me suis débarrassé de ces gêneurs pour accomplir mon dessein, poursuivit Raventus.

Il se retourna vers nous. Dans ses yeux dansait une lueur folle. Nous quittâmes le quartier des scientifiques pour atteindre une autre aile du complexe. Les couloirs étaient calmes et déserts, et baignaient dans une lumière verdâtre sinistre.

— Nous pouvons rebâtir l'humanité en mieux et éviter les erreurs du passé. Mais pour cela, je veux sélectionner les candidats à l'immigration. Je ne souhaite que les meilleurs, le gratin du gratin, continuait le général dément tout en marchant.

Qu'ils soient d'accord ou non pour venir, comment en témoignait le kidnapping d'Anya. Raventus prenait ce dont il avait besoin pour créer sa civilisation idéale. Son regard sauta de moi à Ginger.

— Une mécanicienne me servira. Même si tu n'es pas un cerveau brillant, tu pourras effectuer les réparations du quotidien, et éviter ainsi que je mette en danger la vie précieuse d'un savant. Quant à toi, la blonde, il faudra bien repeupler notre colonie. Et je compte bien que les nouveaux humains, en plus d'être intelligents, soient dotés d'un physique des plus avenants…

Il s'arrêta devant une porte qu'il ouvrit. Elle donnait sur un autre couloir, où s'étalaient des rangées de cellules. Dans chacune d'entre elles, une femme. Elles étaient belles, chacune à leur manière, somptueuse métisse, rousse incendiaire, brune hautaine. Elles étaient splendides et terrifiées. Raventus saisit le bras de Ginger. La respiration de ma compagne s'accéléra.

— Jamais ! siffla-t-elle.

— Tu n'auras pas le choix. Pas si tu veux survivre.

Avant que j'aie eu le temps de tenter quoi que ce soit, les soldats m'empoignèrent, sur un signe de leur chef.

— Et toi, tu devras te montrer sage et bien travailler, si tu souhaites que rien de fâcheux n'arrive à ta sœur.

Ma gorge était nouée, je ne parvenais pas à prononcer une parole. Je me contentai d'acquiescer.

— Emmenez-la avec la main d'œuvre, ordonna le général à ses hommes.

Ils me traînèrent loin de Ginger.

— Ne t'inquiète pas, Arabelle, me lança-t-elle. Souviens-toi que cela nous sauvera tous !

Le plan. Je devais m'en tenir au plan. Plus facile à dire qu'à faire. Je calmai la panique qui m'envahissait pour m'efforcer de réfléchir. Nous en avions vu d'autres, nous pouvions nous en tirer.

Je mémorisai les allées et couloirs où mon escorte me fit passer, tentant de dessiner une carte mentale du complexe. Je notai que des traits de couleurs marquaient le sol et semblaient indiquer les croisements. Je ne tardai pas à le comprendre. Rouge pour l'arche, vert pour les soldats, blancs pour les savants, bleu pour les travailleurs.

Les deux gardes m'amenèrent ainsi jusqu'à une porte qu'ils ouvrirent. Ils me poussèrent à l'intérieur d'une vaste pièce plongée dans la pénombre. Le battant se referma derrière moi.

J'attendis, immobile, et tendis l'oreille. Je perçus le bruissement de souffles inquiets et le murmure de conversations étouffées. Je n'étais pas seule. Ma vision s'habitua à l'obscurité et je discernai mieux les alentours. La salle était immense et haute de plafond. Elle ressemblait à un hangar. Des dizaines et des dizaines de personnes s'y entassaient. De la main d'œuvre pour la future arche. Des visages hagards et des yeux apeurés se tournèrent vers moi.

— Tonnerre de merde, commentai-je.

*

Je restai interdite un moment, fascinée et terrifiée par la masse que je devinais là. J'attendis un instant, prête à toute éventualité, mais vu que personne ne fit mine de m'attaquer, me dépouiller ou quelque autre déplaisante chose, je me raclai la gorge.

— Messieurs dames, bonjour et désolée de troubler votre tranquillité, mais y aurait-il ici une dénommée Anya ? lançai-je à l'assemblée.

Un murmure inquiet répondit à mes paroles. Personne ne bougea.

— C'est Alice qui m'envoie, ajoutai-je.

Cette fois, mon intervention fut suivie d'effet. Une silhouette se leva et fendit la foule. Lorsqu'elle arriva à ma hauteur, je la distinguai mieux. Elle devait compter une trentaine d'années, la peau et les cheveux sombres, le visage fatigué, mais les yeux durs et défiants.

— Qu'est-ce qui me dit que c'est bien Alice qui vous envoie ? demanda-t-elle d'un ton peu amène.

— Je peux vous expliquer comment je l'ai rencontrée et délivrée.

Anya secoua la tête.

— Vous pourriez être une espionne de Raventus. Qu'est-ce qui me prouve que vous n'êtes pas l'un des leurs ?

Je sentis venir le moment où j'allais devoir argumenter des heures avant d'obtenir gain de cause. Je n'étais pas d'humeur. Réprimant une pointe d'agacement et une bordée d'injures colorées, je préférai croiser les bras et jeter :

— L'amie qui était avec moi est retenue prisonnière pour servir de reproductrice, alors pardonnez-moi, mais je n'ai pas toute la journée pour discuter. Et si vous commenciez à me croire ?

Dans la pénombre, je vis Anya esquisser un sourire.

— Vous devez être Sam. Alice m'a beaucoup parlé de vous.

Elle me prit par le bras.

— Venez. Nous zigzaguâmes à travers la foule assemblée là. La passivité de ces gens m'effara. À aucun moment de notre conversation quelqu'un n'avait fait mine de s'intéresser à nous. Personne n'avait relevé la tête. Ils restaient assis ou allongés à même le sol, sans bouger. Je m'interrogeai sur la manière dont Raventus et ses hommes avaient traité ces prisonniers.

— Ils nous font travailler jusqu'à l'épuisement sur cette arche, et ils nous nourrissent à peine, me souffla Anya.

Elle m'emmena à travers la pièce jusqu'à un recoin sous une poutrelle. Là, elle alluma une lanterne bricolée à partir d'éléments glanés à droite et à gauche. À cette chiche lumière, je vis combien ses traits étaient tirés et qu'elle semblait inquiète.

— Votre mari va bien, informai-je Anya. C'est lui qui m'envoie.

Elle poussa un soupir de soulagement.

— Et les autres ? Et l'Éclair Céleste ?

Je lui résumai notre arrivée en quelques mots. Elle hocha la tête et se massa les tempes.

— Il faut qu'on sorte d'ici, souffla-t-elle.

— Je n'avais pas pour ambition de moisir dans ce trou, répondis-je.

— D'accord, mais comment comptez-vous vous occuper de la porte ? Le verrou est solide, j'ai déjà essayé de le crocheter.

J'esquissai un sourire et retirai le médaillon oblong que je portais. Je l'ouvris et en tirai un crochet plié en deux. Puis ôtai la boucle de ma ceinture pour récupérer une lame de couteau. Le manche était dissimulé dans la semelle d'une de mes bottes. Les instruments étaient rudimentaires, mais je devrais m'en contenter. Je croisai le regard d'Anya. J'y lus de la peur mêlée à une détermination sans faille. Elle hocha la tête.

— Allons-y, déclara-t-elle.

Nous nous levâmes. Elle ramassa ses maigres bagages et nous nous faufilâmes vers la sortie. Cette fois, notre intervention n'était pas passée inaperçue. Des visages commençaient à se tourner dans notre direction. Alors que nous approchions de la porte, je compris que l'affaire ne se révélerait pas aussi aisée que ce que j'avais escompté. Un groupe d'une demi-douzaine d'hommes nous barrait la route. L'un d'eux, visiblement le chef improvisé de la troupe, croisa les bras et nous toisa.

— Je sais pas ce que tu comptes tenter, Anya, mais c'est hors de question que tu sortes.

— Allez, Senmis, laisse-moi, gronda-t-elle.

L'intéressé et ses comparses secouèrent la tête.

— Raventus représente notre seule chance de survie, tu ne l'as pas encore compris ?

Anya éclata d'un rire ironique.

— La survie ? À quel prix ? En abandonnant les faibles et les malades derrière ? En emprisonnant contre leur volonté ceux qui pourraient lui rapporter quelque chose ?

Anya embrassa le hangar d'un geste.

— Il nous parque ici comme des animaux et nous fait travailler jusqu'à ce que nous tombions d'épuisement. Je ne sais pas ce qu'on t'a raconté, Senmis, mais on est de la chair à canon, de la main-d'œuvre sacrifiable. Qu'on vive ou qu'on crève, Raventus s'en fout, tant qu'il reste du monde pour construire son arche.

J'étudiai la foule. L'échange d'Anya et de Senmis avait attiré l'attention. Certains se levaient, sûrement pour prêter assistance à Senmis. Je réfléchis à toute allure. Anya et Senmis se dévisageaient avec colère. L'air était chargé d'étincelles. Je devais intervenir avant que la situation ne dégénère. Je m'interposai entre les deux.

— Je me permets de m'immiscer avant que tout le monde n'aille trop loin. Senmis, nous comprenons vos motivations.

Anya étouffa une protestation.

— Si, si, insistai-je, nous comprenons votre envie de survivre et de quitter cette planète condamnée. Comme pour ponctuer mes dires, un impact ébranla le sol et une détonation retentit. Juste au moment où j'essayais de calmer ces gens. Parfait...

— Vous ne voulez pas mourir. Mais Anya et moi avons laissé dehors des êtres chers que nous refusons d'abandonner !

Je me tournai vers les réfugiés assemblés là. Je sentais leur angoisse. Les gens qui ont peur sont peu susceptibles de prendre de judicieuses décisions et Senmis pourrait assez facilement les persuader que la servitude représentait leur meilleure chance de survie. Je devais les convaincre avant. Je m'interrogeais : comment Ginger aurait-elle agi ? Puis je me lançai. Je promenai mon regard sur la foule.

— Combien d'entre vous se trouvent ici de leur plein gré ? clamai-je.

Des têtes se baissèrent.

— Combien d'entre vous ont été enlevés, arrachés à votre famille, à vos proches ? Combien ont été kidnappés au milieu de la nuit, pour être jetés dans cette prison, forcés à travailler ? Combien d'entre vous pleurent la mort d'un être cher ? Combien se demandent si les autres ont survécu dehors ?

Ma tirade était un peu emphatique - dire que je me moquais de Tom et Ginger à ce sujet - mais elle parut produire son effet. Je vis des joues baignées de larmes.

— Combien ? insistai-je.

Mon regard tomba sur un homme, qui me fixait droit dans les yeux, le visage noyé de chagrin.

— Qui as-tu perdu, ami ? l'interrogeai-je.

Il hésita, puis se racla la gorge.

— Je suis ingénieur en système de propulsion. Je devais partir sur une des arches de Techcorp avec ma femme. Mais j'intéressais Raventus. Alors il m'a fait enlever. Je… Je ne sais pas où elle est… Si elle a survécu…

Sa voix se brisa et il fondit en sanglot. Ses voisins passèrent un bras autour de ses épaules pour le soutenir. Comme si l'intervention de l'homme avait libéré la parole, le hangar se mit à bruire d'histoires similaires. Je les laissai parler, puis réclamai le calme d'un geste.

— Nous ne vous voulons aucun mal. Nous désirons sortir et retrouver nos familles. Ceux qui le souhaitent peuvent venir avec nous. Les autres, nous vous demandons un répit de quelques minutes avant de donner l'alarme.

Je regardai Senmis. Il hésita, puis finit par hocher la tête de mauvaise grâce. Il avait compris que s'il essayait de nous empêcher de passer, il risquait l'émeute. Il s'écarta et je me ruai à l'assaut de la serrure. Grâce aux enseignements de Ginger, il ne me fallut que quelques instants pour en venir à bout. Anya émit un sifflement admiratif.

— Vous êtes douée.

— J'ai eu un bon professeur.

J'entrouvris le battant. Personne en vue. Je poussai la porte et me coulai au-dehors, entraînant Anya avec moi. Nous filâmes dans le couloir jusqu'à atteindre un escalier. Il y avait un espace sous les marches où nous nous dissimulâmes. Des cris retentirent et bientôt, des prisonniers passèrent en courant.

— Voilà qui devrait occuper les gardes, soufflai-je.

— Vous n'aviez pas l'intention de faire évader les autres ! s'exclama Anya d'un ton outré.

— Je veux les aider et je ne peux pas le faire si je suis enfermée !

Anya baissa la tête, honteuse. Je me redressai.

— La voie est libre. Allons-y.

Nous nous glissâmes hors de notre cachette et je me remémorai le plan que j'avais mentalement dessiné. Je savais où mon frère et le professeur m'attendaient. Nous progressâmes en évitant les patrouilles. Heureusement, comme je l'avais soupçonné, le complexe était en sous-effectif. Nous atteignîmes une porte qui donnait sur l'extérieur. Je l'ouvris, me plantai dehors, dénouai le foulard qui couvrait mes cheveux et l'agitai. Mes compagnons sortirent de leur abri et coururent en notre direction. Le grillage ne résista pas longtemps à M. Nutter, en très grande forme. Le soulagement m'envahit. Un craquement dans le ciel et une brusque lumière me firent lever les yeux. L'horizon s'embrasa. Anya me serra le bras.

— Les météorites...

*

Pour une fois, nous ne cavalions pas derrière le professeur Nutter, mais après mon frère.

— Si jamais il a posé un seul doigt sur Ginger ! rugit-il en tournant à l'angle d'un couloir.

— Tom, attends ! m'écriai-je.

Mais cet idiot ne m'écouta pas et continua sa course.

— Dites, il sait où il va ? m'interrogea Alice.

— Non, justement.

— N'est-ce pas dangereux ? s'alarma Khorbel.

Il clopinait sur sa béquille, soutenu par Anya.

— Si peu…, ironisai-je. Tom ! À droite, abruti !

Heureusement, mon frère avait gardé suffisamment de lucidité pour suivre mes directives.

— Samantha, Ginger va s'en tirer ? gémit le savant suspendu à mon bras.

— Ne vous inquiétez pas. Elle est débrouillarde et peut se défendre.

J'aurais aimé en être convaincue. J'avais vu Raventus en action. « Fou dangereux » ne commençait même pas à le décrire.

— Tom ! Ralentis ! beuglai-je. On va se faire repérer.

— Oh c'est sûr qu'à gueuler comme ça dans les couloirs, vous passez inaperçus, lança Alice à côté de moi.

Je lui décochai un regard venimeux, mais dus reconnaître qu'elle avait raison. Pour le moment, les corridors où nous étions restaient déserts, mais notre chance ne durerait pas indéfiniment. Surtout pas avec Tom qui courait comme un dératé en criant « Ginger » à tous les vents.

Nous finîmes par rattraper mon frère à l'angle de deux travées. Il tournait la tête de droite à gauche et fit mine de repartir. Je le freinai en m'accrochant à son bras.

— Tom, attends !

— Par où ?

— Gauche, mais…

Je tentai de l'arrêter, il me traîna à sa suite, sous le regard médusé d'Alice et du professeur Nutter.

— Tom ! essayai-je de le raisonner.

Il vira à un angle et percuta un soldat qui arrivait en sens inverse. Le choc nous jeta à terre. Je me relevai la première et administrai un coup de pied vicieux dans les côtes de l'homme. Pas très glorieux, mais aux grands maux, les grands remèdes. Mon frère réagit, attrapa le garde par le col de son uniforme et le redressa.

— Intrus ! piailla le soldat.

Tom fit bon usage de sa tête pour le faire taire. L'autre gémit, Tom semblait juste énervé.

— Je suis d'un naturel plutôt jovial d'ordinaire, mais il s'avère que votre général Raventus a capturé et peut-être fait du mal à quelqu'un de très cher. Je vous conseille donc de la boucler et de ne pas essayer de donner l'alerte. Me suis-je bien fait comprendre ?

Son interlocuteur opina, l'air terrifié.

— Merci bien, répondit mon frère en l'assommant d'un coup de poing sec.

Il ramassa l'arme du garde, puis se tourna vers moi.

— Quelle direction, Sam ?

— Droite.

— Alors, allons-y.

Nous le suivîmes. Nous croisâmes un détachement de trois hommes quelques mètres plus loin. Ils n'eurent pas le temps de lever leurs fusils. Tom en expédia un au royaume des songes d'un direct bien placé. Le professeur et moi piégeâmes les autres dans des bulles temporelles. Nous dépassâmes les quartiers des scientifiques, avant d'atteindre les geôles des reproductrices. Une patrouille gardait l'entrée, là aussi, ils ne firent pas long feu contre Tom et M. Nutter. Alice et mes compagnons découvrirent avec horreur les cellules.

— Quel monstre ! gronda Alice.

— Bienvenue dans le monde merveilleux des humains, répliquai-je. Si tu pouvais éviter de copier ce genre d'aspects, nous t'en serions très reconnaissants.

— Ginger ! appela Tom.

Un hurlement retentit. Nous nous ruâmes dans sa direction. Le cri provenait d'une porte entrouverte. Tom la poussa d'un coup de pied et déboula dans la cellule, moi sur ses talons.

Ginger était assise sur son lit et se recoiffait, l'air particulièrement furieuse. À ses pieds gisait le général Raventus, ligoté de façon fort créative avec des draps entortillés. Du sang coulait de son nez. Lady Astley leva les yeux vers nous. Une expression de soulagement envahit son visage. Je remarquai les hématomes sur ses bras, le col de son chemisier déchiré, sa lèvre éclatée. Le masque de contrôle de Ginger se fissura presque. Elle faillit fondre en larmes, mais la présence de Khordel, Anya et Alice la força à se maîtriser. Elle se contenta de hausser un sourcil.

— Vous en avez mis du temps, déclara-t-elle.

— Détache-moi, salope ! gronda Raventus à ses pieds. Détache-moi ou je te jure que…

Je lui administrai un bon coup de pied dans les côtes. Toujours peu glorieux, mais offrant un très grand soulagement. Alice s'approcha et lorgna l'homme ligoté.

— C'est cet individu qui enlève les gens pour les obliger à travailler pour lui et qui considère les femmes comme des ventres qu'il peut engrosser à sa guise ?

— C'est lui, confirmai-je.

Alice étudia l'individu d'un air froid et implacable qui me causa un frisson.

— On a une raison de le laisser en vie ? s'enquit-elle.

— Euh…, commençai-je.

Je n'eus guère l'occasion de poursuivre plus loin. Un éclair blanc illumina la cellule. Je poussai un cri. Quand les papillons lumineux arrêtèrent de danser devant mes yeux, un tas de cendres fumant avait remplacé Raventus.

— Je ne suis pas sûre que ce soit très moral, déclarai-je.

— Moi je ne vais pas pleurer sur son sort, répliqua Ginger. Surtout après ce qu'il m'a dit !

Un mauvais pressentiment m'étreignit, renforcé par l'explosion qui résonna dans le lointain.

— Leur arche, elle n'est pas terminée, expliqua lady Astley. Elle ne peut pas encore décoller, il manque des pièces.

Ce qui signifiait que tous les prisonniers dans le hangar, tous ces gens que Raventus et ses hommes avaient arrachés à leur famille et à leurs proches étaient condamnés à mourir ici. J'échangeai un regard avec Anya. Elle sembla hésiter, en proie à un conflit intérieur, et poussa un profond soupir.

— On ne peut pas les laisser comme ça.

— Emmenons-les avec nous, alors, décréta le professeur.

— Non, la *Tédesplen* est trop petite. Ils sont des centaines.

— Construisons une grande remorque ! proposa le savant.

Une explosion ébranla le sol.

— Nous n'avons pas le temps !

— Et bien, il faut réparer l'arche, déclara M. Nutter.

— Nous n'avons pas les pièces, objecta Anya.

— J'ai tout un tas d'invention dans la cale de la *Tédesplen*, et je suis persuadé que vous en avez dans votre Éclair Céleste. Ensemble, nous pouvons y arriver ! répliqua le vieil homme.

Nous nous regardâmes.

— Ça pourrait marcher, convint Anya.

— Parfait, de quoi avez-vous besoin ? l'interrogea Tom.

J'observai mes compagnons. Nous aurions pu nous enfuir, sauver nos peaux. Tout le monde avait décidé de rester sans discuter. Je me demandai à quel moment nous étions devenus aussi héroïques. Je m'inquiétai : cela ne risquait-il pas de nous coûter la vie ?

*

Une météorite s'écrasa à côté de nous, tordant les poutres de métal du toit. Anya et Ginger lâchèrent un cri, moi une bordée de jurons.

— Elle n'est pas passée loin, celle-là, grommelai-je.

Je sentais la chaleur de l'incendie voisin se communiquer à mon visage et me tournai vers l'arrière.

— Tom ! Magne-toi !

Mon frère, au volant de la *Tédesplen*, m'adressa un signe peu flatteur.

— Si Mère te voyait, elle ne serait pas très contente ! lançai-je.

Thomas ne répondit pas et préféra se concentrer sur le pilotage. À sa décharge, diriger la *Tédesplen* dans les couloirs du complexe relevait de l'art de précision. Certes, les artères étaient assez larges, mais la machine ne passait que de justesse. Sans oublier les impacts de plus en plus fréquents des météorites.

Anya étendit le cou pour observer l'Éclair Céleste, que la *Tédesplen* tractait. Khordel, au volant de l'engin, essayait de le manœuvrer au mieux pour faciliter le travail à Tom. Je devais lui reconnaître une certaine virtuosité. Cela n'empêchait pas son épouse de le scruter avec acuité.

— S'il l'abîme, ça va chauffer ! gronda-t-elle alors que Khorbel négociait un tournant.

— Détends-toi, tout se passera bien, lui lança Alice.

La Foudre des Skelj ouvrait la marche et s'occupait des soldats que nous croisions. Ginger, Anya et moi la suivions à quelques pas de distance. Derrière les deux machines allaient le reste des réfugiés, les amis de Khorbel et d'Anya.

La mort de Raventus s'était répandue comme une traînée de poudre. Une partie des hommes abandonnait le navire. L'autre se hâtait vers le cœur du complexe, vers l'arche. Les femmes emprisonnées avaient été libérées, certaines avaient fui, mais une grosse majorité avait compris que le salut viendrait de nous et avait donc filé en direction de l'arche.

Nous atteignîmes enfin une porte immense, celle qui donnait sur l'espace de lancement. Les battants étaient ouverts, une bonne nouvelle, car nous aurions eu du mal à les déverrouiller par nous-mêmes. Par contre, les soldats qui n'avaient pas déguerpi se massaient là et avaient sorti les armes. Ils nous mirent en joue dès que nous arrivâmes en vue.

— On ne bouge plus !

— Du calme, les comiques, clama Alice. On vient réparer l'arche.

— Pas un pas de plus ! cracha l'une des sentinelles.

— On vous dit qu'on est là pour vous aider ! répéta la Foudre.

À son ton, je sentis qu'elle commençait à perdre patience. Je la comprenais : les chutes de météorites se rapprochaient de plus en plus. Nous arrivions à un impact par minute et vu les vibrations du sol, la taille des projectiles s'était accrue. La chaleur m'étouffait et je n'avais qu'une seule envie : quitter cet endroit. Cela dit, j'avais noté le regard affolé des prisonniers, nous ne pouvions partir sans les assister. Je fixai les soldats. La plupart étaient à peine plus âgés que moi, des gamins terrifiés à qui l'on avait donné une arme. Un très, très mauvais cocktail.

— Samantha, si ces gens t'embêtent, je peux utiliser mon rayon de la mort, déclara le professeur Nutter à côté de moi.

— Sinon, je détiens assez de pouvoir pour en cramer un ou deux. Ça devrait les calmer, souffla Alice.

La solution me tentait. Je soupirai et secouai la tête.

— Ginger ? implorai-je.

— Je m'en occupe.

Je pensais que Ginger jouerait la voie de la raison pour maîtriser ces agités de la gâchette. J'étais persuadée qu'elle allait leur parler comme une grande sœur compréhensive ou une mère indulgente. Je me trompais.

Lady Astley prit une profonde inspiration et avança vers les militaires d'un air conquérant. Ils hésitèrent, l'un d'eux leva son arme. Je me raidis. Les mains d'Alice grésillèrent.

— Soldats ! rugit lady Astley. Qu'est-ce que c'est que ce foutoir ?

— Mais je…, tenta l'un d'eux.

— Nous venons sauver vos pathétiques miches et c'est comme ça que vous nous accueillez ?

Ginger rejoua ensuite une scène que j'avais déjà vécue lors de notre infiltration de Sinik : elle agonit d'insultes tous ceux qu'elle croisa. Plus elle hurlait, plus les soldats paraissaient terrifiés. Cela confirma l'opinion que j'avais d'eux : la plupart ne se trouvaient pas là de leur plein gré.

— Qui est votre responsable ? finit par beugler Ginger.

Trois hommes se frayèrent un chemin jusqu'à l'entrée. Ceux-là se montraient d'une autre trempe que les sentinelles. Ceux-là avaient choisi de suivre Raventus. Peut-être leur avait-il promis une ou deux femmes en récompense. Dans tous les cas, ils ne semblaient guère heureux de nous voir. L'un d'eux avisa Ginger, une grimace de dégoût se peignit sur son visage. Il leva une arme vers lady Astley, mais n'eut jamais l'occasion de tirer. Alice souffla sur la fumée qui s'évaporait de ses doigts.

Ginger avança et poussa du pied le tas de cendres fumantes. Elle toisa ceux restant d'un regard froid.

— D'autres velléités de contestations ?

Les hommes nous observaient sans mot dire. Finalement, l'un d'entre eux secoua la tête.

— Parfait, parce que nous sommes ici pour vous sauver les fesses et réparer cette fichue arche. Pouvons-nous entrer maintenant ?

Ils s'effacèrent, certains avec soulagement, d'autres avec mauvaise grâce. Je pénétrai dans le centre du complexe et découvris l'arche. Je demeurai bouche bée.

— Mais… c'est immense, parvins-je à articuler.

— Mouais, pas mal, convint Alice. Enfin, ça ne vaut pas les vaisseaux Skelj de la grande époque.

— Je te rappelle que les Skelj, malgré leurs grosses machines, ont fini par disparaître, répliqua Anya en s'avançant.

— Rabat-joie, siffla Alice.

Mais Anya ne l'écoutait déjà plus. Comme moi, elle contemplait l'arche. Nous nous trouvions dans une sorte de silo et l'arche en occupait toute la hauteur et la largeur. Le vaisseau, de forme oblongue, était presque aussi élevé que les immeubles de Polis. Des échafaudages gigantesques étaient accrochés tout autour du blindage, et je distinguai des hommes et femmes qui s'activaient là-haut.

L'arche pouvait accueillir des centaines de personnes et devait abriter de quoi nourrir tout ce monde. La vision avait quelque chose d'enchanteur. Malheureusement, par le dôme qui surplombait le silo, grossissait un désagréable point d'un blanc incandescent. Il fallait faire vite.

Le professeur Nutter et Anya échangèrent un regard et opinèrent. Je vis s'allumer dans les yeux de la jeune femme la même étincelle que chez mon mentor.

— Qui ici est scientifique ? lança Anya à la cantonade.

Trois hommes terrorisés s'approchèrent. L'un d'eux se dévoua pour parler.

— Nous… Nous sommes responsables de la propulsion.

— Bien. Et pour les systèmes de navigation ?

— Ils sont détenus dans l'aile est.

J'avais compris ce qu'il nous restait à faire.

— Bien, on libère les prisonniers et on vous les ramène, déclarai-je.

— Embarquons-les, alors, ajouta Alice en levant les yeux.

J'avais déjà arpenté les couloirs de la base, on décréta que j'irais, accompagnée d'Alice et de Tom pour assurer ma protection. Avant que nous partions, mon frère confia son fusil à Ginger. Ils se fixèrent un long moment, puis s'embrassèrent langoureusement. Je patientai un instant - après tout, je pouvais bien leur accorder le plaisir des retrouvailles -, mais le baiser s'éternisa, et il me sembla que les deux avaient décidé de se démettre mutuellement la mâchoire.

— Oh ! les interpellai-je. C'est pas bientôt fini, le bécotage ?

— Laisse-les, ils sont si mignons…, m'intima Alice d'un ton sirupeux.

— Tom ! On n'a pas toute la journée ! m'exclamai-je.

Il lâcha à regret Ginger, tandis qu'Alice coulait un regard vers moi.

— Tu n'es vraiment pas romantique.

Je préférai ne pas répondre à la pique.

— Par là, déclarai-je en pointant la gauche.

Nous partîmes dans la direction indiquée. La chaleur devenait de plus en plus étouffante et je m'efforçai à ne pas penser aux milliers de tonnes qui s'apprêtaient à nous atterrir sur la figure d'ici peu.

Rapidement, nous rencontrâmes des soldats désorientés, ne sachant comment réagir. Tom leur hurla dessus durant quelques secondes, avant de les envoyer prêter main-forte à ceux dans la salle de lancement. La phrase « bougez-vous si vous tenez à vivre » eut raison des réticences les plus ancrées. Petit à petit, nous nous mîmes à croiser des prisonniers libérés. Là aussi, nous les dirigeâmes vers l'arche. Certains de ces hommes et femmes étaient des scientifiques ou des ingénieurs. Leur aide s'avérerait précieuse.

Nous atteignîmes enfin le quartier des prisons où l'on m'avait enfermée. Alice fit sauter les verrous et ouvrit les battants d'une simple poussée. Elle avait beau ne plus disposer de tous ses pouvoirs, elle restait quand même d'une force peu commune. Des visages inquiets se levèrent vers elle alors qu'elle entrait.

— Debout là-dedans. C'est l'heure de partir.

Les détenus n'osaient pas bouger, pensant sûrement à un test de leurs geôliers. Un grondement retentit dans le ciel. Nous n'avions plus le temps de les rassurer et de les convaincre que nous ne voulions que leur bien, d'autant plus que Senmis était toujours là, et déterminé à nous mettre des bâtons dans les roues. Alice parut grandir, et grandir encore. Son ombre s'étira.

— Exécution ! rugit-elle.

Les prisonniers poussèrent des cris apeurés et se levèrent. Ils sortirent en courant.

— Voilà, c'est bien tout ça. Suivez les lignes bleues au sol. C'est bien ! les encouragea Alice.

Un bref éclat de lumière nous aveugla et la terre trembla. Tom et moi jurâmes à l'unisson.

— Ne traînons pas.

Le reste des cellules était vide, nous retournâmes donc prestement à la salle de lancement. Une bonne surprise nous y attendait. Je craignais que l'afflux massif de réfugiés n'ait transformé l'endroit en une foire d'empoigne. Mais Ginger et quelques autres avaient pris les choses en main. Les familles étaient regroupées et commençaient à embarquer, dans un calme où perlait une nervosité mal dissimulée certes, mais dans un relatif silence.

Ginger nous vit débouler et tourna vers nous un visage anxieux. Le professeur et Anya relevèrent la tête du pupitre qu'ils étudiaient et leur expression se révéla à l'avenant. Les nouvelles ne me réjouirent pas.

— Samantha ! Je n'arrive pas à réparer ! gémit le savant.

— Il nous manque un élément ! renchérit Anya. Sans ça nous ne pourrons pas décoller.

Je les regardai, puis reportai mon attention sur les hommes, femmes et enfants en train d'embarquer. Non. Nous ne pouvions pas échouer si près du but. Je levai les yeux. Les éclairs pleuvaient et le sol tremblait à intervalle régulier. Qu'un rocher ne se soit pas écrasé sur notre tête relevait du miracle et même si nous partions maintenant, nous risquions de ne pas pouvoir éviter toutes les météorites.

— Ce n'est pas possible, il doit y avoir un moyen.

— Il faudrait un système directionnel et un pilote hors pair. Et un dieu sympathique et à l'écoute, répliqua Anya. Sans compter que je crains que la coque ne tienne pas face aux météorites !

Ses mots se répandirent comme une traînée de poudre. Les réfugiés qui attendaient pour l'embarquement commencèrent à murmurer et à se regarder. Je sentis la panique grimper en flèche. Alice parut réfléchir un instant, émit un rire ironique et étendit les bras pour réclamer le calme.

— Et si nous utilisions l'*Éclair Céleste* pour réparer l'arche ? Et si Khorbel pilotait ? Et si je me chargeais des météores ? Quelles seraient nos chances ?

Anya se décomposa.

— Non ! Pas l'Éclair !

— C'est la seule solution, objecta Alice.

La jeune femme observa les anciens prisonniers, dont toute l'attention était portée sur elle. Elle leva les yeux au ciel, puis les reposa sur son pupitre.

— Au travail, déclara-t-elle.

Je n'ose imaginer la douleur que cela représenta pour la créatrice de dépecer ainsi son vaisseau. Anya avait les yeux brillants de larmes, mais supervisa toutes les opérations. D'une voix impérieuse, elle répartit les différentes pièces, donna ses ordres. Khorbel embrassa son épouse et fila en direction de la cabine de pilotage, tandis que Ginger faisait embarquer les réfugiés.

Alors qu'une équipe terminait de fixer une pièce sur les réacteurs, ceux-ci se mirent à gronder. Un hurlement de joie retentit dans le hangar. Cela dit nous n'étions pas au bout de nos peines. Anya se tourna vers le professeur.

— Il nous manque un élément pour les commandes directionnelles et nous avons déjà utilisé tout l'Éclair ! gémit-elle.

Mon mentor regarda les passagers en train de grimper à bord et lâcha un cri de détresse. Il pivota vers la *Tédesplen*, garée là.

— C'est bon, j'ai compris…, grommela-t-il.

La mort dans l'âme, nous nous résolûmes à récupérer les pièces absentes dans notre machine. Le professeur démonta le panneau de commande sous le poste de pilotage et dévoila les rouages complexes qui régissaient l'ensemble. Il en détacha une partie, renoua les câbles à d'autres, bricola des bielles. Je l'assistai religieusement. Nous travaillâmes en silence, avec des gestes rendus vifs et précis par l'urgence.

Le savant retira la pièce et la tendit à Anya. Celle-ci fila à bord de l'arche. Les moteurs se mirent à ronfler.

— Il faut y aller.

Tom prit les commandes et transporta la *Tédesplen* dans les cales. Ses manœuvres étaient hésitantes, il heurta plusieurs fois les parois. Je l'observai. Ses mâchoires serrées et son air concentré témoignaient de la difficulté de sa tâche. Il parvint néanmoins à se poser dans la cale, juste au moment où les portes se refermaient derrière nous. Les moteurs commencèrent à rugir. Un tremblement agita l'arche. Nous décollâmes. Le professeur Nutter poussa un cri de joie. Je me laissai tomber dans mon siège. L'allégresse se révéla de courte durée. Bientôt, des impacts nous ébranlèrent.

— Les météorites ! gémit Ginger. Oh non, je ne veux pas mourir !

Tom se leva et la serra contre lui. Je me raidis. Nous ne pouvions pas y rester de cette manière ! J'eus la sensation de quitter mon corps. Je traversai les parois de l'arche pour me retrouver flottant dans le ciel à côté d'elle. Je regardai le vaisseau monter, droit vers un météore qui fonçait en direction du sol. Je levai la main. Par le passé, j'aurais pu pulvériser ce caillou. Hélas, je ne disposais plus d'assez de pouvoir. Cela dit, je pouvais tout de même protéger la nef. Une force invisible dévia le météore. Il frôla l'arche sans la toucher. Je répétai l'action plusieurs fois, aucune de ces saletés ne devait nous percuter !

Le vaisseau atteignit l'éther. Les météorites devinrent plus rares. Les pilotes programmèrent rapidement le cap, en direction de colonies humaines. Je réintégrai mon corps.

J'étais en nage et je tremblais. Mes compagnons se tenaient en cercle autour de moi. Ginger me pressa la main, l'air soulagée.

— Elle ouvre les yeux !

— Bon sang, Sam. Tu nous as fait une sacrée peur ! s'exclama mon frère.

— Ce n'est pas très gentil, compléta le professeur.

Je leur indiquai d'un signe que j'allais bien et essuyai mon visage trempé de sueur. Trois coups résonnèrent à la porte. Sans attendre de réponse, Alice entra et se jeta dans mes bras.

— Sam ! Tu as été merveilleuse ! Sans toi, je n'aurais pas réussi. Ils sont sauvés ! Nous sommes sauvés !

— Tu m'étouffes ! parvins-je à gémir.

— Oh pardon.

La Foudre desserra son étreinte et se recula.

— Mais que s'est-il passé au juste ? demanda Ginger.

— Sam n'a plus son bracelet de contrôle, mais c'est toujours une élue des Skelj apparemment. Elle m'a aidée à repousser les météorites !

— C'est possible, ça ? s'enquit mon frère. Et pourquoi je n'ai pas de pouvoir, moi ?

— Parce que c'est lié à l'intelligence, répliquai-je.

Tom allait me renvoyer une pique, un grésillement venu du panneau de commande l'arrêta.

— Oh oh…, dit-il.

Le professeur Nutter se rua vers le pupitre.

— Il y a un problème. La *Tédesplen* se prépare à sauter.

— Quoi ? Mais non ! s'écria Alice.

Trop tard. Avec une rapidité que je n'avais jusqu'alors jamais vue, le gris de l'Entremonde s'ouvrit. Une force invisible tira Alice en arrière et l'éjecta hors de la *Tédesplen*. Le brouillard de l'Entremonde nous avala.

ÉPISODE 19 :
LE SANCTUAIRE OUBLIÉ

Aujourd'hui, le système d'eau du chauffage au château est tombé en panne. Rien de grave : je l'ai réparé, mais le roi a longuement pesté contre cet inconvénient. Il n'a pas connu le temps où il fallait casser la glace des puits en hiver, si l'on voulait boire. Il oublie ce qu'il nous doit, au professeur Nutter et à moi. Même si nous ne pouvons revendiquer la paternité de toutes les idées qui améliorent notre quotidien, et qu'une certaine aventure nous en a soufflé quelques-unes...

*

Une fois de plus, nous nous trouvions dans les ennuis jusqu'au cou : le brouillard de l'Entremonde tourbillonnait autour de nous et les courants mugissaient en nous ballottant.

— Tom ! Fais quelque chose ! hurlai-je.

— Mais j'essaye ! rugit mon frère.

Il s'agrippait aux commandes, qu'il tentait tant bien que mal de manœuvrer. Mais, emprisonné dans des remous furieux, Tom ne contrôlait plus rien. Ginger, le professeur et moi nous cramponnions à nos sièges.

— Accrochez-vous, on sort de l'Entremonde ! cria Tom.

J'aurais bien voulu suivre son conseil, mais un cahot me fit lâcher prise. Je glissai donc sur le plancher, tandis que la *Tédesplen* piquait du nez.

Une violente lumière m'aveugla, plusieurs chocs m'ébranlèrent. Un déchirement métallique et une explosion de verre résonnèrent à mes oreilles. Je fus projetée en avant et percutai une surface dure, qui éclata en une myriade d'échardes. La douleur me fit perdre connaissance.

Lorsque je rouvris les yeux, j'étais allongée sur le sol de la *Tédesplen*. Mes compagnons se penchaient sur moi.

— Tu vas bien, Samantha ? s'enquit mon frère.

De sourds élancements parcouraient mon corps. Je baragouinai une vague réponse et me relevai à grand-peine.

— Que s'est-il passé ? articulai-je.

— Nous avons atterri en catastrophe, expliqua Ginger. Tu as heurté le panneau de commande.

Je me palpai le crâne, sûre de retirer ma main poisseuse de sang. Je constatai avec surprise que ma paume restait immaculée. Étrange. Vu la violence du choc, j'aurais pensé être sérieusement blessée.

— Tu as eu de la chance, nota Tom, tu as failli te faire très mal. Ne recommence plus.

— Euh, d'accord, lâchai-je, prise de court par son ton docte.

Le professeur m'attrapa alors par le bras, trépignant d'impatience.

— Samsamsamsamsam ! Viens voir dehors !

J'obtempérai, me levant sur des jambes encore flageolantes. La *Tédesplen* avait moins souffert que prévu de son atterrissage forcé : une vitre brisée et une poutrelle tordue. Nous avions connu pire.

Une foule assez dense se pressait à l'extérieur. Je tendis le cou et remarquai des hommes et femmes, mais aussi des créatures étranges : graciles dames aux longues oreilles pointues, sortes de gnomes à la peau verte, êtres à la musculature impressionnante et à l'épiderme grisâtre.

Je restai bouche bée devant tous ces gens, qui nous fixaient avec des yeux brillant d'admiration. J'observai les alentours. Nous avions atterri dans une gigantesque salle, dont je distinguais à peine le plafond tant il se perdait dans les hauteurs. D'immenses colonnes qui se croisaient en des arches majestueuses délimitaient le périmètre. Une coupole perçait la voûte et diffusait là une douce clarté.

Mon regard revint se poser sur la foule, je notai alors qu'ils portaient sensiblement tous les mêmes vêtements : une sorte de robe blanche, frappée de symboles étranges à la poitrine.

Plusieurs personnes échangèrent des murmures en me fixant. Certains baissèrent la tête avec un respect qui ne me parut pas feint. Je me tournai vers mes compagnons.

— Ne me dites pas que nous nous sommes écrasés dans un temple ! m'exclamai-je.

Le sourire radieux affiché par mes camarades répondit à ma question.

— Et laissez-moi deviner. Ils nous vénèrent ?

— Oh oui ! ronronna Ginger.

Je levai les yeux au ciel. Forcément. Lady Astley m'attrapa par le bras.

— Allez viens, il faut que tu rencontres la grande prêtresse.

Je fus prise dans un tourbillon qui ne me laissa pas le temps de réagir, et me retrouvai dans un immense bureau de marbre blanc, sans avoir compris ce qui m'arrivait. J'étais assise sur une chaise en bois sculpté, mes compagnons à côté de moi. Ils avaient l'air calmes et disciplinés, ce qui me surprit, et me conforta dans mon idée qu'ils préparaient quelque chose.

En face de nous, assise derrière un meuble massif qui croulait sous les papiers, se trouvait une femme à la beauté altière. Ses yeux violets, sa peau dorée et ses cheveux ivoire ne permettaient aucun doute sur sa nature inhumaine.

— Bienvenue dans le temple du savoir et de la connaissance, nous salua-t-elle. Nous vous attendions.

La coïncidence me paraissait trop opportune, mais mes camarades hochèrent la tête, l'air ravi. La grande prêtresse se dressa et étendit les bras en un geste noble. À moins qu'elle n'ait voulu chasser une mouche.

— Vous êtes venus, apparus de nulle part, selon l'antique prophétie !

Je levai les yeux au ciel et maugréai :

— Oh non ! Pas une prophétie.

La femme ne tint pas compte de mon interruption, d'autant plus que mes compagnons opinaient toujours du chef. Je coulai un regard inquiet vers eux. Ils ne lâchaient pas des yeux notre interlocutrice, sans cesser leurs acquiescements. Leurs traits me parurent vides de toute expression.

— Selon l'antique prophétie, reprit la prêtresse, vous êtes les élus appelés à retrouver le Sanctuaire Oublié.

Elle effectua un geste de la main et un pan du mur derrière elle pivota. J'étirai le cou pour mieux y voir. Mes yeux s'écarquillèrent, car elle venait de dévoiler une complexe machinerie : un ensemble de rouages et de pistons. La prêtresse s'approcha et abaissa plusieurs manettes. Un vrombissement retentit au-dessus de ma tête. Du plafond descendirent plusieurs sphères disposées en cercle. Elles ronronnèrent et émirent un faisceau de lumière bleutée. À l'intersection de ces rayons naquirent des images. J'aperçus une montagne aux pics déchiquetés.

— Les Anciens nous ont laissé des artefacts à travers tout le pays. Ils ont aidé à éradiquer la guerre et la famine, à faire reculer les maladies. La terre de Tiapuo est libérée de tous ses fléaux grâce à ces merveilleuses découvertes qui ont permis à la science de progresser.

Je coulai un regard vers mes compagnons à ces mots. Le professeur Nutter aurait dû sauter de joie. J'aurais même dû l'empêcher de se ruer vers la machinerie pour qu'il l'étudie. Mais non, le vieil homme demeurait sagement assis sur sa chaise, buvant les paroles de la prêtresse. Quelque chose clochait.

— Malheureusement, le plus grand de ces trésors reste perdu. Le Sanctuaire Oublié est enfoui dans les montagnes noires, poursuivit la femme. En son sein dorment des inventions des Anciens qu'il nous faut retrouver à tout prix.

Son visage s'assombrit.

— Voyez-vous, Tiapuo est une terre de paix, mais nos voisins se montrent belliqueux. Ils cherchent à nous envahir, et nous avons besoin des artefacts que contient le sanctuaire !

Elle soupira.

— Celui ou celle qui trouvera cet endroit obtiendra la reconnaissance éternelle de tout un peuple.

Je lorgnai en direction de Tom et Ginger. Normalement, ils auraient déjà dû être en train d'échafauder un plan pour nous permettre de récupérer de l'argent et, si possible, une couronne. Mon frère et lady Astley fixaient la prêtresse, un sourire béat aux lèvres. Je me levai d'un bond.

— Tom, Ginger, professeur, on s'en va, décrétai-je.

Mes compagnons ne réagirent pas, tandis que la femme pivotait vers moi un regard inquisiteur. Une certitude me frappa : ces gens n'étaient pas mes camarades, mais de vulgaires copies. Je pris mes jambes à mon cou et fonçai vers une sortie que j'apercevais au fond. Elle donnait sur un couloir, que j'empruntai sans me retourner. Je poussai la porte qui fermait l'extrémité, et me retrouvai dans la salle que j'avais quittée.

Ignorant la panique qui me gagnait, je tournai les talons et repartis dans l'autre sens, uniquement pour rejoindre une nouvelle fois cette vaste pièce. Je m'arrêtai, tandis qu'une sueur glacée inondait mon dos. Impossible ! J'avais couru en ligne droite !

Les choses qui avaient adopté les visages de mes compagnons et la prêtresse me regardaient sans mot dire. Je pris une inspiration et traversai la salle, visant une nouvelle porte que j'apercevais de l'autre côté. Hélas, celle-ci aussi me ramena à mon point de départ.

— Ne voulez-vous pas vous asseoir et discuter ? m'invita la vestale d'un ton affable.

Je secouai la tête. Cette impression que le temps ne se déroulait pas comme il devrait, des gens que je connaissais qui agissaient de manière étrange, les lieux qui persistaient à me faire tourner en rond si j'essayais de m'enfuir… J'avais déjà vécu de pareils évènements. D'abord avec le fantôme de ma mère dans ce Summerfall spectral. Ensuite à Eudaimonia. Je me frictionnai la nuque et toisai la prêtresse.

— Est-ce une illusion ou une réalité virtuelle ? m'enquis-je.

Le visage de la femme demeura aussi lisse que le marbre.

— J'ai peur de ne pas comprendre, me répondit-elle.

J'embrassai la pièce d'un geste.

— Tout ceci. Ce n'est pas réel. Je voudrais donc savoir ce qui se passe : est-ce une illusion, ou suis-je branchée à une quelconque machine ? Et où se trouvent mes amis ?

La vestale resta immobile, tout comme les doubles de mes compagnons. Puis, le décor commença à se dissoudre, comme s'il fondait. Peu à peu, les ténèbres m'entourèrent. Je m'efforçai de ne pas paniquer et de garder mon calme. Rien de tout ceci n'était réel.

Les silhouettes terminèrent de disparaître, avec les derniers éléments du décor. Je me retrouvai seule dans l'obscurité. L'air autour de moi semblait vibrer. Je tendis la main et une force invisible me repoussa. Je tournai sur moi-même. Partout, je sentis de la résistance, sauf à un endroit, qui formait comme un couloir. Je m'avançai dans cette direction.

— Il y a quelqu'un ? criai-je. Ohé !

Je dus répéter plusieurs fois l'appel avant d'entendre un écho. Oui, il y avait bien des voix. Marchant sur un sol aussi dur qu'indiscernable, je suivis le son.

*

Je progressai dans les ténèbres un long moment, suivant les voix qui devenaient de plus en plus claires. Je commençais à capter des bribes de conversation, lorsque j'aperçus une lueur. Elle provenait d'une porte un peu plus loin. Plantée seule au milieu des ombres, de la lumière filtrait de ses encoignures. Je m'approchai et posai la main sur la poignée. J'hésitai un bref instant avant de la tourner et de pousser le battant.

Je me retrouvai dans une sorte de marché où se pressaient des dizaines de personnes. Étourdie, j'effectuai quelques pas. Une créature massive à la peau verte me bouscula. Je m'excusai platement, mais la chose ne me prêta pas attention. Au contraire, elle héla un homme gracile aux grandes oreilles.

— Fanehil ! s'écria-t-elle. Toi et tes fichus elfes êtes rentrés de mission?

Le dénommé Fanehil opina.

— Oui, Bograt, mais comme d'habitude, chou blanc. Pas de trace du sanctuaire.

Bograt souffla bruyamment par le nez.

— Pas de chance.

— Enfin, on a quand même trouvé ça.

L'elfe exhiba d'une sacoche à sa ceinture une drôle de pièce que je reconnus avec un choc. C'était l'un des morceaux de la *Tédesplen* !

Je lâchai une exclamation, qui fit se tourner plusieurs têtes vers moi. Je me plaçai dos à Fanehil et à son compagnon, et regardai autour de moi. Des étals se dressaient partout entre des colonnes de marbre blanc. Je me glissai derrière l'une d'elles. Personne ne me prêta attention, tout ce petit monde discutait à côté des éventaires. Je remarquai alors que ces gens ne ressemblaient pas à des marchands, mais plutôt à des aventuriers de retour de mission. La plupart portaient de lourds sacs, desquels dépassait parfois le manche d'un outil. Ils étaient vêtus de pantalons épais, de manteaux de toile ou de cuir. Quelques-unes de ces personnes étaient humaines, d'autres semblaient tout droit sorties d'un conte de fées. Il y avait des trolls, des lutins et des gnomes. Certains arboraient des ramures de cerfs, d'autres des cornes de biche. Je demeurai stupéfaite devant ce petit monde, avant de remarquer que Fanehil et son camarade à la peau verte s'éloignaient. Restant dissimulée à bonne distance, je les suivis. Fanehil et Bograt s'arrêtèrent près d'une sorte de tableau. Des dizaines de plans y étaient punaisés. Je m'approchai discrètement pour mieux y voir. Se trouvaient là des croquis de machines plus fantastiques les unes que les autres. Le professeur aurait adoré.

L'elfe qui détenait une pièce de la *Tédesplen* sortit un papier de sa poche et l'accrocha avec les autres. Un léger sourire orna son visage. L'expression charriait plus de mélancolie que de joie, toutefois.

Fanehil prit congé de Bograt et s'éloigna. Je lui emboîtai le pas. C'était le seul lien avec la *Tédesplen* et mes compagnons dont je disposais. Alors que je zigzaguais dans la foule, entre toutes ces étranges créatures, une femme à la peau bleue se planta devant moi, me coupant la route.

— Vous ! s'exclama-t-elle.

Je me figeai, prête à fuir ou à me battre.

— Vous ! Vous avez l'étoffe d'une héroïne ! s'écria-t-elle.

Je levai les yeux au ciel.

— Laissez-moi passer, s'il vous plaît, lui intimai-je.

Mais elle ne voulut pas entendre raison et montra l'outrecuidance de m'attraper par le bras, avec une familiarité déplaisante.

— Je monte une expédition pour retrouver le Sanctuaire Oublié, pourquoi ne pas vous joindre à moi ?

— Merci, mais on m'attend ailleurs, déclarai-je en me dégageant.

Une surprise outrée se peignit sur ce visage à la peau bleue.

— Mais enfin, ne souhaitez-vous pas résoudre le mystère du sanctuaire ?

— Si, si, répondis-je afin de m'en débarrasser le plus vite possible. Mais j'ai à faire d'abord. Je dois… je dois accomplir certaines missions avant d'être prête.

Le visage de la femme s'éclaira.

— Oh, vous manquez d'expérience. Je comprends… une jeune quêteuse.

Elle s'effaça pour me permettre de passer.

— N'hésitez pas à revenir quand vous vous sentirez à la hauteur.

— J'y compte bien ! criai-je.

Le temps que cette bonne femme m'accapare, j'avais perdu Fanehil. Je me mis à courir dans la direction où je l'avais vu s'éloigner. Je traversai un couloir et me retrouvai à un angle. Je regardai de droite à gauche et l'aperçus qui tournait à une nouvelle intersection. Je cavalai à sa suite, plus inquiète de le laisser filer que de me faire repérer. Alors que j'empruntai la coursive où il s'était engagé, je dus piler, car il se tenait là devant moi, les bras croisés.

— Qui êtes-vous ? Pourquoi me pistez-vous ? m'interpella-t-il.

Je levai les mains pour bien montrer que je ne portais pas d'arme.

— Je ne vous veux aucun mal, commençai-je. Mais vous transportez quelque chose qui m'intéresse.

— Quoi donc ?

— La pièce de machine.

Il fronça les sourcils et tira de sa besace l'objet en question, sans me lâcher des yeux.

— Ceci ? s'enquit-il en désignant la pièce.

J'opinai.

— Qu'est-ce que c'est ?

— À vue de nez, cela ressemble à l'un des carburateurs de la *Tédesplen*.

— La *Tédesplen* ?

Je poussai un soupir. La conversation s'annonçait longue et je n'avais pas envie de devoir réexpliquer à une fichue illusion d'où je venais.

— Écoutez, je ne veux pas vous prendre cette pièce. Elle n'est pas réelle vu que tout ceci n'est qu'une simulation. Je vous demande simplement où vous l'avez trouvée, parce que je pense que quelqu'un, ou quelque chose contrôle cet endroit et me laisse des indices que je dois suivre.

L'étonnement se peignit sur les traits de Fanehil.

— Vous êtes une Éveillée ! murmura-t-il, comme s'il n'osait y croire.

— Une quoi ? relevai-je.

— Une Éveillée !

Cette fois, pas de doute, son visage rayonnait de soulagement.

— Vous avez raison. Nous sommes bien dans une simulation, mais jusqu'à présent, vous êtes la seule avec moi à vous en être rendu compte.

Je restai interdite quelques secondes, mesurant les implications de ses paroles.

— Formidable ! m'exclamai-je. Dites-moi ce qui se passe ici et ce que nous devons faire !

Il secoua la tête d'un air désolé, douchant ainsi le fol espoir qui m'avait envahie.

— Je l'ignore. Je me suis réveillé un jour dans ce monde, avec d'autres personnes. Au départ, j'étais persuadé d'être un quêteur à la recherche du Sanctuaire Oublié. Mandaté par les prêtres du Savoir Absolu, j'ai enchaîné les missions pour retrouver les artefacts laissés par les Anciens. Et puis un jour, j'ai eu un accident, je suis tombé dans une crevasse en montagne. Mais au lieu de mourir, je suis revenu en arrière dans le passé, un peu avant le moment où j'avais marché sur cette fichue plaque de neige. J'ai retenté l'expérience, ne saisissant pas ce qui m'arrivait, avec les mêmes résultats. C'est alors que j'ai compris que rien n'était réel.

— Depuis combien de temps êtes-vous là ? demandai-je.

Il haussa les épaules.

— Dans ce monde : plusieurs années. En vérité, je l'ignore. Je ne sais pas où se trouve mon enveloppe charnelle. Ou si elle est encore en vie…

Je frissonnai à ces paroles.

— Nous sommes en vie, quelque part. Sûrement en stase ou quelque chose comme ça. J'ai déjà vécu ça.

Je me tournai et relevai mes cheveux, exhibant la cicatrice sur mon cou. Fanehil secoua la tête.

— Je… Je n'ai pas ce genre de marque.

— Ça ne veut pas dire que vous n'êtes pas endormi, tentai-je de le rassurer.

J'avais déniché quelqu'un qui savait que tout ce qui nous entourait n'était qu'illusion, je ne comptais pas le lâcher si vite et je ne lui permettrai pas de se complaire dans de l'apitoiement.

— Ce bout de machine, il ressemble à une pièce de notre *Tédesplen*, repris-je.

Je lui racontai en quelques mots qui nous étions et d'où nous venions. Le regard de l'elfe retomba sur le carburateur.

— Où l'avez-vous découvert ? insistai-je.

— Dans les montagnes, lors d'une mission de routine. Je voulais collecter un peu d'équipement avant de retenter d'accéder au Sanctuaire Oublié.

— Tout le monde ne semble avoir que ce fichu Sanctuaire Oublié à la bouche, grommelai-je. Pouvez-vous m'expliquer de quoi il retourne ?

— Le Sanctuaire Oublié est là où vous devez aller, déclara une voix derrière moi.

Je pivotai, pour me trouver face à mon frère. Non, pas Tom, corrigeai-je. Plutôt une entité qui avait pris ses traits. Le Tom que je connaissais n'aurait jamais porté de lunettes de lecture ni transporté un énorme livre. Et il ne tremblotait pas comme un reflet dans une mare d'eau troublée. L'image ondula, le nouveau venu ouvrit la bouche, mais seul un grésillement en sortit. Elle finit néanmoins par se stabiliser.

— Qui êtes-vous ? risquai-je.

— Votre guide, répliqua l'apparition.

Sa voix crépitait étrangement. Je coulai un regard vers Fanehil.

— Il est venu à moi aussi quand je me suis Éveillé, répondit-il. Mais il ne possédait pas cette forme.

Je toisai l'avatar et croisai les bras.

— Que voulez-vous ? lançai-je.

— Vous devez retrouver le Sanctuaire Oublié, répéta le faux Tom.

— Oui, mais comment ?

— Vous devez unir vos forces pour le découvrir.

Ça commençait à tourner en boucle.

— Pourquoi ? Qu'est-ce qu'il y a là-bas ? insistai-je.

L'apparition resta de marbre un instant. J'eus la sensation qu'il écoutait quelque chose que je ne pouvais entendre. Mon cuir chevelu me picota, puis le visage de l'intrus devint soudainement mobile, avec des expressions très humaines. Il leva les yeux au ciel.

— Pourquoi faut-il toujours que tu contestes, Samantha ! ronchonna-t-il.

L'imitation de mon frère était presque parfaite. Je faillis m'y laisser prendre.

— Bien essayé, mais ça ne marche pas. Pourquoi ? répétai-je.

— Ne discute pas ! Va à ce fichu sanctuaire, un point, c'est tout !

Sur ces mots, l'avatar disparut. J'échangeai un regard avec Fanehil.

— C'était comme ça pour vous aussi ?

— Hum, le guide s'est montré moins brusque. Cela dit, il avait adopté la forme d'un petit garçon.

— Quelqu'un de votre famille ?

— Peut-être. Mais vu que je n'ai aucun souvenir datant d'avant mon réveil ici...

Je disposais d'au moins un avantage : je savais qui j'étais, d'où je venais et que j'avais des compagnons. J'espérais que contrairement à l'épisode de Summerfall, ils n'étaient pas prisonniers quelque part et qu'ils pourraient m'aider. En attendant, je pouvais reconnaître un ordre quand j'en recevais un. Quiconque gérait cette illusion voulait à tout prix que nous nous rendions au Sanctuaire Oublié.

— Et donc, ce fameux sanctuaire, qu'est-ce que c'est ? m'enquis-je.

— Apparemment, un haut lieu des Anciens, la race qui aurait vécu sur ce monde avant de disparaître en laissant de mystérieux artefacts.

Voilà qui me rappelait quelque chose...

— Il contient des inventions, des plans, enfin, tout ce qui permettrait à la science de progresser. Tous les quêteurs le recherchent.

— Vous y compris ?

Fanchil opina.

— Jusqu'où avez-vous été ? demandai-je.

— Je pense que je suis proche. J'ai découvert des cartes qui le situeraient dans la montagne. Cela dit, je suis bloqué dans une colonie minière. Je n'arrive jamais à passer au-delà.

— Eh bien, allons-y, soupirai-je. Mon frère s'est montré clair, travaillons ensemble si nous voulons nous tirer de ce pétrin...

*

Le train fonçait sur la voie ferrée. Je jetai un coup d'œil inquiet par la vitre. J'avais beau savoir que je baignais dans une illusion, je ne trouvais pas rassurant ces wagons lancés à peine vitesse sur des rails brinquebalants. D'autant que le côté où j'étais assise donnait sur une paroi à pic. La montagne était si haute que nous naviguions dans les nuages.

Je détachai mon regard du vide et reportai mon attention sur Fanehil. Lové sur la banquette en face de moi, il somnolait. Il m'avait avoué avoir déjà accompli plusieurs fois le trajet et connaissait le paysage. Moi, je le jugeai fantastique.

Nous étions partis de la capitale de Tiapuo en omnibus : une machine merveilleuse, qui fonctionnait à la vapeur et nous avait permis de rallier une autre ville. De là, nous avions emprunté un dirigeable. L'engin était la création des gobelins, étranges créatures à la peau verte, qui affichaient un enthousiasme pour la mécanique égalant celui du professeur Nutter. Et une absence de prudence similaire d'ailleurs. Nous avions failli nous crasher à trois occasions et avions manqué de nous empaler sur le sommet d'un pic. Mais tant bien que mal, le dirigeable avait tracé sa route.

Les gobelins s'étaient pris d'affection pour moi et m'avaient montré leur machinerie. Une vraie merveille, mais qui ne valait bien sûr pas la *Tédesplen*. Le ballon avait atterri dans un avant-poste. Là nous avions emprunté le convoi où nous nous trouvions actuellement. La ligne, construite à flanc de montagne, permettait de rallier une colonie minière.

Le train m'impressionnait. J'aurais simplement aimé que le siège se révèle plus confortable. Je me tortillai à ma place, avant de craquer. Je me levai pour effectuer quelques pas. Un groupe d'hommes avachis sur des banquettes voisines me regarda passer d'un œil morne. Ils portaient de longs manteaux de laines, des bottes et chapeaux au cuir défraîchi. Sûrement des mineurs qui venaient chercher la fortune.

Je lorgnai par la fenêtre, juste au moment où notre train s'engageait sur un pont qui surplombait un vide abyssal. J'admirai la prouesse technique, mais jugeai préférable d'aller me rasseoir. J'appuyai ma tête contre l'un des montants du siège et fermai les yeux.

Je dus dormir un moment, car des cahots me réveillèrent, me faisant émerger d'un rêve pénible où mon corps entier n'était que douleur. J'ouvris les paupières, à temps pour voir la colonie se profiler. Elle s'accrochait à flanc de montagne et se composait de petites habitations, entourées d'une palissade aux reflets métalliques. Alors que nous approchions, je distinguai d'étranges mécanismes le long de cette clôture : de gros vérins et pistons.

— Des protections contre les avalanches, m'expliqua Fanehil en s'étirant. Tout ceci a été construit en utilisant les artefacts des Anciens.

De nouveau, j'admirai l'ingéniosité de ces gens et surtout, la richesse de la simulation. En effet, je devais à intervalle régulier me rappeler que rien de ceci n'était réel.

Le train finit par s'immobiliser dans une gare. Les voyageurs ramassèrent leurs affaires et descendirent. L'air froid de l'extérieur me frappa. Je remontai le col de mon manteau pour me protéger. Je ne tenais pas à voir si l'illusion incluait un rhume ou une grippe.

La station consistait en un bâtiment aux robustes fondations de métal. La foule des passagers longea le quai pour gagner la sortie. Fanehil et moi les suivîmes. L'elfe m'avait expliqué qu'il pensait que le chemin du Sanctuaire Oublié partait de cette colonie, mais que pour l'instant, il ne l'avait pas trouvé. Il avait beau essayer, il restait bloqué à cet endroit ; les quelques tentatives lancées pour s'aventurer dans la montagne s'étaient soldées par un échec.

Nous quittâmes la gare pour découvrir des rues aux trottoirs enneigés. Mais la chaussée était dégagée, grâce à un véhicule massif dont le pare-choc avant se terminait en pointe. Je le regardai passer avec intérêt, déblayant la poudreuse devant lui.

— Impressionnant, notai-je.

Ma remarque fit tourner la tête à un groupe d'hommes à côté de moi. Mais ils ne s'attardèrent pas sur moi, jugeant que j'étais sûrement une péquenaude qui sortait de sa cambrousse et s'extasiait pour un rien. Ils s'éloignèrent.

— Alors ? m'interrogea Fanehil.

— La ville est grande ? m'enquis-je.

— Un petit millier d'habitants la dernière fois que je suis venu. Elle a peut-être grossi depuis.

— Marchons un peu, décrétai-je.

J'avais envie de voir la colonie avant de décider de notre prochain mouvement. Nous nous engageâmes donc dans les rues, alors que les passagers du train s'éparpillaient tout autour. Les maisons étaient étroites, la plupart ne possédaient qu'une ou deux fenêtres. Je remarquai sur leur toit les mêmes mécanismes que sur la palissade d'enceinte.

Le bourg était assez animé, nous croisâmes plusieurs groupes qui partaient au travail, et d'autres qui rentraient, une fois leur quart accompli. Les commerces étaient nombreux : épiceries, apothicaires, magasins d'outillage et d'équipement. Apparemment, la ville n'accueillait pas que des mineurs, mais aussi des aventuriers, notamment des quêteurs.

— Je me suis joint à plusieurs expéditions, expliqua Fanehil, alors que nous dépassions l'un de ces groupes, qui sortait d'une boutique.

— Et alors ?

— Chou blanc sur toute la ligne. Croyez-moi, Sam, j'ai tout essayé, et je n'ai pas la solution.

Je me préparai à répliquer quand je pris conscience d'une présence derrière moi. Je me retournai pour me trouver face à face avec l'avatar de Tom. Je croisai les bras sous la poitrine.

— Une information à nous donner ? m'enquis-je.

— Hum, je ne sais pas si tu m'écouteras. Tu n'écoutes jamais ton frère, répondit la créature.

Je lui adressai un rictus.

— Le vrai Tom aurait au moins tenté, rétorquai-je.

L'apparition prit un air un peu dubitatif.

— Très bien. Je pourrais te conseiller de t'ouvrir aux forces de l'univers et du cosmos. Ton destin est déjà tracé, tu n'as qu'à suivre la voie.

Je haussai un sourcil.

— Sérieusement ?

— La réponse est cachée au fond de toi, il te faudra accomplir un voyage intérieur pour la, pour la, pour la, pour la…

L'image répéta ces quelques mots en boucle avant de se troubler et de n'émettre plus qu'un grésillement. J'attendis quelques instants, mais l'avatar ne revint pas.

— Bon. Tant pis. J'aurais espéré un peu plus d'informations, mais je sais où aller de toute manière.

— Où donc ? s'enquit Fanehil.

— Cherchons la taverne la plus fréquentée. C'est sûrement là où nous obtiendrons des informations. En tout cas, c'est ce que le vrai Tom aurait essayé.

*

Je lorgnai autour de moi. La clientèle du *Magnifique Montagnard* me rappelait les pires bouges où nous avions traîné nos guêtres avec mes compagnons. Il y avait là des mineurs avinés, des aventuriers de bas étage, des voleurs à la tire, quelques filles à la vertu négociable, et des serveuses harassées qui s'efforçaient de contenter tout ce monde.

Elles naviguaient entre les tables, portant verres et chopes. Je regardai un instant leur ballet, avant de me concentrer sur Fanehil en face de moi. Il ne semblait guère à l'aise.

— Vous ne fréquentez pas beaucoup les tavernes ? lui demandai-je.

Il afficha un pauvre sourire.

— Non, reconnut-il. Je préfère me focaliser sur ma mission quand je suis en déplacement.

— Vous avez tort, déclarai-je en vidant ma pinte.

Je hélai une servante et lui fis signe de me ramener la même chose. Elle s'exécuta avec célérité.

— C'est le meilleur moyen d'obtenir des renseignements.

La fille revint avec ma consommation. À sa suite, un homme s'affala à notre table.

— Z'auriez pas un p'tit quelque chose à boire pour un malheureux ? gémit-il.

L'inconnu empestait le vieux vin et avait dû dormir en compagnie d'une troupe de furets, vu son odeur et l'état de ses vêtements. Fanehil ouvrit la bouche pour le chasser. Je l'arrêtai.

— Mais bien sûr, répondis-je avec un sourire affable que Ginger n'aurait pas renié.

J'appelai la fille de salle encore et lui demandai de nous sortir son tord-boyaux le plus fort. Elle réapparut avec une chopine d'une boisson où macéraient des frelons. Je frissonnai et me félicitai de ne pas avoir à ingurgiter cette horreur. Je posai le verre devant notre nouvel ami, qui s'empressa de l'assécher, sous le regard éberlué de Fanehil.

— Merci, m'dame. J'avais soif.

— Je vois ça, constatai-je d'un ton neutre.

Je poussai ma bière en direction de l'homme, qui me remercia d'un sourire, avant de prendre une grande lampée. Fanehil coula vers moi une œillade lourde de sens.

— Faites-moi confiance, lui murmurai-je.

L'inconnu reposa la chope et lança un rot tonitruant. Le nez de Fanehil se plissa de dégoût. J'attendis, mais le poivrot ne fit que dodeliner de la tête. Je commençais à me dire que nous n'avions affaire qu'à un pochard de base, quand il se frappa la poitrine.

— Ça pour sûr, ça vous requinque ! s'exclama-t-il.

Il se tourna vers moi.

— Je vous ai jamais vus ici. Vous êtes pas du coin ?

— Non, reconnus-je. Nous venons d'arriver.

Il m'adressa un clin d'œil.

— Z'êtes des quêteurs, pas vrai ?

Inutile de nier, je me contentai d'acquiescer. L'homme me poussa du coude.

— C'est votre jour de chance, m'dame.

Il farfouilla dans ses poches et en tira un morceau de papier d'une couleur douteuse. Je le saisis délicatement, prenant note de me laver les mains à la première occasion, et le dépliai. Il s'agissait d'une carte. Je la fis passer à Fanehil.

— C'est un chemin dans les montagnes ! souffla-t-il d'un ton pressant où perçait l'excitation.

— Ouais ! Pour sûr ! déclara le pochard. Une route que personne connaît !

J'échangeai un regard avec mon compagnon.

— Merci pour ce cadeau…

— Bien normal ! Vous m'avez offert à boire alors que tout le monde me jetait dehors à coup de pied. Je peux bien vous donner ça.

Je le remerciai d'un autre sourire, et hélai la serveuse pour une nouvelle tournée. Finalement, mon instinct ne m'avait pas trompée. Quiconque gérait cette illusion essayait de nous aiguiller.

— Alors ? soufflai-je à Fanehil tandis que la fille faisait atterrir trois chopes sur notre table.

— Ça pourrait bien être ce qui me manquait, avoua-t-il. C'est… différent des dernières fois où je suis venu. Je ne saurais pas l'expliquer, mais j'ai bien l'impression que nous progressons.

— Parfait. Finissons nos boissons, mangeons un morceau, et équipons-nous pour l'expédition, déclarai-je.

Je lampai une gorgée de mon breuvage et regardai la taverne. Dans un des miroirs au mur, je vis se refléter le visage de Tom. Je tressaillis. L'avatar se manifestait. Au moins, nous étions sur la bonne voie.

*

La nuit s'était installée le temps que nous finissions nos consommations, et une neige épaisse était tombée. Heureusement, des réverbères diffusant une lumière orangée permettaient d'y voir.

Je suivais Fanehil à travers les rues. Les échos de nos pas résonnaient de manière sinistre. Je tendis l'oreille alors que nous tournions à un croisement, croyant entendre quelqu'un. Je me retournai. Personne.

— Nous arrivons, m'informa Fanehil.

Il s'immobilisa devant une enseigne : *Aux Jardins de pierre*. L'auberge avait déjà une meilleure mine que la taverne. Fanehil poussa le battant et s'engouffra. J'observai une dernière fois les alentours avant de m'abriter. Un groupe de trois gaillards me dépassa, marchant le plus vite possible. J'eus néanmoins le temps d'apercevoir leurs visages et de les reconnaître : les hommes qui avaient pris le train avec nous. Je rentrai prestement, le cœur battant, et je barricadai la porte de ma chambre.

*

Le ciel matinal était dégagé et l'air agréablement frais. Malgré tout, je n'étais pas de bonne humeur.

Malgré le relatif confort de la chambre et un bain chaud — avec de l'eau pompée de sources thermales dans le sous-sol — je ne pouvais me départir d'un mauvais sentiment. J'avais peu dormi, d'un sommeil agité de rêves. À nouveau, j'avais ressenti une profonde douleur dans tout mon corps et m'étais réveillée persuadée que mon visage et mes bras étaient en sang. J'avais été étonnée de découvrir ma peau indemne.

Fanehil m'avait avoué que lui aussi était en proie aux cauchemars et qu'il n'aimait guère dormir. Peut-être la chose qui contrôlait cette illusion se jouait-elle de nous.

Dans tous les cas, je marchais aux aguets, ne pouvant m'empêcher de dévisager les badauds que nous croisions. Pas facile de reconnaître les visages avec ces bonnets bordés de fourrure et ces grandes écharpes qui remontaient sur le nez.

— C'est encore loin ? demandai-je à Fanehil alors que nous nous poussions pour laisser passer un groupe.

— Non, à peine à cinq minutes à pied.

Fanehil avait décrété que si nous devions prendre d'assaut la montagne, nous nous équiperions au *Bazar Minier*. Apparemment, c'était là que tout quêteur digne de ce nom se fournissait.

Mon guide n'avait pas menti, quelques minutes plus tard, un haut bâtiment surplombé d'une gigantesque enseigne se profila. Un attroupement attendait à l'entrée, fumant une cigarette. Je sursautai en les reconnaissant.

— Nous y voilà ! déclara Fanehil.

Il obliqua en direction de la porte. Je l'attrapai par le bras et le forçai à avancer.

— Mais…, commença-t-il.

— Silence ! lui intimai-je.

Il préféra m'obéir et me suivre. Je tournai à l'angle de la première rue et en profitai pour jeter un coup d'œil derrière moi. Les trois hommes écrasèrent leurs cigarettes et, d'un pas faussement nonchalant, prirent la même direction que nous.

— Ces gars-là se trouvaient dans le train avec nous. Ils étaient près de notre auberge cette nuit et on les retrouve là.

Fanehil blêmit.

— Ils nous suivent ?

— Ou alors c'est une sacrée coïncidence…, grommelai-je.

Je lançai un nouveau regard par-dessus mon épaule. Se voyant repérés, les trois gaillards pressèrent l'allure. Je détalai, traînant presque Fanehil derrière moi.

— Il faut les semer ! Vite ! déclarai-je.

— À droite ! souffla l'elfe. Ça donne sur des petites rues, on y sera plus à l'abri.

J'obéis à sa suggestion et virai brusquement dans la direction indiquée, Fanehil sur mes talons. Une nouvelle artère s'ouvrait à ma gauche, nous nous y engouffrâmes et la dévalâmes, avant de tourner de nouveau à gauche. Derrière moi retentit le bruit d'une cavalcade. Je craignais que nos poursuivants se déploient pour mieux nous piéger.

Un mouvement attira mon attention, comme un tremblotement à la lisière de mon champ de vision. Je tournai vivement la tête et avisai une porte métallique entrebâillée. Elle donnait sur un entrepôt plongé dans la pénombre. Je me ruai à l'intérieur, tirant Fanehil, et repoussai le battant.

J'attendis. Des pas résonnèrent près de l'entrée. J'aurais aimé avoir un rayon de la mort à portée de main. Je restai à l'affût, Fanehil tapi à côté de moi. Les pas décrurent puis disparurent. Nous patientâmes un bon moment, avant de nous détendre.

— Qui étaient ces gaillards ? m'enquis-je.

— D'autres quêteurs. Probablement pas les plus recommandables.

Je haussai un sourcil. Fanehil eut l'air embarrassé.

— Tout le monde n'est pas gentil et poli, vous savez. Certains sont prêts à tout pour obtenir des artefacts.

Je poussai un soupir et me demandai si ces gens étaient des créations de l'illusion ou de vraies personnes coincées ici comme nous.

— Sam… Appel… Suis-la ! entendis-je grésiller derrière moi.

Je me retournai d'un bloc, sûre de découvrir Tom, mais ne distinguai que la pénombre. Étonnée, j'avançai de quelques pas.

— Quelque chose ne va pas ? s'inquiéta Fanehil.

— Je crois que je perds la boule. À moins que…

J'observai l'intérieur de l'entrepôt. À travers une vitre brisée, un peu de lumière se déversait. Elle donnait sur une bâche, que j'allai soulever. J'émis un sifflement admiratif. Fanehil s'approcha à son tour. Dans la pénombre, je vis son visage s'éclairer comme celui d'un enfant.

— On dirait des motocyclettes pour la neige ! s'exclama-t-il.

Il s'agenouilla et examina les engins.

— Mais oui ! C'est bien ça.

Il tâta les commandes, fit jouer les freins.

— Elles ont l'air de fonctionner ! Oh par tous les dieux de tous les plans, ce genre de machine coûte normalement une fortune !

Il s'interrompit. Je regardai autour de nous. Personne en vue. Je me fendis d'un large sourire.

— On peut dire que c'est notre jour de chance, alors.

*

Nous roulions dans un décor de rêve, fait de chemins étroits et de montagnes vertigineuses. Le soleil jouait à cache-

cache derrière les nuages, et de vives bourrasques de vent mêlé de neige fouettaient mon visage. Je devais régulièrement essuyer mes grosses lunettes de pilotage pour continuer à y voir.

Alors que je nettoyais mes verres pour la millième fois au moins, Fanehil ralentit devant moi. Je l'imitai et m'immobilisai à côté de lui, laissant tourner les gaz de mon motocycle.

Peinant avec ses moufles, Fanehil tira la carte de sa sacoche et la déplia pour l'examiner, avant d'observer les alentours. Je le laissai faire. Comme je lui avais fait confiance pour sortir les machines de la ville et pour nous dénicher provisions et équipement chez un marchand sur les extérieurs de la colonie.

— Alors ? m'enquis-je.

Fanehil pointa du doigt un coude dans le chemin un peu plus loin.

— Il y aurait un passage ici, me cria-t-il.

Pour l'heure, je ne voyais rien, mais je lui fis confiance. Tournant la poignée des gaz, je suivis mon guide.

Je dus rapidement m'avouer que, malgré les mauvaises conditions, l'inquiétude, la séparation d'avec mes compagnons, je commençais à trouver la balade plaisante. Nous serpentions sur une piste enneigée, au milieu des montagnes, et la magnificence du paysage m'emplissait de joie. Le motocycle ronronnait. L'engin, sorte de massive bicyclette à moteur, montée sur des patins de traîneau, filait sur la neige. Le professeur Nutter aurait adoré. Seul petit bémol, l'odeur écœurante de ses turbines et le panache de fumée noire qu'elle laissait derrière elle. Ah, et ce motocycle n'était pas réel, mais bien le produit de cette illusion.

Celle-ci était très concrète et j'avais peur de m'y perdre. Et si je restais trop longtemps prisonnière ? Et si j'oubliais mes compagnons ? Je chassai ces sombres pensées pour me concentrer sur la route.

Devant moi, Fanehil avait marqué un nouvel arrêt, au fameux coude indiqué sur la carte. Il coupa les gaz et descendit de son véhicule.

— Logiquement, ça devrait être ici, déclara-t-il.

Il s'approcha d'une éminence rocheuse et commença à la palper. Je le regardai et lâchai une exclamation alors que la paroi s'enfonçait pour dévoiler un tunnel au bout duquel j'apercevais le chemin qui continuait. L'elfe se retourna vers moi avec un immense sourire. Il grimpa sur son deux-roues, et nous nous engouffrâmes dans ce passage.

Je déchantai peu à peu, car les conditions météorologiques se dégradèrent. Le vent, qui soufflait jusque-là en bourrasques éparses, se mua en un véritable blizzard. Bientôt, je n'y vis plus goutte. Fanehil ralentit, pour éviter de tomber dans les crevasses qui jalonnaient la route. Nous dûmes couper les moteurs et continuer à avancer, poussant nos engins. La promenade se révélait beaucoup moins agréable, et moins pratique, de la sorte.

Nous progressâmes d'à peine quelques yards durant ce qui me parut des heures. La bise hurlait à nos oreilles. Un brouillard dense de neige nous entourait. Il fallut bientôt se rendre à l'évidence : nous ne pouvions pas rester ici. Fanehil se tourna vers moi.

— Trouvons un abri ! me cria-t-il.

— D'accord, mais où ? répondis-je.

Autour de nous, il n'y avait qu'un enfer blanc.

Je titubai sur quelques pas et manquai de m'affaler, me rattrapant de justesse au guidon du motocycle. Une vague de panique m'étreignit. Nous risquions de mourir là !

Je repoussai cette idée et me concentrai sur la froide logique. Rien de tout ceci n'était réel et, depuis le début de cette aventure, j'avais le sentiment qu'une force invisible œuvrait, et tentait de m'envoyer dans une direction bien précise. Cette entité n'avait sûrement pas envie que ses joueurs Éveillés disparaissent. Elle avait forcément prévu quelque chose.

— Il y a quelqu'un ? appelai-je.

Seul le vent me répondit.

— Quelqu'un ? Tom ?

Rien que le hurlement des bourrasques. Mais je crus discerner un mouvement un peu plus loin sur le chemin. Je m'avançai tant bien que mal, luttant contre la bise qui cherchait à me jeter à terre.

Je parvins jusqu'à l'endroit où j'avais vu bouger quelque chose. Il n'y avait rien là, juste un pli dans la roche qui donnait l'illusion d'une silhouette tremblotante. À moins que... Je me plaquai contre la pierre, pour me protéger du vent. Je remarquai alors que celle-ci camouflait un renfoncement.

— Fanehil ! hurlai-je.

Mon compagnon vint me retrouver.

— On dirait que ça se prolonge, nota-t-il.

— Abritons-nous !

Il opina. Nous dressâmes un mur de neige de fortune pour nos véhicules, avant de nous glisser dans l'anfractuosité. Le passage était étroit, je dus rentrer le ventre à plusieurs endroits. Le tunnel finit par s'élargir. Nous allumâmes les lanternes dont nous nous étions munis et découvrîmes une grotte de dimensions respectables. Fanehil poussa un soupir de soulagement.

— Bon, au moins, nous sommes au sec et au chaud le temps de la tempête.

J'opinai et examinai les alentours. Mis à part la percée par laquelle nous étions arrivés, la caverne comptait deux autres entrées. Je posai mon paquetage contre un mur et me laissai presque tomber au sol.

Nous restâmes un moment silencieux. La fatigue commençait à se faire sentir, et avec elle, les idées noires pointèrent le bout de leur nez. Je me mis à réfléchir à ma situation. Ce qui, quand on est coincé dans une grotte sombre, n'est pas une bonne chose.

— Ils vous manquent, n'est-ce pas ? Vos compagnons…

La voix de Fanehil m'arracha un sourire.

— Oui… Je ne sais pas ce que je ferais sans eux. Et eux sans moi.

— Ils doivent vous chercher, alors.

— Je l'espère.

Le silence retomba. Fanehil étouffa un bâillement.

— Reposez-vous, lui dis-je. Je monte la garde.

*

J'ouvris les yeux en sursaut et me redressai. Je m'étais assoupie. Un comble, moi qui d'ordinaire n'arrivais pas à trouver le sommeil.

Je regardai autour de moi. La lumière de nos torches projetait des ombres menaçantes sur les parois. Fanehil dormait à poings fermés et je m'en voulus de m'être ainsi laissée aller. Enfin, personne ne nous était tombé dessus.

Je me relevai et tendis l'oreille. Je perçus les échos de la tempête au-dehors, ainsi que des murmures. Un éclat de rire cristallin retentit. Cela ressemblait à Ginger. Une voix s'éleva. On aurait dit celle du professeur. Mon cœur se mit à battre plus fort. Les sons provenaient du tunnel d'entrée. Je me coulai dans leur direction. Un fol espoir m'envahit : mes compagnons avaient-ils trouvé un moyen de venir me rejoindre ?

— Tom ? me risquai-je à appeler.

Je m'aventurai dans le passage. Mais au lieu de rencontrer le visage familier de mon frère, je tombai sur la face patibulaire d'un de nos poursuivants.

— Ils sont là ! rugit-il. Ne les laissez pas s'enfuir !

Je ne perdis pas de temps en vaine contemplation et tournai les talons. Je m'élançai dans la caverne. Fanehil, alerté par les cris, s'était levé, les traits ensommeillés. Je l'attrapai par le bras.

— Ils nous ont retrouvés ! Filons !

Nous ramassâmes notre paquetage à la hâte. Deux issues s'offraient à nous : les couloirs au fond de la grotte. J'hésitai un bref instant, avant de foncer vers la gauche, Fanehil à ma suite. J'ignorais où nous allions, mais je voulais mettre le plus de distance possible entre les brigands et nous. Des éclats de voix retentirent alors que nous entrions dans le tunnel. Quelque chose ricocha près de mes oreilles. Je baissai la tête et accélérai.

Le passage se révéla étroit et sombre. Malgré nos lanternes, nous peinions à y voir.

— Ils nous rattrapent ! s'alarma Fanehil.

— Je sais ! maugréai-je.

Un projectile siffla de nouveau près de moi. Je me retournai pour regarder où en étaient nos poursuivants. Mauvaise idée.

Mon pied ne rencontra que du vide. Je basculai vers l'avant et moulinai des bras pour tenter de me retenir. Fanehil me percuta et nous basculâmes tous les deux dans une crevasse. Je hurlai. Une déferlante de panique m'envahit, puis je me remémorai que ceci n'était qu'une illusion. Je n'allais pas mourir. Je n'allais pas mourir. Je n'allais pas…

L'impact coupa à la fois mon souffle et mon raisonnement. Je restai allongée un bon moment sur le sol.

— Fanehil ? appelai-je.

— Je suis là, répondit-il.

Nous nous relevâmes à grand-peine. Je dressai ma lanterne pour observer les alentours.

Nous nous trouvions dans un espace enténébré, où l'air semblait grésiller. Au-dessus et autour de nous, il n'y avait que du noir. Je tendis la main, l'atmosphère vibra devant moi, comme lorsque j'avais été séparée de mes faux compagnons.

— Où sommes-nous ? s'enquit Fanehil.

— Dans les limbes de la simulation, je suppose.

J'effectuai un cercle. Partout, une paroi invisible me repoussa, sauf à un endroit.

— C'est par ici, déclarai-je.

Fanehil m'emboîta le pas, peu rassuré. Nous marchâmes un moment avant que ne résonne un bruit cristallin. Je m'arrêtai. Quelqu'un riait, un enfant.

— Là-bas, souffla Fanehil.

Une lumière était apparue. En son sein se tenait un petit garçon aux longs cheveux blonds et aux oreilles effilées. Fanehil se figea.

— C'est lui, l'avatar qui est venu à moi ! s'exclama-t-il.

— Hum, dans ce cas nous avons un problème.

Je pointai du doigt l'image de mon frère qui s'était matérialisée à l'opposée. Il ouvrit la bouche, mais aucun bruit n'en sortit. L'apparition se mit à trembloter.

— Eh bien, on vous a coupé la langue ? lançai-je.

Le faux Tom parla de nouveau. Cette fois, des mots résonnèrent. J'eus l'impression d'entendre les sons émanant de ce drôle d'appareil que le professeur avait tenté de bricoler, une radio.

— Inutile de vous fatiguer, je ne comprends rien.

— Samantha, mais à qui vous adressez-vous ? s'inquiéta Fanehil.

— Mais, à l'image de mon frère !

Fanehil fronça les sourcils et je sus que je n'allais pas aimer la suite.

— Samantha, il n'y a personne ici. Rien que vous et moi et mon avatar.

Il pointa du doigt le gamin qui attendait un peu plus loin. Je reportai mon attention sur Tom. Il parlait, mais émettait toujours ce son grésillant. Et j'étais la seule à le voir.

— Bon, commentai-je.

— J'ignore ce que vous voyez, mais ce n'est pas réel ! s'exclama Fanehil.

— Rien de tout cela n'est réel, rappelai-je à mon compagnon.

Je fixai de nouveau l'apparition. Se pouvait-il qu'il s'agisse vraiment de mon frère ?

— Sam, suivons le petit, me pressa Fanehil.

— Une seconde.

Je m'approchai.

— Tom ? Est-ce que c'est toi ? lançai-je à la figure tremblotante.

Celle-ci articula quelques mots qui se transformèrent en crachotements.

— Tom ?

Il tendit la main vers moi. Malgré la pauvre qualité de l'apparition, je crus le voir sourire. Je n'eus alors plus de doute : il s'agissait bien de mon frère. Tom tourna les talons et s'éloigna.

— On doit le suivre, décrétai-je.

— Quoi ? Mais non ! s'exclama Fanehil. L'avatar s'en va de l'autre côté.

Effectivement, le garçonnet partait doucement. Je pris le bras de l'elfe.

— Écoutez, vous m'avez fait confiance jusque-là, continuez encore un peu s'il vous plaît !

Je désignai Tom qui s'enfonçait peu à peu dans les ténèbres.

— J'ignore comment, mais c'est mon frère. Et s'il se trouve ici, cela veut dire que mes camarades ne sont pas loin !

Mon ton était devenu pressant, l'énervement et la peur faisaient vibrer ma voix dans les aigus. Fanehil lorgna vers le garçon.

— Je... j'ai l'impression de le connaître, avoua-t-il.

— Je suis sûre de Tom, tranchai-je.

Il hésitait toujours. Je tentai le tout pour le tout.

— Écoutez, je ne vous force pas à me suivre, mais moi, je vais avec Tom.

Fanehil soupira, puis se fendit d'un pauvre sourire. Il ne me laisserait pas. Il avait passé trop de temps seul pour abandonner l'unique personne qui le comprenne vraiment et qui puisse l'aider.

— Vous êtes une sacrée tête de mule, Samantha.

— Je sais, on me le dit souvent.

Je partis à la poursuite de mon frère, Fanehil trottinant derrière moi.

— Tom ! Tom ! Attends ! appelai-je.

Mais il s'éloignait inexorablement. J'avais beau courir, il se révélait plus rapide que moi. Bientôt, sa lumière disparut et les ténèbres nous entourèrent de nouveau. Je m'arrêtai, Fanehil me prit le bras.

— Mais où est-il ?

— Tom ? Tom ?

Le silence me répondit. Des larmes me piquèrent les yeux. Je les essuyai rageusement.

— Tom ! lançai-je. Je sais que tu es là. Tu ne m'as jamais laissée tomber !

Je marquai une pause.

— S'il te plaît, montre-toi. Ne m'abandonne pas !

Ma voix était désagréablement faible et tremblante. Je m'en voulus de sonner aussi geignarde. Mais l'idée que je n'allais jamais revoir mes compagnons, que j'avais tenue en respect jusque-là, commençait à s'incruster dans mon esprit.

— Tom ! appelai-je de nouveau.

Un point lumineux naquit à l'horizon. Fanehil et moi courûmes dans sa direction. Mon cœur battait à tout rompre. Je distinguai une première silhouette, et remarquai une deuxième, plus petite, à côté de la première. Mon frère était planté là, tenant le garçon par la main.

— Salut, Sam, me déclara-t-il.

Je voulus me jeter dans ses bras. Je passai au travers, comme si j'avais plongé dans de l'eau. Rassemblant ma dignité, je me redressai et tentai de prétendre que rien de tout cela n'était arrivé. Peine perdue, Tom me fixait avec un air goguenard.

— Tu en as mis du temps ! grondai-je pour me donner une contenance.

— Désolé. Je ne parvenais pas à t'atteindre, car tu avais fermé ton cœur au pouvoir de l'amour fraternel.

Je haussai un sourcil dubitatif.

— Le pouvoir de l'amour fraternel ? relevai-je.

Il se fendit d'un sourire ironique.

— C'est mieux si je te dis que voilà trois jours que le professeur Nutter bataille avec ses branchements et qu'il a épuisé son stock de jurons ?

J'éclatai d'un rire nerveux.

— Il va bien, alors.

— Lui et Ginger n'ont rien. Toi, par contre…

Il laissa planer ses mots. Son regard glissa sur le garçon à côté de lui, puis sur Fanehil. L'elfe était demeuré muet, il n'arrivait pas à détacher les yeux de l'enfant.

— Vous me voyez ? s'enquit Tom.

— Oui, répondit l'elfe.

— Parfait. Vous devez être le pilote.

— Le pilote ? releva Fanehil.

Une ombre d'angoisse traversa son visage.

— Vous ne vous souvenez vraiment de rien ? s'enquit mon frère.

Fanehil secoua la tête, en proie à une détresse croissante. Je lui pris le bras.

— Tom, que se passe-t-il ? demandai-je.

L'intéressé soupira, cherchant les mots justes pour nous expliquer la situation. Ce qui en soit, n'était pas bon signe. Tom n'était pas du genre à s'embarrasser de délicatesse.

— Nous avons été éjectés de l'Entremonde avec la *Tédesplen*, et nous nous sommes écrasés dans une sorte de complexe, qui s'est révélé être un immense vaisseau. Une arche, pleine de personnes endormies. Sam, tu… tu étais gravement blessée. Tu es passée à travers l'une des vitres de la *Tédesplen*. Nous avons bien cru que tu allais mourir.

Des bribes de souvenirs me revinrent, une chute vertigineuse, du verre qui explose, la douleur… Voilà qui expliquait mieux la souffrance ressentie dans mes rêves.

— Nous t'avons placée en urgence dans une des chambres de stase, quand Edmund a compris que celle-ci pouvait te soigner. Malheureusement, nous n'arrivons plus à te réveiller. Pas plus que les autres, d'ailleurs.

Je me crispai sur le bras de Fanehil. L'elfe était pâle et respirait avec difficulté.

— Les autres ?

— Des dizaines de personnes endormies, dans des sortes de sarcophages. Elles se trouvent dans des pièces spéciales. Vous, vous êtes dans la cabine de pilotage. À côté de ce que le professeur Nutter a qualifié de « ooooooooooooooh ! Une matrice d'intelligence artificielle ». Et de deux autres chambres de stase.

J'observai l'avatar du garçon. Il restait grave et sans expression, mais leva quand même les yeux vers moi.

— La simulation est la clé de la survie, énonça-t-il d'une voix bien trop âgée pour son petit corps.

Je reculai malgré moi et frissonnai. Le gosse regarda alors Fanchil.

— Vous devez initier le protocole 12/1/16/9/14 – 2/12/1/14/3, lança-t-il.

— Une idée de ce que cela signifie ? demandai-je à Fanehil.

L'elfe se prit la tête entre les mains.

— Non, rien. C'est le brouillard.

— Vous devez initier le protocole 12/1/16/9/14 – 2/12/1/14/3, répéta l'enfant.

Une pensée germa dans mon esprit.

— Tom ! Décris-nous où le corps de Fanehil se trouve.

— Mais…

— Ne discute pas ! Fais ce que je te dis !

— Bon, bon, ne t'énerve pas.

Tom tourna sur lui-même, sans lâcher le gamin.

— Nous sommes dans une cabine assez grande, avec un pupitre en demi-cercle en dessous de la baie vitrée. Pour l'instant, elle ne donne que sur des rochers et de la neige, commença-t-il.

Je lorgnai vers Fanehil. Il secoua la tête.

— Tom ! La cabine, rappelai-je.

— Oui, oui. Comme je le disais, il y a une console avec plein de boutons et de molettes.

— Elle fonctionne ? m'enquis-je.

Tom me lança un regard courroucé.

— Tu ne crois pas que le professeur a essayé ? En plus, tout est écrit dans un drôle de langage.

— De l'elfique, murmura Fanehil.

Il traça dans l'air quelques gracieuses lettres. Autour de lui, l'atmosphère tremblota et des images fantômes apparurent : celles de l'intérieur d'un vaisseau.

— Tom, continue !

— Le pupitre est cuivré, les boutons dorés, mais certains sont bleutés ou verts. À côté, il y a plusieurs sièges.

— Pour le pilote et les navigateurs, chuchota Fanehil.

Des silhouettes évanescentes naquirent autour de la console. Les formes s'affairèrent, tournant des manivelles, poussant des boutons.

— Ne t'arrête pas, Tom, intimai-je à mon frère.

— De l'autre côté, je peux voir un mur avec trois sarcophages, en cuivre et en laiton, avec une vitre. Le premier était vide à notre arrivée. C'est là que nous t'avons placée, Sam.

J'accusai le coup, mais tentai de ne rien en laisser paraître. Tom s'interrompit, cherchant les mots.

— Dans la deuxième, vous vous trouvez, Fanehil.

L'elfe était blême. Cette fois, les images n'apparaissaient pas.

— Vous dormez profondément. Une sorte de casque, avec des antennes et des câbles, est placé sur votre tête. Sam, on a dû te le mettre aussi pour que la chambre de stase puisse te soigner.

— Le programme d'immersion, balbutia Fanehil.

Il tomba à genoux. Devant nous commencèrent à se matérialiser les images de la cabine.

— À côté de vous, il y a une autre niche, poursuivit Tom. Dedans se trouve un petit garçon.

Son regard passa sur le gamin qu'il n'avait pas lâché. Celui-ci leva la tête vers lui, avant de se tourner vers Fanehil.

— Elwyn. Mon fils, déclara-t-il.

Il me fixa avec horreur.

— J'ai oublié mon propre enfant ! Quel genre de monstre suis-je ?

Je posai les mains sur les épaules pour le réconforter.

— Du calme, Fanehil. Il y a une explication à tout ceci !

Je lançai à Tom une œillade implorante.

— Tom ! Tu ne peux rien nous dire d'autre ?

— Si. Le garçon… Ses voyants sont au vert, il est en vie, comme vous.

Je regardai le gosse à côté de mon frère.

— Vous devez initier le protocole 12/1/16/9/14 – 2/12/1/14/3.

— Sam, il tient quelque chose, une boîte où quelque chose est écrit, mais je ne parviens pas à le lire.

Fanehil se redressa à ces mots.

— Un jeu ! Il s'amusait avec l'un de ses jeux en réalité virtuelle quand c'est arrivé !

Son visage s'éclaira.

— Le Sanctuaire Oublié ! C'était le nom du jeu !

C'était trop gros pour n'être qu'une coïncidence. J'attrapai de nouveau l'elfe par les épaules, mais cette fois, pour le forcer à me regarder.

— Fanehil, vous détenez les réponses.

Il opina et ferma les yeux.

— Concentrez-vous sur la dernière chose dont vous vous rappelez.

— Je... J'étais au poste de pilotage. Elwyn... Elwyn traînait dans mes pattes, je l'ai envoyé s'amuser ailleurs... Tout ne se passait pas bien. Il y avait des interférences. Des turbulences dans l'Entremonde.

Fanehil se massa les tempes. Il commençait à transpirer.

— Un violent orage et pas d'univers à portée. L'arche a été touchée, je ne pouvais plus la manœuvrer. J'ai lancé le protocole. Tout le monde en stase. Je suis resté seul.

Il essuya son front désormais ruisselant.

— Nous nous sommes posés en urgence. Le vaisseau a été endommagé. J'ai... J'ai... j'ai...

Fanehil bafouilla quelques paroles, avant de se reprendre.

— J'ai activé une balise de détresse et me suis placé en sommeil à mon tour.

Il regarda autour de lui d'un air hagard.

— Je ne comprends pas. Pourquoi ce monde ? Pourquoi ai-je tout oublié ? Et pourquoi aucun des autres ne s'est rendu compte que nous étions dans une simulation ?

— Vous le savez, Fanehil ! Au fond de vous, vous le savez !

Il secoua la tête et fixa le garçon.

— Initiez le protocole 12/1/16/9/14 – 2/12/1/14/3, répéta l'apparition.

— Le protocole 12/1/16/9/14 – 2/12/1/14/3, qu'est-ce que c'est ? demandai-je.

Une nouvelle fois, l'elfe se frictionna les tempes.

— Je... Je... C'est la procédure de réveil. Mais normalement, l'IA aurait dû s'en charger.

— Elle a sûrement dû être endommagée. Ça expliquerait pas mal de choses.

— Initiez le protocole 12/1/16/9/14 – 2/12/1/14/3.

Fanehil avait l'air perdu. Je résistai à l'envie de le secouer comme un prunier.

— Rappelez-vous !

— Oui... ça revient.

Il se planta devant le pupitre fantôme et pointa du doigt une commande.

— Il faut tourner cette molette. Puis pousser la manivelle jusqu'au cran du haut. Ensuite, pressez cette série de boutons dans cet ordre. Je vous montre.

Il s'exécuta, tandis que Tom l'observait attentivement.

— Puis, faire pivoter la jauge et enclencher cette manette.

L'elfe regarda mon frère.

— Vous pouvez le faire ?

Tom afficha l'un de ses sourires bravaches qui m'horripilaient.

— Sans problème. Je vous laisse, le temps de m'occuper de tout ça.

Il disparut. Je croisai les bras sous ma poitrine. Le gamin était resté là.

— Le protocole est initié, déclara-t-il.

— Je sais, répondis-je.

— Vous allez être réveillés.

Son ton monocorde me dérangeait.

— Vous allez être réveillés et vous repartirez bientôt. Vous avez encore du chemin, et des compagnons à rencontrer.

Certains poursuivront sur leur route, d'autres non. Je vois quelque chose que vous voudrez cacher, et d'autres que vous souhaiterez protéger. D'anciens ennemis ressurgiront. Des adversaires que vous n'attendiez plus. Le temps est cyclique, et tout a une fin.

Le petit se tut. Je lançai un regard en direction de Fanehil.

— C'était bizarre, non ?

— Pas plus que tout ceci, soupira l'elfe.

J'opinai, mais les paroles du gamin trottaient dans ma tête. Un inconfortable silence s'étira.

— Dites, finit par souffler Fanehil, vous pensez que votre frère réussira ?

— Je ne sais pas. Il n'est pas très dégourdi et…

Le décor autour de moi s'écroula, tandis que j'eus l'impression de chuter dans un puits sans fond.

J'ouvris les yeux. Je pris quelques goulées paniquées, avant de réaliser que j'étais entravée. Je me débattis.

— Du calme, Samantha !

Deux mains se posèrent sur mon front. Ginger apparut dans mon champ de vision. Le soulagement se lisait sur son visage.

— Dieu merci, tu te réveilles ! s'exclama-t-elle.

Le professeur Nutter pointa à son tour le bout de son nez.

— Tu chassais le lapin blanc ? s'enquit-il.

— En quelque sorte, murmurai-je.

Je pris conscience d'une absence.

— Tom ? appelai-je.

— Je suis là ! lança-t-on à ma droite.

Ginger décrocha les sangles qui me maintenaient dans le sarcophage. Elle et le savant m'aidèrent à sortir. Je chancelai hors de ma niche.

Je me trouvais dans la cabine que Tom avait fait apparaître à Fanehil. Les instruments disparaissaient sous une épaisse couche de poussière. Je me demandai depuis combien de temps ce petit monde était en stase.

Tom s'encadra dans l'embrasure d'une porte. Il semblait un peu secoué, mais m'adressa un franc sourire.

— Allez aider les autres, je me débrouille, décrétai-je à Ginger et au professeur.

Ils hésitèrent un bref instant, avant d'obéir. De toute manière, Fanehil venait de s'écrouler et nécessitait leur assistance. Je fixai mon frère, bien décidée à rester droite et digne. Mes jambes me trahirent. Tom me rattrapa in extremis. J'en profitai pour me raccrocher à lui.

— Merci, soufflai-je.

— Pourquoi ? T'avoir sauvée ? Pas besoin de dire merci, ça arrive tellement souvent que ça devient la routine !

Je lui administrai une faible taloche, et souris en même temps.

— Non. Merci d'avoir continué à me chercher. C'était toi, les dernières apparitions ? Le visage dans le miroir à la taverne ? La voix dans le brouillard de neige ?

Il opina.

— Tu sais bien que je ne te laisserai jamais. Et Ginger non plus. Elle s'est démenée pour trouver dans ce vaisseau de quoi fabriquer ce que le professeur Nutter avait en tête.

Je notai qu'une couronne ceignait le front de mon frère.

— Il a réutilisé son idée de couronne de contrôle mental, pour que j'arrive à me connecter à l'IA de cette arche.

Il marqua une pause.

— Enfin, si j'ai bien compris ses explications.

J'émis un petit rire. Certaines choses ne changeaient pas, et cela me rassurait.

Je me tournai alors vers Fanehil. Soutenu par le professeur Nutter et Ginger, il portait son fils dans les bras. Le garçon avait l'air sonné et nicha la tête dans le creux de l'épaule de son père.

Des échos me parvinrent d'autres parties du vaisseau : des voix, des exclamations. Petit à petit, les dormeurs revenaient à eux. Nous avions réussi.

*

Tous les dormeurs ne se réveillèrent pas lors de la première vague, et il fallut l'intervention du professeur Nutter pour arriver à relancer tous les systèmes du vaisseau.

Je les laissai faire, lui et Fanehil, tandis que Ginger les assistait. Je demeurais assise dans un coin, avec mon frère. Elwyn, le fils de Fanehil, nous rejoignit peu après. Il s'installa à côté de moi.

— Salut, lui déclarai-je.

Le gamin leva vers moi ses grands yeux calmes.

— Tu étais dans mon rêve, annonça-t-il.

— En effet, confirmai-je. C'est toi qui as essayé de nous guider ?

Il secoua la tête.

— Non, moi je dormais trop. Mais je voyais ce qui se passait. L'IA m'a dit qu'elle prendrait soin de papa et de tous les autres.

— Qui ça, elle ? m'enquis-je.

Elwyn pointa du doigt la console de l'IA.

— Je ne comprends pas, avouai-je.

— Moi si, annonça Fanehil en revenant dans la cabine.

Il marchait appuyé sur Ginger, son visage était pâle. Derrière lui, le professeur Nutter conversait avec animation avec une massive créature à la peau verte. Je reconnus celui avec lequel Fanehil discutait lorsque je l'avais vu pour la première fois. La chose s'esclaffa à un bon mot du savant et lui administra une tape dans le dos qui menaça de l'envoyer dans un mur.

Un groupe de trois personnes se glissa dans la salle de pilotage. Je me raidis en les apercevant. Alarmé par ma réaction, Tom se dressa d'un bond. L'un des hommes leva les mains dans un signe apaisant.

— Du calme, nous ne vous voulons aucun mal.

— Ce n'est pas ce que vous avez dit la dernière fois qu'on s'est croisés. Il me semble que ça ressemblait plus à « ne les laissez pas s'enfuir ! ».

Les trois gaillards adoptèrent un air embarrassé.

— Nous… nous, écoutez, j'ignore ce qui nous a pris. Nous nous sommes laissé embarquer par cette simulation et cette histoire de quête. Retrouver le Sanctuaire Oublié nous semblait la chose la plus importante au monde. Normalement, je ne ferais pas de mal à une mouche. Sur ce bâtiment, je suis d'ailleurs responsable de la sécurité de l'équipage et des passagers. Franchement, je ne sais ce qui nous est passé par la tête.

— Moi je crois l'avoir deviné, déclara Fanehil en s'avançant.

Il brandit une petite boîte rectangulaire. Je l'avais déjà aperçue dans le sarcophage d'Elwyn.

— C'est mon jeu, murmura le gamin. Elle m'a dit qu'elle en avait besoin.

— Un jeu ? relevai-je.

— Oui, un amusement qui plonge le joueur dans une réalité où il incarne un héros à la recherche d'une relique perdue : le Sanctuaire Oublié.

Fanehil me tendit la boîte. Je la pris et regardai l'illustration qui l'ornait. Elle représentait plusieurs créatures, de différentes races, devant un bâtiment aux formes fantastiques. Je commençais à reconstituer l'enchaînement des faits.

— C'est l'IA qui a utilisé ce jeu ? m'enquis-je.

— Tout juste, répondit Fanehil. Le programme de stase a été endommagé par notre atterrissage. Normalement, les dormeurs sont maintenus dans un sommeil qui leur permet de rêver. Ce module a été brisé, l'IA l'a remplacé du mieux qu'elle a pu, en puisant dans le jeu d'Elwyn.

— Elle m'a dit qu'il nous protégerait tous ! déclara le garçonnet.

Fanehil adressa un sourire ravi à son fils et le prit dans ses bras.

— Eh bien, pour une fois que ces fichues machines ne cherchent pas à nous tuer…, commenta la créature à la peau verte.

*

Nous restâmes plusieurs semaines en compagnie de Fanehil et des siens. Nous les aidâmes à réparer leur arche du mieux que nous pûmes et en échange, ils nous assistèrent pour notre machine.

La *Tédesplen* avait souffert de l'atterrissage, il fallut changer une bonne partie des vitres, et retaper les commandes. Le vaisseau des voyageurs quant à lui, fut intégralement relancé. Ses systèmes de survie fonctionnaient maintenant, mais il apparut qu'il ne redécollerait pas avant un moment.

— Ce n'est pas grave, déclara Fanehil. Notre monde d'origine est mort, c'est pour ça que nous avons fui. Celui-ci ne semble pas si mal.

En effet, en dehors de l'arche nous avions découvert des montagnes. Une rapide expédition à bord de la *Tédesplen* avait révélé non loin de vertes vallées. Une majorité des dormeurs regardait déjà quelles semences ils pourraient planter. Un nouveau départ en somme.

Fanehil avait envie de rester. Une partie de son être demeurait hantée par les visions du jeu, et je devais dire que cet univers, avec ses vaisseaux volants, ses trains, mais aussi ses commodités comme l'eau chaude et le chauffage, m'avait également beaucoup plu. Le professeur Nutter avait joué au

Sanctuaire Oublié en compagnie d'Elwyn et en était revenu enchanté et plein d'idées.

Malgré tout, l'envie du voyage nous tenaillait. Je souhaitais repartir, visiter d'autres mondes. Et surtout, j'espérais recroiser un jour Alice, et je souhaitais de tout cœur qu'elle et ses amis aillent bien.

L'heure du départ arriva. Ce fut un moment larmoyant. Fanehil me serra contre lui. Même le timide Elwyn voulut me faire un câlin.

— Oublie pas ce qu'elle t'a dit dans le jeu, hein, me souffla-t-il. D'anciens ennemis ressurgiront. Des adversaires que vous n'attendiez plus.

Je repensai aux paroles cryptiques de l'IA et mon sang se glaça. Sans parvenir à me départir d'une certaine angoisse, je grimpai à bord de la *Tédesplen*.

— Quelque chose ne va pas, Samantha ? s'enquit le professeur Nutter.

Je me forçai à sourire.

— Rien de grave, ne vous inquiétez pas. Il est temps d'y aller.

Mon frère actionna les commandes.

ÉPISODE 20 – ANCIENS ENNEMIS

Le roi Thédeus décline de jour en jour. Sa santé n'a jamais été flamboyante, mais je crains que sa vie ne se révèle plus courte que prévu. Le conseiller Drael complote pour m'évincer. Je dispose d'encore quelques appuis ; les réalisations de la Ligue des ténèbres clament encore ma puissance.

Je m'inquiète néanmoins pour le futur. Certes, Drael n'est pas l'ennemi le plus redoutable que j'aie eu à affronter, mais j'ai appris à me méfier des apparences et d'un adversaire qu'on croit à terre.

*

Nous arrivâmes à Providence City alors que le jour se levait. Au fur et à mesure que le brouillard de l'Entremonde disparut, la ville se révéla à nous dans toute sa démesure. Nous aperçûmes d'abord des silhouettes titanesques, qui se révélèrent être celles d'immeubles à la taille impressionnante. Les derniers lambeaux de brume se dissipèrent et nous pûmes admirer le soleil se reflétant sur des centaines de vitres.

— Eh bien, commenta Ginger, voilà qui est tout à fait époustouflant.

Tom, qui avait réussi à faire atterrir la *Tédesplen* dans une rue déserte, coupa les moteurs. Nous sortîmes, miniaturisâmes notre machine que je passai autour de mon cou, et nous rendîmes à l'angle de la ruelle et d'une avenue, bien plus peuplée celle-là. Des voitures vrombissaient le long de la chaussée. Elles ressemblaient un peu aux véhicules croisés à Devil's Peak, mais en plus massives. De leur capot allongé provenait un son bien plus grave que celui émis par les voitures que j'avais pu voir au hasard des mondes. Je devais leur reconnaître une allure phénoménale, à la fois puissante et élégante.

J'entendis des klaxons retentir dans l'air. Vu la taille des constructions, nous nous trouvions visiblement dans une métropole assez peuplée.

— Une petite visite ? demanda lady Astley.

Tom lui prit le bras, le professeur Nutter fit de même pour moi, mais gâcha la galanterie de son geste en sautillant.

— Ce serait bien qu'on trouve à manger quelque part !

J'acquiesçai à ces mots, comprenant qu'il ne nous laisserait pas de répit tant qu'il ne se serait pas restauré. Nous nous engageâmes dans la rue, partant vers la gauche vu que le professeur avait senti une odeur alléchante. Nous marchâmes un petit moment, longeant d'immenses immeubles aux lignes droites et épurées. Je remarquai quand même que la plupart affichaient des décorations raffinées : vitraux, fresques de métal ciselé ou mosaïques. Certaines entrées s'ornaient de statues de métal, aux visages hiératiques, qui ressemblaient aux représentations de l'antiquité.

Si les immeubles étaient grands, les rues l'étaient encore plus, toutes rectilignes, marquées par des intersections à angle droit. Je me doutais que nous ne trouverions pas ici de ruelles sinueuses ni de quartiers aux voies tortueuses.

Nous croisâmes quelques passants : des hommes habillés de complets sombres et à la tête coiffée de chapeaux en feutre ou des femmes portant des robes cintrées s'arrêtant sous le genou, qui laissaient voir leurs bas et leurs souliers à talons. Ginger se décrocha presque la tête en suivant du regard l'une d'elles, une beauté vêtue d'une robe bleue, moulante sans en avoir trop l'air, et dont le visage disparaissait sous les bords d'un large chapeau et derrière d'épaisses lunettes aux verres fumés.

— Il va falloir que je fasse des emplettes, décréta Ginger.

Sa longue jupe et son chemisier à manches gigot détonnaient quelque peu dans cet univers en effet.

— Il nous faut de l'argent, protesta mon frère.

Ginger exhiba triomphalement un portefeuille, ce qui lui valut une œillade réprobatrice de Tom.

— J'espère au moins que le pauvre bougre à qui tu as fauché ça ne s'en apercevra pas avant un moment.

— Ne me prends pas pour une débutante ! En plus, je lui ai laissé une babiole en or en dédommagement, répliqua Ginger avec un air offensé du plus bel effet.

C'était l'une des nouvelles lubies de lady Astley : elle payait ses vols. J'espérais qu'il ne s'agissait que d'un défi, un moyen de corser le jeu et pas d'une moralité naissante.

Ginger tira plusieurs billets du portefeuille et les tendit à Thomas avec un sourire adorable. Celui-ci n'eut d'autre choix que de les accepter.

— Regardez ! s'exclama alors le professeur Nutter.

Nous arrivions au croisement de deux grandes avenues. Sur l'un des trottoirs en face se tenait un homme, près d'un petit chariot peint en rouge vif. Deux personnes attendaient, pendant qu'il parlait avec une troisième. Le professeur Nutter huma l'air.

— Ce sont des saucisses dans un petit pain ! s'exclama-t-il.

Il fila en direction de l'étal, manquant de se faire renverser par une voiture qui déboula du carrefour. Nous le suivîmes. Le vendeur nous adressa un regard surpris à cause de nos tenues. Ginger avait raison, une session d'achat nous ferait le plus grand bien. En plus, le pantalon de toile et la chemise que je portais avaient connu des jours meilleurs. Un remplacement allait s'avérer nécessaire.

Même si nous étions habillés de manière étrange, le vendeur ne refusa pas de nous servir, preuve que l'argent vient à bout de tous les préjugés. Nous dégustâmes tous une saucisse dans un petit pain, qui se révéla bien meilleur que beaucoup de charcuteries que j'avais pu avaler au cours de nos voyages.

Hélas, le temps que le marchand s'occupe de nous, de gros nuages noirs avaient caché le soleil et promettaient une averse aussi drue que prochaine. Lady Astley lorgna vers le ciel.

— Nous devrions nous mettre à l'abri, commenta-t-elle.

Nous saluâmes le marchand et nous mîmes en quête d'une auberge, ou de tout autre endroit où nous pourrions éviter de nous faire tremper. Alors que nous longions les immeubles colossaux, je notai que la ville avait tout de suite l'air beaucoup moins accueillante. Les constructions prenaient des allures menaçantes, de sombres silhouettes semblaient nous guetter depuis les halls d'entrée pharaoniques.

La pluie se mit à tomber dru et nous dûmes nous abriter dans le renfoncement d'une porte cochère. Un grondement me fit lever les yeux. Un dirigeable passa au-dessus des toits, se dirigeant vers un immeuble dont la flèche dominait le reste de la ville.

De déplaisantes images me revinrent en bloc, celles d'une ville aux tours qui touchaient le ciel, sillonnée par des dirigeables tractant des banderoles. Les mots du fils de Fanehil résonnèrent à mes oreilles : « D'anciens ennemis ressurgiront. Des adversaires que vous n'attendiez plus ».

Mon frère me prit par l'épaule. Je réalisai que ma respiration s'était accélérée et que je tremblais. J'essuyai la sueur qui coulait le long de mon front. Ginger et le professeur me regardaient avec inquiétude.

— On peut s'en aller, si tu veux, déclara M. Nutter.

J'hésitai un instant, avant de murmurer :

— Oui, si ça ne vous ennuie pas.

Tant pis pour la session d'achat de lady Astley. Aucun de mes camarades n'objecta à notre départ.

— Trouvons un endroit où agrandir la *Tédesplen*, décréta Tom.

Bravant la pluie, nous quittâmes notre abri. Mon frère me tenait par les épaules. Je songeai à le rabrouer et lui dire qu'il n'avait pas besoin de jouer les protecteurs avec moi, mais son contact était rassurant. Le professeur repéra bien vite une petite rue déserte et s'y engagea. Tom et moi le talonnâmes. Au moment où je passai le croisement, un grondement retentit derrière moi, accompagné d'un phénomène étrange : comme un éclair, mais d'ombres au lieu de lumière aveuglante. Surprise, je titubai et me rattrapai au mur. Je me frottai les yeux.

— Mais qu'est-ce que c'était, ça ? s'écria Tom.

— Aucune idée, répondis-je.

Je me retournai, pour tenter d'en savoir plus. Mon sang se glaça dans mes veines. Ginger, qui marchait derrière nous, avait disparu.

*

Nous connûmes d'abord un moment d'incompréhension, avant qu'une panique totale ne remplace celle-ci. Tom repartit en arrière pour retrouver Ginger, tandis que le professeur et moi filions de l'autre côté. Nous criâmes, appelâmes Ginger, sans aucun succès. Des passants commencèrent à nous considérer avec appréhension et méfiance. Je remarquai que plusieurs d'entre eux échangeaient des paroles, sans nous lâcher du regard. Une femme secoua la tête d'un air navré, avant de passer son chemin le plus rapidement possible.

Je compris qu'arpenter les rues en hurlant le nom de Ginger n'allait nous mener à rien. J'attrapai le professeur par le bras, nous retrouvâmes mon frère, planté à un carrefour, qui dévisageait toutes les femmes qui passaient.

— Elle n'est pas là ! déclara-t-il d'un ton où perçait la panique.

— Je sais. Mais rester planté ici ne nous servira à rien. Il faut trouver un abri, répondis-je.

Les parapluies fleurissaient dans la rue, et nos vêtements menaçaient d'être bientôt trempés. Nous trouvâmes une auberge, ou « café », comme ils les appelaient sur ce monde, où nous nous installâmes.

L'endroit était accueillant, malgré les lignes froides de son architecture de pierre, son comptoir massif et son sol en damier noir et blanc. Je serrai la tasse de thé qu'une serveuse me versa avec un sourire. Tom gardait les yeux rivés vers l'extérieur et regardait les passants dans la rue.

— Ce n'est pas normal, murmura-t-il.

— Bien évidemment, répondis-je. On ne disparaît pas comme ça.

Le professeur Nutter avait déjà été enlevé, mais, si l'attaque s'était révélée soudaine, nous avions quand même vu nos assaillants et nous savions qu'ils étaient faits de chair et de sang. Là, Ginger s'était volatilisée purement et simplement. Aucune trace, rien. Pas d'indice pour commencer nos recherches.

— Je pourrais peut-être essayer de construire un détecteur de Ginger Astley, commença le professeur.

— Pitié, pas maintenant, gémit Tom. Essayons de rester sérieux, s'il vous plaît.

— Mais je suis tout à fait sérieux ! s'exclama le vieil homme d'un air scandalisé.

D'un geste agacé, je coupai court à la conversation qui menaçait de s'envenimer. Nous avions mieux à faire que de nous disputer. Au lieu de cela, j'attrapai un journal qui traînait sur une table voisine. Le *Providence Reporter*. La date affichait le neuf henys mille neuf cent quarante-deux. Je parcourus un peu le journal. La une parlait de l'inauguration d'une nouvelle ligne de métro, le reste des pages traitait de la vie de la cité. On y parlait des dernières décisions du conseil municipal, des problèmes du quotidien que la ville rencontrait. Je parcourus vite fait les pages, m'attardant sur les réclames. Ici, on vantait le nouveau film d'une jeune actrice dont le regard acier avait fait fondre une grande star. Là, on vantait la nouvelle automobile sortie des usines Fauves. Un cabinet d'avocats annonçait qu'il pouvait résoudre tous les problèmes… Je refermai le journal et poussai un soupir. La ville semblait plutôt calme et prospère. Rien en tout cas sur des disparitions.

— J'en ai assez de rester assis ainsi. Je vais la chercher ! explosa soudain Thomas.

Il se leva d'un bond, s'attirant quelques regards surpris. Je l'attrapai par le bras et le forçai à se rasseoir.

— Calme-toi. Ce n'est pas en fonçant à l'aveugle que nous allons la retrouver.

— Dommage…, soupira le professeur Nutter. Sinon, ma proposition de détecteur de lady Astley tient toujours.

Je me pris la tête entre les mains. Je commençais à me dire que nous allions devoir trouver les autorités de la ville. Je n'aimais guère la police, la garde, ou les figures militaires. Je devais néanmoins reconnaître que nous avions besoin d'aide. Peut-être pourraient-ils nous en fournir.

— Eh bien, ça n'a pas l'air d'aller fort !

Je levai la tête pour découvrir la serveuse, qui nous observait avec préoccupation. Nous devions afficher une mine bien sombre.

— À vrai dire, soupira mon frère. Une de nos amies vient de disparaître, nous ne comprenons ni pourquoi ni comment elle s'est volatilisée, et nous n'avons pas l'ombre d'une piste pour commencer à chercher.

À ces mots, le visage de la serveuse se décomposa. Ses mains se mirent à trembler, tandis que de grosses gouttes de sueur dégoulinaient le long de son front. Elle les essuya d'un geste nerveux, avant de lancer d'une voix hachée.

— C'est… bizarre, en effet… Mais je ne peux rien pour vous… Désolée.

Elle s'enfuit aussi vite que ses talons hauts et le carrelage glissant le lui permettaient. Le professeur Nutter lâcha un sifflement étonné. Tom fit mine de se lever de nouveau.

— Elle sait quelque chose. Je ne vais pas la laisser s'en tirer comme ça.

— Tu te rassois, ordonnai-je. Oui, elle en sait plus qu'elle ne veut le dire, mais ça ne signifie pas qu'il faut la bousculer pour qu'elle parle.

Je me penchai en avant, mes compagnons m'imitèrent.

— Il y a anguille sous roche, mais il ne faut pas nous précipiter tête baissée. Gardons profil bas, je ne veux pas attirer l'attention sur nous.

Tom et le professeur comprirent ce que je voulais dire. Nous avions peut-être des ennemis dans cette ville, de vieux ennemis que nous n'avions pas envie de recroiser. La serveuse repassa, en évitant de nous regarder. Elle se rendit au comptoir, échangea quelques mots avec le barman, avant de revenir vers nous.

— Je pense qu'il vaudrait mieux que vous partiez, déclara-t-elle.

Nous saisîmes l'allusion à peine voilée, réglâmes notre note et nous levâmes. La serveuse fila au fond du café. Alors que j'enfilai mon manteau, je remarquai un bout de papier plié sur la table. Il venait du carnet de commandes de la serveuse. Je le dépliai. Une adresse y était griffonnée. Au *Flying colors*. Sûrement un bar. Peut-être un piège aussi. Je lorgnai vers la serveuse. Elle s'efforçait de ne pas nous prêter attention. Nous sortîmes.

Je remarquai, alors que nous passions la porte, que Tom jouait avec un briquet. Je lui adressai une œillade sévère.

— Un client l'avait laissé sur la table ! s'expliqua-t-il.

Je m'emparai de l'objet et le fourrai dans ma poche.

— Je t'avais pourtant dit de rester discret.

Tom me fixa avec un fond de colère, nouvelle preuve d'une anxiété mal jugulée. Je soupirai et le pris par le bras. Nous nous éloignâmes de l'enseigne, avant que je sorte la note et que je la montre à mes camarades.

— Il faut y aller, décréta Thomas.

— C'est peut-être un traquenard, objectai-je.

Le professeur Nutter tapota les poches de sa blouse.

— Ne vous inquiétez pas. Si c'est le cas, j'ai de quoi voir venir !

Je me rangeai à l'avis général. La pluie n'avait pas faibli. Nous achetâmes des parapluies à un vendeur ambulant et en profitâmes pour lui demander la route. Il nous donna une carte de la ville. Elle était bien plus étendue que ce que j'aurais pu croire, tentaculaire, même. Le bar se trouvait dans un quartier extérieur. Il nous fallut prendre un métro pour y arriver. Je me souvenais du métro de Polis et appréhendais de me retrouver à nouveau sous terre. Je fus soulagée de constater que celui-ci était aérien.

Nous achetâmes des billets et prîmes place dans l'une des rames. Les portes se refermèrent et l'engin démarra, glissant sur ses rails. Nous passâmes entre des immeubles élancés, la plupart de pierre grise, ou de briques rouges, tous arboraient les mêmes lignes que vues précédemment. J'en repérai tout de même un qui dominait les autres. Un dirigeable était accroché à sa flèche, des passagers semblaient descendre.

Nous passâmes par-dessus un fleuve, sur un pont composé de poutrelles métalliques enchevêtrées. De l'autre côté, la taille des immeubles décrut, les maisons devinrent plus humbles et je devinai que nous atteignions les quartiers plus modestes. Tom me poussa du coude. Notre station était la suivante. Nous descendîmes et retrouvâmes les rues de la ville.

Le *Flying colors* se trouvait à quelques pâtés de maison de là. Nous longeâmes ces grandes demeures rouges, aux escaliers métalliques qui semblaient tenir les façades. Nous trouvâmes le bar au fond d'une petite rue. Son enseigne d'une couleur indéfinissable clignotait par intermittence. Tom passa en premier et poussa la porte. Le bar était plongé dans la pénombre. La voix langoureuse d'une chanteuse vibrait dans l'atmosphère. Je l'avisai, une rousse splendide, moulée dans une robe noire à sequins, qui susurrait des mots langoureux au micro. Les clients étaient répartis dans tout l'établissement, autour de petites tables rondes. La plupart regardaient la chanteuse, d'autres parlaient à mi-voix. D'autres encore contemplaient l'intérieur de leur verre.

La fumée de cigarette formait comme un voile opaque. Il faisait jour au-dehors, mais j'avais l'impression d'avoir pénétré dans un autre monde, fait de clair-obscur, d'hommes mystérieux et de femmes fatales. Tom repéra une table dans un coin et nous allâmes nous y asseoir. Il commanda un bourbon, j'optai pour un thé, et dus empêcher le professeur Nutter de demander un martini dry, quoi que cette chose puisse être. Le serveur revint avec nos commandes.

Je bus une gorgée et observai la salle. Le son suave des cuivres et la voix envoûtante de la chanteuse dominaient les conversations. Je tentai d'observer les clients, mais la plupart s'arrangeaient pour se tenir dans la pénombre. Je sortis le papier donné par la serveuse. L'adresse et le nom du bar étaient pourtant les bons. Mais qu'avait-elle voulu dire ?

— C'est peut-être un point de rendez-vous. Elle va nous rejoindre plus tard, émit mon frère.

J'opinai, et me calai au fond de mon siège. Nous attendîmes, en silence, regardant la chanteuse. Je fermai les yeux et dus somnoler un moment, car quand je les rouvris, la chanteuse n'était plus là. Je me redressai et m'étirai. Mon frère et le professeur étaient affalés sur la table. Je pris conscience d'un tiraillement désagréable dans mon ventre. Les inconvénients d'une trop grande consommation de thé. Je me levai et cherchai les commodités. Contrairement à ce que je craignais, l'endroit était relativement propre. J'en ressortis avec un soulagement sans borne. Je m'apprêtai à rejoindre notre table, quand des affiches placardées sur un mur m'arrêtèrent net.

Des photos, des dizaines de photos. Je m'approchai. Toutes étaient des femmes assez jeunes, à peu près de l'âge de Ginger. Toutes plutôt jolies. Certaines étaient maquillées et impeccablement coiffées et souriaient avec assurance, d'autres semblaient plus empruntées. Au-dessus de cet étalage de photos trônait un titre : « avez-vous vu ces personnes ? » Mon cœur se mit à battre plus fort. J'appelai Tom et le professeur. Mon frère lâcha une exclamation en avisant l'étalage de photos, ce qui nous attira un coup d'œil du serveur et d'un homme accoudé au comptoir.

Ce dernier repoussa son feutre et vint dans notre direction. Je me raidis, je n'aimais guère les inconnus qui s'approchaient ainsi. Il regarda le mur et pointa la photo d'une très jolie brune au regard clair, qui souriait avec timidité.

— Ma cousine Lauren, déclara-t-il. Où est la vôtre ?

— Je… Nous n'avons pas de photos, répondit Tom, un peu pris de court.

— Elle vient de disparaître ! s'exclama le professeur.

L'homme nous étudia avec une pointe de surprise.

— Vous arrivez à en parler ? s'étonna-t-il.

— Eh bien oui, répondit Thomas. Pourquoi cette question ?

— Tous les trois ? insista-t-il.

— Notre amie Ginger Astley a disparu et j'ai l'impression qu'elle n'est pas la seule dans cette fichue ville ! m'exclamai-je.

L'homme lança un regard circulaire, comme pour vérifier que personne ne nous écoutait.

— Venez, souffla-t-il. Il faut mieux continuer à parler dans un endroit à l'abri des oreilles indiscrètes.

Cette invitation pouvait très bien cacher un piège. Cela dit, nous portions tous des armes et savions nous défendre. Et cet homme représentait la seule piste qui s'offrait à nous. Nous lui emboîtâmes le pas.

*

L'homme se nommait Philip Spade et habitait à quelques rues de là, dans un immeuble qui tombait en ruines. Enfin, « habitait » restait un bien grand mot. Philip était détective privé, et dormait sur un canapé dans son bureau. La pièce en question était petite, sombre, encombrée de dossiers. Sur un mur, je retrouvai punaisées la plupart des photos que j'avais vues dans le bar. Celle de Lauren trônait en bonne place sur son bureau, dans un cadre doré.

Philip posa son pardessus et son chapeau, nous invita à faire de même, et se laissa tomber sur une chaise. Nous tirâmes les sièges restants et nous installâmes.

— Alors ? Que s'est-il passé exactement ? s'enquit-il.

J'échangeai un regard avec mon frère, il hocha imperceptiblement la tête et se lança. Il raconta que nous étions des voyageurs, nouvellement arrivés de l'étranger et que, à peine arrivés, notre amie s'était volatilisée. Tom narra les circonstances exactes de la disparition, sans omettre le moindre détail. Philip resta silencieux, mains croisées sous le menton, avant de hocher la tête. Il se leva et alla se planter devant le mur aux photos.

— Est-ce que vous pouvez nous expliquer ce qui se passe ici ? demanda mon frère.

Philip resta silencieux un moment, Tom s'apprêtait à répéter sa question, quand le détective prit la parole.

— Ça a commencé voilà quelques mois. Des disparitions inexpliquées. Des jeunes femmes qui se volatilisaient sans que personne ne puisse l'expliquer. Mais ce n'est pas le plus étrange dans l'affaire.

Il revint s'asseoir face à nous.

— Je suppose que vous avez essayé d'interroger les gens, et que vous vous êtes heurtés à un mur.

J'acquiesçai, me rappelant la réaction de la serveuse.

— On n'a pas encore retrouvé ces filles, car très peu de disparitions ont été signalées. Tout simplement car les proches des victimes n'arrivent pas à en parler. Demandez à une mère où est passée sa fille, et vous la verrez blêmir, transpirer, puis se dépêcher d'aller faire autre chose. On dirait qu'un brouillard entoure ces disparitions. Ceux concernés savent qu'une jeune fille de leur entourage s'est volatilisée, mais ils n'arrivent pas à en parler. Comme si on les forçait à penser à autre chose.

— Mais, et ces photos, alors ? demandai-je.

— Il y a quelques exceptions. Certaines personnes ne semblent pas affectées par le sortilège, souvent de la famille un peu plus éloignée, comme un oncle, une tante, un cousin lointain…

Il afficha un rictus triste à ces mots et contempla la photographie sur son bureau.

— J'ai le premier placardé les photos de Lauren sur le mur du *Flying Colors*. J'espérais que de cette manière, des gens se souviendraient d'elle et me diraient où elle est. Je n'ai pas eu d'informations, mais d'autres personnes se sont jointes à moi pour accrocher le portrait d'un être disparu. J'en reçois presque tous les jours, des proches qui espèrent qu'en affichant cette photo, les disparus reviendront. La vérité est que j'ai peur que cela ne change rien. Une force puissante est à l'œuvre, qui nous force à oublier celles qui nous ont été enlevées et qui touche les parents, les amis, les amants. Mais vous, vous semblez proches de votre amie. Très proches, même, et pourtant, vous parlez librement de sa disparition.

Son regard se riva sur Thomas.

— Je voulais lui faire ma demande…, avoua-t-il. J'ai même acheté une bague. Et des fleurs. Et une bouteille de bon vin.

Je levai les yeux au ciel. Depuis quand mon frère et Ginger avaient-ils sombré dans la mièvrerie la plus complète ?

— Et ensuite, tu aurais retapissé votre cabine avec des colombes ? lançai-je.

Mais la pique n'eut pas l'effet escompté. Mon frère se contenta de fixer ses mains, comme s'il désespérait de son inutilité. Ébranlée et un peu honteuse de mon éclat, je lui tapotai l'épaule.

— On va la retrouver, ne t'inquiète pas.

— Vous auriez dû être affectés par le sort, déclara Philip. Je ne comprends pas comment vous y résistez.

Le professeur ouvrit la bouche pour répondre. Je me montrai plus rapide.

— Nous n'y comprenons rien non plus, mais c'est un avantage. Nous sommes immunisés à ce qui manipule ces gens. Nous voulons retrouver notre amie et vous, votre cousine.

J'indiquai les photos au mur.

— Nous pouvons aider ces gens, j'en suis sûre. Allions nos forces.

Philip hésita un moment. Il tira un paquet de cigarettes de sa poche, en alluma une et tira quelques bouffées.

— Par où pensez-vous commencer ? demanda-t-il. J'ai écumé toute la ville sans rien trouver.

Je regardai Tom. Il pensait à la même chose que moi. Les disparitions avaient commencé quelques mois auparavant. Quand nous combattions l'Union, ils avaient toujours une longueur d'avance sur nous, car ils arrivaient sur les mondes un peu avant, et entamaient leurs plans machiavéliques.

— Les archives des journaux. Cherchons si quelque chose d'important s'est produit avant que les disparitions ne commencent.

*

Philip et moi commençâmes par les archives du *Providence Reporter*, tandis que Tom et le professeur partaient contacter les familles des disparus pour tenter d'en savoir plus. Le siège du journal se trouvait dans le centre-ville, non loin de la gare centrale. Je dus me décrocher presque la tête pour apercevoir le sommet de l'immeuble. Je rentrai à la suite de Philip, passant les grandes portes de verre. Un homme en livrée nous adressa un salut, auquel le détective répondit. Il alla voir la réceptionniste, qui rougit en le voyant arriver.

— Bonjour, Effie. Je viens consulter les archives.

— Comme d'habitude, notez votre nom sur le registre, roucoula-t-elle.

Elle m'avisa et son visage se décomposa.

— Juste une cousine de la campagne, expliqua-t-il.

Effie se détendit visiblement et donna un morceau de papier à Philip.

— Vous connaissez les règles.

Il la salua d'un sourire et me prit le bras. Nous nous dirigeâmes vers un ascenseur.

— Vous semblez familier des lieux, notai-je.

— Mon oncle travaillait au journal et je connais bien le rédacteur en chef. Je lui donne l'exclusivité pour certaines affaires, et en échange, il me permet de fouiner un peu.

La cabine s'arrêta sur un étage plongé dans la pénombre. Philip pressa un interrupteur, je découvris un long couloir, qui se terminait par une porte marquée « archives ». Le détective la poussa et je me trouvai face à des rayonnages à perte de vue.

— Venez, Samantha, les archives récentes se trouvent ici.

Il m'amena jusqu'à une étagère qui croulait sous les cartons et en prit un.

— Les disparitions ont commencé il y a environ six mois. Jusqu'à quand voulez-vous remonter ?

— Environ deux mois avant le début de tout cela, répondis-je.

— Eh bien, allons-y, soupira Philip.

Nous passâmes de longues heures enterrés dans les journaux. J'eus beau chercher, je ne trouvai rien qui rappelle l'Union. Ou ils avaient appris à se cacher, ou je faisais fausse route. L'angoisse commença à me tarauder. Je me demandais si nous ne devrions pas tenter de retourner à Polis pour vérifier que ces sinistres personnages soient bien enfermés dans notre version d'Eudaimonia. Non, nous ne pouvions laisser Ginger seule dans ce monde. Il fallait la retrouver coûte que coûte.

Tom l'aimait profondément. Le professeur Nutter lui était aussi très attaché. Quant à moi, eh bien, si elle avait pu m'agacer au début de notre aventure, Ginger évoquait maintenant plutôt une grande sœur.

Philip me posa la main sur l'épaule. Je sursautai et réalisai que j'étais restée plantée là, un journal à la main, perdue dans mes pensées.

— On va la retrouver, déclara-t-il.

J'opinai, et remarquai le pli soucieux qui barrait son front.

— Elle vous manque, n'est-ce pas ? murmurai-je.

Il opina.

— J'ai grandi à la campagne avec Lauren, quand je suis parti à la ville, cela a été un déchirement pour elle. Ses parents refusaient de la laisser quitter notre bourgade natale, malgré son insistance. Elle a fini par décrocher une bourse d'études en littérature. C'est rare, vous savez, qu'ils l'accordent à une femme, d'autant plus à une provinciale. Ses parents refusaient toujours qu'elle parte. J'ai dû insister, promettre que je veillerai sur elle. Lauren a emménagé dans le même quartier que moi. Je ne la voyais pas tous les jours, car ses études et mon travail nous prenaient du temps. Je le regrette aujourd'hui. Si j'avais fait plus attention à elle, Lauren n'aurait sans doute pas disparu.

Je posai la main sur son bras.

— Ce n'est pas votre faute.

Il acquiesça et referma le journal qu'il consultait.

— Rentrons, il se fait tard.

Nous reprîmes le chemin du retour, la nuit était déjà tombée. Philip nous avait trouvé un hôtel non loin de son bureau. Le confort laissait à désirer, mais au moins, nous disposions d'un toit sur notre tête. Tom et moi jugions préférable de laisser la *Tédesplen* dans sa bulle, au moins pour l'instant, tant que nous ne savions pas à qui nous avions affaire.

Dans le métro, nous n'échangeâmes aucune parole. Je me contentai d'observer les lumières de la ville. Un dirigeable passa dans le ciel pour aller s'arrimer à l'antenne du *Sky runner*, l'immeuble qui servait de gare aérienne. Je songeai à Ginger. J'espérais qu'elle allait bien. Nous quittâmes Philip en convenant de nous retrouver à son bureau le lendemain. Le détective prit la direction du *Flying colors*, où je ne doutais pas qu'il passerait une partie de la nuit à enchaîner des bourbons. Pas la peine de passer le voir trop tôt demain matin. Je rentrai à la chambre pour trouver Tom allongé sur son lit, fixant le plafond.

— Rien.

Je vis son visage s'assombrir.

— Et vous ?

— Rien non plus, soupira-t-il. Aucune famille n'a voulu nous parler. On a même lâché les chiens sur nous dans une maison.

Je me laissai tomber dans un fauteuil et retirai ces fichus talons. Dans ce monde, pas question de m'habiller comme un garçon ou de porter leurs confortables chaussures. J'étais tenue de revêtir jupes et robes.

— Où est le professeur ? m'enquis-je.

— Je crois qu'il est en bas, il aide le gérant à réparer le téléphone.

— Diantre, commentai-je.

J'espérai que le savant n'allait pas commettre d'impair qui nous forcerait à chercher une chambre au milieu de la nuit. Je poussai un soupir et attrapai un magazine sur la table basse. Je commençai à le feuilleter, laissant mes pensées divaguer. Mon regard s'arrêta sur une réclame aux couleurs vives. Elle représentait une femme souriante, sur une plage de sable fin, qui vantait les mérites d'un nouveau produit miracle, qui avait rendu son monde meilleur. Malgré l'ambiance chaleureuse qui se dégageait de la page, je sentis un froid intense m'envahir.

Je parcourus le magazine, cherchant d'autres réclames dans ce genre. J'en trouvai plusieurs, dans celui-ci et dans d'autres numéros. Des publicités vantant un produit miracle, une lessive exceptionnelle, une nouvelle voiture. Toutes avaient en commun leurs visages souriants et leurs slogans, proclamant que la marque voulait le bien de la personne. La rhétorique m'était désagréablement familière.

— Ça ne va pas, Samantha ? s'enquit mon frère.

— Ne t'inquiète pas, lui répondis-je avec un sourire.

Je me replongeai dans mon magazine, fébrile. Je pouvais me tromper. J'espérais me tromper. En tout cas, il fallait que j'en aie le cœur net.

*

Adossée contre un mur, feignant de me repoudrer le nez, je lorgnai vers l'entrée du gratte-ciel. L'enseigne au-dessus de la porte proclamait *Goodluck Union*. Un autre signe. Je réprimai un sursaut d'angoisse. À côté de moi, le professeur s'agita.

— Je n'aime pas ce nom, Samantha, déclara-t-il.

— Moi non plus, grommelai-je.

Le vieil homme se mit à renifler l'air et je me demandai si j'avais bien fait de l'emmener. Tom, d'humeur sombre, était parti tôt le matin, je n'avais pas eu envie de lui parler de mon projet, pas avant d'être sûre de moi. J'avais donc décidé de partir en reconnaissance avec le professeur Nutter.

— Venez, dis-je au savant, approchons-nous pour essayer de voir l'intérieur.

Je lui pris le bras et nous traversâmes la rue. Nous passâmes devant la devanture. Je distinguai l'intérieur, une secrétaire patientait derrière un comptoir. Les murs du hall étaient décorés de réclames en tout genre. Je ne vis rien qui paraissait suspect, mais je ne m'attendais pas à trouver l'Union en plein milieu de l'entrée. Nous dépassâmes la porte et tournâmes à l'angle de la première rue venue pour nous dissimuler et observer de nouveau la porte. Le professeur se gratta le front d'un air perplexe.

— Ils ne sont pas là, nota-t-il.

— Peut-être se cachent-ils, proposai-je. Attendons encore un peu.

La rue où se trouvait le siège de la compagnie était assez passante. J'observai un moment le ballet des voitures. Plusieurs piétons nous dépassèrent, les hommes en complet sombre, les femmes en robes, gants et chapeaux. Je songeai que Ginger aurait adoré les tenues de certaines. Repenser à lady Astley me causa un pincement au cœur. Il fallait absolument que nous la retrouvions.

Un grondement me fit lever la tête. Un dirigeable nous survola. Celui-là ne transportait pas de passagers, mais traînait une banderole publicitaire, vantant un produit permettant de laver le linge plus blanc.

— Là ! s'exclama le professeur.

Il m'attrapa la manche et manqua au passage de me broyer le bras. Il pointa une silhouette qui rentrait au siège de *Goodluck Union*. J'eus à peine le temps de l'apercevoir, mais mon sang se gela. Une vieille femme à la tignasse grise, coiffée sommairement en un chignon hirsute.

— C'est la vieille chouette ! s'exclama le professeur Nutter.

Je calmai les battements affolés de mon cœur en respirant profondément. Du calme, ne pas paniquer. Nous les avions repérés, rien ne servait de se jeter dans la gueule du loup. Nous allions repartir avertir Thomas et Philip, et nous déciderions ensemble d'un plan d'attaque. De la discipline, de la réflexion et de la maîtrise, voilà ce qui nous sauverait.

Malheureusement, le professeur Nutter avait d'autres idées en tête, qui impliquaient notamment une charge frontale et un rayon de la mort.

— Sus à l'ennemi ! brailla-t-il.

Il se rua en direction de la porte d'entrée. J'hésitai une fraction de seconde, avant de me lancer à sa poursuite. Si je me montrais suffisamment rapide, je pouvais espérer l'arrêter avant qu'il n'entre. Hélas pour moi, M. Nutter avait déjà prouvé qu'il était capable de pointes de vitesse tout à fait exceptionnelles, et cette course-là ne fit pas exception à la règle. Le savant bondit à l'intérieur du bâtiment au moment où je me jetais sur lui pour le plaquer au sol. J'en fus quitte pour une bonne chute. Je m'éraflai sur le bitume, cassai un talon et filai mes bas. Je me débarrassai de mes chaussures et me précipitai à l'intérieur juste au moment où les premiers cris retentissaient.

Le professeur Nutter tenait deux femmes en joue de son rayon de la mort : la secrétaire et celle que nous avions vue entrer. Les deux roulaient des yeux effarés. Celle aux cheveux gris se tourna vers moi. Elle devait compter une cinquantaine d'années et portait un tailleur gris perle. D'épaisses lunettes chaussaient son nez. Elle ressemblait un peu à Amok, mais ce n'était pas elle. Le soulagement m'envahit, rapidement remplacé par un aiguillon de peur.

— Professeur, nous nous sommes trompés. Ce n'est pas le docteur Amok. Allons-nous-en maintenant !

Le vieil homme baissa son arme et m'adressa un regard perdu.

— Où est l'Union, alors ? me demanda-t-il.

— Je l'ignore, mais il faut partir, vite.

Je le pris doucement par le bras et l'entraînai vers la sortie. Trop tard. Deux hommes en uniforme surgirent d'une porte du hall.

— Sécurité ! On ne bouge plus ! beugla l'un d'eux.

— Tonnerre de merde, soupirai-je en levant les mains.

*

J'avais espéré éviter de visiter les geôles de Providence, hélas, les actions de M. Nutter, l'intervention des forces de sécurité, puis de la police, en avaient décidé autrement. Je me trouvais donc assise sur la couchette d'une cellule, le savant dans une geôle voisine à la mienne.

— Je suis désolé, Samantha, lança-t-il.

— Pas grave, grommelai-je.

— Tu penses que Thomas va venir nous chercher ?

Je haussai les épaules, avant de me rappeler que le vieil homme ne pouvait pas me voir.

— L'avenir nous le dira, me contentai-je de répondre.

Les policiers m'avaient laissé passer un coup de téléphone, j'avais contacté la réception de l'hôtel, en leur demandant de prévenir mon frère. J'espérais qu'ils allaient passer le message et que Tom viendrait nous chercher assez rapidement.

Nous attendîmes ce qui me sembla une éternité. Dans une cellule voisine de la mienne, un homme chantait d'une voix avinée. Deux petites frappes qu'on avait amenées un peu après nous s'insultaient copieusement. Ils auraient pu concurrencer nombre de dockers londoniens de ma connaissance. Au bout d'un moment, la porte s'ouvrit et mon frère apparut. Je bondis sur mes pieds et me ruai aux barreaux.

— Tom ! m'exclamai-je.

Il me fixa. Je reculai d'un pas. Je ne l'avais pas vu aussi énervé depuis le jour où j'avais décidé de me baigner toute seule dans l'étang de Summerfall et que j'avais manqué de me noyer. Un policier le secondait, il tenait un trousseau de clés à la main et ouvrit nos cellules.

— Voilà, m'sieur. J'vous les rends, déclara-t-il.

Tom lui répondit d'un hochement de tête et lui tendit une enveloppe.

— Et j'vous redonne leur arme bizarre et j'oublie que je l'ai vue.

Mon frère tendit à l'homme un paquet enveloppé dans du papier brun.

— Merci beaucoup, déclara Tom.

Il fourra le rayon de la mort dans sa besace, puis nous attrapa par le bras, le professeur et moi, avant de nous traîner hors de la rangée de cellules.

— Mais qu'est-ce qui vous a pris ? siffla-t-il alors que nous traversions le commissariat.

— J'étais sûre d'avoir repéré l'Union ! tentai-je de me justifier.

La poigne de mon frère autour de mon bras se resserra.

— Et tu es partie toute seule à l'aventure. Après ce qu'ils t'ont fait.

— Mais je n'étais pas toute seule ! me récriai-je. J'avais le professeur Nutter avec moi !

Mon frère s'immobilisa et me lança un long regard. Je me tortillai, avant de soupirer.

— Oui, je sais, ce n'était pas très malin. Mais j'allais revenir te prévenir, quand… enfin tu comprends…

Tom fixa le professeur Nutter d'un air dur. Le vieil homme lui adressa un sourire béat. Mon frère soupira.

— Bon, on rediscutera de ça une fois à l'hôtel. Mais je ne suis vraiment pas content et…

— Tom ! l'interrompis-je.

Une femme venait d'entrer dans le commissariat, une beauté blonde, juchée sur des talons vertigineux. Un ensemble noir très élégant moulait sa silhouette en sablier, tandis qu'une étole de fourrure drapait ses épaules. Un chapeau à large bord cachait la moitié de son visage, dévoilant seulement des lèvres pulpeuses laquées de rouge écarlate.

— Ginger…, balbutia Tom.

La femme releva la tête et je vis enfin son visage. Il ne s'agissait pas de lady Astley, mais je connaissais ces traits.

— On dirait…, commençai-je.

— Lauren ! La cousine du détective ! s'exclama le professeur Nutter.

Elle tourna la tête en notre direction. Tom nous attrapa et nous tira à l'écart, derrière une plante verte particulièrement massive. Un policier derrière son bureau nous regarda avec insistance. Je titubai quelques pas, et me laissai tomber sur une chaise à son bureau.

— Excusez ma sœur, elle se sent mal. Serait-il possible d'avoir un peu d'eau ? demanda Tom.

— Bien sûr, je vais vous chercher ça tout de suite, déclara l'homme.

Je profitai de ce répit pour observer Lauren. Elle avait teint ses cheveux en blond, mais pas de doute, c'était bien elle, je l'aurais juré. Elle avança en notre direction et s'arrêta au bureau d'un détective.

— Lauren O'Shaughnessy, de Ward et associés. Je viens voir mon client.

Elle plongea une main gantée dans son sac et en tira une carte qu'elle tendit au détective. L'homme ne pouvait détacher son regard d'elle et hésita quelques secondes avant de prendre le morceau de papier.

— Venez avec moi, je vais vous emmener le voir.

Le policier choisit ce moment pour revenir avec mon verre d'eau. Je le bus lentement, regardant Lauren suivre le détective. Je le reposai lorsqu'elle disparut derrière une porte, remerciai l'homme. Je pris le bras de Tom et nous sortîmes rapidement. L'air frais me causa un bien fou.

— Mais que se passe-t-il? demanda le professeur Nutter. Pourquoi la cousine du détective se trouvait-elle là?

— Je l'ignore, répondis-je. Mais ça signifie une chose…

— Nous tenons enfin une piste, conclut mon frère.

*

Je reposai mon livre, bus une gorgée de mon café, et regardai l'entrée du bâtiment en face. Ward et associés. Un cabinet d'avocats fondé une vingtaine d'années auparavant qui bénéficiait d'une excellente réputation. Les avocats défendaient leurs clients bec et ongles, s'engageant souvent à défendre les plus démunis pour des sommes modiques. Ils étaient aussi les premiers à avoir accepté les femmes dans leurs rangs. Si pour l'instant, la loi ne leur permettait pas d'accéder à la profession d'avocat, beaucoup jouaient le rôle de clercs et préparaient les dossiers. Bref, une firme bien sous tous rapports.

Sauf que cela cachait quelque chose.

Je bus une nouvelle lampée et reposai ma tasse. Un serveur vint me demander si tout allait bien. Je lui répondis par l'affirmative avec un sourire, que j'attendais mon frère qui ne saurait tarder. Il repartit. Je pestai contre ces mondes où une femme seule attire forcément l'attention, et prétendis me replonger dans mon livre.

En réalité, j'observais le bâtiment en face. Il nous avait fallu déployer des trésors de persuasion pour empêcher Philip de se ruer chez Ward et associés pour délivrer Lauren. La jeune femme que nous avions vue au commissariat paraissait très sûre d'elle et à l'aise. Elle ne ressemblait en rien à une captive. Ça ne collait pas.

Les recherches que nous avions menées nous avaient appris que le cabinet Ward avait été en contact avec la plupart des victimes, du moins, celles que Philip connaissait. Il avait défendu l'une pour son divorce, avait servi de médiateurs dans une affaire de voisinage pour une autre… Bref, les connexions se dessinaient lentement. Certains éléments me laissaient néanmoins perplexe : pourquoi Ginger, alors ? Nous venions d'arriver en ville, pourquoi elle ? Nous n'avions toujours pas débusqué l'Union, mais j'étais sûre qu'ils se cachaient.

Je commençais à perdre patience, lorsque Thomas et Philip entrèrent dans le café et se dirigèrent à ma table où ils s'installèrent.

— Alors ? m'enquis-je.

— On a du nouveau, déclara Tom.

Un frisson d'excitation me parcourut à ces mots. Enfin nous avancions !

— La firme a un nouveau patron, un homme très discret, arrivé il y a environ six mois, expliqua-t-il.

Soit un peu avant le début des disparitions.

— En apparence, Ward et compagnie n'a pas changé, mais j'ai pu parler à une des employées qui fait le ménage. Elle dit que quelque chose ne tourne pas rond là-dedans. Elle ne saurait l'expliquer, mais elle a peur d'entrer dans les bâtiments la nuit.

Je regardai Tom. Nous pensions tous les deux la même chose : nous avions peur que l'Union soit derrière tout ça. Quoi que, ça ne collait pas à leur mode opératoire. Pas assez théâtral. Peut-être avions-nous d'autres ennemis auxquels nous n'avions pas pensé. Après tout, certains des voyageurs planaires n'avaient pas apprécié que nous les battions lors de la course pour le titre de Seigneurs du ciel. Ces réflexions commençaient à m'embrouiller, je sentais la panique monter à l'idée d'un ennemi invisible, caché et nous observant.

— Et Lauren ? demandai-je à Philip.

Le détective se rembrunit.

— Embauchée il y a quelques semaines, c'est tout ce que j'ai pu savoir.

Le coup était dur à avaler.

— Vous pensez qu'on a pu lui embrouiller l'esprit ? demandai-je.

— J'en suis persuadé. Elle ne ressemble en rien à la jeune fille douce et timide que j'ai connue, déclara-t-il. Cette… créature, ce n'est pas ma Lauren !

Il serra les poings. Je posai la main sur son bras pour le rassurer. Je regardai Tom.

— Tu as les plans ?

— Oui, je sais exactement ce que nous allons trouver à l'intérieur, et le professeur Nutter travaille sur de nouvelles inventions.

Un sourire étira mes lèvres.

— Je crois qu'il est temps de rendre une petite visite à ces avocats.

*

La nuit était tombée depuis longtemps, bien qu'il ne fasse jamais totalement noir à Providence city. Je louchai par-dessus mon épaule d'un air inquiet. Les enseignes d'un bar et d'un restaurant clignotaient, tandis que les lumières d'un dirigeable balayaient les rues.

— Dépêche-toi, intimai-je à Thomas.

— Deux secondes, grommela-t-il en s'escrimant sur la serrure de la porte.

— Elle a raison, intervint Philip. Plus longtemps on reste ici, plus on prend le risque d'être découverts.

Un déclic nous répondit et mon frère se tourna vers nous, un sourire de triomphe aux lèvres.

— C'est bon, entrons, décréta-t-il en poussant le battant.

Nous nous faufilâmes à l'intérieur du bâtiment qui abritait les bureaux de Ward et Cie. L'entrée était déserte, Philip repéra un panneau et l'étage qui menait au cabinet.

— Quinzième étage, annonça-t-il.

— On ne peut pas prendre l'ascenseur ? gémit le professeur Nutter.

— Non, répondis-je. On risquerait de se faire repérer.

Sans compter que si l'Union se trouvait vraiment dans les parages, il serait alors très aisé pour eux de nous enfermer dans la cabine. Le savant poussa un profond soupir et nous entamâmes notre ascension. Rapidement, mes jambes protestèrent contre ce mauvais traitement. Je choisis de les ignorer. J'étais trop inquiète pour avoir mal. Nous montions dans une obscurité totale, seulement dissipée par les rais de nos lampes torches. Le seul écho était le bruit de nos pas. Quoique je crus entendre des murmures et des chuchotements.

Nous atteignîmes enfin l'étage en question. Il était lui aussi plongé dans le noir. Nous parcourûmes les couloirs, regardant les noms sur les portes. Archives, salle de réunion, bureau.

— Par ici, nous appela Philip.

Il pointa sa torche sur une porte qui proclamait « directeur ». Tom sortit son matériel de crochetage et travailla sur la serrure, qui céda rapidement. Nous entrâmes. À peine avions-nous franchi le seuil qu'une violente lumière inonda la pièce. Philip lâcha un cri. Tom, le professeur et moi étions parés à une telle éventualité. Nous sortîmes nos armes. Rayons de la mort pour M. Nutter, pistolets à éclairs pour mon frère et moi. Deux sièges de bureau nous tournaient le dos, leurs occupants se trouvant face à la fenêtre. Mon cœur se mit à battre à tout rompre. Le face-à-face arrivait enfin.

Les fauteuils pivotèrent dans notre direction. Le premier était occupé par Lauren. Elle tenait un pistolet qu'elle pointait sur son cousin. Un homme se tenait dans le deuxième siège. Brun, le visage fin, presque émacié, il portait un complet noir, à la manche duquel était épinglé un symbole que je ne distinguai pas.

— Enfin…, commenta l'homme. Nous commencions à nous ennuyer. N'est-ce pas, Lauren ?

— À en mourir, confirma-t-elle.

Elle étouffa un bâillement.

— J'ai cru que ces lourdauds ne me repéreraient jamais au commissariat. Cela faisait déjà deux fois que je m'arrangeais pour les croiser, mais ils ne me voyaient pas. Trop occupés à se disputer.

J'échangeai un bref regard avec Tom. Une désagréable sensation me parcourut.

— Je tire ? demanda le professeur Nutter.

L'homme éclata de rire.

— Je ne vous le conseille pas. À moins que vous vouliez que votre amie ne meure.

— Lauren, qu'est-ce qui se passe ici ? demanda Philip, se remettant de son étonnement.

La jeune femme darda un regard intense sur lui. Le détective recula d'un pas, surpris par la haine qu'il y voyait brûler.

— Ce qui se passe ? Eh bien, j'ai trouvé un travail. Un bon travail, pas le genre d'amusement où père, mère et toi espériez me cantonner.

— Tu es perdue, ils t'ont manipulée. Ce ne sont pas des gens de bien. Reviens avec moi, s'il te plaît.

— Vous vous trompez, monsieur. Lauren est mon associée, déclara l'homme.

— Laisse, Allister, répondit la jeune femme.

Elle se leva d'un mouvement félin, le pistolet toujours braqué sur Philip, et s'avança vers lui.

— J'ai presque dû m'enfuir de ma campagne pour que mes parents acceptent de me laisser partir. Père m'a déjà annoncé qu'à part si je me mariais dans un futur proche, il me déshéritait.

— Ton père est un idiot ! répliqua Philip. Mais moi, je tiens à toi. Reviens, s'il te plaît. Arrête cette folie.

Lauren éclata d'un rire mauvais.

— Tu me vois comme une demoiselle en détresse qu'il faut protéger, surtout d'elle-même. Tu m'enfermes dans ce rôle de jeune fille naïve, alors que je vaux bien mieux que ça !

Elle s'assit sur le bord du bureau.

— Allister m'a proposé une association, et quelque chose que personne d'autre ne m'a jamais offert : du pouvoir.

Une lueur de folie brillait dans ses yeux. Lauren leva une main, et une flamme violacée y naquit.

— La magie existe, Philip. Et elle ne sera l'apanage que de quelques élus.

Je me glaçai. J'avais déjà vu ce genre de flammes. Mon frère me serra la main.

— Oh non, gémit le professeur.

Allister posa sur nous un regard moqueur.

— Vous commencez à comprendre, je crois.

— Vous ne travaillez pas pour l'Union des parfaits, déclarai-je.

— Non, reconnut-il. Mais j'agis pour l'un de vos anciens ennemis.

Il se tourna et je vis l'écusson sur sa manche, une créature affreuse, mélange entre cheval, lion, chèvre et poulpe.

— Ishbehel ! sifflai-je.

— Tout juste.

— Il est toujours aussi laid, commenta Tom.

Allister se dressa d'un bond.

— Un peu de respect, mécréants !

Il pointa vers nous un index menaçant.

— Apprenez la peur, car le maître se souvient de vous. Il n'a pas oublié et veut se venger ! Nous avons déjà sacrifié une partie des misérables créatures enlevées. Leur sang a ouvert la voie à notre seigneur et maître ! En retour, il nous a offert la magie. Votre amie sera la suivante sur l'autel, et vous la rejoindrez peu après ! Puis les femmes restantes serviront à alimenter Ishbehel, grâce à leur sang, il regagnera ses forces perdues et régnera sur le monde !

La folie teintait son regard. Lauren le regarda d'un air gourmand. Encore une qui avait abdiqué toute santé mentale.

— Professeur, c'est à vous, déclarai-je.

M. Nutter visa Allister et pressa la détente. Le rayon jaillit du canon et le toucha à la poitrine. Lauren poussa un cri et pivota son pistolet en direction de mon mentor. Philip se jeta sur elle pour la désarmer.

— Fous que vous êtes…, gronda Allister.

Il se releva, le visage blême de rage.

— Vous pensiez vraiment que ce genre de babiole allait m'arrêter.

Il leva les mains au ciel.

— À moi, servants d'Ishbehel !

Une dizaine de grondements retentirent dans la pièce et des ombres parurent sortir des murs. Mon frère, le professeur et moi nous regroupâmes dos à dos, tandis que ces choses convergeaient vers nous. Philip, qui maintenait Lauren au sol, baissa sa garde. La jeune femme lui administra un coup de talon aiguille dans la rotule avant de lui griffer le visage. Le détective chuta au sol et la lâcha. Les servants passèrent à l'attaque.

En quelques secondes, les ombres nous avaient submergés. Quelque chose m'agrippa l'épaule, je lâchai un tir de mon pistolet à éclairs. L'ombre recula en glapissant. Mon frère hurla. Je me tournai vers lui et levai mon arme. Trop tard. Deux ombres l'enlacèrent et le tirèrent vers un mur, où elles disparurent purement et simplement.

— Non ! criai-je.

Deux tirs résonnèrent à mes oreilles. Le professeur Nutter venait de repousser deux ennemis. Il tira de sa poche une petite bombe.

— Attention les yeux !

J'eus à peine le temps de me protéger. Un violent éclair illumina la pièce. J'entendis les créatures d'ombre glapir. Quelqu'un me prit par la manche. Philip.

— Vite, filons.

J'attrapai le professeur Nutter et nous nous ruâmes en dehors de la pièce. L'une de ces choses attendait devant la porte menant aux escaliers, je l'abattis d'un tir de pistolet à éclairs. Nous dévalâmes les marches quatre à quatre. La peur me donnait des ailes. J'entendis des cris derrière nous. Le professeur se retourna et balança une nouvelle bombe.

Nous atteignîmes le rez-de-chaussée. Le hall semblait désert, mais je ne restai pas vérifier si c'était vraiment le cas. Je filai au-dehors.

— Un taxi ! s'exclama Philip.

Il nous traîna jusqu'à une voiture stationnée un peu plus bas. Nous y bondîmes.

— Arkham street, et vite ! s'écria le détective en tendant une liasse de billets au conducteur.

Celui-ci ne se fit pas prier pour démarrer en trombe. Nous laissâmes derrière nous le gratte-ciel Ward et compagnie, alors que les ombres sortaient. Deux d'entre elles nous poursuivirent sur quelques yards, avant que nous les distancions.

Je poussai un profond soupir et m'appuyai contre la banquette. Je retins à grand-peine mes larmes. Ces horreurs avaient Tom ! Philip semblait aussi abattu que moi. Les mots de Lauren lui avaient causé plus de mal qu'une blessure, devinais-je. Le professeur Nutter posa la main sur mon bras.

— Ne t'inquiète pas, Samantha. On va les retrouver. On a déjà battu cette chose une fois, on peut recommencer.

J'acquiesçai, sans que cela diminue l'angoisse qui me broyait le cœur.

*

Nous ne retournâmes pas à l'hôtel ni au bureau de Philip. Maintenant que les servants d'Ishbehel s'étaient révélés à nous, ils risquaient de nous y attendre. Le détective nous fit prendre le métro, qui nous mena dans une des banlieues de Providence. Je portais fort heureusement autour de mon cou la *Tédesplen*, à qui le professeur rendit sa forme originelle dans un terrain vague.

J'espérais que nous soyons en sécurité là, mais je ne faisais guère d'illusion : nos ennemis ne tarderaient pas à nous trouver. J'angoissais pour mon frère et pour lady Astley. J'avais peur qu'Allister, Lauren ou une de ces ombres ne surgissent à tout moment. Je me laissai tomber dans mon siège de la cabine de pilotage, et réalisai aussitôt qu'il me faudrait gérer une urgence avant toutes celles-là.

Philip regardait autour de lui, bouche bée.

— Je rêve, c'est ça. Tout ceci n'est qu'un cauchemar dont je vais me réveiller.

— J'ai bien peur que non, soupirai-je. Ce que vous voyez est bien réel.

Pour lui faire accepter, il fallut qu'il visite la *Tédesplen* de fond en comble et que le professeur lui montre certaines de nos inventions. Nous nous assîmes ensuite dans la cambuse, où je lui résumai nos voyages et comment notre route avait croisé celle d'Ishbehel et de ses servants. Quand j'eus terminé,

Philip se prit la tête entre les mains. Je craignis qu'il ne craque, les mots de Lauren l'avaient déjà durement éprouvé. Mais il releva la tête et planta mon regard dans le sien.

— Ces gens manipulent les esprits grâce à leur magie, et je reste persuadé que Lauren a été manipulée par un quelconque sortilège. Je veux la sortir de ce guêpier.

— Ça tombe bien, parce que je n'ai pas l'intention de partir sans mon frère et Ginger. Il nous faut néanmoins un plan, déclarai-je.

— On s'arme et on fonce dans le tas ! s'exclama le professeur Nutter.

— Il nous faut un plan où nous avons une chance de survie, corrigeai-je.

— Mais si, insista le professeur Nutter. Ces créatures faites d'ombre n'ont pas l'air d'aimer mes bombes de lumière. Je peux en fabriquer de nouvelles. Et aussi un canon solaire. Ça devrait les calmer.

— D'accord, et pour les cultistes ? objecta Philip.

Je lui adressai un regard courroucé. Inutile d'inciter le professeur Nutter à poursuivre dans son délire !

— Pour ça, j'ai mon rayon de la mort. Et mon rayon de glace. Et tout un tas de fusils !

— Cela risque de ne pas suffire, soupirai-je.

— Le but n'est pas que ça suffise. C'est plutôt de me transformer en une diversion efficace, répondit le vieil homme avec un sourire.

— Tout ceci me paraît très dangereux, répliquai-je.

— Pas si je reste à l'abri dans la *Tédesplen*, ils ne pourront pas m'avoir.

— Vous comptez donc les occuper pendant que nous filons récupérer les prisonniers.

— Les occuper et leur causer un maximum de dégâts, rectifia le savant. Ces cultistes, ce sont de vilains bonshommes. Quelqu'un doit les arrêter. La dernière fois, nous n'étions pas bien préparés et ils nous ont faits prisonniers. Cette fois, je ne me laisserai pas faire aussi facilement !

Il ponctua cette tirade d'un sourire béat. Je me pris la tête entre les mains. Le professeur Nutter ne réalisait pas dans quoi il voulait se lancer. Faire diversion, c'était bien beau, mais le jeu était dangereux. Il risquait d'y rester. Cela dit, son plan tenait la route. Bien plus que ceux que je pouvais imaginer.

— Ça pourrait fonctionner, déclara Philip après un long moment de silence.

Ses réflexions faisaient écho aux miennes. J'opinai doucement. Le plan ne me plaisait pas mais je ne disposais guère d'autre option.

— Un seul problème demeure : où se cachent-ils ? demanda le détective.

— Ishbehel doit encore se trouver dans l'Entremonde, répondis-je. S'il était à Providence, il aurait causé beaucoup plus de dégâts. Non, il erre à la bordure de cet univers. Il faut trouver l'endroit où la frontière devient poreuse. C'est là qu'Allister et sa clique doivent tenter de lancer le sortilège. Est-ce qu'il y a des endroits dans la ville qui sont réputés pour leurs phénomènes étranges ou pour être hantés ?

Philip opina doucement.

— Oui, la maison de la sorcière, sur Keziah Mason Hill. C'est une vieille baraque au nord de la ville. Elle n'a pas bonne réputation, rapport à des morts violentes et des disparitions suspectes.

— C'est là que nous allons, alors, décrétai-je.

*

La nuit était tombée. Une vieille maison semblable aux manoirs victoriens des beaux quartiers de Londres se juchait sur une colline. Elle grinçait dans le vent, et une lumière verdâtre semblait suinter de ses fenêtres en fonction de la lumière de la lune. Je frissonnai.

— C'est là, murmurai-je. Je le sens.

Effectivement, en regardant cette maison, le même malaise que j'avais ressenti dans le temple d'Ishbehel m'étreignit. Je respirai profondément. Mes mains tremblaient. Philip me lança un bref regard.

— Ça va aller ? s'enquit-il.

J'opinai.

— Il faudra bien. Vous et moi avons des proches à secourir.

Je pensais bien sûr à Tom et Ginger, mais aussi à toutes ces femmes enlevées en vue d'être sacrifiées pour permettre le retour d'Ishbehel. Il fallait les aider. Les aider, mais pas se précipiter. Je commençai à mordiller l'ongle de mon pouce en me demandant ce qu'attendait le professeur Nutter pour lancer sa fameuse diversion.

Un fracas immense retentit soudain de l'intérieur. Un bref éclair illumina les lieux. Je vis bouger des ombres qui feulèrent. Un rire dément monta jusqu'aux cieux. Edmund Nutter entrait en action.

— Allons-y, déclarai-je.

Je me levai, suivie par Philip. Nous filâmes en direction de la porte. Je rentrai la première, tenant un pistolet de lumière bricolé par le professeur Nutter. Pas d'ennemi en vue. Un vacarme résonnait à ma droite, les échos d'un combat, dominé par des ricanements démoniaques.

— Là, m'indiqua Philip.

Il pointa au bout d'un couloir un escalier qui descendait. De là venait la lueur verte que j'avais aperçue plus tôt. Je pris une inspiration et avançai dans cette direction. Une ombre apparut dans la lumière. Je me figeai. Derrière moi, Philip leva son revolver. Je me plaquai contre le mur. Mon frère grimpa sur le palier en titubant. Je ne me précipitai pas vers lui. J'avais appris à me méfier des coups tordus. Bien m'en prit, car Tom leva un couteau et se rua vers moi en hurlant. J'esquivai sa première attaque. Philip intercepta la deuxième d'une clé de bras. Prisonnier, mon frère se débattit en mugissant.

— Tom, c'est moi ! m'écriai-je en m'agenouillant à côté de lui.

Il tourna la tête dans ma direction. À la faible lueur qui montait des escaliers, je vis ses yeux injectés de sang et ses pupilles dilatées. On l'avait drogué. Je n'avais guère le temps de chercher un moyen de lui rendre ses esprits. Je me relevai et l'assommai proprement d'un coup de crosse de mon arme. Tom tomba au sol comme une poupée de chiffon. Philip émit un sifflement.

— Dites donc, l'amour fraternel c'est quelque chose, chez vous.

— Au moins, il aura une bonne raison de râler au réveil, répliquai-je en lui entravant les mains avec sa ceinture. Ne traînons pas, maintenant.

Nous nous engageâmes avec précaution dans les escaliers. Les bruits du combat de M. Nutter décrurent. J'espérais qu'il allait bien. Je chassai de mon esprit ces sombres pensées et me concentrai sur l'avancée. Nous débouchâmes sur une cave, où une surprise nous attendait.

— Un labyrinthe, s'exclama Philip.

Effectivement, des couloirs se déployaient pour former des entrelacs complexes. Le souterrain était bien plus vaste que ce que l'extérieur de la maison laissait penser. Je serrai les dents, tandis que l'écho d'un rire mauvais me parvenait. Cette fois, ce n'était pas le professeur. Allister se moquait de nous.

— Avançons.

Le détective me prit le bras.

— Attendez ! C'est sûrement un piège.

— Bien évidemment, mais nous n'avons guère le choix.

Un cri féminin retentit, comme pour ponctuer mes dires. Nous descendîmes les dernières marches et nous avançâmes dans le labyrinthe. J'eus tout de suite l'impression que les murs se refermaient sur moi. J'entendais des chuchotements dans l'ombre. Des créatures tendaient des mains griffues pour nous attraper alors que nous passions. Les cris retentissaient toujours, à des intervalles de plus en plus courts. Philip commençait à montrer des signes de nervosité. Il trébucha sur une pierre. De nouveaux monstres choisirent ce moment pour nous attaquer.

Les créatures d'ombre fondirent sur nous. Je lâchai deux tirs de mon pistolet solaire, nous ménageant un répit.

— Courez ! ordonnai-je.

Philip passa le premier, tandis que je garantissais notre fuite avec mon arme. Elle lâcha encore trois salves, avant d'émettre un grésillement et de s'arrêter. Je la jetai à terre avec un juron et accélérai. Les choses étaient derrière nous, elles nous talonnaient. J'entendais leurs ricanements derrière moi.

Nous débouchâmes soudain dans une sorte de grotte, qui me rappela désagréablement celle de l'antre d'Ishbehel. Allister se tenait au centre d'un cercle de symboles complexes, brillant d'un vert iridescent. À côté de lui se dressait un autel, où une femme blonde était allongée. Ginger !

Un déclic me fit tourner la tête. Lauren s'avançait vers nous, un pistolet braqué en notre direction.

— Vos armes, ordonna-t-elle.

Philip lui remit son revolver avec mauvaise grâce. Elle me fouilla rapidement et me retira le poignard que je portais à la ceinture. Je fis face à Allister. Il jubilait.

— Juste à temps pour le triomphe du maître ! s'exclama-t-il.

Des murmures lui répondirent. Je vis avancer les ombres qui nous avaient attaquées. Elles étaient une vingtaine au total. Alors qu'elles avançaient dans la lumière, elles reprirent forme humaine. Se tinrent bientôt devant moi des hommes et des femmes entièrement nus, bardés de tatouages, la folie brillant dans leur regard.

— Bien, mes disciples. Vous avez tué le vieil homme. Je vous félicite.

Les créatures ronronnèrent de plaisir à ces mots. La bile me monta à la gorge.

— Mais qu'avez-vous fait ? sifflai-je.

Allister brandit un livre posé sur l'autel, un énorme ouvrage relié de cuir.

— Il nous a montré la voie ! Il nous a permis d'appeler le maître et nous a expliqué comment procéder aux sacrifices ! s'exclama-t-il.

Je regardai autour de moi et remarquai plusieurs détails qui me glacèrent. L'autel semblait construit en os d'êtres humains ! Combien de personnes ces malades avaient-ils tués ? Dans le fond de la salle, je vis des formes s'agiter, mais pas ces monstres faits d'ombre, non. Des femmes, enchaînées les unes aux autres ! Elles gémissaient et pleuraient de terreur. Je serrai les poings.

— Tcht ! lança Lauren.

Je lui jetai un regard mauvais. Comme si je pouvais les oublier, elle et sa pétoire.

— Lauren, il est encore temps de renoncer ! implora Philip. Ce n'est pas toi, je ne peux pas le croire.

— Silence, tonna la jeune femme. Allister m'a promis le pouvoir et j'entends bien en profiter !

L'homme lança à Lauren un regard presque attendri, qui me donna encore plus la nausée. Puis, il reporta son attention sur la femme sur l'autel et lui toucha l'épaula. Ginger se releva et s'assit sur la margelle. À son regard vide, je compris qu'à l'instar de Tom, on l'avait droguée. Sur un ordre d'Allister, elle se leva et s'agenouilla, me faisant face. Je voulus me ruer vers elle. Allister leva la main. Deux cultistes fondirent sur moi et m'immobilisèrent. L'un d'eux me tint la tête pour me forcer à regarder.

Allister se plaça debout derrière Ginger, brandissant le livre d'une main et un couteau d'une autre.

— Par votre faute, le seigneur a été exilé dans le vide entre les mondes. Par votre sacrifice, il renaîtra, plus puissant que jamais ! clama-t-il.

Je me débattis et criai. Les cultistes me maintenaient fermement. Allister leva sa lame et prononça des paroles dans une langue atroce, que même notre traducteur universel ne parvenait à comprendre. Je hurlai. Le visage impassible de Ginger changea. Elle m'adressa un bref clin d'œil. Je cessai de crier. Au moment où Allister allait abattre son poignard, Ginger lui administra un bon coup de coude, stratégiquement placé. Allister s'écroula comme une baudruche qu'on dégonfle. Ginger se redressa et saisit le couteau et le livre.

Lauren poussa un cri et pivota son arme en direction de lady Astley. Philip se rua sur elle. Un coup de feu retentit et ricocha sur le plafond. L'un des cultistes relâcha sa prise sur moi. J'attrapai son bras et le tordis, me libérant partiellement. Ginger vint me prêter main-forte et poignarda mon adversaire restant. Elle me donna la lame, je me plaçai devant elle pour la protéger, tandis que les cultistes avançaient dans notre direction. Un deuxième coup de feu retentit.

Lauren tomba au sol, une expression incrédule sur le visage. Philip se tenait debout devant elle, le pistolet fumant à la main. Il tomba à genoux et se mit à sangloter. Un ricanement emplit la grotte. Allister se releva, l'air encore plus fou qu'avant.

— Les paroles ont été dites. Le sacrifice a été réalisé.

Il nous tourna le dos et leva les bras au ciel.

— Ô, grand Ishbehel, la porte vient d'être ouverte ! Rejoins-nous en ce monde !

Sur le sol, le sang de Lauren tachait le motif, qui se mit à pulser d'une lueur malsaine.

— Oh là là, gémit Ginger.

Je commençai à reculer. Les cultistes tombèrent à genoux et posèrent le front sur le sol. Un vortex se forma au plafond de la caverne. Apparut un tourbillon de brume grise et, en son centre, une tête massive et d'une laideur effroyable. Ishbehel. Le dieu noir mugit. Son cri ébranla le sol et les murs. Allister se tourna vers nous.

— Vous avez perdu, la porte est ouverte. Donnez-moi le livre.

— Et puis quoi encore ? lançai-je.

— Rendez-moi le livre et j'épargne vos misérables vies ! tonna Allister.

J'échangeai un regard avec Ginger.

— À ton avis, quelle chance y a-t-il pour qu'il n'ait pas fini le rituel et qu'il ait besoin du livre pour libérer Ishbehel ? demanda-t-elle.

La grimace de haine qui tordit le visage d'Allister nous servit de réponse.

— Saisissez-vous d'elles ! rugit-il à l'attention de ses cultistes.

Ils se relevèrent et avancèrent vers nous. Je me préparai à vendre chèrement notre vie. Des grondements et des bruits atroces emplirent le labyrinthe. Un éclair bleu illumina l'endroit. Un mur vola en éclats. Un rire retentit. Le visage en sang, sa blouse déchirée et brûlée, les cheveux plus hirsutes que jamais, le professeur Nutter surgit.

— Alors mes mignonnes ! Vous en voulez encore ? beugla-t-il.

Il commença à arroser les cultistes de tirs de son pistolet à éclairs. Allister rugit. Ses mains se drapèrent d'un feu violacé. Il lança une boule de cette matière. Le professeur Nutter esquiva d'une cabriole tout à fait surprenante pour un homme de son âge.

— Ah ! Raté, l'encapuchonné !

Je tirai Ginger à l'abri derrière un pan de mur écroulé.

— Vite, il faut détruire le livre ! m'exclamai-je.

— Mais avec quoi ? gémit Ginger.

Je farfouillai mes poches à la recherche d'une arme. Mes doigts se refermèrent sur un petit objet. Le briquet que Tom avait subtilisé à un client, le jour de notre arrivée. Je le tirai, un sourire de triomphe aux lèvres. Je l'allumai et me redressai, le livre à la main.

— Hep ! lançai-je.

Les combats s'interrompirent. Le professeur Nutter, occupé à abattre les deux derniers cultistes, se tourna vers moi. Allister se figea. Une grimace de haine et d'horreur mêlée se peignit sur son visage. J'approchai la flamme du livre.

— Noooon ! hurla Allister.

Il lança une de ses boules de magie, qui s'écrasa à quelques pas de moi. Je posai la flamme sur les pages. L'ouvrage s'embrasa comme du bois sec. Allister tomba à genoux et lâcha une longue plainte, qui disparut dans le mugissement qu'Ishbehel poussa. La créature se tordit, secoua la tête et tendit un bras vers nous. Je vis sa main massive s'approcher de moi. Je me figeai. Impossible ! Il avait réussi à passer.

Mais le tourbillon s'arrêta de grandir. Il pulsa quelques secondes, avant de commencer à se rétrécir. Malgré les ruades d'Ishbehel et ses rugissements, le vortex disparut peu à peu. Le dieu replia son bras au moment où le passage se refermait complètement. Je poussai un soupir de soulagement. Allister se releva en hurlant et voulut se ruer sur moi. Le professeur Nutter l'abattit sans sommation. Le silence retomba. Je regardai Ginger. Elle était émaciée, tremblait mais semblait aller bien.

— Joli, ton coup de coude, la félicitai-je.

— Merci. Heureusement que j'ai réussi à ne pas boire toute leur fichue drogue. Sinon, ni toi ni moi ne serions là pour en parler.

— Et heureusement que j'étais là ! intervint le professeur Nutter. J'en ai tué beaucoup !

— Oui, un vrai héros, répondis-je d'un ton attendri.

Il se rengorgea sous le compliment. Un bruit nous fit tourner la tête. Philip se relevait, portant le corps de Lauren dans les bras, le visage sombre.

— Sortons d'ici, voulez-vous ?

— Avec joie ! approuva Ginger.

Nous libérâmes les femmes prisonnières. La plupart étaient en état de choc et je constatai avec un pincement que dans les yeux de certaines brillait désormais une lueur hallucinée. Nous les guidâmes hors du labyrinthe, désormais en ruines. Le professeur Nutter avait préféré ne pas perdre de temps à chercher son chemin et s'était contenté d'avancer en ligne droite, abattant les murs au fur et à mesure.

Nous retrouvâmes Thomas au rez-de-chaussée, assis contre un mur, se massant le crâne. Comme je l'avais prédit, il était de fort méchante humeur, mais au moins, les effets de la drogue s'étaient dissipés et le soulagement de retrouver Ginger effaça tout le reste. Nous évacuâmes la maison le plus rapidement possible. Dehors, il faisait frais et les premières lueurs du jour pointaient à l'horizon.

Je sortis la dernière. À peine avais-je posé le pied dehors, qu'un grondement ébranla la terre. Je me jetai en avant. Derrière moi, la maison s'effondra. Je la regardai d'un air horrifié.

— La *Tédesplen* ! m'exclamai-je.

— En sécurité autour de mon cou ! annonça joyeusement le professeur Nutter.

Je poussai un soupir de soulagement. Mon frère m'aida à me relever.

— Eh bien, voilà un ancien ennemi que je me serais bien passé de revoir, commenta-t-il.

*

Je serrai la main de Philip.

— Je suis heureuse de vous avoir connu, même si j'aurais aimé que l'histoire se termine mieux pour vous, déclarai-je.

Il m'adressa un sourire triste. Après la soirée dans les souterrains, il semblait avoir vieilli de vingt ans.

— Il faut que je fasse mon deuil, et que j'accepte que la jeune fille que j'ai connue est morte bien plus tôt que je ne le croyais.

— Vous êtes quand même un héros. Vous avez libéré toutes ces femmes encore en vie et les avez rendues à leurs familles. Sans votre acharnement, elles seraient mortes.

Il m'arrêta d'un geste.

— Balivernes. Sans vous, je n'aurais rien pu faire.

— Et si nous ne vous avions pas rencontré, nous chercherions encore Ginger dans les rues de cette ville, décréta mon frère, un bras passé autour des épaules de lady Astley.

Cette dernière acquiesça d'un sourire.

— Foutaises ! commenta le professeur Nutter. Tout le monde sait que c'est moi le héros de cette histoire ! C'est moi qui ai tué le plus de cultistes !

La remarque nous tira à tous un sourire. M. Nutter n'avait de cesse de nous rebattre les oreilles de ses exploits. Je devais néanmoins reconnaître que, s'il devait y avoir un héros dans cette affaire, ce serait sûrement lui.

Nous prîmes congé de Philip et grimpâmes à bord de la *Tédesplen*. Mon frère enclencha les moteurs. Personne ne prononça une parole, mais la nervosité était palpable dans la cabine. Ishbehel rôdait toujours dans l'Entremonde et avait une dent contre nous. Les canons que le professeur Nutter avait consenti à ajouter à la machine ne parvenaient pas à me rassurer.

Alors que nous plongions dans le brouillard gris familier, je ne pus m'empêcher de guetter les remous qui l'agitaient. Je ne me sentais plus en sécurité ici. Était-ce un signe que nos voyages touchaient à leur fin ?

ÉPISODE 21 –
PASSAGERS CLANDESTINS

Ce matin, j'ai croisé Drael dans les couloirs du palais. Il a pris une mine éplorée pour me donner des nouvelles de notre monarque Thédeus. Sa santé décline et je crains que ses jours ne soient comptés. Malgré les larmes de crocodile de Drael, j'ai vu que le conseiller se réjouissait. Il jalouse ma place de sorcier royal depuis des années. Il m'en veut de l'affection que me porte le souverain, et est envieux des réalisations que la Ligue des ténèbres a accomplies dans ce monde. Thédeus est le dernier de sa lignée, à sa mort, ma position deviendra très précaire.

Je préfère ne pas trop m'inquiéter. J'ai confiance en mes capacités et j'ai appris à me sortir de situations bien plus inextricables que celle-là.

*

Un silence pesant régnait à bord de la *Tédesplen* depuis que nous avions quitté Providence. Le professeur Nutter restait collé aux hublots - et aux commandes de son canon rayon de la mort - au cas où nous tombions sur Ishbehel. Tom pilotait avec nervosité et Ginger ne pouvait s'empêcher de se ronger les ongles.

L'appel des voyages résonnait encore en nous, mais la peur de retrouver d'anciens ennemis comme le dieu noir commençait à le ternir. Aussi, les trilles du détecteur de mondes sonnèrent-ils comme le glas de la délivrance. Ginger se rua vers l'appareil.

— Monde en approche ! s'exclama-t-elle, le soulagement teintant sa voix.

— Enfin, soupirai-je.

— Allons-y ! déclara mon frère.

Il pivota la *T*édesplen de manière à suivre l'itinéraire tracé par le détecteur. Des volutes de brouillard nous entourèrent, je crus entendre un grondement qui ne provenait pas des moteurs.

— Tom ? m'inquiétais-je.

Un violent cahot me coupa toutes velléités de poursuivre. Je m'accrochai à mon siège pour éviter d'être éjectée.

— Tom ! m'alarmai-je.

— Mais qu'est-ce qui se passe ? cria Ginger.

La *T*édesplen naviguait de plus en plus vite dans l'Entremonde. Nous étions ballottés comme un fétu de paille, et cela n'augurait rien de plaisant.

— Quelque chose nous attire ! répondit frère.

— Nom de nom de nom ! Ça ne sent pas bon ! s'écria le professeur.

Il tira sur les commandes.

— Oh là là ! geignit Ginger, tassée sur son siège.

Devant nous, le brouillard tourbillonnait follement. Le détecteur de mondes commença à s'affoler.

— Je n'arrive pas à ralentir ! Je ne contrôle plus rien ! couina Tom.

— Oh là là ! répéta Ginger.

J'agrippai les accoudoirs de mon fauteuil et me préparai à l'impact. Je ne fus pas déçue. La brume se déchira soudainement. Le métal crissa, la *Tédesplen* gémit. Une vitre explosa en milliers d'éclats. Je me protégeai le visage. La collision me projeta hors de mon siège, je glissai sur le sol. Je me recroquevillai pour amortir le choc. Mon dos heurta la console de commande. La machine hurla, avant de s'immobiliser.

Je me remis précautionneusement debout et examinai l'étendue des dégâts. Des flammes montaient d'un des panneaux de contrôle. Tom jura, se releva avec précipitation et retira sa veste pour étouffer le début d'incendie. Ginger se massa le crâne.

— Rien de cassé ? s'inquiéta Tom.

— Non, répondit lady Astley. Edmund ?

Mon mentor gisait dans un coin de la cabine.

— M. Wiseman, cet atterrissage laissait à désirer. Permettez-moi de vous dire que…

Il s'arrêta au milieu de sa phrase et se redressa, humant l'air. Son visage se décomposa. Je notai qu'il flottait en effet des relents de métal chaud, qui ne provenaient pas de la console, mais des étages inférieurs.

— Les moteurs ! s'exclama le professeur.

Il fonça en direction de la cale, et je filai à sa suite, l'angoisse au ventre. Les avaries des moteurs étaient une vraie plaie et nous avaient déjà valu pas mal d'ennuis. La cale baignait dans l'obscurité. Lorsqu'il fonctionnait, le générateur à charbon émettait toujours un peu de lumière. Quant à celui à météorites, il luisait d'une teinte indéfinissable. Je me consolai en me disant qu'au moins, les machines n'avaient pas pris feu.

M. Nutter poussa un gémissement et se précipita dans leur direction, mais s'étala sur un objet invisible. Je récupérai à tâtons une lanterne, que j'allumai. Le savant accourut au chevet de ses créations. Il les examina en marmonnant avant de se tourner vers moi, l'air soucieux.

— Je ne comprends pas, Samantha. Aucune avarie, aucune panne, rien. Les moteurs normaux fonctionnent, la *Tédesplen* peut voler. Mais nous ne pouvons quitter ce plan. Quelque chose nous empêche d'accéder à l'Entremonde.

Un froid glacial s'insinua en moi. Je conservai un visage neutre.

— Remontons voir les autres, voulez-vous. Je suis persuadée que nous trouverons une solution.

Nous retrouvâmes Tom et Ginger dans la cabine de pilotage. Ils terminaient d'épousseter la commande qui avait pris feu et de ramasser les éclats de verre.

— Tout va bien, plus de peur que de mal, déclara mon frère.

Il avisa nos expressions fermées. Je lui résumai la situation en quelques mots :

— On est coincés ici, annonça-t-il.

— D'ailleurs, où est-ce donc, ce « ici » ? s'enquit lady Astley.

Je regardai autour de moi et ne distinguai que l'obscurité. Je songeai que nous nous trouvions sûrement en intérieur, car je ne discernai aucune étoile, pas de lune, rien. J'attrapai un fusil à bulles temporelles et sortis par la trappe ménagée pour moi à l'avant. Je me retrouvai sur l'étrave de la *Tédesplen*. Je me tapis contre l'acier et restai immobile. Je tendis l'oreille. J'entendis des grondements sourds et lointains, comme les pistons d'un moteur. Je humai l'air. Je sentis des odeurs métalliques, de graisse et d'huile, qui me rappelèrent la cale de la *Tédesplen*, mais aussi la salle des machines du HMS Victoria. Je me laissai glisser le long de la coque et tombai sur une surface dure où mes bottes résonnèrent. J'attendis un moment. Rien.

J'osai m'aventurer à quelques yards de la *Tédesplen*, et notai une faible source de lumière plus loin. Prudemment, prête à faire feu à la moindre alerte, je m'approchai. Je vis un hublot qui donnait sur l'extérieur, sur un éther noir piqué d'étoiles à la lueur froide.

Je retournai à la *Tédesplen* et y remontai prestement afin d'avertir mes compagnons.

— Je crois que nous sommes à bord d'un vaisseau spatial, déclarai-je.

En d'autres circonstances, le professeur Nutter aurait sauté de joie et voulut partir en exploration. Là, il se contenta d'acquiescer et de caresser le panneau de commandes brûlé.

— J'ignore ce qu'elle a, murmura-t-il. Ça m'embête.

Moi aussi, la pensée que la *Tédesplen* tombe en panne inopinément et que mon mentor ne trouve pas comment la réparer m'angoissait. Je posai la main sur l'épaule du vieil homme.

— Ne vous inquiétez pas. Nous allons examiner les environs pendant que vous vous occupez de la machine.

Il opina distraitement. Je croisai le regard de Ginger. D'un hochement de tête, elle me fit comprendre qu'elle resterait à bord.

— Équipons-nous, me déclara Tom.

Ne sachant pas ce que nous pourrions rencontrer, nous prîmes chacun un rayon de la mort, un pistolet à éclairs et des grenades. Nous embarquâmes des lanternes, que nous accrochâmes à nos ceintures, et sortîmes. L'endroit où nous étions arrivés ressemblait beaucoup à un hangar. De gigantesques machines y étaient entreposées, la plupart recouvertes de bâches poussiéreuses. Je ne savais pas à quoi elles pouvaient servir, quoique certaines arboraient d'immenses mèches en spirale.

— On dirait des foreuses, commentai-je.

Tom opina, avant de pointer une porte.

— Là, regarde.

Le battant était entrouvert, nous nous y mîmes à deux pour le pousser complètement. Je m'engageai la première dans le passage ainsi dévoilé. Je le remontai avec prudence, mais les seuls bruits étaient ceux de nos pas et de l'écho des machines. Nous atteignîmes une porte, que j'actionnai par une commande sur le mur. Nous débouchâmes dans un nouveau couloir, légèrement éclairé par des flèches au sol et des blocs sur les parois.

— Tu crois que cet endroit est abandonné ? me souffla Tom.

— Je ne sais pas. Ça me semble l'air désert, mais les moteurs fonctionnent et ces signes ressemblent à un éclairage d'urgence.

Je pointai l'une des flèches. On y distinguait les mots « accès aux navettes ». Tom resserra sa prise sur son fusil et nous poursuivîmes notre route. Arrivée à un croisement, je me figeai.

— Qu'est-ce qu'il y a ? murmura mon frère.

— J'ai entendu du bruit, répondis-je. Comme quelqu'un qui marche.

Nous échangeâmes un bref regard, avant de couper nos lanternes et de préparer nos armes. J'avançai dans la direction des sons. Il provenait d'une salle ouverte. J'y jetai un coup d'œil. Un empilement de caisses s'y trouvait. Je perçus un mouvement dans l'obscurité. Quelqu'un venait de se glisser derrière l'une d'elles. Il s'agissait peut-être d'un rat, mais en ce cas, il devait être d'une taille respectable.

— Sortez ! ordonnai-je. Les mains en l'air.

Le silence me répondit.

— Écoutez, je vous ai vu, montrez-vous, maintenant.

— Vous êtes humains ? lança une voix de derrière les caisses.

— Aux dernières nouvelles, oui, risqua Tom.

Je me félicitai que le professeur Nutter ne se trouve pas avec nous. J'ignorai ce qu'il aurait pu déblatérer. Une tête émergea de la cachette, un adolescent aux cheveux hirsutes. Il agita frénétiquement les bras.

— Arrête tout, Hicks ! Ce sont des humains !

Je me retournai et scrutai le couloir. Je ne discernai rien, puis des formes bougèrent dans l'ombre. Un homme et une femme, en tenue noire, s'encadrèrent dans la lumière.

— Et merde, Burke. Tu veux nous faire repérer à gueuler comme ça ? aboya l'inconnu.

Le dénommé Hicks, je supposai. Il devait compter une trentaine d'années, si son visage fatigué, maculé de poussière et de sueur ne mentait pas. Il riva sur nous des yeux sombres au regard méfiant. Derrière lui, la femme, une Hispanique à la silhouette athlétique, un bandeau rouge noué autour de son front, dirigea vers nous un fusil d'une taille que je jugeai à la fois menaçante et démesurée. Par prudence, Tom et moi levâmes les mains.

— Enchantés de vous rencontrer, lança mon frère. Si vous pouviez éviter de pointer ce machin vers nous, ce serait fort civil. Si vous pouviez aussi nous dire ce qui se passe ici, nous vous en serions éternellement reconnaissants.

— Pas avant que vous me disiez ce que vous fichez sur cette station, gronda Hicks.

Je n'eus pas besoin de regarder Tom pour comprendre qu'il partageait mes pensées.

— Écoutez, nous nous sommes amarrés à votre complexe, car notre vaisseau est tombé en rade. Tout ce qu'on veut, c'est le réparer et repartir, essaya-t-il.

— T'as entendu, Hicks, couina le gamin. Ils savent peut-être comment se tirer de cet enfer.

— La ferme ! lâcha l'homme.

Il darda sur nous une œillade mauvaise.

— Où avez-vous atterri ?

Je lui expliquai sommairement le chemin parcouru. Il plissa les paupières.

— Dans les hangars à foreuses. Mais comment avez-vous réussi à vous retrouver là-bas, les sas sont hors service ?

Bien évidemment, la technique du « nous ne faisons que passer, ne faites pas attention à nous » n'avait pas fonctionné. À bien y réfléchir, je ne me souvenais pas qu'elle ait un jour marché.

— C'est une longue histoire, soupirai-je, en espérant que cela suffirait à nos nouveaux amis.

L'Hispanique ne nous lâcha pas de son énorme fusil. L'homme prit un boîtier à sa ceinture et pressa un bouton.

— Hudson, ici Hicks. Allez voir du côté du hangar 4, je pense qu'on a des passagers clandestins.

— Mais non, protesta mon frère. Je vous l'ai dit, nous sommes arrivés sur votre station, et…

Hicks le gratifia d'un regard qui signifiait clairement qu'il valait mieux couper là les bobards. Nous attendîmes d'interminables minutes, au cours desquelles la nervosité de nos nouveaux amis ne faisait que croître.

— Capitaine, finit par lancer la femme. Nous ne devrions pas rester ainsi. Nous sommes trop vulnérables.

— Je sais, Vasquez. Mais je ne veux pas ramener ces rigolos au QG sans être sûr d'eux.

La soldate se prépara à répondre, le crachotement du boîtier l'interrompit.

— Capitaine ? Ici Hudson. J'ai bien trouvé le vaisseau et les deux membres d'équipage, mais… comment dire. Le vieux a rapetissé son vaisseau et l'a enfermé dans une bulle. Il se la trimballe maintenant autour du cou. Mais je vous jure que je n'ai rien pris, monsieur, et…

Hicks coupa la communication et nous foudroya du regard.

— Et si je vous expliquais que nous cherchons simplement le Sussex ? essaya mon frère.

Les trois autres ne bronchèrent pas. Tom ouvrit la bouche pour tenter une histoire dont il avait le secret. Je le devançai, car Hicks et surtout la dénommée Vasquez ne semblaient pas d'humeur pour un conte rocambolesque.

— Écoutez, si je vous disais la vérité, vous ne me croiriez pas, commençai-je. Sachez juste que nous sommes dans la même mouise que vous. Quelque chose, ou quelqu'un, nous a attirés ici, et nous ne pouvons pas repartir.

L'homme nous étudia longuement. Un bruit soudain résonna dans le silence des coursives : un cri horrible, comme des griffes sur un tableau blanc.

— Ils sont là, gémit Burke.

— On file, commanda Hicks.

Il nous lança un regard tranchant.

— Vous venez avec nous, sans discuter.

Avec son communicateur, il ordonna à l'autre équipe d'emmener Ginger et le professeur et de les rejoindre au QG. Puis, il m'empoigna par le bras, et m'entraîna dans les couloirs.

— J'espère que vous aimez courir.

— Avec une bonne motivation, je suis capable d'une rapidité étonnante, répondis-je.

Il m'adressa un sourire torve.

— Pas de soucis, alors, voilà de quoi vous motiver.

Les hurlements s'intensifièrent.

— À la passerelle, vite ! décréta Hicks.

Nous nous mîmes à cavaler comme des dératés. Je suivais le groupe et m'efforçai de ne pas me laisser distancer, tout en me demandant devant quoi ils fuyaient. Les cris se rapprochaient, amplifiés par les échos des couloirs. Nous arrivâmes devant une porte blindée.

— Burke, les codes, ordonna le chef.

Le gamin les tapa sur un boîtier avec des gestes fébriles. Le capitaine observait les passages, avec nervosité. Quelques pas derrière lui, Vasquez tournait sur elle-même avec son énorme fusil.

— Monsieur, ne devrions-nous pas…

Elle n'acheva jamais sa phrase. Une force invisible la frappa. Vazquez rebondit sur les parois sans avoir eu le temps de presser la détente. Sa tête se détacha de son tronc et roula sur le sol. Burke lâcha un couinement. Tom et moi levâmes nos pistolets à éclairs et tirâmes. Nous touchâmes quelque chose, mais ne pûmes voir de quoi il s'agissait. La créature éructa un cri suraigu.

— La porte est ouverte ! annonça Burke.

Hicks nous entraîna en arrière dans une cabine. Le gamin referma précipitamment les battants. Au moment où ils se verrouillaient, un violent choc les ébranla. Je m'appuyai contre une cloison et me laissai tomber à terre, les jambes coupées.

— Par le corset de la reine Victoria ! Qu'est-ce que c'était que ça ? s'écria mon frère.

— Si seulement nous le savions, répondit Hicks.

*

Je regardai l'écran de contrôle sur le pupitre devant moi. Des images s'y étalaient, celles d'une étendue rocailleuse, plongée dans une pénombre uniquement dissipée par la clarté des étoiles. Un astéroïde. Le professeur s'approcha de moi.

— Fascinant, n'est-ce pas, déclara-t-il.

J'opinai. La découverte de l'extérieur avait presque réussi à lui faire oublier la panne de la *Tédesplen*. Elle avait au contraire suscité chez moi une grande angoisse.

Hicks nous avait ramenés jusqu'au centre de contrôle de la plate-forme minière où nous nous trouvions, endroit répondant au doux nom de LV-426. Cette station dans l'espace était un complexe de forage implanté sur un astéroïde. La simple idée de cette chose naviguant dans l'éther pour s'arrimer à un caillou volant me donnait le tournis.

Le poste consistait en une vaste pièce circulaire, qui comprenait nombre de pupitres, consoles, écrans. Burke l'avait défini comme le cerveau de la base. De là, les mineurs pouvaient diriger toutes les machines et gérer les outils… Normalement. Car pour une raison inconnue, trois semaines auparavant, toutes les machines avaient cessé. Les communications vers l'extérieur s'étaient interrompues, les moteurs étaient à l'arrêt. Tout comme pour notre *Tédesplen*, les mécaniciens avaient tenté de réparer, sans rien trouver qui ne cloche. L'équipe d'ouvriers, menée par Hicks, s'était donc retrouvée coincée, ce qui ne les avait pas franchement réjouis.

Ils avaient pris leur mal en patience, en se disant que leur compagnie finirait par s'inquiéter de leur silence et enverrait alors une escouade de secours.

La situation s'était hélas dégradée quand des monstres invisibles, comme celui qui avait tué Vasquez, les avaient attaqués. Face à ces choses, les mineurs étaient désemparés et effrayés. La Ligue des ténèbres en avait vu d'autres, et nos rencontres nous avaient appris qu'il fallait souvent se méfier des apparences et ne pas laisser la peur nous guider. Tom, Ginger et le professeur pressèrent donc de questions Hicks et ses hommes.

— Vous êtes absolument sûrs de n'avoir aucune image de ces créatures ? Pas de caméra thermique ou autre ? s'enquit Ginger.

Elle avait compris le type d'univers dans lequel nous nous trouvions et avait rassemblé ses souvenirs de précédents voyages pour tenter de formuler une solution plausible. Hicks, assis sur une caisse, appuyé contre un mur, secoua la tête d'un air fatigué. La mort de Vasquez l'avait affecté. Il s'agissait du huitième membre d'équipage qu'il perdait.

— Non, jamais vu. Elles frappent, tuent, mais sans se montrer, répondit-il.

Il se massa les tempes.

— Elles nous traquent dans les couloirs et nous éliminent un à un. Nous étions embusqués en tuer une quand nous vous avons découverts.

Il laissa échapper un rire narquois.

— Nous aurions mieux fait de rester planqués ici !

Les survivants de son équipe, le jeune Burke, les trois hommes qui avaient ramené Ginger et M. Nutter, louchèrent vers lui d'un air inquiet. Tom préféra s'en mêler.

— Vous ne pouviez pas savoir, vous avez fait ce qui vous semblait juste. Cela ne sert à rien de nous morfondre, essayons plutôt de nous tirer de ce pétrin.

— On pourrait chasser les créatures avec un rayon de la mort ! suggéra le professeur.

— Il faudrait d'abord pouvoir les voir pour ça.

— Les armes conventionnelles n'ont pas grand effet sur ces horreurs, intervint alors Hudson, un brun d'une quarantaine d'années.

Mon mentor le regarda d'un air offensé.

— Je ne construis pas d'armes conventionnelles, monsieur ! s'exclama-t-il avec indignation.

Je calmai le vieil homme, avant qu'il ne se lance dans une diatribe enflammée. Il avait déjà été assez difficile d'expliquer notre présence à bord. Tom et Ginger avaient réussi à concocter une histoire plausible d'inventeur génial et de prototype de machine spatiale. Hicks n'était pas dupe, mais il avait vu la relative efficacité de nos pistolets à éclairs, qui avaient permis de retarder la créature de quelques secondes. C'était mieux que tout ce que lui et son équipe avaient accompli. Il avait besoin de nous et acceptait donc de ne pas poser trop de questions.

— Vous avez un moyen de contacter l'extérieur ? m'enquis-je.

— Normalement, oui, nous possédons un communicateur pour joindre la corporation WY, nos employeurs. Seulement, il est HS depuis le début des troubles.

— On ne déclare pas que quelque chose est cassé tant que je n'y ai pas jeté un coup d'œil ! décréta le professeur Nutter.

J'échangeai un regard avec Thomas. Il hocha la tête.

— Dans ce cas, équipons-nous.

*

Nous avancions à nouveau dans ces couloirs plongés dans l'obscurité. Je portais un fusil à éclairs, bricolé par

M. Nutter. Tom m'accompagnait, tenant deux pistolets du même genre. Hicks et Hudson ouvraient la marche. Nos pas résonnaient sur le sol d'acier, je tressaillais au moindre bruit. Enfin, au moindre bruit que j'entendais, car le professeur, malgré nos injonctions relatives au silence absolu, s'était mis en tête de siffloter un air guilleret.

Le capitaine nous guida à travers les coursives, nous longions les murs, nous arrêtions à chaque croisement, attendant de voir que la voie était bien libre. Mes nerfs étaient tendus comme la corde d'un arc. Je sursautais à chaque son suspect. Pour un endroit abandonné, la station LV-426 recelait de sons étranges : crissements de métal, grondements lointains des générateurs de secours, ceux qui nous garantissaient de l'oxygène et un peu de lumière.

Nous atteignîmes finalement deux portes. L'une menait à un escalier, l'autre à un ascenseur. Hicks refusa que nous prenions ce dernier. Il fonctionnait, mais le capitaine avait déjà perdu un homme à la sortie de cette cabine, fauché par les créatures. Nous empruntâmes donc les escaliers pour descendre dans les entrailles du complexe. Au fur et à mesure que nous progressions, une chaleur moite commença à monter. Je transpirai abondamment. Dans ce sombre colimaçon, je craignais à tout moment que nos ennemis invisibles nous tombent dessus.

Nous arrivâmes en bas des marches, qui débouchaient sur une porte blindée. Hicks la déverrouilla grâce à ses codes et nous entrâmes.

La salle des machines était impressionnante. Y trônaient des monstres de métal, dont les immenses roues dentées et les pistons massifs étaient pour l'heure à l'arrêt. Le professeur poussa une exclamation ravie et voulut se ruer vers eux. Je l'en empêchai à temps. Nous ne savions pas ce qui pouvait se tapir là.

— Les communications sont dans le secteur cinq, expliqua Hicks en ouvrant la marche dans la direction indiquée.

Nous nous faufilâmes entre les machines, suivant un chemin lumineux tracé par des balises. Je percevais le ronronnement des générateurs de secours, il couvrait presque le bruit de nos pas. Je crus néanmoins entendre des voix me murmurer des paroles incompréhensibles. Je me crispai sur la détente de mon arme. Hicks s'arrêta enfin devant une grosse console où clignotaient plusieurs voyants. Sur un écran défilaient des messages au sujet d'une erreur quatre cent quatre, d'un clavier inexistant sur lequel il fallait taper un mot de passe pour débloquer la machine.

— C'est ici, souffla Hicks.

Il désigna le panneau de contrôle. Aussitôt, le professeur Nutter se rua vers lui. Il examina la chose en marmonnant.

— Samantha ! Tournevis ! clama-t-il.

— Moins fort ! siffla Hicks.

Je m'empressai de lui donner l'objet en question et il se mit à l'ouvrage. Il dévissa le caisson d'un des panneaux, exhibant la mécanique qui régissait l'ensemble. Tous ces câbles, soudés sur de drôles de plaques imprimées comme un labyrinthe… J'eus la sensation de me retrouver à Sinik. J'assistai le savant dans ses réparations. Nous établîmes un plan des circuits, pour tenter de déterminer comment ils agissaient. Nous discutâmes à voix basse des différentes possibilités, rebranchant des câbles. Le professeur essaya d'inverser la polarité, ce qui occasionna un départ de flamme, fort heureusement maîtrisé.

Malgré ce retard, nous avancions. Nous parvînmes à rallumer une partie de la console. Un moteur se mit à ronronner. Nous étions proches de la solution, je le sentais. M. Nutter et moi pouvions relancer ces communications et appeler à l'aide. Nous n'avions besoin que de plus de temps.

Un grincement sourd me fit soudain relever la tête. Je regardai la cuve d'un générateur à quelques pas. Je vis une forme fantomatique plonger derrière l'amas de métal.

— Là ! couinai-je. Quelque chose !

Hicks ne perdit aucune seconde à vérifier mes dires. Tom non plus. Mon frère lâcha une salve d'éclairs dans la direction indiquée, tandis que le capitaine et Hudson nous redressaient manu militari le professeur et moi et nous traînaient vers la sortie.

— Mais je n'ai pas fini ! protesta le savant.

— Pas le temps ! gronda Hicks.

Pour la deuxième fois en quelques heures, nous parcourûmes donc ces coursives au pas de course. Nous filâmes hors de la salle des machines. Je crus sentir un souffle sur ma nuque. Nous remontâmes les escaliers quatre à quatre, et cavalâmes comme des dératés dans les couloirs. Nous ne nous arrêtâmes que lorsque nous retrouvâmes la sécurité du poste de contrôle. Ginger et les autres nous attendaient.

— Alors ? s'enquit-elle.

— Ils ne m'ont pas laissé terminer ! s'écria le professeur.

— Ce n'est rien, vous ferez mieux au prochain essai. Tenez, j'ai trouvé des biscuits dans les réserves.

Je remerciai Ginger d'un hochement de tête pour arriver à gérer ainsi le vieil homme.

— Nous réessayerons demain, elles seront peut-être parties, déclara Hicks.

J'acquiesçai, mais je n'y croyais qu'à moitié. Ces monstres avaient l'air intelligents, elles avaient repéré notre manège. Je repensai à la créature aperçue en bas, cette silhouette évanescente. Était-ce l'une des choses qui tentaient de nous tuer ou simplement un mirage dû à ma nervosité ? Je n'étais pas pressée de redescendre là-bas pour le découvrir.

*

Difficile de savoir quand étaient le jour et la nuit à bord de cette station. Burke m'expliqua qu'en temps normal, les mineurs se relayaient par quarts de huit heures. L'un était consacré au travail, l'autre au repos, le dernier au sommeil. Grâce à ces rotations, le complexe fonctionnait en permanence, extrayait et traitait le minerai issu de cet astéroïde. Désormais, sans lumière et alarmes pour marquer les quarts, difficile de s'y repérer. Heureusement qu'une partie de l'équipage avait gardé des montres, qui permettaient de ne pas perdre totalement la notion du temps. Le capitaine Hicks les utilisait pour maintenir un semblant de roulement et surtout des tours de garde.

Je pris le mien en compagnie de Ginger et de Hudson dans la salle de contrôle, alors que les autres s'étaient isolés dans un coin pour dormir. Personne ne parla. Nous guettions les écrans. Rien ne bougeait. À un moment, je crus apercevoir une silhouette se faufiler à l'extérieur. Je sursautai et me ruai vers le moniteur.

— Qu'as-tu vu, Sam ? s'alarma Ginger.

Je fixai les écrans mais ne distinguai rien. Je secouai la tête.

— Fausse alerte.

J'allai me rasseoir à côté de lady Astley et me massai les tempes. Mes yeux commençaient à me piquer, signe que la fatigue ne manquerait pas de me terrasser si je me laissais aller. Fort heureusement, Tom et Hicks vinrent nous relever une vingtaine de minutes plus tard. Je balbutiai quelques remerciements puis filai m'allonger dans une réserve, reconvertie en cabine. J'étais épuisée et ne tenais plus guère debout.

Je sombrai dans les limbes dès que je fermai les paupières, mais loin d'être réparateur, mon sommeil se révéla bien agité. Je rêvais des couloirs de la station LV-426. Je marchais dans ces coursives, mes pas résonnaient faiblement sur le métal. J'errais au hasard. Par moment, j'avais l'impression de flotter. Quelque chose m'appelait, me murmurait des paroles. J'arrivai devant une porte, marquée «unité de traitement». Je l'ouvris. À l'intérieur je découvris de gigantesques tables roulantes sur lesquels s'étalaient des roches. Je m'approchai de l'une d'entre elles, elle luisait d'une étrange couleur que je connaissais bien. Une météorite planaire. Un bruit résonna, un grondement inquiétant.

Je sursautai et me réveillai.

Je ne reconnus pas l'endroit où je me trouvais. Je cherchai les murs de la cabine de fortune où je m'étais endormie, mais peine perdue. Devant moi s'étiraient des bancs mécaniques, qui disparaissaient sous les échantillons rocheux. Je baissai les yeux et réalisai que je tenais un aérolithe à la main. Une sueur glacée inonda mon dos. Je n'avais pas rêvé, j'avais marché dans mon sommeil. Première bonne nouvelle…

— Merde, merde, merde, commentai-je.

Comment avais-je pu sortir du poste de contrôle ? J'aurais dû passer par le sas, Tom et Hicks m'auraient arrêtée. Oh décidément, je n'aimais pas la tournure que les événements prenaient.

Le grondement qui m'avait réveillée monta de nouveau. J'étais donc seule, dans les couloirs, sans arme, à la merci de la première créature hostile. Et des créatures hostiles, cette station n'en manquait pas. Je jurai en gaélique tout en cherchant frénétiquement de quoi me défendre. Je palpai mes poches. J'en tirai un couteau pliable, dont je ne me départissais jamais, mais rien d'autre. Pas de rayon de la mort, pas de pistolet à éclairs, pas même une petite grenade. J'avisai un recoin sous un tapis roulant et me glissai en dessous. Je patientai. Quelque chose passa à côté de moi, une entité invisible au souffle bruyant. Je me forçai à rester immobile, espérant que ma respiration ne me trahirait pas. Je serrai le manche de mon canif. Le visiteur me dépassa et s'éloigna. J'attendis de longues minutes. Le silence revint.

Je m'extirpai de ma cachette. Il fallait que je rejoigne le poste de contrôle, si possible, sans me faire arracher la tête par un ennemi invisible. Alors que je me coulais en direction de la porte, l'air devant moi se mit à trembloter. Je me figeai. Une forme apparut, la même ombre fantomatique que j'avais vue plus tôt. Je commençai à reculer, sans la lâcher des yeux. Mon dos heurta le bord d'une machine, je m'y collais en levant mon couteau. Je détournai une fraction de seconde le regard pour chercher une autre issue. J'en vis une, là-bas, au fond.

La silhouette s'était immobilisée devant moi. Je pris une inspiration et m'apprêtai à courir. Le visiteur se modifia alors. Lentement, deux bras, deux jambes et une tête apparurent. Un visage se forma, le mien. Je demeurai pétrifiée par la surprise.

— Bonjour ? lança la chose.

Sa voix résonnait bizarrement, comme si elle provenait de très loin.

— Bonjour, dis-je faute d'une répartie plus appropriée.

Je n'avais pas baissé ma lame ni oublié mon idée première de fuite. Mais la curiosité me poussait à rester. La créature avait achevé de se transformer, je me trouvai devant un double parfait de moi, qui me fixait.

— C'est un peu étrange, vous savez, l'avertis-je.

La chose pencha le chef et m'étudia.

— Je ne croyais pas que quelqu'un répondrait à notre appel, déclara-t-elle.

— « Appel », répétai-je.

Tout ceci commençait à prendre une tournure assez familière. L'entité s'agita.

— Nous sommes prisonniers de ce plan suite à un crash de notre vaisseau et nous ne pouvons interagir avec ses habitants. C'est pourquoi nous avons élargi notre appel voilà quelques unités. Je ne pensais pas que nous recevrions une réponse si rapidement. Surtout d'une créature humanoïde.

J'observai mon interlocuteur avec surprise. Des pièces se mettaient en place.

— Vous avez attiré la *Tédesplen* ici ! m'exclamai-je.

— J'ignore ce qu'est la *Tédesplen*, mais oui, nous avons lancé un appel. Toute personne transportant l'un de nos artefacts sera immédiatement amenée à nous.

Un artefact… Vu tout le bric-à-brac que nous trimbalions dans la *Tédesplen*, ce pouvait être n'importe quoi. Je baissai mon couteau, sans toutefois quitter mon double des yeux.

— C'est donc par votre faute que nous sommes là. C'est vous que j'ai vu tout à l'heure en bas ?

L'autre acquiesça.

— La communication était brouillée, nous avons dû prendre le contrôle de votre corps afin de vous acheminer ici, pour rétablir pleinement le pont entre nous. Je crains que nous ayons dû vous faire traverser un mur pour cela. Vos compagnons ont quelque peu paniqué.

— Tu m'étonnes…, commentai-je.

Enfin, au moins, cela résolvait un mystère. Mais une foule de questions demeuraient en suspens, et une désagréable pensée s'insinua dans mon esprit.

— C'est donc vous aussi qui avez attaqué les mineurs ? lançai-je d'un ton vibrant d'espoir. Il s'agissait d'une regrettable méprise, d'un accident, que ne sais-je, mais il n'y a que vous sur cette station. Pas d'autres créatures invisibles et assoiffées de sang, non ?

La chose me fixa d'un air neutre, sans répondre. Je me mis à jurer copieusement. J'en avais assez que mes intuitions se révèlent justes.

— Nous étions prisonniers dans cet astéroïde, en stase depuis des siècles, suite à une erreur de calcul. Les mineurs, en creusant, ont touché notre bâtiment et activé la procédure de réveil. Hélas, nous n'étions pas seuls à bord de notre vaisseau. Nous transportions notre nouvelle expérience : le parfait organisme tueur…

— Qui bien évidemment vous a faussé compagnie ! commentai-je. Dites, ça vous arrive souvent de fabriquer des armes dans ce genre qui échappent ensuite à votre contrôle ?

Je m'arrêtai, traversée par une fulgurance, et fixai l'apparition, les yeux écarquillés. Mais oui ! Tout faisait sens maintenant ! Une créature qui prenait forme humaine pour me parler, qui montrait une certaine tendance à développer des armes douées de conscience… Une créature dont nous possédions un artefact à bord de la *Tédesplen*. Par la crinoline de Victoria, je savais qui j'avais devant moi !

— Vous êtes un Skelj ? m'étranglai-je.

J'eus la satisfaction de voir mon interlocuteur marquer de la surprise.

— Vous connaissez les miens ?

— Une longue histoire. Disons que nous transportons une de vos babioles. Une armure énergétique, construite à partir de la technologie que vous avez laissée.

— Fantastique ! Nous devrions pouvoir nous défendre de nos créations.

Les monstres… Je les avais oubliés ceux-là.

— Combien êtes-vous ? interrogeai-je le Skelj.

— Trois.

— Et ces monstres ?

— Quatre.

— Alors, ameutez vos petits copains et escortez-moi jusqu'à la cabine de contrôle. Il faut que je parle à mes compagnons.

— Mais ils ne pourront pas nous voir. Seule vous semblez sensible à l'appel.

— On avisera plus tard pour les détails techniques. En attendant, filons. À moins que vous ne disposiez d'un moyen pour dégommer ces horreurs.

Le Skelj secoua la tête.

— Non, le projet a réussi au-delà de nos espérances. Il a abouti avant que nous découvrions comment le contrôler efficacement.

Je jurai entre mes dents et dis tout le bien que je pensais des races soi-disant plus évoluées que les humains. Un grondement venu du couloir m'interrompit. Je me rappelai que je me trouvais à découvert, au milieu d'une salle, avec pour seule arme un couteau.

— Allons-nous-en, décrétai-je au Skelj.

Je courus vers la sortie au bout qui débouchait sur une coursive que je longeai. J'arrivai à un nouveau passage, qui se fermait par deux portes. La première donnait sur un sas, qui lui-même s'ouvrait sur l'extérieur et l'éther. L'autre était verrouillée. Je me rendis au panneau de commande et tapai les codes que j'avais vu Hicks entrer. Rien ne fonctionnait. Je frappai le boîtier en jurant.

— Humaine ? s'enquit le Skelj.

— Appelez-moi Dinah, ça restera dans la même thématique, répondis-je impulsivement.

— Pardon ?

— Rien. Une blague à moi-même.

Le Skelj posa la main sur mon épaule. Je glapis alors qu'un froid immense m'envahissait. Je me retournai d'un bond et lâchai un gargouillis. L'un des monstres se tenait dans l'embrasure du passage d'où nous venions. La créature était un mélange entre un humanoïde et une sorte de dragon. Son crâne oblong, ses crocs et ses griffes poissaient de bave. Mon adversaire m'observa, bien que je ne distinguasse pas ses yeux. Je brandis mon couteau, mais ne m'illusionnait pas : j'étais coincée.

— Machin, vous ne pouvez pas me refaire traverser le mur ? demandai-je au Skelj.

— Hélas non. Je n'ai plus assez d'énergie pour cela.

— Je m'en doutais, maugréais.

Il ne me restait plus qu'une seule option.

— Je vais me cacher dans le sas. Vous, filez au poste central et prévenez les autres.

— Mais ils ne me voient pas ! protesta le Skelj.

— Mon frère, le brun aux yeux verts. Les médecins ont dit qu'il possédait le même gène que moi. Il pourrait vous entendre.

— Vous êtes sûre ?

— Pas de discussion, rétorquai-je. Débrouillez-vous !

Ma main trouva le boîtier de contrôle du sas. J'appuyai sur l'ouverture. Les battants s'écartèrent en un éclair. Je me ruai à l'intérieur et pressai tout de suite la commande de fermeture. Malheureusement pour moi, les portes commencèrent à se rapprocher avec une lenteur infernale. La créature plongea dans le sas à ma suite. Je ne dus ma survie qu'aux enseignements de mon maître d'armes de Casetti. J'esquivai un coup de griffes destiné à me décapiter et d'un bond fluide, me plaçai hors de portée. Mon assaillant pivota pour m'attaquer de nouveau. Je lançai mon couteau. Il se ficha dans ce qui servait de tête à cette horreur. Une humeur verte suinta de la plaie. Le monstre se mit à hurler. Je sautai à l'extérieur. Plus que quelques inches avant la fermeture du sas ! L'abomination retira la lame d'une patte griffue et fonça sur moi. Le sas se verrouilla au moment où il le percutait.

La créature se rua sur la sortie, la frappant avec acharnement. Je ne perdis pas une seconde. J'actionnai l'ouverture de l'autre porte, celle qui menait à l'espace. Le battant s'écarta brutalement, la chose fut aspirée au-dehors. Elle lacéra les parois et tenta de se retenir aux aspérités. Le courant se montra plus fort. Elle disparut, happée dans l'éther.

Je réalisai que j'étais sauvée.

Je me laissai tomber sur le sol, les jambes coupées par l'émotion.

— Plus que trois, commentai-je.

*

Dans le quartier général, l'ambiance était quelque peu tendue. Hicks, Hudson et Burke me regardaient avec circonspection.

— Vous êtes vraiment sûrs qu'elle les voit ? s'enquit le capitaine pour la dixième fois au moins.

Je réprimai un grognement de dépit. Une partie de moi comprenait la réticence des mineurs à prendre mes affirmations pour paroles d'évangile, une autre s'agaçait de telles considérations, alors que le temps pressait.

— Ils restent invisibles pour moi, mais je fais confiance à Samantha, assura Ginger.

— Tout pareil ! s'exclama le professeur Nutter.

Il m'adressa un sourire ravi. Nul doute qu'il brûlait d'envie de poser mille questions aux trois Skelj qui se tenaient à côté de moi. Machin avait appelé ses deux amis, baptisés pour l'occasion Truc et Bidule. Ils n'avaient pas souhaité me donner leur vrai nom, au motif qu'il était imprononçable par les humains, ils ne pouvaient donc se plaindre des sobriquets que je leur avais attribués. Les membres d'équipage de la station se regardèrent avec indécision.

Tom m'avait expliqué que je m'étais levée, avait marché vers la paroi la plus proche avant de la traverser, ce qui avait causé un vif émoi chez tous les témoins de la scène. Je ne pouvais leur en vouloir de se méfier. Il n'empêchait que ma patience était désormais usée jusqu'à la corde. J'ouvris la bouche pour dire à tout ce monde ma manière de penser.

— Écoutez, intervint mon frère, sûrement pour éviter un incident diplomatique, on peut s'en remettre à Samantha. En tout cas, moi, je lui fais confiance.

— Encore heureux, grommelai-je.

— Je n'ai pas la même connexion qu'elle avec les Skelj, mais je sens quand même leur présence.

Pour ponctuer ces paroles, il tourna la tête en ma direction et regarda un point situé juste au-dessus de mon épaule droite, là où Machin se tenait. Soit Tom disait vrai et il pouvait réellement percevoir les Skelj, soit il se montrait plus doué pour la comédie que je ne le croyais. Hicks nous étudia, et se massa les tempes.

— On vous a déjà dit que vous étiez une sacrée équipe ? grogna-t-il.

— Souvent ! s'exclama le professeur Nutter. En général, on ajoute même « une fichue bande de bras cassés ».

Machin m'observa avec surprise.

— Je ne saisis pas, vos bras m'ont tout à fait l'air normaux.

— C'est une métaphore. Une image, expliquai-je.

Les Skelj me regardèrent sans comprendre, tandis que l'équipage du LV-429 me fixait comme si j'étais une folle, une démente qui parlait toute seule. Je poussai un soupir.

— Ça va me fatiguer assez rapidement, cette histoire, grondai-je. Écoutez, Hicks, je n'ai pas le temps de vous convaincre que je dis vrai. Les créatures qui nous ont attaqués ont pris le contrôle d'une partie du vaisseau skelj. Grâce à lui, elles bloquent les communications et nous empêchent de redémarrer avec la *Tédesplen*. Elles veulent nous éliminer un par un. Toujours est-il que, avec ma connexion aux Skelj, je peux maintenant voir ces monstres et que j'ai réussi à en passer un par un sas. En quelques heures, j'ai accompli plus que vous en deux semaines, cela vaut peut-être la peine de m'écouter !

L'homme m'étudia le visage fermé. Je croisai les bras. Je commençais à en avoir assez de ces gens qui me scrutaient pour déterminer mon degré de santé mentale. Hicks se tourna vers ses collègues. La plupart portaient sur leurs traits la fatigue et la peur. Lorsqu'ils nous regardaient, je percevais l'inquiétude, mais aussi une lueur d'espoir.

— J'ai besoin de discuter seul à seul avec eux, nous dit-il.

Nous respectâmes son choix et le laissâmes dans le poste de pilotage, et nous réfugiâmes dans une réserve, avec les Skelj. Ils s'entretinrent dans une langue aux sonorités chuintantes que même que le traducteur du professeur Nutter ne pouvait déchiffrer. Le savant décida alors que le moment était venu pour harceler les Skelj de questions. Je jouai les intermédiaires. Les créatures se montrèrent réticentes à parler, mais ne tinrent pas longtemps face aux efforts conjugués de mes compagnons.

Nous apprîmes donc que les Skelj étaient une race ancienne qui possédait la faculté de voyager entre les univers, bien que, à l'instar de Mercure et des divinités élyséennes, ils n'aimassent guère en faire usage. Ils préféraient s'installer dans un monde et le faire prospérer, s'apparentant à des dieux. Autrefois féconde, la race s'était étiolée, jusqu'à presque disparaître.

Plus je parlais aux Skelj et plus ils me firent l'effet d'une bande d'ingénieurs, plutôt préoccupés par la recherche que par les applications de leurs découvertes. Ces ahuris de la lune semblaient créer leurs machines et leurs artefacts simplement parce qu'ils le pouvaient, sans vraiment penser aux conséquences de leurs actes. Quand j'essayai de leur faire comprendre l'énormité de la bourde qu'ils avaient commis en fabriquant les monstres qui voulaient nous équarrir, ils me fixèrent avec de grands yeux étonnés. Je me promis alors de ne plus jamais critiquer le professeur Nutter sur ses inventions. Lui au moins réfléchissait de temps en temps aux implications.

Le savant les cuisina d'ailleurs un bon moment au sujet de la Foudre et était en train de les travailler sur leur manière de construire des vaisseaux spatiaux, quand Hicks revint vers nous.

— Tout ceci est dingue, mais vous avez raison, vous représentez notre meilleure chance de survie. C'est d'accord, à partir de maintenant, nous suivrons votre plan.

— Parfait ! s'exclama Tom en se remettant debout et en frappant dans ses mains. De quoi avons-nous besoin, Samantha ?

— D'un endroit pour redéployer la *Tédesplen*. Je voudrais récupérer une ou deux bricoles…

*

J'avais oublié à quel point manœuvrer mon armure énergétique pouvait se révéler inconfortable. Bien qu'elle s'avère maniable, j'avais l'impression de me trouver enfermée dans une grosse boîte articulée. Je pouvais circuler dans la plupart des coursives, mais certaines demeuraient trop étroites pour que je m'y glisse.

— Tout va bien, Dinah ? demanda Machin à côté de moi.

— Oui, oui, ronchonnai-je en me faufilant entre deux poutrelles de métal.

— Au bout du passage, tournez à gauche, m'informa Burke dans mon écouteur.

— C'est comme si c'était fait…

Je pris la direction indiquée. J'avais beau être harnachée dans un alliage quasi indestructible et porter mon fusil d'assaut remis à neuf par le professeur Nutter, je me sentais nue et sans protection. Machin, qui flottait à côté de moi, me permettait de voir les créatures. Il n'avait pas besoin de me toucher, juste de se tenir dans un périmètre autour de moi. Mais il m'avait avertie qu'il ne pourrait pas m'aider en cas de problème, nouvelle preuve, s'il en fallait, de l'inutilité des Skelj…

— Je capte des signaux à vingt yards devant, me renseigna Burke.

Je me raidis et vérifiai que mes armes étaient bien en place.

— Dites-lui de viser la tête ! entendis-je le professeur beugler dans mon écouteur.

— Silence ! Ne la déconcentrez pas ! s'exclama Ginger.

Je pris une profonde inspiration et tentai de me rassurer. Je portais une armure énergétique, avec un fusil d'assaut capable de trouer un mur. De quoi répondre à cette créature. Tom et Hicks se tenaient en embuscade dans une salle plus éloignée, avec de l'armement lourd. Truc et Bidule se trouvaient avec eux, et, si mon frère ne pouvait pas les voir, il sentait leur toucher. Les Skelj les préviendraient si l'une de ces choses se montrait. Et si jamais cela virait au vinaigre pour moi, ils viendraient me secourir.

Je tournai à l'angle d'un couloir. Rien. Je pivotai sur moi-même pour balayer les recoins et les zones d'ombre. Je perçus un mouvement au-dessus de moi. Je levai la tête. Trop tard. Une masse sombre tomba du plafond. La créature me percuta et m'envoya rouler au sol.

— Dinah ! Que se passe-t-il ? s'écria Burke.

J'étais hélas trop occupée pour lui répondre. Mon assaillant m'avait jetée à terre et m'empêchait de me relever. J'avais une vue imprenable sur sa gueule pleine de bave et hérissée de crocs. Ses griffes labouraient le métal de mon armure, cherchant les points faibles. Nul doute qu'avec un tel acharnement, elle ne tarderait pas à en trouver. Machin flottait au-dessus de la créature, sans faire mine d'intervenir. J'étais seule. Je tentai de me dégager. Le monstre immobilisa mes jambes, l'une de ses pattes griffues se posa sur ma main qui tenait le fusil. De celle restée libre, je lui assénai plusieurs coups. Peine perdue. Il était temps d'appeler la cavalerie.

— À l'aide ! hurlai-je dans le communicateur.

— Bien reçu, les renforts arrivent.

En attendant, l'abomination avait découvert un câble et l'avait sectionné. Une partie des voyants dans mon casque s'éteignirent. Je me débattis pour éviter que la chose ne broie ma trachée. À tâtons, je récupérai un couteau dans un étui le long de ma cuisse, et le plantai dans le flanc de mon adversaire. Mon ennemi siffla, son étreinte se desserra. Ma jambe droite était dégagée. Je la ramenai contre moi, plaçai le pied sur mon assaillant et poussai de toutes mes forces. L'armure énergétique gémit, mais tint bon. Mon agresseur vola contre la cloison d'en face. Ma deuxième main était libérée, je raffermis ma prise sur mon fusil, le levai, ajustai et tirai. Il y eut une détonation, suivie d'un bruit mouillé et écœurant. Je me trouvai couverte d'humeur verte et répugnante.

— Yeurk ! commentai-je.

— Hum, heureusement pour vous que nous n'avons pas réussi à rendre le sang de ces créatures acides…, m'informa Machin.

Je rivai sur lui un regard fatigué.

— Mais pourquoi diable voudriez-vous faire une chose pareille ! m'exclamai-je.

L'arrivée de Tom et Hick coupa la réponse du Skelj. Le capitaine émit un sifflement.

— On peut dire que vous faites dans la subtilité.

— Et encore, ils ne m'ont pas laissé mettre de lance-flammes ! s'écria le professeur Nutter dans le communicateur.

*

Nous célébrâmes cette première victoire, mais elle ne nous fit pas oublier que nous étions loin d'avoir gagné la bataille. Ces créatures bloquaient toujours les communications, ainsi que la *Tédesplen*. Elles apprenaient très vite. Les deux survivantes repérèrent les capteurs de mouvements et les détruisirent. Nous étions redevenus aveugles. Plus aucune ne se montra quand nous étions là. Par contre, Hicks perdit Hudson et un autre homme, victimes tous deux d'une embuscade. Face à ce nouveau coup dur, il nous fallait changer de stratégie.

Ginger trouva la solution alors que nous étions tous réunis au centre de pilotage.

— Ces créatures sont malignes et prudentes. Elles ne s'attaquent pas à ceux qui sont bien armés ou qui les attendent, mais plutôt à ceux qui font preuve d'inattention et qui sont seuls. Une erreur et hop, elles vous massacrent, expliqua-t-elle.

Hicks acquiesça d'un hochement de tête.

— Dans ce cas, c'est assez simple, vous avez besoin d'un appât pour les forcer à sortir de leur trou.

— C'est dangereux, répliqua-t-il.

— C'est l'unique option, rétorqua Ginger.

S'ensuivit un échange vif, au terme duquel nous dûmes nous ranger à l'avis de lady Astley. La ferme hydroponique de la station nous sustentait encore pour l'instant, mais elle ne durerait pas éternellement. Nos forces s'épuisaient, nous devions frapper tant qu'il nous en restait.

Demeurait maintenant la délicate question de l'appât. Tout le monde se regarda avec gêne. Personne n'avait vraiment envie de se mettre ainsi en péril. Personne, sauf le professeur Nutter.

— J'irai ! s'exclama-t-il.

— Oubliez ça, objectai-je.

— Mais si, voyons, c'est la solution optimale. Je suis le meilleur pour fabriquer des armes, mais pas trop pour les utiliser. À moins qu'il s'agisse de tirer dans le tas, auquel cas je suis très bon. Mais si je commence à percer des trous dans les murs de la station, les gens ici présents m'en voudront. Je suis un petit vieux, faible et sans défense. Idéal pour ces créatures. Et puis, je ne serai pas tout seul. Vous m'aiderez.

Machin viendra avec moi. Si j'ai bien compris, il communique par la pensée avec Truc et Bidule. Il vous préviendra dès que ces monstres apparaîtront.

— C'est trop périlleux, m'entêtai-je.

Malheureusement, l'idée du savant tenait la route, chose qui méritait d'être signalée. Mon mentor m'assura qu'il emporterait avec lui un pistolet à bulles temporelles et qu'il ne prendrait pas de risques inutiles, ce dont je doutai fortement. Malgré mes réticences, le groupe échafauda le plan et décida une heure pour l'appliquer. Je les suivis, parce que je refusais de laisser le professeur s'exposer sans me trouver là.

Je m'équipai de mon armure énergétique, du fusil d'assaut. Je joignis à tout ceci un couteau, puis quelques grenades, une bombe temporelle et un rayon de la mort. M. Nutter quant à lui choisit bien évidemment, en plus de son pistolet à bulles, un rayon, ainsi qu'une série d'explosifs pour tous les goûts. Si avec ça les créatures continuaient de le juger inoffensif…

Vint le moment de mettre à exécution le plan. M. Nutter s'en alla avec Machin, nous nous répartîmes en équipe. Truc resta avec moi, Hicks et Tom, tandis que Bidule devait parcourir la station, histoire de repérer d'éventuels pièges. J'attendis de longues minutes, pour laisser de l'avance au professeur, puis nous nous éloignâmes à notre tour, en prenant une autre direction. J'avais mémorisé la carte de la station. Le savant devait emprunter un itinéraire bien défini, qui recoupait le nôtre en des points clés. En théorie, Hicks et les mineurs avaient tout prévu.

Nous marchâmes en silence, nous efforçant de produire le moins de bruit possible. J'avais eu le temps de me réhabituer à mon armure. Je me déplaçais avec souplesse et efficacité. Je sentais à côté de moi la nervosité de Tom.

— Tout va bien pour l'instant, nous souffla Ginger dans la radio.

Je percevais, malgré ses paroles rassurantes, la tension dans sa voix.

— Checkpoint un, okay, lança Burke.

Il venait de croiser la route du professeur Nutter, sans rien déceler. Le savant avait passé les anciens quartiers de vie, et partait maintenant vers les zones de forage. Les salles et hangars regorgeaient de cachettes pour ces créatures. Mon angoisse montait. Nous prîmes un autre chemin, traversant des coursives dont les hublots donnaient sur l'astéroïde. Je frissonnai à la vue de ces cailloux nus et songeai à ce qui se tapissait en dessous.

Un crachotement dans les communications me tira brusquement de mes réflexions.

— Professeur ? murmura la voix inquiète de Ginger. M'entendez-vous ?

Un grésillement lui répondit.

— Edmund ?

Pas plus de réponse. Je commençais à ne pas aimer ça.

— Son signal a disparu, nous informa Ginger.

Je me tournai vers Truc. Le Skelj, qui flottait à côté de moi, secoua la tête.

— Je n'ai plus de contact avec Machin, déclara-t-il.

Mon cœur manqua un bond.

— Dernière position à l'intersection des couloirs B2 et C3, lança Ginger.

— On file ! annonça Hicks.

Nous courûmes à sa suite. Je passai la première, prête à en découdre avec n'importe quelle horreur qui aurait osé faire du mal à mon mentor. Nous arrivâmes au croisement. Je me figeai. Une forme évanescente reposait sur le sol, comme déchiquetée. Machin n'avait pas survécu à la confrontation. Une sphère lévitait à côté. Dedans se tenait la troisième créature, paralysée par la bulle temporelle du professeur Nutter. Du sang maculait le plancher. Le savant n'était pas en vue.

— Merde ! jurai-je.

— Les traces partent par là, indiqua Hicks. La dernière de ces choses a dû l'emporter.

Je reportai mon attention sur celle qui flottait, prisonnière. J'armai mon fusil et tirai, vaporisant la bulle et son occupant.

— Eurk, commenta Hicks.

— Une de moins, déclara mon frère. Viens, on va faire sa fête à l'autre.

— Avec joie.

Hicks s'interposa.

— Une minute, ces horreurs nous attendaient. Vous risquez de vous jeter dans la gueule du loup.

— D'autant plus qu'elles ont réussi à tuer Machin, intervint Truc. Nous ne vous serons d'aucune aide dans le combat.

— Excusez-moi, mais pour l'instant, vous ne vous êtes pas montrés d'une utilité folle, répliquai-je. J'ai bien conscience que ça pourrait être dangereux, je ne force personne à nous accompagner. Mais le professeur est tout seul là-bas, sûrement blessé. Hors de question que je le laisse.

— En plus, y'en a marre des méchants qui enlèvent les membres de la Ligue, grommela Tom.

— Bien dit ! approuva Ginger à la radio. Le couloir face à vous mène à l'un des escaliers.

— On y va, déclara Tom.

Nous filâmes dans la direction indiquée. Avec un juron, Hicks se lança à notre suite.

— À toutes les unités, retrouvez-nous aux escaliers alpha 3, appela-t-il par le communicateur.

Des gouttes de sang ponctuaient notre avancée. Je serrai les dents et me promis de faire payer la créature si elle avait fait du mal au professeur. Nous arrivâmes aux marches. La piste descendait.

— Ginger, qu'est-ce qu'il y a en bas ? demandai-je.

— Hangar pour machines.

— Tu vois quelque chose de particulier ?

— Non, tous les capteurs sont hors service. Vous serez dans le noir.

Je choisis le passage, mon armure me protégeant des coups les plus durs. Des grincements venus d'en bas me parvinrent. J'atteignis une porte, à demi ouverte, où je me faufilai. Je marquai une pause. La salle où j'avais débouché était jonchée de cadavres démembrés.

— Ces créatures ne mangent pas leurs proies, mais les utilisent pour effrayer leurs ennemis, commenta Truc à côté de moi. Fascinant.

— Gardez vos réflexions pour plus tard et contentez-vous de me permettre de voir cette chose.

J'avançai en me répétant en boucle que j'avais connu bien pire que ça, entre la machine à libérer la Lumière de l'Union et les antres de cultistes. Derrière moi, l'un des hommes s'arrêta pour vomir.

— Quelle horreur ! s'exclama Hicks.

— Du calme, leur intimai-je. Elle cherche à nous effrayer, et…

Je ne terminai pas ma phrase, car quelque chose se déroba sous mes pieds. Une trappe. Je chutai et me réceptionnai lourdement. Au-dessus de moi, des cris retentirent. Je me levai. Je me trouvais dans une sorte de cache. Je vis passer une ombre immense.

— Repli ! entendis-je Hicks beugler.

— Samantha, lança une voix à côté de moi.

— Professeur ! Vous allez bien ?

Le vieil homme, tapi dans un coin, avança vers moi. Du sang coulait d'une méchante coupure au front, mais autrement, il semblait être indemne.

— Cette chose m'a assommé avant de me jeter ici.

— Ne vous inquiétez pas. Je vais nous sortir de là.

J'examinai l'endroit d'où j'avais chuté. Il ne devait pas y avoir plus de trois yards. J'attrapai le professeur.

— Accrochez-vous à moi.

Je pliai mes jambes, rassemblai mes forces et bondis. Nous débouchâmes au milieu du chaos. Hicks était à terre. Burke était mort. Je ne savais pas où se trouvaient les autres. Seul Tom restait sur pied. Il faisait face à une créature immense, bien plus grande que celles que nous avions affrontées. Truc se tenait à côté de lui, la main sur son bras. Mon frère leva son fusil et tira. Il manqua la chose d'un cheveu. Celle-ci riposta de sa queue écailleuse qui se terminait en pointe. Elle embrocha Tom à l'épaule. Il hurla. Je déposai le professeur au sol, armai mon fusil et fis feu. L'une des pattes de l'horreur vola en éclats. Elle pivota vers moi avec un sifflement et me chargea. Je percutai une cloison. Malgré mon armure, le choc me coupa le souffle. Mon ennemi entreprit de me lacérer. Je ne pouvais pas réagir. Je tentai de récupérer mon couteau. Elle me l'arracha d'un coup de griffes. Les voyants s'affolaient, une alarme retentit dans mon casque. Je plaçai la main sur un boîtier. La porte dans mon dos céda. Je tombai dans une nouvelle pièce avec la créature. Elle me lâcha, je me relevai d'un bond et pressai la détente de mon rayon de la mort. Un sas. J'étais dans un sas. Mon assaillant avisa mes compagnons derrière moi. Je lui bloquai le passage d'un tir et refermai le battant, m'enfermant avec elle. Plus qu'une seule solution.

— Ginger? Tom? Balancez-moi dehors avec cette chose.

La bestiole en question tenta de m'étriper. Je la repoussai d'une salve de rayon. Ça ne la tuait pas, mais elle n'avait guère l'air d'apprécier le traitement.

— Non! s'exclama mon frère. Tu vas mourir.

— Ça ira, j'ai mon armure.

— Elle est en sale état, elle ne tiendra pas le choc.

— Ça ira, répétai-je.

Mon ennemi choisit ce moment pour se ruer sur moi et me renverser. Elle me mordit au bras et broya presque le blindage, me forçant à lâcher le rayon.

— Tom ! Fais-le ! hurlai-je.

Je crus qu'il n'obéirait jamais. Et puis, la porte de l'extérieur s'ouvrit et nous fûmes attirées au-dehors. Mon assaillant chercha à lutter, à s'accrocher. Je m'agrippai à elle et la bourrai de coups de poing. Elle lâcha prise. Le vide nous aspira. La chose se débattit. J'appliquai sur elle des techniques irlandaises, perfectionnées par mes ancêtres dans de nombreux pubs : frapper fort et beaucoup. Des humeurs giclèrent. La créature se tordit. Elle me lâcha. Je pris appui sur elle et poussai dans le sens inverse. Je m'éloignai et en profitai pour sortir une grenade temporelle. Je la dégoupillai et la lançai sur cette horreur. Une sphère bleue l'entoura et la figea. J'exhalai un soupir de soulagement. J'en étais débarrassée.

L'urgence de ma situation gâcha néanmoins ce beau moment. Les alarmes hurlaient de plus belle sous mon casque. Ma jauge d'air diminuait dangereusement et je m'écartais de la station. La vision de l'astéroïde, couronné par cette immense structure, était certes impressionnante, je me serais bien contentée du paysage vu de l'intérieur.

— À l'aide ! m'exclamai-je.

Un grésillement me parvint. Ou mon communicateur était grillé, ou je me trouvais trop loin pour entendre.

— Quelqu'un, vite !

Je me mis à nager follement dans l'éther, dans l'espoir de me rapprocher. Sans succès. Je dérivais toujours. Mon air se raréfiait. Ma respiration devint rauque. Je commençai à paniquer. Je hurlai dans ma radio que quelqu'un vienne m'assister. Mon dos heurta soudain une surface dure. L'arrière de mon crâne cogna rudement une plaque métallique, si j'en croyais le son qu'elle rendit. Je réussis à me retourner.

La *Tédesplen*! Ginger, aux commandes, me fit signe de m'accrocher. J'empoignai l'un des barreaux de l'échelle et me cramponnai. Ginger obliqua la machine et fila en direction de la station. Mes poumons me faisaient mal. Mes doigts étaient gourds. Je voyais des papillons noirs danser à la lisière de mon champ de vision. Je fermai les paupières et me concentrai sur une seule pensée : ne pas lâcher, ne pas lâcher. Mes mains se desserrèrent malgré moi. Je heurtai une surface dure et rebondit. Tout s'obscurcit.

Une douleur me déchira la poitrine. Je pris une profonde inspiration. De l'air! J'ouvris péniblement les yeux. Tom, Ginger et le professeur étaient penchés au-dessus de moi. Le soulagement se peignit sur leurs visages.

— Ne me refais jamais une peur pareille! s'exclama mon frère.

*

La présence d'esprit de Ginger m'avait sauvé la vie. Dès qu'elle avait compris mon plan, elle avait filé dans l'un des hangars pour déployer la *Tédesplen* et venir me porter secours. Sans sa vitesse de réaction, je serais morte.

Hicks n'était que blessé. Mon frère arborait une méchante plaie à l'épaule. Mais dans l'ensemble, nous nous en tirions bien. Truc et Bidule déplorèrent le décès de Machin, mais sans paraître s'émouvoir outre mesure. Je les sentis plus concernés par le sort de leurs créations.

— Je m'attendais à plus de résistance de leur part, déclara Bidule alors que nous évacuions les derniers cadavres dans l'espace.

— Oui, renchérit Truc. Si c'était à refaire, je m'arrangerais pour qu'ils soient plus coriaces.

J'assistai à l'échange bouche bée et compris ce qui avait fait la grandeur et le trépas de cette race. J'avais devant moi des professeurs Nutter, enthousiastes, prêts à essayer de nouvelles choses, mais totalement inconscients des conséquences. Sauf qu'Edmund Nutter avait une sécurité : moi. J'étais là pour mettre le holà quand il allait trop loin. Je pris une profonde inspiration et me plantai en face des Skelj.

— D'accord, je ne peux pas emprisonner des dangers publics tels que vous et, même si l'envie me démange, je ne peux résolument confisquer votre vaisseau ni vous empêcher de mener des expériences. Mais faites-moi plaisir. Avant de confectionner une arme, posez-vous une simple question : la Ligue des ténèbres pourrait-elle en venir à bout sans trop de dégâts ? Si la réponse est non, par pitié, abstenez-vous de créer cette chose !

Truc et Bidule se regardèrent, discutèrent entre eux, avant que le premier ne s'incline vers moi.

— Vous avez répondu à notre appel et nous avez libérés. Nous avons une dette envers nous. Nous nous conformerons donc à vos termes.

Je poussai un soupir de soulagement. Un problème de réglé.

Il en restait hélas une foule d'autres. Nous aidâmes Hicks à remettre en état la station, relancer le courant et les communications. Les monstres morts, ce ne fut l'affaire que de quelques heures, grâce au professeur Nutter. Nous dégageâmes ensuite le vaisseau des Skelj, une merveille élancée et fine, taillée dans une sorte de matière argentée. Truc et Bidule reprirent leur route, avec le projet de trouver les survivants de leur racc pour leur prêcher la bonne parole de la Ligue des ténèbres. J'espérai qu'ils ne tomberaient pas sur Alice au cours de leurs voyages, elle n'avait pas l'air enthousiaste à l'idée de revoir ses créateurs.

Avant de partir, ils nous offrirent un présent. Truc modifia les restes de mon armure énergétique pour fabriquer un dispositif pour la *Tédesplen* : une carte, qui nous permettrait de revenir dans les mondes que nous avions déjà visités. Bien que les Skelj m'agaçassent profondément, le cadeau me toucha.

L'heure des adieux sonna enfin. L'épaule de Tom se remettait doucement. Hicks avait réussi à contacter ses employeurs, les secours arrivaient. Avant que nous montions à bord de la *Tédesplen*, il nous serra contre lui.

— Merci. Sans vous, je serais mort.

— Ce n'est rien, dit Tom. Nous sommes heureux d'avoir pu vous rencontrer.

— Et d'avoir pu tuer ces choses ! s'exclama le professeur Nutter.

— Si vous pouviez d'ailleurs…, commença Ginger.

— Oublier de parler de vous et des Skelj dans mon rapport, oui bien sûr, enchaîna Hicks avec un sourire. De toute manière, je vais éviter de mentionner cette histoire d'armes biologiques surpuissantes. Connaissant les patrons de la WY, ça pourrait les intéresser et ce ne serait pas une bonne nouvelle pour cet univers.

Nous prîmes congé et montâmes à bord. Tom alluma les moteurs. Je restai là à contempler le nouveau panneau de contrôle des Skelj tandis que nous passions dans l'Entremonde.

— Alors c'est ça, déclara Ginger. Et il n'y a que toi qui puisses le faire fonctionner.

— Elle est la seule accordée, oui, ajouta le professeur.

— Comment ça marche ?

— D'après Truc, il suffit que je pense à un endroit pour que la *Tédesplen* repère le chemin et nous y emmène.

— Eh bien… Qu'attendons-nous pour un essai ? s'enthousiasma Ginger. Conduis-nous dans un univers calme pour changer. Revoir la Source me tenterait bien.

— Bonne idée ! approuva mon frère.

Le savant applaudit. J'acquiesçai et posai mes mains sur la console. Je fis le vide dans mon esprit et me concentrai sur la Source. L'un des mondes les plus accueillants. Je sentis la *Tédesplen* filer. Tom s'écria :

— Eh, mais ça pilote tout seul !

— Ça va vite ! s'exclama Ginger.

Une secousse ébranla la machine et tout cessa. Je rouvris les yeux et regardai autour de moi. Je m'attendais à découvrir le plateau et le palais abritant la Source. Mais non, nous nous trouvions au milieu d'un champ, à côté de maisons de pierre et de torchis. Je tendis le cou et aperçus à quelques yards une coquette bourgade, entourée d'un mur de bois. L'architecture me sembla familière.

— On dirait…, commença mon frère.

— Piédepaur ! enchaîna Ginger.

Nous étions de retour à Morneséjour.

ÉPISODE 22 —
RETOUR AU PAYS

Piédepaur, petit village de la province de Morneséjour, elle-même située dans le royaume d'Arnullie. Aujourd'hui encore, j'aime me rendre dans cette bourgade. Elle a bien changé depuis la grandiose époque de la Ligue des ténèbres, depuis nos premières aventures et notre retour. Le roi Thédeus ne comprend pas mon attachement pour cet endroit et ses habitants. Mais il a oublié qui je suis et d'où je viens.

Ce matin, il m'a demandé si j'étais réellement un sorcier et si Azorus était mon vrai nom. Il perd la tête, le pauvre. J'aurais pu lui raconter une nouvelle fois comment j'en suis arrivée à le conseiller, mais à quoi bon gaspiller ma salive ? De plus, Drael guette dans l'ombre et je préfère que ce sinistre personnage se contente des mythes qui courent sur mon compte. En aucun cas il ne doit connaître la vérité à mon sujet, ni comment je me suis établie en Arnullie, encore moins comment s'est fondée la lignée des Ténébéris.

*

La *Tédesplen* était apparue non pas sur le plateau où se dressait le temple de la Source, mais bien à l'extérieur de Piédepaur. Malgré les nombreux mondes que nous avions arpentés, j'aurais reconnu entre mille ces toits de chaume et ces murs de torchis. Je revins de ma surprise la première et me précipitai au-dehors. L'air était frais, je le humais à pleins poumons. Je tournai sur moi-même pour observer les environs. La montagne n'avait pas bougé. En même temps, le contraire m'aurait étonnée. Comme la dernière fois, les bovins paissaient dans les prés, mais je notai qu'une enceinte entourait maintenant le village. Je ne me souvenais pas d'une telle palissade lors de notre première venue.

La sortie de mon frère coupa court à mes réflexions.

— C'est normal qu'on se retrouve ici ? me demanda-t-il

Il sauta en bas de la *Tédesplen*.

— Je ne sais pas, avouai-je.

— Tu es bien restée concentrée sur la Source ? s'enquit Ginger en descendant à son tour.

J'acquiesçai. Mes pensées étaient demeurées fixées sur le sanctuaire et la Source, là où le balayeur avait dit que nous étions les bienvenus. Là où je croyais me sentir le mieux. Visiblement, mon esprit m'avait joué des tours.

— C'est différent de la dernière fois, nota le professeur Nutter en posant le pied au sol.

— Oui, il a dû s'écouler un certain temps depuis notre précédente visite, reconnus-je.

— Non, pas que ça, expliqua le vieil homme.

Il poussa du pied un caillou, qui alla se loger dans une flaque de boue plus loin.

— On est en plein jour, et il n'y a personne. Les champs sont cultivés, mais pas de paysans. Pas de gamins en vue.

Effectivement, il avait raison. Il se dégageait du bourg une atmosphère lourde et sinistre. Les maisons étaient fermées, les volets tirés. Sans parler de ce nouveau mur.

Je tendis l'oreille, mais n'entendis que le souffle du vent. Sans que nous eussions besoin de nous concerter, Tom fila à l'intérieur de la machine et en ramena une panoplie d'armes. Nous nous équipâmes, le professeur réduisit la *Tédesplen* et la donna à Ginger.

Les portes de l'enceinte béaient, nous les passâmes, et nous avançâmes dans les rues du village. L'ambiance pesante se confirmait à chaque pas. Je perçus des mouvements derrière les volets et aperçus des poules qui picoraient dans une venelle. La bourgade n'était pas désertée. Les gens se cachaient. Nous atteignîmes la place centrale, où se dressait anciennement le temple d'Ishbehel, abattu dès que nous avions défait ses servants. Pas âme qui vive là non plus.

Je crus voir des ombres bouger sur les toits et avertis les autres d'un signe. Tom opina. Il consulta Ginger du regard, qui acquiesça. Mon frère effectua quelques pas, avant de se planter au milieu de l'esplanade.

— Holà, habitants de Piédepaur ! Nous n'avons aucune intention belliqueuse.

Il attendit. Rien.

— Nous sommes des voyageurs, nous avons déjà visité votre bourgade et souhaiterions parler à vos dirigeants.

Nouvelle pause. Cette fois, j'entendis nettement l'écho d'une conversation animée en provenance d'un toit. Je m'agitai, mal à l'aise. Les locaux semblaient quelque peu à cran, et je n'avais guère envie de terminer la journée, et mon existence par la même occasion, avec une flèche dans la gorge.

— Est-ce que Joserse est ici ? cria finalement Tom.

— Qui le demande ? répondit-on depuis derrière une cheminée.

Mon frère hésita un bref instant, avant de lancer :

— D'anciens amis. La Ligue des ténèbres.

Il y eut un remue-ménage sur les toits. Je tins prêt mon pistolet à bulle temporelle, juste au cas où. Je perçus un mouvement derrière nous et me retournai, mon arme prête à faire feu. Je la baissai quand je reconnus qui venait à notre rencontre. Joserse avait vieilli, il boitait bas, et un foulard dissimulait son œil gauche ainsi qu'une partie de sa joue et de son front. Il s'arrêta à notre hauteur et nous dévisagea avec froideur. Je craignis un moment qu'il n'ordonne aux tireurs cachés de nous abattre. Mais son visage s'éclaira d'un large sourire. Il s'inclina devant nous.

— Mes seigneurs. Quelle joie de vous revoir ! Si vous saviez combien nous avons prié pour votre retour !

*

Les paysans mirent de longues minutes à sortir de leurs cachettes, malgré les incitations de Joserse.

— Venez ! Il n'y a rien à craindre, les Sauveurs sont de retour ! s'exclama-t-il.

— Les Sauveurs ? notai-je à voix basse.

— Magnifique ! s'extasia Ginger.

Quelques hommes et femmes finirent par se montrer, se coulant hors des maisons ou bien apparaissant en embuscade sur les toits. Ils portaient des arcs, des frondes, mais aussi des faux ou des fourches. Un bel armement de fortune dans tous les cas.

Joserse nous escorta jusqu'à sa demeure, sous les regards intrigués des villageois. Alors que nous traversions les rues, j'entendis la rumeur de murmures et de chuchotis. Des visages s'encadrèrent dans l'embrasure des portes et aux fenêtres. Des gamins tentèrent de s'aventurer au dehors de la sécurité de leurs maisons, uniquement pour se voir rabroués par leurs parents. J'échangeai une œillade lourde de sens avec mon frère. Même la première fois que nous étions arrivés dans ce bourg, nous n'avions pas perçu une ambiance aussi méfiante.

— Je vais vous expliquer, déclara Joserse.

Il s'arrêta devant le seuil d'une demeure d'une taille raisonnable, l'une des rares bâtisses en bois et en pierre de Piédepaur, d'ailleurs. Il poussa le battant et nous invita à rentrer.

Je découvris un intérieur plongé dans la pénombre. Les volets étaient tirés, des braises luisaient dans l'âtre. Joserse alluma deux lanternes et une lampe à huile pour nous donner un peu de clarté. Une grande table de chêne, entourée d'un banc et de chaises, se révéla à nous.

— Installez-vous, nous proposa Joserse.

Nous obéîmes pendant qu'il filait par une autre porte. Il revint rapidement avec un cruchon de vin, du pain, de la charcuterie et des fruits secs. Le professeur attaqua le repas, tandis que Tom servait la boisson et que Ginger attrapait une poignée de noisettes.

— Qu'est-il arrivé après notre départ ? s'enquit-elle. Pourquoi les gens d'ici sont-ils si nerveux ?

Joserse afficha un pauvre sourire fatigué.

— Quand vous avez entraîné Ishbehel à travers cette faille et que vous y avez disparu, nous étions dévastés. Beaucoup vous ont crus morts. Moi, je n'ai jamais cessé d'espérer. De grands sorciers tels que vous ne pouvaient trépasser ainsi.

La remarque m'arracha une grimace. S'il savait…

— Depuis combien de temps sommes-nous absents ? l'interrogea Ginger.

— Un peu plus de cinq ans.

Nous accusâmes le coup. Cinq ans ? Je n'avais pas l'impression que nos voyages aient duré autant. Quoique… Nous étions restés un moment à Casetti, et à Polis, bien contre notre gré. Nous avions résidé quelques semaines à Providence, sans compter toutes les haltes pour nous détendre. Et puis, d'après le professeur Nutter, le temps passait différemment dans l'Entremonde… L'intervention de Ginger me ramena à la réalité.

— Que s'est-il passé ? Sauf ton respect, Joserse, le village est sinistre. Je me souviens d'une bourgade qui certes ne roulait pas sur l'or, mais où les gosses pullulaient dans les rues, où chaque bonne nouvelle servait de prétexte à percer un tonneau et mettre rôtir un cochon.

Joserse sourit à cette évocation, mais son expression se mua en un rictus douloureux.

— Oui, nous aimions faire la fête. Mais c'était avant.

J'échangeai un bref regard avec mes compagnons.

— Avant quoi ? Qu'Ishbehel ne revienne ?

Joserse secoua la tête.

— Non, le seigneur noir n'est heureusement pas reparu. Mais cela ne veut pas dire que nos nouveaux ennemis soient moins dangereux. Les choses ont bien changé ici. Le trône d'Arnullie s'est écroulé. Désormais, le souverain ne contrôle qu'une poignée de terres. Les provinces du royaume sont morcelées, et les nobliaux se battent pour en grappiller les miettes.

— Le roi d'Arnullie ne détenait plus guère de pouvoir depuis un moment, ce n'est pas une grosse surprise, nota Ginger.

Je la regardai en coin. Bien évidemment, elle se souvenait de ce détail. Après tout, le professeur, Tom et elle s'étaient mis en tête de conquérir le trône.

— C'est vrai, acquiesça Joserse. Et ça ne s'est pas arrangé. Après la défaite d'Ishbehel et votre disparition, une révolte a éclaté à Arnullia, la capitale. Le roi est mort dans l'incendie d'une aile de son palais. À partir de là, tout s'est enchaîné. Le nord a fait sécession, puis le sud. Les dix-huit provinces qui composent l'Arnullie se sont morcelées.

— Et Morneséjour dans tout ça ? m'enquis-je.

D'après mon souvenir, elle se situait à l'est du royaume et était un peu perdue. Essentiellement rurale, elle n'intéressait guère le pouvoir central, qui s'était empressé de ne pas intervenir lorsque les servants d'Ishbehel l'avaient annexée. Joserse émit un rire sans joie.

— Comme d'habitude. On nous a oubliés, on nous a laissés vivre notre vie tranquille, cultiver nos champs. Tout ce que nous demandions en somme. Tout allait bien, jusqu'à l'année dernière…

Le visage de Joserse s'assombrit. Ses doigts se serrèrent autour de son godet.

— Un chef de guerre, Razgamath l'Équarrisseur, est apparu.

Je haussai un sourcil. Décidément, les gens de ce monde avaient un sérieux problème avec les noms.

— Personne ne sait d'où il vient, il a surgi de nulle part, comme ça, avec une armée de mercenaires. Depuis, il terrorise la région. Il collecte arbitrairement des taxes écrasantes, et massacre tous ceux qui osent lui tenir tête.

— Mais vous ne vous êtes pas soumis, non ? intervint Ginger.

Joserse se releva et bomba le torse avec fierté.

— Oui, nous et les villages du coin leur résistons encore et toujours ! Et ceci grâce à vous, grand sorcier Nutter.

Le professeur, que les explications politiques avaient tendance à barber et qui piquait du nez, se redressa d'un bond.

— Moi ? s'étonna-t-il.

— Vous ! répondit Joserse.

Il se leva et sortit de la pièce. Il revint avec une arme que je connaissais bien.

— Mais c'est…, commençai-je.

— L'un de mes vieux rayons de la mort ! s'écria le savant.

Il bondit hors de sa chaise et fila voir l'arme, la caressa amoureusement en lui murmurant des mots doux.

— Après votre départ, nous nous sommes permis d'inventorier vos quartiers et nous avons trouvé plusieurs armes dans ce genre. Nous avons mis un moment avant de nous aventurer à nous en servir. Et un certain temps avant d'y arriver. D'ailleurs, ne parlez pas aux gens du coin de l'incident au rocher de la Grande Ourse, la plupart m'en veulent encore. Toujours est-il que, grâce à ces armes, nous tenons en respect les bandes de l'Équarrisseur. Ils attaquent les hameaux isolés et les paysans seuls, mais n'osent pas s'en prendre à nous.

— Évidemment… Avec un rayon de la mort, personne ne peut s'en prendre à vous, déclara le professeur.

— Il y a un « mais » à votre histoire, non ? s'enquit Ginger.

Joserse baissa le menton et opina.

— Nos éclaireurs nous rapportent que Razgamath a rassemblé des forces et qu'il s'apprête à marcher sur nous. J'ai peur que cette fois, nous ne fassions pas le poids.

Il releva la tête, l'espoir sur le visage.

— Votre retour est providentiel, un signe des dieux ! Nombre de personnes, moi le premier, les ont priés. Nous n'avons pas oublié. Nous gardons en mémoire ce que nous vous devons. S'il vous plaît, combattez à nos côtés et menez-nous à la victoire !

Tom et Ginger me regardèrent. Un silence gêné s'installa.

— Je ne sais pas…, commença Tom.

— Beaucoup d'évènements se sont produits pour nous aussi, enchaîna Ginger. Pas que de bonnes choses, et nous préférons éviter les affrontements maintenant.

Joserse se décomposa.

— Seigneurs, ces malades vont nous massacrer ! Vous ne pouvez pas nous abandonner !

— Nous vous fournirons des armes, lança Tom.

Le paysan secoua la tête.

— Ce n'est pas suffisant. Les gens d'ici sont terrifiés et épuisés. Ils ont besoin de quelqu'un de fort à leurs côtés. Quelqu'un qui peut tuer un dieu noir !

Joserse attendait beaucoup de la Ligue, mais nous répugnions à nous engager dans cette bataille. Nous avions peur. Tom poussa un soupir.

— Écoutez, nous devons en discuter. Nous vous donnerons notre réponse demain.

— Bien. Je vous installe pour la journée et la nuit, alors, déclara Joserse.

La déception que je lus sur son visage me frappa bien plus durement que tous les coups que j'avais reçus jusque-là.

*

La nuit tomba sur Piédepaur, mais malgré la fatigue qui m'habitait, je ne trouvai pas le sommeil. Trop de questions se bousculaient sous mon crâne. Plutôt que de me tourner et retourner sur ma couche, je préférai sortir et respirer un peu d'air frais.

Je flânai un moment au hasard des rues, et notai à quel point les locaux étaient nerveux. Mes pas me menèrent jusqu'à l'enceinte, construite après le début des exactions de Razgamath et sa bande. Les portes étaient ouvertes à notre arrivée, car les villageois avaient prévu de tendre un piège aux Équarrisseurs. Je réalisai pleinement à quel point mes camarades et moi étions passés près de la catastrophe.

Quatre gaillards bloquaient justement la porte pour la nuit à l'aide d'une massive barre de bois. Ils me saluèrent.

— Dame Wiseman ! m'interpella une sentinelle qui prenait place sur la muraille. Est-ce vrai que vous combattrez avec nous ?

— Je… Nous réfléchissons, me bornai-je à répondre.

Je repartis vers la maison de Joserse aussi vite que possible. Je ne tenais pas à affronter d'autres questions.

Joserse nous avait réservé une chambre à l'étage. J'y retrouvais mes compagnons. M. Nutter retapait le vieux rayon de la mort que Joserse lui avait rendu. Tom et Ginger étaient assis sur un lit. Ils levèrent la tête à mon arrivée. Je me laissai tomber sur la paillasse qui m'avait été attribuée.

— Alors ? demanda Ginger. Qu'est-ce que vous en pensez ?

Elle tritura la *Tédesplen* autour de son cou.

— Je ne sais pas, soupira Tom. Je n'ai pas trop envie de m'embarquer dans une guerre.

Le professeur Nutter termina de visser un élément du rayon de la mort.

— Ces gens aiment mon travail, déclara-t-il.

— Tout le monde aime votre travail, répliquai-je.

— À part ceux qui se trouvent du mauvais côté de vos rayons, peut-être, ajouta Tom.

— Non, corrigea le vieil homme. Ce que je veux dire, c'est qu'ils apprécient vraiment ce que je fais. Ils entendent ma vision et l'utilité de mes inventions. Je suis tellement heureux.

Je faillis lui rétorquer que nous aussi comprenions tout à fait ce que le professeur souhaitait accomplir, enfin, la plupart du temps.

Je m'arrêtai, saisissant ce qu'il avait voulu nous dire. Dans les autres univers que nous avions visités, les habitants se montraient assez méfiants devant les inventions du savant. Certains les admiraient, mais les considéraient toujours avec un fond de crainte. On regardait M. Nutter comme un vieux fou qui pouvait se révéler dangereux. Je ne niais pas que ce portrait recelait un peu de vérité, mais ici, les gens le traitaient comme un sauveur. Les armes qu'il avait oubliées avaient permis aux paysans de Morneséjour de tenir tête à des barbares sanguinaires.

— Que souhaitez-vous, professeur ? m'enquis-je doucement.

— Construire de nouvelles armes, pardi ! J'ai hâte de voir ce que je peux inventer pour les aider à se défendre.

— Vous voulez donc rester ?

Le savant m'examina comme si j'avais proféré une insanité.

— Évidemment ! Comment diable pourrais-je leur construire des armes si jamais je ne suis pas sur place ?

Je me tournai vers Tom et Ginger.

— Et vous ? Qu'est-ce que vous en pensez ?

Je m'attendais à ce qu'ils me répondent comme la dernière fois que les choses avaient menacé de virer au vinaigre dans cet univers, quand le retour d'Ishbehel s'était avéré vrai. Tom s'agita sur le matelas, mal à l'aise. Ginger lui prit la main et planta son regard dans le mien.

— Nous devrions rester. Ces gens comptent sur nous. Je ne pourrais pas repartir, pas en sachant que nous les laissons se débrouiller seuls et qu'ils vont au-devant d'une mort certaine.

Je constatai alors à quel point j'avais mal jugé lady Astley et Tom. Ils avaient évolué, étaient passés au-delà de leur égoïsme et leur vénalité. Désormais, ils n'avaient plus uniquement leur intérêt personnel en tête, mais voyaient aussi à plus grande échelle. Je souris.

— Nous devons les aider. Ensemble, nous pouvons vaincre.

— Bien dit ! s'écria le professeur.

— Oui, renchérit mon frère. Nous sauverons ces gens et ferons mordre la poussière à ce Razgamath l'Équarrisseur. Quel nom ridicule !

— Oh oui ! s'exclama Ginger. Et une fois que nous aurons gagné, le trône d'Arnullie nous tombera tout cuit entre les mains. Un vrai jeu d'enfant.

Elle se tourna vers Tom.

— D'ailleurs, je ne me souviens plus quels titres nous avions choisis. Dame Renata Cassipeïa de Gallisa pour moi. Et pour toi ?

— Seigneur Théobaldrin quelque chose. Je n'ai plus la suite en tête.

— Théobaldrin de Meawin, je crois.

— Oui ! Ça me revient.

Je regardai mes compagnons échanger sur leurs futurs noms de couronnement et la couleur de la robe de Ginger. Le professeur Nutter me poussa du coude.

— Bon alors, on les construit, ces rayons de la mort ?

J'exhalai un soupir. Au final, ils n'avaient pas changé tant que cela, et au fond de moi, je m'en réjouissais.

*

Nous annonçâmes aux habitants dès l'aube sur la place publique notre volonté de rejoindre leur combat. Malgré l'heure matinale, une foule déjà dense se massait là. Tom et Ginger se fendirent d'un discours où l'épique se mêla au dramatique. Leurs mots tirèrent des larmes aux âmes les plus sensibles et leur valurent une salve d'applaudissements à la fin.

Joserse déclara alors qu'il était l'heure de fêter ce ralliement par un grand banquet, et tout le village s'éparpilla pour aller chercher tables, chaises, cruchons de vin et de cidre, charcuterie, pain ou volailles à rôtir. Toute la journée Piédepaur bruissa d'animation. Toute trace de méfiance et de peur semblait s'être envolée. Vu l'entrain que mettaient les locaux à préparer les feux et percer les tonneaux, j'en vins à me dire que ces gens n'attendaient qu'une occasion pour s'amuser.

La nuit tomba et la célébration commença. Ginger, Tom, le professeur et moi occupâmes la place d'honneur, et on nous servit profusion de mets et de boisson. Je me souvenais parfaitement du dernier banquet à Piédepaur, et surtout de la migraine épique qui m'avait assaillie le lendemain. Je pris donc garde à éviter leur « petit rouge de derrière les fagots, vous allez voir, il ne paye pas de mine, mais il tape ». Je ne fus pas la seule. Je notai qu'une partie du village ne se trouvait pas là.

Lorsque M. Nutter voulut entamer un tour de chant et faire découvrir à tous la *Chanson du hérisson*, je jugeai qu'il était bon de mettre les voiles. Je m'éclipsai et retrouvai le calme des rues. Je flânai un moment au hasard avant d'arriver près de l'entrée sud de Piédepaur.

Les sentinelles qui veillaient me saluèrent et m'invitèrent à grimper dans la tourelle de bois qu'ils avaient construite.

Heureusement que j'avais refusé toute boisson alcoolisée, sans quoi je n'aurais jamais réussi à monter l'échelle qui menait là-haut. Les barreaux glissaient et je crus tomber plusieurs fois. Cela dit, une fois le poste d'observation atteint, je reconnus que le paysage valait le détour.

La tourelle permettait d'admirer la campagne. On voyait d'ailleurs au loin les lumières des villages voisins. J'observai un moment les champs et goûtai le calme. Une brise de vent agita mes cheveux et m'amena les rumeurs des chants et des cris de la soirée.

Mon regard se porta sur les montagnes environnantes. Je remarquai qu'aucune lanterne ne venait éclairer la citadelle.

— Les philosophes vivent toujours là-haut ? interrogeai-je les hommes qui montaient la garde.

— Quelques-uns. Certains ont préféré partir vers le nord, prendre les bateaux et tenter leur chance ailleurs. Les autres disent que, tant que les murs tiennent, ils resteront.

— Vous n'avez jamais pensé à vous y réfugier ? m'enquis-je.

— Nos champs et nos maisons sont ici. Tant que nous le pourrons, nous les défendrons.

Le reste de la nuit se passa dans le silence. J'allai me coucher au petit matin, et me réveillai dans la matinée. J'ouvris les yeux. Le soleil filtrait à travers les volets. Tom et Ginger dormaient encore, tendrement enlacés.

Je me levai, m'habillai et descendis. Je découvris le professeur Nutter, installé sur la place centrale. Il avait déjà mis le forgeron du village au travail et expliquait à une troupe de gamins fascinés comment on fabriquait un rayon de la mort. Je le regardai faire avec un sourire amusé. Je m'assis sur une caisse pour profiter du spectacle.

La journée s'annonçait bien, calme et radieuse. Les fêtards récupéraient des excès de la veille, les lavandières vaquaient à leurs occupations, le rémouleur sortit sa pierre et commença à affûter les outils et armes des habitants. Piédepaur baignait dans une ambiance sereine qui m'incita à la somnolence. Tout allait bien.

— Alerte ! Alerte ! Nous sommes attaqués !

Le cri strident déchira l'air et me tira des limbes du sommeil. J'ouvris les yeux et bondis sur mes pieds.

Des hurlements résonnaient déjà de l'entrée sud de Piédepaur. Non ! Impossible ! Pourquoi nos ennemis nous assaillaient-ils en plein jour ?

Un paysan passa en courant, je l'interceptai.

— Que se passe-t-il ?

— Les hommes de Razgamath ! Ils ont avancé la nuit dernière, cachés sous des bâches et des couvertures peintes ! Ils sont à nos portes.

Un désagréable sentiment m'envahit, un mélange de culpabilité et de peur. Les intrus se montraient bien plus malins que nous l'avions escompté. Ils avaient profité de la fête et de notre attention relâchée pour grignoter du terrain. Mais l'heure n'était pas à l'autoflagellation. Il fallait réagir prestement si nous ne voulions pas y rester.

— Professeur ! beuglai-je. Équipez tous ceux que vous pouvez avec des armes.

— C'est comme si c'était fait !

J'attrapai un gamin qui passait par là.

— Va chercher la dame blonde et le seigneur brun, et vite !

Le gosse acquiesça et fila comme s'il avait le diable aux trousses. Je regardai autour de moi. Le savant avait garé la *Tédesplen* sur la place. Je bondis dans la machine, fonçai dans mes quartiers. Je ne trouvai ni fusil ni grenade et aucun rayon de la mort. Tout avait été distribué aux villageois. Avec un juron, je récupérai ma dague et mon épée de Casetti. Je ressortis et me dirigeai en courant vers la source des cris.

Les sentinelles luttaient contre un détachement qui escaladait déjà ces maigres remparts. Un local tomba à mes pieds, la poitrine percée. Le sang commença à imbiber la terre. Je le regardai, interdite, avant qu'un beuglement ne me tire de ma torpeur. Un homme peinturluré en rouge sauta du rempart sur moi. Je reculai d'un pas. La lame de mon opposant fendit l'air. Je ripostai, il bloqua. Une bataille s'engagea, brève et intense. L'autre attaquait de toute sa force, je parai, esquivai, jusqu'au moment où, cherchant à tout prix à me toucher, il exposa son bras. J'en profitai et lui taillai le biceps. Il rugit et découvrit sa gorge. J'y plongeai ma lame jusqu'à la garde.

Je la retirai dégoulinante. Je n'eus pas le temps de me reposer sur cette victoire : un homme me chargeait, lui aussi peint en écarlate. Je perdis rapidement le compte des ennemis. Il en déferlait des dizaines. Alors que nous luttions pour les contenir, un grand bruit s'éleva. Ils venaient d'abattre la porte et une partie de notre muraille improvisée.

Je repoussai les attaques d'un gaillard brun au visage couturé de cicatrices et lui tailladai la jambe. Il mit un genou à terre avec un cri. J'en profitai pour regarder autour de moi et évaluer la situation. « préoccupante » la résumait très bien. Quoique « affreusement mauvaise » aurait convenu également. Nous étions débordés. Les hommes de l'Équarrisseur arrivaient de toute part. Les sentinelles tombaient les unes après les autres.

— Repli ! beuglai-je.

Heureusement, malgré le tumulte, mon cri fut entendu et repris. Nous commençâmes à reculer vers le centre du village, tentant de couvrir notre retraite du mieux possible. J'espérais que le professeur avait eu le temps de rassembler les forces et de préparer les armes pour nous redonner un avantage. Hélas, notre abandon galvanisa nos agresseurs. Avec des cris de joie sauvage, ils nous harcelèrent de plus belle.

J'essayai de demeurer avec les habitants, mais deux assaillants me prirent à partie. À coups d'épées et de haches, ils parvinrent à m'isoler du reste du groupe, jusqu'à ce que je me trouve sur une placette. J'avais récolté une estafilade au bras gauche et une à la cuisse droite. Pour l'instant, ces blessures ne me faisaient guère souffrir, la bataille m'absorbant trop. Mais je sentais déjà le sang poisser mes vêtements. Je n'allais pas tenir longtemps. Il fallait en finir vite.

L'un des hommes se fendit pour m'atteindre. Une feinte, maladroite de surcroît. Je ne lui prêtai pas attention et estoquai à la gorge le deuxième qui espérait m'éclater le crâne d'un coup de hache. J'ôtai ma lame, juste à temps pour esquiver celle de l'autre. Je me retrouvai très proche de lui et plongeai ma dague dans ses côtes.

Je la retirai et, sans attendre, fonçai vers l'une des issues de la place. Des cris, les râles des blessés et le fracas des armes résonnaient. On se battait dans la rue principale de Piédepaur, celle qui menait à l'esplanade centrale. Je déboulai et taillai par derrière les jambes d'un homme qui prétendait décapiter une femme à genoux devant lui.

Un hurlement de joie des habitants salua mon arrivée. Ils se remirent à attaquer comme de beaux diables. Je me joignis à eux, mais j'étais toujours isolée. Je ne parvenais pas à rallier le gros des combattants, qui avaient réussi à organiser un front.

Un colosse se dressa soudain devant moi, immense, le visage tatoué. Il brandissait une longue épée. Si le reste de sa personne était sale et échevelée, sa lame me parut atrocement bien entretenue et coupante.

— Alors c'est ça qui nous tient en respect ? gronda-t-il.

Il lança quelques coups d'épée, destinés à me tester. Je parai et reculai, veillant bien à ne pas trop montrer l'étendue de mes talents. Un sourire mauvais éclaira sa face.

— Ton nom ? J'aime bien connaître celui de ceux que je vais tuer.

— Azorus, pour vous servir, répondis-je. Et vous ?

— Je suis Gorduk le Sanguinaire ! beugla-t-il. Frère et général de Razgamath !

Décidément, leurs parents avaient fait preuve d'une imagination sans borne. J'esquivai une nouvelle botte et regardai autour de moi. D'un accord tacite, les hommes du général nous avaient délimité un périmètre. Il s'agissait donc d'un duel. Fort bien… Si Gorduk voulait le jouer de cette manière.

Je me fendis pour toucher son bras, qu'il recula. D'un mouvement du poignet, j'imprimai une torsion à la lame pour la faire changer d'angle. Elle vrombit en direction de sa jambe. Je ne le loupai que d'un cheveu.

— Pas mal, pour un gamin, grommela-t-il.

Je ne le détrompai pas. S'il me prenait pour un jeune garçon, tant mieux. Cela me donnerait peut-être l'avantage de la surprise. Nous échangeâmes encore quelques escarmouches, avant que le combat ne débute proprement. Feintes, parades, attaques, ripostes. Gorduk était rapide, compte tenu de sa taille massive. Je réalisai assez vite qu'il était d'une autre trempe que les ahuris peinturlurés que j'avais affrontés jusque-là.

Sa lame ne manqua ma gorge que d'un souffle. Il m'administra un coup de pommeau qui m'endolorit l'épaule et m'envoya rouler au sol. Je me redressai et parvins à l'entailler au bras et au flanc, perçant sa protection de cuir d'un estoc, mais les blessures ne le ralentissaient pas. Bien au contraire. Plus il saignait, plus il riait et devenait enragé.

Je fatiguais. Mes coupures me faisaient souffrir. Ma vision commençait à se brouiller. Je dérapai dans une flaque de boue et mis un genou à terre. Gorduk s'apprêta à fondre sur moi. Un cri féminin retentit et domina un bref instant le tumulte de la mêlée. Une donzelle passa entre Gorduk et moi. Une très jolie blonde entièrement nue, excepté une paire de bottes.

Ginger.

Elle nous dépassa et zigzagua au milieu des combattants, sans cesser de hurler. Son intervention figea tout le monde. Les Équarrisseurs se tenaient lames en l'air, bouche bée, sans trop savoir comment réagir.

Je rompis le charme. Je me relevai et bondis sur Gorduk, à qui j'assénai un violent coup de taille, qui le toucha au visage. Il beugla, lâcha son épée et recula.

— Maintenant ! clama Ginger.

Elle se jeta derrière un tonneau. Aussitôt, des hauteurs, archers et tireurs équipés de rayons de la mort apparurent. Je me mis à courir et m'abritai contre le mur d'une maison alors qu'ils faisaient feu. Ils arrosèrent de carreaux, flèches, bulles temporelles, mousse rose et rayons de la mort nos adversaires. Eux que leur avancée dans le village avait galvanisés se trouvèrent bien démunis face à ces nouvelles armes. Dans un chaos indescriptible, ils rompirent les rangs et filèrent vers la sortie de Piédepaur.

Deux hommes relevèrent le général Gorduk pour l'entraîner au-dehors.

— On se reverra, messire Azorus ! beugla-t-il.

Les paysans valides donnèrent la chasse aux derniers Équarrisseurs qui restaient. Puis le silence retomba. Ginger se coula de derrière son tonneau. Tom et le professeur descendirent d'un toit. Mon frère tendit une chemise à Ginger, qu'elle s'empressa de passer.

— Pourquoi as-tu déboulé comme ça entièrement nue ? l'interrogeai-je.

Lady Astley rosit et haussa les épaules.

— Je t'expliquerai peut-être, un jour.

Je dus me contenter de cette réponse, car M. Nutter me sauta au cou.

— Samsamsamsamsam ! J'ai construit beaucoup de rayons de la mort, et les gens les adorent !

— Oui, j'ai cru voir ça, marmonnai-je.

— Mon Dieu, Sam, tu es blessée ! s'écria Tom.

— Ce n'est rien. Quelques égratignures. Nous avons gagné, non ? m'enquis-je.

— Un peu, oui ! s'exclama Joserse en s'approchant.

Son regard brillait d'excitation.

— Ils repartent la queue entre les jambes ! C'est une victoire.

— Merveilleux, murmurai-je. Maintenant, si vous ne m'en voulez pas trop, je vais m'évanouir.

*

Piédepaur comptait des pertes : une vingtaine d'hommes et de femmes avaient trépassé, le même nombre environ était blessé plus ou moins gravement. Dans l'affrontement, Tom avait rouvert sa plaie à l'épaule, celle récoltée contre les créatures des Skelj. J'affichais une jolie collection d'estafilades, qui me valurent les attentions du rebouteux de la bourgade. Je m'en serais bien passée, mais je dus subir ses aiguilles, ses fils et ses remarques comme quoi une demoiselle ne devrait pas jouer avec des objets tranchants. Je lui fis comprendre que c'était ma présence d'esprit et l'intervention de Ginger qui avaient sauvé ses petites fesses, et il n'insista pas.

Suite à la bataille, les paysans commencèrent carrément à nous vénérer, ce qui réjouissait Tom et Ginger, mais me mettait profondément mal à l'aise.

Les éclaireurs nous avertirent que les forces de l'Équarrisseur battaient en retraite et semblaient quitter la province. Des enthousiastes suggérèrent de fêter l'évènement par un banquet, mais la plupart n'étaient pas dupes. Razgamath pouvait frapper à tout moment, et nous devions demeurer sur nos gardes.

Nous nous réunîmes dans la maison de Joserse. Il avait invité les notables du village, ainsi que ceux des hameaux du coin. Se trouvait là une cinquantaine de personnes, assis sur des chaises, des caisses ou à même le sol. Joserse nous avait réservé quatre fauteuils et nous trônions en bonne place, à côté de la cheminée.

J'appréciai le geste, mes points de suture à la cuisse m'empêchaient de trop rester debout, mais je ne pouvais m'abstenir de me sentir mal à l'aise devant tous ces regards rivés sur nous. Joserse s'occupa de l'accueil de tout ce monde. Des gamins engagés pour l'occasion servirent vin, bière, cidre, charcuteries et gâteaux sucrés en forme de rayon de la mort. Puis, notre ami résuma à ceux qui ne s'y trouvaient pas le déroulement et l'issue de la bataille.

Des murmures enthousiastes saluèrent la mention de nos exploits. Je jugeai que Joserse en rajoutait. Tom n'avait pas bondi de toit en toit pour abattre nos ennemis, pas plus que le professeur n'avait commandé aux cieux pour qu'ils déversent un torrent de foudre sur Razgamath et ses Équarrisseurs. Je n'avais certainement pas tué cinquante de ces monstres. Au final, seule la prestation de Ginger ne nécessitait guère d'enjolivement, vu qu'elle avait effectivement interrompu une mêlée par l'unique force de sa beauté.

Les conversations bruissèrent durant un moment. On discutait de l'affrontement, de cette victoire… Tom finit par se redresser et réclama le silence en levant une main. Le brouhaha cessa peu à peu. Je haussai un sourcil. Décidément, le charisme de Ginger et de mon frère croissait de jour en jour.

— Nous avons remporté une première bataille et évité bien des morts, certes, commença Tom. Mais ce serait une erreur de croire que Razgamath en restera là. À l'heure qu'il est, il rassemble ses troupes et il frappera de nouveau.

Il marqua une pause pour bien laisser à tous le temps de digérer ses paroles.

— Il est malin et ses généraux aussi. Ils ont avancé de nuit, sans lumière, jusqu'à s'approcher du village, et ont attaqué quand nous nous montrions le moins vigilants. Soyons prêts à toute éventualité.

— Mais qu'est-ce que vous proposez ? l'interrogea l'un des habitants des autres hameaux.

Tom regarda Ginger, qui se leva à son tour, s'attirant des murmures approbateurs. Comme d'ordinaire, elle resplendissait dans une robe de soie bleue. Je reconnus l'une de celles qu'elle avait portées à Casetti. Elle conférait à lady Astley une prestance régalienne, tout à fait appropriée ici.

— Les ménils les plus modestes et les fermes isolées constitueront leurs premières cibles. Rassemblons les populations dans les plus gros villages. Construisons des barricades plus solides, des murs d'enceinte. Organisons des patrouilles régulières, des tours de garde. Nous les vaincrons de cette manière.

— Ma dame, intervint alors un vieil homme au dos voûté et au visage ridé, nous ne sommes que des paysans. On ne sait rien du combat et de la stratégie, comment voulez-vous qu'on puisse se défendre ?

— Ne vous inquiétez pas, répondit Tom. Azorus est un grand guerrier.

Je m'étranglai à ces mots. Non seulement tout le monde m'appelait du surnom dont j'avais jugé bon de m'affubler durant la bataille, mais en plus, mon frère reprenait les contes colportés à mon sujet !

— J'ai moi-même servi dans les arènes d'un dieu. J'ai bravé la mort des dizaines de fois.

Tom se lança dans une tirade dramatique vantant la dangerosité des combats chez Mercure et les périls auxquels il avait échappé.

— Je ne me souviens pas de cela, me glissa le professeur Nutter.

— Moi non plus, grommelai-je.

À nouveau, Tom arrangeait la vérité à sa sauce. Cela dit, le stratagème fonctionna. Je balayai la salle du regard et notai que les paysans se tenaient plus droits et que l'optimisme mêlé à l'envie d'en découdre se lisait sur leurs visages. Je me pris à espérer. Notre plan pourrait peut-être fonctionner…

*

L'entraînement et les travaux débutèrent dès le lendemain. Nous avions du pain sur la planche et désirions être prêts quand Razgamath et ses hommes reviendraient.

Je supervisai avec le professeur la construction de la barricade de Piédepaur. Des palissades protégeraient maintenant le village et le savant leur avait adjoint des surprises de sa création.

Je commençai également l'entraînement des recrues. Les récits de mon combat contre Gorduk le Sanguinaire avaient fait le tour de Piédepaur et tout le monde voulait voir Azorus le Magnifique à l'œuvre. Ma blessure à la cuisse m'empêcha de trop me ridiculiser devant ces gens et j'en profitai pour leur concocter des exercices dont Achille, mon maître de Casetti, aurait été fier.

Ginger rassembla une garde et alla trouver les bourgs voisins : Trou d'Ucques, Maureaura et Cenlphumier. Trois étaient distants de Piédepaur d'environ une demi-journée à cheval. Elle revint avec d'excellentes nouvelles : le mot était passé, les habitants des hameaux isolés affluaient vers les bourgades plus grandes. Là aussi on se dépêchait de bâtir des barricades et murs d'enceinte.

Les jours suivants se déroulèrent dans un brouillard. Je n'arrêtai pas une minute, entre la supervision des travaux, l'encadrement des recrues, les séances de construction du professeur Nutter où il exigeait que je l'assiste. Une semaine fila, puis deux. Mes blessures guérissaient lentement. Ma cuisse me tiraillait toujours, néanmoins.

Plusieurs paysans nous rapportèrent des escarmouches avec les troupes de l'Équarisseur, dont les locaux ressortirent victorieux, sans avoir à déplorer de pertes. Tom se réjouissait de ces nouvelles, preuves pour lui que l'entraînement portait ses fruits. Je craignais pour ma part qu'il ne s'agisse là d'une manœuvre de Razgamath pour nous tester et tenter de déterminer nos forces et nos faiblesses.

Un soir, alors que j'avais passé mon temps à courir de droite à gauche, je m'assis dans la salle commune de l'auberge, à une table au fond. J'étais épuisée. La serveuse comprit que j'avais besoin de tranquillité. Elle m'amena un cruchon de cidre et une assiette de ragoût. Je la remerciai avec sollicitude, mangeai et écoutai le brouhaha des conversations.

La porte d'entrée s'ouvrit. Mes compagnons pénétrèrent à l'intérieur. Les minots présents se précipitèrent pour voir le professeur Nutter, le pressant de leur montrer quelques tours. On se bouscula pour congratuler Ginger et Tom. Ceux-ci répondirent avec élégance et bonté, demandant à un blessé des nouvelles de sa jambe, à une femme si ses enfants dormaient mieux. Je les observai avec attention, jusqu'à ce qu'ils parviennent à se dépêtrer de leurs admirateurs et aillent s'asseoir à ma table.

— Quoi de neuf ? m'enquis-je.

— Les sentinelles ont repéré du mouvement au nord.

— Les troupes de Razgamath ?

— On a rapporté qu'un général balafré chevauche à leur tête, donc oui, il y a de fortes chances, avoua Tom.

Il étala devant moi une carte. Lors de notre première visite, je ne m'étais guère intéressée au reste du royaume. La menace principale venait des frontières de l'est et des montagnes, où avait surgi Ishbehel. J'avais depuis comblé ces lacunes en matière de géographie.

La province de Morneséjour où nous nous trouvions faisait partie de l'Arnullie, mais consistait en réalité en une enclave, coincée entre des montagnes au nord, est et sud. Le nord était moins inhospitalier que l'est et le sud, certains cols permettaient de passer dans les terres de Zélie. Razgamath et ses troupes avaient sûrement effectué une retraite là-bas pour mieux reconstituer leurs forces.

D'après les nouvelles, Gorduk avait survécu et devait m'en vouloir…

— Que fait-on ? demandai-je à me compagnons.

— On continue sur notre lancée, répondit Tom sans aucune hésitation. Nos barricades tiennent bien, les greniers à blé sont encore bien garnis, la moisson devrait être abondante, on les aura à l'usure.

Ginger approuva d'un hochement de tête vigoureux. Impressionnant de constater comme ces deux-là prenaient leur rôle au sérieux et montraient de la compétence.

— Et en plus, ajouta le professeur Nutter, j'ai une nouvelle arme à tester ! Un canon sonique !

*

Une file de réfugiés entrait au compte-gouttes dans le village. Certains venaient des hameaux voisins, les derniers retardataires à s'abriter dans les quatre places fortifiées. D'autres par contre arrivaient de beaucoup plus loin, des confins de Morneséjour. Notre réputation s'étendait à toute la province désormais. J'esquissai un sourire en les surveillant, du haut de la tourelle de garde.

Dans les champs alentour, sous la protection de quelques hommes en armes, les paysans s'affairaient à rentrer les bottes de foin et charrettes de grain. La moisson s'était révélée fructueuse, les habitants passeraient l'hiver sans problème, malgré le surplus de bouches à nourrir.

Nos troupes s'organisaient. Les Équarrisseurs avaient tenté des escarmouches, mais sans grand succès. Nous respirions mieux et commencions à nous dire que nous allions profiter des mois froids qui s'annonçaient pour intensifier l'entraînement. Au printemps, nous nous mettrions en chasse de ce Razgamath afin d'éliminer la menace une bonne fois pour toutes.

La file se termina, les derniers arrivants, une fois fouillés, entrèrent dans le fort qu'était devenu Piédepaur au cours des semaines précédentes. J'estimai qu'il était temps de rejoindre mes compagnons en bas.

Je grimaçai en descendant les barreaux de l'échelle. Ma blessure à la cuisse était guérie, mais je ressentais parfois des élancements.

Je retrouvai les nouveaux venus sur la place centrale. Joserse se tenait là et se chargeait déjà de les recenser, de récupérer leurs noms, d'où ils venaient, ce qu'ils savaient faire. Ginger, attablée plus loin, compilait un registre de comptes. Tom et le professeur se trouvaient quelque part dans la bourgade, mais j'ignorais où. Je m'avançai vers Joserse.

— Alors ? demandai-je tandis qu'il quittait une mère et ses trois enfants.

— Ils arrivent des frontières de Morneséjour. Certains sont carrément originaires de Gerbechamp.

La province voisine, si mes souvenirs de la carte étaient bons. Je haussai un sourcil.

— Si loin ?

— Malheureusement oui. Razgamath ne peut plus attaquer Morneséjour, il se rabat sur Gerbechamp.

— Il a causé du dégât ?

— Difficile à dire, déclara Joserse. J'ai l'impression que beaucoup lèvent le camp avant qu'il ne se montre.

Je poussai un soupir et étudiai les gens. Ils s'étaient regroupés en îlots, sûrement issus de la même famille ou du même village. Beaucoup portaient la fatigue et la peur sur leurs traits. Notre plan consistait à accueillir tous les exilés, afin de grossir nos troupes, de nous organiser et de pouvoir riposter contre les Équarrisseurs. Seulement, le flot commençait à m'inquiéter. J'espérai que nous disposerions d'assez de nourriture pour tout ce petit monde. Sinon, il faudrait prévoir des équipes de chasse pour débusquer du gibier. J'avais repéré sur la carte des forêts un peu au sud. Cela vaudrait peut-être le coup d'y envoyer un détachement.

Les habitants de Piédepaur ne virent pas tous d'un bon œil cet afflux de réfugiés qui envahissaient le fortin. Tom et Ginger durent arbitrer de nombreuses querelles et gérer des accusations de vol, plus ou moins fondées d'ailleurs. Une partie des nouveaux venus s'entraîna aux armes avec moi et je connus à mon tour la joie de devoir jouer les juges de paix. Plusieurs jeunes gens issus de villages différents en vinrent aux mains. Je calmai tout ce petit monde à grand renfort de coups de bâtons dans les jambes et menaçai toute personne qui voudrait troubler l'ordre de mon cours des pires sévices. Après cela, j'obtins une relative sérénité. Je ne pouvais néanmoins ignorer la tension qui montait au sein du bourg.

Les jours raccourcissaient, l'automne pointait le bout de son nez. L'hiver risquait de se révéler long si nous nous querellions ainsi.

Je me mis à éviter l'auberge et sa salle commune, témoins de bien trop d'altercations pour mon bien-être. Je pris l'habitude de flâner dans les rues et de tenir compagnie la nuit aux sentinelles.

Un soir, alors que je marchais, perdue dans mes pensées, un cri retentit et me causa un violent sursaut. Il venait du centre.

— Au feu ! Au feu !

Je relevai la tête et cherchai d'où provenait exactement l'appel. Je me figeai. Un épais panache de fumée noire montait d'une des granges où nous gardions les provisions.

— Merde ! m'exclamai-je.

Je me mis à courir en direction de la nuée. Lorsque j'arrivai devant la grange, Ginger et Joserse se trouvaient déjà là. Les villageois avaient commencé une chaîne qui partait d'un des puits voisins. Mais malgré leur réaction rapide, le feu ne semblait pas se calmer. Il dévorait la toiture et une partie de la boiserie.

— Récupérez le professeur Nutter ! criai-je.

Avec un peu de chance, il ramènerait dans son paquetage un canon à eau.

Je me mêlai à la chaîne en attendant les renforts. La chaleur du brasier était intense. L'incendie engloutissait maintenant les murs. Un sentiment d'impuissance m'envahit.

La charpente se mit à gronder.

— Reculez ! ordonnai-je. Reculez ! Tout va s'écrouler.

Comme pour me donner raison, la grange s'effondra dans un fracas apocalyptique. Je battis en retraite, pour échapper au souffle brûlant qui monta de la carcasse. Je percutai Ginger, qui m'attrapa par le bras.

— Ce n'est pas naturel, siffla-t-elle. Il n'y a pas d'orage, rien. Les préposés au grain respectent bien les règles et veillent à ce que personne ne fume dans cet endroit.

Elle marqua une pause, un frisson glacé m'étreignit.

— Quelqu'un a mis le feu…, murmura-t-elle.

— Une diversion ! m'exclamai-je.

Je ne portais qu'un couteau à ma ceinture. Je le tirai et fonçai en direction des remparts. La plupart des gardes avaient déserté leur poste pour aller prêter main-forte à ceux qui tentaient d'éteindre l'incendie.

Quand je déboulai, seules trois sentinelles se trouvaient en poste à la tourelle près de la porte sud.

— Sonnez l'alarme ! m'égosillai-je. Nous sommes attaqués.

Je m'époumonai de la sorte jusqu'à perdre ma voix. Je m'arrêtai pour reprendre mon souffle. La peur faisait tambouriner mon cœur. Je me redressai.

— Alerte ! criai-je à l'attention d'un groupe de réfugiés encapuchonnés qui venaient de surgir.

Mon appel mourut dans ma gorge alors que le plus grand des cinq hommes abaissait sa capuche, pour révéler un visage balafré.

— Eh bien, messire Azorus, m'apostropha Gorduk. Je suis fort heureux de vous revoir.

Il tira sa lame. Armée d'un simple couteau, et sans Ginger pour m'offrir une diversion, je ne faisais pas le poids. Je me mis à courir en sens inverse. Je débouchai sur une placette de Piédepaur, là même où j'avais affronté le Sanguinaire pour la première fois. Les combats faisaient rage. Je me figeai.

Les paysans et réfugiés étaient la proie d'autres habitants, des hommes et femmes que nous avions accueillis parce qu'ils fuyaient les persécutions. Des recrues de Razgamath, compris-je avec horreur.

Un sifflement à mon oreille me ramena à la réalité. Je m'écartai juste à temps pour éviter la lame de Gorduk. J'esquivai plusieurs de ses attaques. Il jouait avec moi et prenait son temps. Une estafilade zébra bientôt mon bras. Le sang poissa ma manche. Je reculai.

Au lieu de céder à la panique, je m'efforçai de réfléchir. Je devais trouver une arme, et vite. Le mieux était de rejoindre le stand du professeur Nutter sur la grand-place et de m'équiper là-bas. Mais pour cela, je devais me débarrasser de Gorduk et traverser une place qui commençait à être jonchée de corps.

Alors que je bloquais un coup, j'avisai une porte ouverte, celle du sabotier. Son atelier donnait sur une arrière-cour. Je pourrais me hisser sur les toits.

Je parai les frappes de Gorduk et évitai un coup de taille destiné à me raccourcir la jambe. Je ripostai de plusieurs moulinets pour le faire reculer. J'espérai aussi me ménager une opportunité pour fuir. Mais loin de battre en retraite, Gorduk avança sur moi, interceptant mes attaques. Il me percuta violemment, son pommeau heurtant ma tête. Je roulai à terre, sonnée. Je vis des étoiles et des points noirs. Je tentai de me relever, mes membres refusèrent de m'obéir.

Gorduk m'agrippa et me souleva comme une vulgaire poupée de chiffon.

— C'est tout, maître Azorus ? Je suis déçu. Allez, finissons-en.

Il me jeta au sol. L'impact expulsa l'air de mes poumons. Je suffoquai. Gorduk tira une dague de sa ceinture, m'attrapa par les cheveux et prépara sa lame pour m'égorger. Un bruit affreux résonna soudain sur la place. Gorduk me lâcha pour se couvrir les oreilles. Je tombai au même moment où une onde de choc ébranla la terre. Ma vision s'obscurcit.

Je repris conscience lorsqu'on me releva. J'ouvris les yeux. Tom. Il portait un étrange dispositif sur les oreilles. La mémoire me revint : le canon sonique du professeur. Tom me chargea sur son épaule et fila. J'eus le temps de noter à côté de lui plusieurs hommes et femmes, équipés des mêmes cache-oreilles. Ils redressaient les habitants et les entraînaient à l'écart.

— Je… peux… marcher, ânonnai-je.

Mon frère ne m'écouta pas, ou ne m'entendit pas à cause de son casque. Dans tous les cas, il refusa de me poser à terre et me porta vers la sortie de Piédepaur. Ballottée sur son dos, je vis une épaisse fumée noire monter du village.

— Les graines…, tentai-je de dire.

— Oublie ça, tout a brûlé, répondit Tom en retirant son casque.

— M. Nutter ?

— En haut, il manœuvre le canon sonique.

Je relevai péniblement la tête et aperçus la *Tédesplen* en vol stationnaire, Ginger aux commandes. Harnaché sur la proue avant, le savant transportait un énorme calibre qu'il pointa en direction de la ville. Le son atroce entendu plus tôt résonna de nouveau. Je grimaçai. Tom accepta enfin de me poser à terre.

Un groupe d'une vingtaine de personnes se tenait là, tremblant, hébété. Tom se tourna vers eux.

— Je vous avais dit de filer vous mettre à l'abri ! tonna-t-il.

— Seigneur, gémit une femme. De la fumée monte de Trou d'Ucques et Maureaura !

Effectivement, elle avait raison. Tom serra les poings. Ma tête était en feu, j'avais l'impression de vivre un affreux cauchemar.

Le professeur Nutter lâcha plusieurs salves de son canon, avant que la *Tédesplen* n'oblique vers nous. La machine atterrit dans un grand fracas et Ginger ne coupa pas les moteurs. Le savant sortit avec un immense sourire.

— C'était bien, non ?

Son expression mourut lorsqu'il nous avisa.

— Quoi ? Si peu ? murmura-t-il en examinant les survivants.

— Ils nous ont pris par surprise. Ils ont incendié la ville, avant de commencer le massacre. Ils s'étaient mêlés aux réfugiés, répondit Tom.

— Mais qu'est-ce qu'on va faire, alors ? s'enquit le professeur.

Tom et Ginger se concertèrent du regard.

— Les effets du canon sonique ne tarderont à se dissiper. Mettons-nous à l'abri à Cenlphumier, si le village résiste encore, déclara Ginger.

En tout et pour tout, une cinquantaine de personnes se tenaient là.

— Tout le monde dans la *Tédesplen*, décréta Tom. Serrez-vous, accrochez-vous à l'extérieur et à la proue si vous n'avez pas d'autre solution, mais on n'abandonnera personne derrière.

Sonnée, la tête et le corps douloureux, je me laissai guider à bord. J'aurais voulu que tout ceci ne soit qu'un mauvais rêve.

*

Cenlphumier avait réussi à repousser les forces de l'Équarisseur, contrairement à Piédepaur, Trou d'Ucques et Maureaura. Seule une escouade avait passé les barricades, mais une gamine plus perspicace que les autres les avait démasqués.

Nous arrivâmes à la nuit tombée à Cenlphumier et il fallut montrer patte blanche avant d'être autorisés à entrer. Je découvris une ville aux habitants armés jusqu'aux dents, prêts à en découdre. Cette vue me rassura. Tom prit la direction des opérations et, en lien avec le chef du village, répartit les différents réfugiés. Je restai plantée au milieu du passage, les bras ballants, jusqu'à ce que Ginger m'attrape et m'emmène à l'écart.

— Viens, on va jeter un coup d'œil à ta tête.

Elle me soigna et m'amena vers une grange. Épuisée, je m'effondrai dans la paille. Tom me réveilla le lendemain, le soleil pointait à peine.

— Debout, Sam, me murmura-t-il. Nous partons.

Je me redressai.

— Mais je croyais que nous étions en sécurité, gémis-je, me rappelant les paysans armés de la veille.

— Non, les troupes de l'Équarisseur arrivent. Nous devons filer.

— Pour aller où ?

— À la Citadelle.

Je me levai d'un bond à ces mots. Évidemment. L'endroit était facile à défendre, suffisamment isolé pour que nous puissions repérer les hordes de l'Équarrisseur. Je sortis avec Tom hors de la grange. Une foule dense se massait sur la place centrale. Des hommes et des femmes s'affairaient de toute part. On chargeait des valises sur des chariots et des charrettes à bras. Des paysans empaquetaient des sacs de grain, des jambons fumés, des tonneaux de vin et de bière. Il régnait là un vacarme et une agitation qui me donnèrent le tournis. J'observai les visages, j'en vis des familiers de Piédepaur. J'avisai Ginger qui supervisait la répartition des provisions, et le professeur qui entretenait les armes. Je pris conscience d'une absence.

— Où est Joserse ? demandai-je à Tom.

Il secoua la tête.

— Ils l'ont eu. Trois flèches dans la poitrine.

La perte de notre ami me causa un choc. Il avait été le premier à se porter volontaire pour nous aider, lorsque nous avions battu les prêtresses d'Ishbehel. Il avait cru en nous, quand nous-mêmes doutions. Mon frère me posa une main sur l'épaule.

— Viens, filons.

Nous entassâmes tout ce que nous pûmes et partîmes tandis que le jour se levait au-dessus des montagnes. Alors que nous quittions Cenlphumier, je regardai derrière moi. De la fumée s'élevait toujours de Piédepaur. Je serrai les poings. Ils allaient payer.

La route se révéla longue et difficile. Nous forçâmes les réfugiés à avancer au pas de charge, ne marquant que de courtes haltes pour reposer hommes et chevaux. Nous atteignîmes enfin le chemin qui menait à la citadelle. Les troupes de l'Équarisseur se trouvaient derrière nous. Tom et le professeur empruntèrent la *Tédesplen* pour les harceler, lâcher des bombes, histoire de les ralentir. Ils récoltèrent des carreaux d'arbalète, dont un réussit à transpercer le blindage.

Je garde de la montée des souvenirs horribles. Nous avions peur, froid, nous ne devions pas nous arrêter. Nous parvînmes finalement à la Citadelle au petit matin. Les lieux n'avaient pas changé, je ressentis une grande bouffée d'émotion en voyant ces hauts murs blancs et ces colonnes. Les larmes me vinrent carrément aux yeux lorsque je reconnus, parmi les têtes inquiètes qui nous observaient, un visage connu.

— Dame Wiseman ! s'exclama Leister, le philosophe. Quelle joie de vous retrouver !

*

Je retrouvai mes anciens quartiers, ceux de notre premier séjour. Sous notre houlette, les réfugiés s'organisèrent rapidement. Nous nous installâmes, soignâmes les blessés. Les provisions que nous avions eu le temps de prendre suffiraient à nous alimenter durant quelques mois. Après, il nous faudrait nous débrouiller. Ginger se chargea d'inventorier les différentes compétences, voir qui savait cultiver, chasser, tisser… Tom et moi nous occupâmes de la défense et de gérer les patrouilles.

Les troupes de l'Équarrisseur arrivèrent un jour après nous, mais nous les repoussâmes sans trop d'effort. Elles tentèrent ensuite des escarmouches, également maîtrisées grâce à notre position avantageuse. Après cela, Gorduk battit en retraite. Les réfugiés exultèrent, nous étions plus réservés. Ces barbares n'étaient pas du genre à abandonner aussi facilement.

La routine s'installa néanmoins. Nos sentinelles étaient rodées, les paysans repérèrent des terres arables sur le plateau à côté de la forteresse et plantèrent choux, navets, carottes, bref, ce qui nous permettrait de tenir durant l'hiver. Des courageux se portèrent volontaires pour redescendre et servir d'espions, pour nous rapporter les faits et gestes des Équarrisseurs.

L'automne s'étira sans incident notable. J'aidais le professeur dans ses constructions, j'animais les sessions d'entraînement et mettais la main à la pâte pour cultiver ce qui acceptait de pousser sur cette éminence rocheuse.

Un matin, alors que le froid commençait à s'installer, l'un des éclaireurs revint, un jeune garçon à la tignasse blonde. Je le vis la première, il remontait la route en courant. Il arriva aux portes.

— Halte là ! l'interpellèrent les gardes.

— C'est Seaumeir, s'écria-t-il. J'arrive avec des nouvelles de la plus haute importance.

— Faites-le entrer, ordonnai-je.

Les sentinelles m'obéirent. Le messager se laissa presque tomber à mes pieds.

— Eh bien, qu'y a-t-il ? m'enquis-je.

— Une armée ! Gorduk et Razgamath ont recruté une armée. Au moins deux mille hommes. Ils marchent sur nous !

Les gardes lâchèrent des exclamations paniquées. Je me forçai à garder un visage neutre.

— De combien de temps disposons-nous ? demandai-je.

— Deux semaines, trois tout au plus, répondit Seaumeir.

— Je vais avertir mes compagnons, déclarai-je.

Je tournai les talons et partis à leur recherche. Je dus me faire violence pour ne pas courir.

*

Je finis de parler. Le silence tomba dans la salle de pilotage de la *Tédesplen*. Tom, Ginger et le professeur me regardèrent d'un air sombre.

— Deux mille hommes…, murmura lady Astley, atterrée.

— Nous n'arriverons jamais à les vaincre, compléta Tom.

En tout, la Citadelle abritait environ quatre cents réfugiés. Deux cents savaient combattre. Nous n'allions jamais gagner.

— Il va nous falloir un grand rayon de la mort, annonça le savant.

La remarque m'arracha un sourire malgré moi.

— Sans parler de rayon de la mort, il est clair que nous avons besoin de renforts, répliquai-je. Ou alors, préparons-nous évacuer tous ces gens vers une autre partie du territoire grâce à la *Tédesplen*.

— Aucune chance, objecta Ginger. Ils sont attachés à cette terre. Pour eux, avoir dû abandonner leur village est déjà un déchirement, ils refuseront de partir une nouvelle fois.

Je grommelai des paroles peu plaisantes sur l'obstination des paysans.

— Nous devons trouver de l'aide, déclara Tom. Nous ne pouvons pas les laisser comme ça.

Une partie de moi nota qu'à aucun moment, Tom et Ginger n'avaient proposé de mettre les voiles pour sauver notre peau. Cette partie-là s'en réjouit. Une autre crevait de trouille à l'idée des troupes de l'Équarisseur prêtes à déferler sur nous.

— D'accord, nous devons dénicher des renforts, reconnut Ginger, mais où ? Nous n'avons aucun appui et...

Elle s'interrompit, je lâchai une exclamation au même instant que mon frère.

Nous n'étions pas sans appui ! Nous avions remporté le titre de Seigneurs du ciel. Nous pouvions invoquer l'Appel pour demander l'assistance des voyageurs planaires. Et puis, nous avions des amis sur différents mondes, des gens que nous avions sauvés, aidés, qui pourraient à leur tour nous donner un coup de main. Nous nous regardâmes et échangeâmes un sourire radieux.

— Je crois qu'il est temps pour une annonce, déclara Tom.

*

Nous étions de retour sur le promontoire, là où nous avions décollé pour affronter Ishbehel quelques années plus tôt. Comme la fois précédente, une foule dense se massait pour nous acclamer. Tom s'était déjà assis au poste de pilotage de la *Tédesplen*. M. Nutter réglait les moteurs. Ginger et moi saluâmes ceux assemblés. Un pincement m'étreignit. Joserse n'était plus ici. À sa place, Leister et des dignitaires se tenaient près de la *Tédesplen*. Le philosophe s'inclina devant nous.

— Nous agirons selon vos recommandations et protégerons la citadelle autant que possible.

— Nous ferons vite et nous reviendrons, promis, déclara Ginger.

Nous adressâmes un dernier salut à nos partisans et vînmes nous installer à bord. Les moteurs ronronnèrent, un tourbillon se forma devant nous.

— Prêts ? s'enquit Tom.

— Oh oui ! répondit Ginger.

— Plus que jamais, affirmai-je.

Un rire dément monta des entrailles de la machine. Tom actionna les commandes et nous plongeâmes dans l'Entremonde.

ÉPISODE 23 – POUR LE TRÔNE D'ARNULLIE

Ce matin, une des servantes qui me restent fidèles m'a avertie que le roi était au plus mal. On a fait venir le guérisseur à son chevet, mais je n'ai plus guère d'espoir.

J'ai regardé ma table de travail et ce manuscrit que je complète jour après jour. Il témoigne de mes voyages et de ceux de mes compagnons. Je ne sais s'il est bon ou mauvais, personne ne l'a encore lu à ce jour, mais je suis heureuse d'avoir consigné mes mémoires. La fin de mon histoire en Arnullie approche, et il était nécessaire que tous se rappellent ce que le pays doit à la lignée des Ténébéris.

*

Je m'agitai sur mon siège, mal à l'aise, et regardai la pluie tomber au-dehors. Polis n'avait guère changé depuis notre dernière visite : toujours les mêmes gratte-ciel à perte de vue, cette ambiance sombre et poisseuse. Heureusement qu'une joyeuse animation régnait dans la *Tédesplen* et m'empêchait de trop me ronger les sangs.

Dans la salle de pilotage se trouvait Mlle S. qui discutait avec Rag' le dragon. Les cabines inférieures abritaient M. Nutter, ainsi que des hommes et femmes de Sinik. Dans la cale se cachaient des faes et un ou deux autres chasseurs de vampires.

— Quand Thomas et Ginger reviendront-ils ? m'interpella Mlle S, me tirant ainsi de mes réflexions.

— Bientôt, je l'espère, répondis-je.

— Je dis ça, parce que votre savant est en train de montrer à ce monsieur de cette ville étrange, Sinik, je crois, comment créer une bombe artisanale.

Je laissai échapper un soupir exaspéré. Comme moi, le professeur avait refusé de mettre le pied dans un univers où l'Union des parfaits se trouvait. Ginger et Tom étaient partis vérifier que nos ennemis étaient toujours enfermés, et voir si Dreampop et Deathrock acceptaient de se joindre à nous. Je restai là, avec M. Nutter et les alliés qui nous avaient accompagnés. Seulement, le vieil homme s'ennuyait et tuait donc le temps en bricolant. Tant qu'il ne s'agissait que de babioles innocentes, dans le genre de ses rayons de la mort, tout allait bien. Hélas, s'il était passé aux explosifs, par contre, la donne avait changé. Je me levai de mon siège.

— Je vais voir ce qu'il manigance.

Assis dans le fauteuil à côté de moi, Rag' le dragon émit un rire amusé.

— Bon courage, alors.

Je ne répondis pas et descendis au niveau inférieur. Le professeur Nutter se trouvait dans son laboratoire en compagnie de Cap' de Sinik et de Faith Murphy de Devil's Peak. La fae releva le nez en m'avisant.

— C'est normal la fumée qui sort ? m'interrogea-t-elle.

Je me précipitai vers l'établi de M. Nutter, lui arrachai ce qu'il était en train de bricoler, ouvris un hublot et lançai le tout. Je me recroquevillai en attendant la déflagration. Heureusement, elle ne vint pas. Mon mentor m'observa d'un air courroucé.

— Peut-on savoir ce qui te prend, Samantha ? s'enquit-il.

— Nous avions convenu que vous ne joueriez pas avec des explosifs, lui répondis-je.

— Mais, c'était pour montrer à Cap' comment poser des bombes réellement efficaces !

Le Miraclien leva les mains en signe d'impuissance. Lui et son groupe avaient réussi à récupérer le contrôle de Sinik et avaient amorcé des transitions, seulement, elles ne s'accomplissaient pas sans mal, et dans plusieurs niveaux, la guerre civile faisait rage.

— Pourquoi ne fabriqueriez-vous pas un nouveau générateur solaire ? lui suggérai-je. Mlle S. s'estime très contente de celui que nous lui avons ramené. Elle dit qu'avec ça, les vampires n'ont qu'à bien se tenir ! Elle serait très heureuse si vous pouviez lui en concevoir un autre.

— Tu crois ? s'enquit le professeur.

— De toute manière, si elle n'en veut pas, moi je le prendrai, ajouta Faith.

Je la remerciai de son soutien d'un bref sourire. Le savant opina.

— Bon, c'est d'accord.

Il se tourna vers Cap'.

— Désolé, la bombe attendra une prochaine fois.

— Pas de souci, je comprends.

Il se leva et sortit avec Faith et moi. Nous croisâmes Achille, mon maître d'armes de Casetti, qui haussa un sourcil.

— Un problème avec votre sorcier ? m'interrogea-t-il.

— Rien que de très habituel, soupirai-je.

— Je désespérais de vous voir venir, me glissa Cap'. J'avais peur que tout m'explose à la figure.

— Et moi donc…, renchérit Faith.

Achille éclata d'un rire chaud à ces mots.

— Vous devriez lui demander de vous fabriquer une épée magique, dame Wiseman, proposa-t-il.

L'idée était tentante, mais je craignais ce que le professeur pourrait inventer.

Le Miraclien nous laissa là et alla rejoindre la dizaine de résistants qu'il avait amenés avec lui. Achille lui emboîta le pas. La perspective d'entraîner tous ces gens au combat de rue et aux subtilités d'un stylet glissé entre deux omoplates paraissait le mettre en joie.

Je remontai à la cabine de pilotage avec Faith. Mlle S. discutait extermination de vampires avec Rag'. Malgré notre départ soudain, ni les chasseurs de vampires ni les révoltés de Sinik ne nous en voulaient. Au contraire, ils estimaient que c'était grâce à notre intervention qu'ils avaient remporté une victoire. Alors que je retrouvais le ciel gris de Polis, je ne pouvais m'empêcher de penser à Dreampop, Deathrock et surtout à l'Union.

— Je suis désolée de ce qui t'est arrivé, déclara Faith. Si nous avions su qu'ils en viendraient à de telles extrémités, nous vous aurions donné l'asile.

Je secouai la tête.

— Cela aurait mis votre monde en danger, et de toute manière, nous n'étions pas disposés à lâcher la partie, répondis-je.

Elle posa une main sur mon bras.

— Notre proposition tient toujours. Grand Chêne vous accueillera volontiers, surtout toi, Samantha Wiseman. Tu ferais une recrue du tonnerre.

— Je ne suis qu'une humaine, protestai-je.

— Tu es plus que ça, désormais. Tu as changé, objecta la fae.

Ses paroles me troublèrent. Par bonheur, le retour de Tom et Ginger coupa là cette discussion. Mon frère s'ébroua en rentrant dans la *Tédesplen*, Ginger à sa suite.

—Alors ? demandai-je.

J'avais espéré que ma voix se révèle détendue, mais je notai avec déplaisir qu'elle se parait de trémolos anxieux. Tom m'adressa un sourire rassurant.

— Ils sont enfermés, déclara-t-il. Nous avons vérifié toutes les installations. Pas de danger, ils mourront dans Eudaimonia.

J'exhalai un profond soupir et réalisai à quel point mon angoisse avait été intense. J'eus l'impression qu'un grand poids se retirait de ma poitrine. L'Union n'avait pas bougé. J'étais en sécurité. Je remarquai que Tom et Ginger étaient revenus seuls.

— Dreampop et Deathrock ? m'enquis-je avec une pointe de crainte.

— Ils ne viennent pas, car Dreampop devrait accoucher d'un jour à l'autre, répondit Ginger.

Je souris à cette nouvelle.

— Ils s'excusent et voulaient nous donner un hélicoptère, mais bon, ça ne rentrait pas dans la *Tédesplen*. Et puis, ils ont déjà assez fort à faire avec les corporations et la surveillance de nos némésis.

— Nous sommes au complet, alors ? demandai-je.

— Oui, il ne nous reste plus qu'à nous rendre à Gesthalan, et à lancer l'Appel.

*

Le gris de l'Entremonde se déchira devant nous et le ciel d'un bleu sans partage de Geshtalan apparut. Contrairement à nos habitudes, nous ne nous posâmes pas dans une ruelle, mais Tom actionna les moteurs auxiliaires de la *Tédesplen*. La machine prit de la hauteur. Nous dépassâmes les toits des maisons, avant de nous élever au-dessus, pointant vers le sommet de la ville, vers la tour des Seigneurs du ciel. Le soleil était à son zénith, ses rayons illuminaient la flèche et le dôme qui la surplombaient.

Depuis la cabine de pilotage, j'admirai la vue. Tom se mit à décrire des cercles autour de la construction, comme un rapace pistant une proie.

— Professeur, c'est à vous ! lança Ginger.

J'entendis un rire dément, et devinai que le savant avait ouvert l'un des hublots. Une détonation retentit et j'aperçus des fumées colorées. Le savant annonçait à tous que la Ligue des ténèbres était de retour.

Tom pivota la *Tédesplen* et la fit atterrir sur l'esplanade où nous avions été proclamés « Seigneurs du ciel ». Le temps que nous arrêtions les moteurs, une foule dense se pressait déjà là. Nous sortîmes, nos alliés sur les talons. Faith laissa échapper un sifflement admiratif.

— C'est presque aussi beau que Grand-Chêne…

Dans sa bouche, il s'agissait sûrement du plus impressionnant compliment. Ceux que nous avions amenés avec nous et les Geshtaliens s'observèrent avec une curiosité mutuelle. Des murmures se mirent à bruire de toute part. Puis, un visage connu fendit la cohue. Khalis s'inclina devant nous.

— Seigneurs du ciel, je suis ravi de votre retour.

— Bonjour à vous ! s'exclama le professeur.

— Puis-je m'enquérir du but de cette arrivée pour le moins… tonitruante ?

— Nous venons lancer l'Appel, déclara Tom d'un ton solennel.

Khalis esquissa un sourire satisfait, avant de reprendre son habituel masque impassible.

— Dans ce cas, si vous voulez bien me suivre…

Nous laissâmes nos alliés à la *Tédesplen*, sous la surveillance de Faith et Rag' et nous emboîtâmes le pas à Khalis.

Il nous guida à travers les rues de Geshtalan, jusqu'au pied de la tour des Seigneurs du ciel. L'entrée était ouverte, Khalis nous mena à l'intérieur et nous rencontrâmes les autres commis. Il nous fallut remplir une somme astronomique de formulaires, saluer tous ceux que nous croisions. J'abandonnai à Tom et Ginger la lourde tâche de s'occuper du relationnel, j'aidais juste lady Astley à relire les papiers pour être sûre de ne rien oublier. Tout ceci nous prit de longues heures. Quand enfin nous en eûmes fini, l'après-midi était bien avancée.

Khalis vint nous retrouver. On nous servit une collation et des rafraîchissements, puis notre guide nous annonça qu'il allait nous mener en haut de l'édifice pour lancer l'Appel. Nous traversâmes les couloirs, jusqu'à un ascenseur aux portes dorées et ouvragées. Nous y prîmes place, il s'ébranla et commença à monter. Lorsque les battants s'ouvrirent, le vent et la lumière me surprirent. Nous débouchâmes sur une plate-forme, sous le dôme de la tour. La vue offerte sur Gesthalan m'éblouit bien plus encore que celle à bord de la *Tédesplen*. Une émotion étrange m'étreignit, mélange de fierté et d'appréhension.

M. Nutter se rua au dehors de la cabine avec un cri. Je remarquai alors la mécanique qui occupait le centre du palier. Il s'agissait d'une merveille ciselée, toute en rouages, engrenages, pistons. Des cristaux étaient enchâssés dans le tout, formant un complexe motif. À la gauche se trouvait un cadran, pourvu de leviers et molettes. Mon mentor l'étudiait en trépignant d'impatience.

— Vous pouvez y toucher, l'informa Khalis. La machine vous appartient, car vous êtes les Seigneurs du ciel.

Le vieil homme se tourna vers nous, l'air interrogateur.

— Allez-y, le rassura Ginger. Vous avez construit la *Tédesplen*, c'est à vous de lancer l'Appel.

Le professeur émit un couinement de joie et se rua vers l'engin. Khalis nous en avait fourni la notice, écrite dans une langue ancienne dont notre traducteur universel se chargea. M. Nutter s'assit près du cadran, je m'installai à côté de lui. Ensemble, nous manipulâmes les molettes, actionnâmes les boutons, jusqu'à ce que les rouages s'enclenchent et pivotent. Nous nous relevâmes.

— Comme Ginger l'a si bien dit, à vous l'honneur, annonça Tom à M. Nutter.

Il posa la main sur le levier de mise en route et le poussa. L'appareil grésilla, les cristaux luirent d'un intense éclat blanc puis pulsèrent d'une multitude de couleurs. Un grondement monta des entrailles de la tour. Puis, un éclair jaillit de la machine, fila vers le dôme et se répercuta dans le ciel. Des boules explosèrent en une symphonie bariolée, avant que tout ne disparaisse et que le dispositif ne s'éteigne. Nous nous regardâmes.

— Impressionnant, commenta Tom.

— Et maintenant ? demanda le savant. Quand est-ce qu'ils arrivent ?

— Patience, le rassura Khalis. Laissez le temps à l'Appel d'être entendu, certains des voyageurs planaires se situent sûrement dans des mondes assez lointains et…

— Là-bas ! le coupa Ginger.

Elle désigna du doigt un point à l'horizon. Un engin volant approchait. Je plaçai mes mains en visière pour mieux y voir. Je reconnus la forme alambiquée du vaisseau et mon cœur fit un bond.

— C'est Alice et ses amis ! s'exclama Ginger.

Un irrépressible sourire naquit sur mes lèvres. Les renforts étaient en chemin.

*

En tout et pour tout, une vingtaine d'équipages de voyageurs planaires répondirent à l'Appel. Nous attendîmes trois jours, pour laisser le temps même aux plus éloignés d'arriver. Je constatai avec surprise que l'un des premiers à montrer le bout de son fuselage fut Jock. Il déboula dans le ciel de Geshtalan avec ses compagnons et nous accueillit avec de grands débordements. De tempérament sanguin, mais avec un bon fond, il ne nous tenait pas rigueur de sa défaite. Les de Sagran par contre ne daignèrent pas venir. Tant mieux, nous avions assez de problèmes comme ça pour gérer deux nobliaux en mal de gloire.

Nos alliés et les voyageurs planaires firent rapidement connaissance. Les natifs de Miracle furent probablement les plus étonnés, mais aussi les plus enthousiastes, harcelant de questions les nouveaux venus. Mlle S. repéra un groupe de chasseurs de vampires et échangea des recettes avec eux. Achille fit de même avec Jock, mais au sujet des armes tranchantes.

Nous assemblâmes tout ce monde au pied des remparts de Geshtalan, là où avait débuté la course qui nous avait apporté le titre de Seigneurs du ciel. Debout sur la proue de la *Tédesplen* en compagnie de mes compagnons, j'observai les visages. Nous nous trouvions désormais à la tête d'une escouade d'une centaine de personnes. Sur le papier, pas de quoi tracasser les troupes de l'Équarrisseur. Sauf que tous ces gens étaient ou des combattants, ou des voyageurs planaires, ou des inventeurs de génie, parfois tout cela en même temps. En plus des voyageurs s'assemblait donc une armada de vaisseaux, construits quelquefois de bric et de broc. Enfin, la plupart du temps, si l'on voulait être honnête. Il y avait des bateaux volants, des avions, des dirigeables, et même une sorte de pyramide flottant dans le ciel.

Je fixai Alice et ses amis. J'étais si heureuse de les revoir en bonne santé ! Ils avaient amené les réfugiés à bon port et les avaient aidés à rebâtir une colonie. Malgré la belle vie qui les attendait là-bas, ils n'avaient pas hésité une seconde à venir nous retrouver. Nous leur avions expliqué les raisons de notre Appel et tout de suite, ils avaient accepté de nous porter assistance. Idem pour Jock et ses hommes et pour la plupart des voyageurs présents. Tom tenait quand même à leur parler avant que nous ne partions.

— Vous savez tous pourquoi nous avons lancé l'Appel : des gens dans un autre monde comptent sur nous et ont besoin de notre aide. Nous nous sommes engagés à les secourir et nous ne voulons pas faillir à cette parole. Mais nous refusons toutefois que vous mettiez vos vies en jeu pour rien. Votre sécurité, et celle de vos machines, reste votre priorité. N'hésitez pas à utiliser vos armes, à vous placer en retraite si votre engin est endommagé.

Un murmure approbateur répondit à ces mots. Comme nous, la plupart des équipages tenaient à leurs vaisseaux comme à la prunelle de leurs yeux. Néanmoins, certains souhaitèrent nous rappeler qu'il ne fallait pas les sous-estimer.

— Mais t'inquiète donc pas pour nous ! lança Jock. Notre *Espadon Rouge* est bien plus costaud que votre *Tédesplen* !

Je dus empêcher le professeur de lui sauter à la gorge.

— C'est bien parce que vous êtes plus costauds que vous avez fini dans le sable, d'ailleurs, répliqua Ginger.

La pique tira quelques rires, Jock l'accepta de bonne grâce. L'atmosphère se détendit un bref instant, avant que les visages ne redeviennent sérieux.

— Dans la bataille qui s'annonce, vous prendrez vos ordres uniquement de moi, de ma compagne et de ma sœur.

Je haussai un sourcil.

— Depuis quand je passe générale de guerre ? soufflai-je à Ginger.

— Depuis que tu survis à des duels, que tu mènes une charge en armure de combat, que tu voles en propulseur dorsal de nuit pour abattre un concurrent lors d'une course et que tu défais un général Équarriseur, répliqua Ginger.

J'ouvris la bouche, mais ne trouvai rien à répondre. Tom poursuivit avec ses consignes. Il détailla la situation, précisant bien que nous ne savions pas ce que nous allions découvrir lorsque nous arriverions à Morneséjour. Puis, dans un joyeux bazar, les différents équipages regagnèrent leurs machines. Perchés sur les murailles, je voyais les habitants de Geshtalan nous observer. Nous devions offrir un sacré spectacle.

La *Tédesplen* passa la première et créa la brèche vers l'Entremonde, où nous nous engouffrâmes tous. Les autres vaisseaux nous suivirent. Nous adoptâmes une formation serrée. Tom veilla bien à ne pas voler trop vite pour que tout le monde puisse nous talonner.

J'éprouvai une certaine tension à me retrouver de nouveau dans l'Entremonde. Le brouillard s'agita autour de nous. Je pensais à Ishbehel. J'aperçus un morceau de tentacule et me figeai. Heureusement, la chose, quelle qu'elle soit, disparut dans les limbes. Faith et Rag', dans la cabine de pilotage avec nous, guettaient eux aussi les brumes avec appréhension. J'entendis Faith murmurer quelques paroles au sujet de dieux qui dormaient et qu'il valait mieux ne pas réveiller.

Mis à part ces bribes de conversations, nous naviguâmes en silence. Le dispositif des Skelj, accordé à moi, nous montrait la route. Je m'efforçai de rester concentrée sur Morneséjour, de manière à ne pas dévier de notre chemin. Je ressentais une pulsation dans ma poitrine, Morneséjour et l'Arnullie m'appelaient. J'espérais que nous arriverions à temps.

Après ce qui me parut une éternité, le détecteur de mondes lâcha un tintement.

— Nous nous approchons, décréta Tom.

Je fermai les yeux et visualisai la citadelle et le promontoire, là où je voulais que nous débouchions. Un tremblement agita la *Tédesplen*.

— Oh là là ! gémit Ginger.

Je rouvris les paupières. Nous nous trouvions bien à l'endroit prévu, mais nous arrivions trop tard : les légions de l'Équarrisseur déferlaient sur les réfugiés.

Des dizaines et des dizaines de gaillards en armure montaient à l'assaut des murs pour passer par les fenêtres. Un groupe s'acharnait sur les battants avec des beuglements que même les rugissements du moteur ne parvenaient à couvrir.

Le temps que nous nous rapprochions, ils étaient venus à bout de la porte principale. Elle céda sous les coups d'un bélier, juste sous mes yeux. Une horde s'engouffra dans l'entrée en hurlant.

— Il faut les aider ! m'écriai-je.

— Pas tout de suite, déclara Tom.

Il pivota la *Tédesplen* pour tournoyer autour de la citadelle. Heureusement, les troupes de l'Équarisseur n'attaquaient qu'un seul versant. Je ne m'illusionnais pas : ils n'allaient pas tarder à se déployer pour encercler la citadelle.

— Atterrissons, commanda mon frère.

Il repéra un coin d'herbe qui demeurait vierge et y posa la *Tédesplen*. Les vaisseaux des voyageurs nous imitèrent. Tom se percha sur la proue de la machine.

— Jock, prends deux équipages et harcèle ceux dehors, ordonna Tom. Je ne veux pas que d'autres puissent rentrer.

— C'est comme si c'était fait ! s'exclama le pilote.

Il interpella les capitaines de deux engins à la forme effilée. Ils décollèrent et filèrent à la rencontre des troupes.

— Les autres, équipez-vous, protégez vos appareils, et avec moi. Toi, lança Tom en désignant une femme, tu as des canons, non ?

— Oui, répondit l'intéressée.

— Alors, reste ici en défense, et dézingue tous ceux qui essayeraient de passer.

Une lueur gourmande s'alluma dans l'œil de la voyageuse et je pris note de me trouver plutôt du côté de ses amis que de celui de ses ennemis. Nous nous nous armâmes lourdement, avant d'entrer dans le sanctuaire. Nous pénétrâmes par une porte qui donnait sur une placette. Des échos des combats nous parvenaient : fracas du métal, cris, hurlements, et parfois une détonation assourdie par l'épaisseur des murs.

Trois voies s'offraient à nous. Tom se tourna vers ma direction.

— Sam, tu pars à gauche. Je vais tout droit, Ginger à droite.

Nos alliés se répartirent dans les groupes. Le professeur tint à venir avec moi, ainsi qu'Alice et Faith, et d'autres voyageurs planaires. Rag' et Mlle S. accompagnèrent Ginger, tandis que les Miracliens et Achille se joignaient à Tom. Je vérifiai que tous étaient bien équipés. Faith retira ses lunettes, qu'elle avait gardées jusque-là, révélant sa nature de fae. Elle poussa un profond soupir.

— Il y a de la magie en ces lieux.

— Tu pourras l'utiliser ? demandai-je.

Elle grimaça.

— Pas sûr, c'est très différent de mon monde d'origine.

— Et toi, Alice ? Un ou deux éclairs en stock.

— Ça devrait pouvoir se négocier, répondit la Foudre des Skelj.

— Professeur ?

Le savant exhiba une arme au calibre démesuré.

— J'ai un gros rayon de la mort ! s'exclama-t-il.

Mes alliés possédaient des armes diverses et variées, allant du bolter lourd à une étrange épée qui produisait de la lumière. J'organisai nos troupes : Alice ouvrait la marche, je la suivais avec M. Nutter et les autres voyageurs, Faith fermait la colonne. J'adressai un salut à Ginger et mon frère et nous nous lançâmes dans les couloirs.

Les passages étaient bas et sombres, la peur m'envahit. Je refusai de lui donner prise sur moi. Je me forçai à adopter un visage résolu, le genre qui galvaniserait mes camarades. Je pense avec le recul que je devais surtout avoir l'air constipée.

Nous nous dirigeâmes vers la source du vacarme. Au fur et à mesure que le bruit gagnait en intensité, mon cœur battait de plus en plus fort, ma respiration s'accéléra. Nous débouchâmes sur l'une des nombreuses placettes qui composaient le sanctuaire. Une féroce bataille régnait là : quatre paysans acculés dans un coin tenaient tant bien que mal en respect une dizaine d'Équarisseurs. Je lançai le signal de l'assaut et nous fondîmes sur eux.

J'avais choisi comme arme mon épée de Casetti et un pistolet à éclairs en main gauche. J'estourbis un premier soudard d'un coup à la gorge, mais ricochai sur la maille qui couvrait la poitrine du deuxième. Qu'à cela ne tienne, je repris de la distance, esquivant sa riposte, et lâchai une salve d'éclairs qui le laissa à terre. Je me retournai à temps pour éviter la frappe d'un autre homme, qu'un tir du rayon de la mort du professeur faucha. Je bondis sur un attaquant qui allait poignarder Faith dans le dos et me plaçai à côté d'elle. Nous combattîmes, elle avec son revolver, moi avec ma lame. Alice acheva le dernier brigand. Le silence retomba.

Les paysans me regardèrent avec un soulagement sans borne.

— Dame Wiseman ! Vous êtes revenus !

— Et avec du renfort ! clamai-je en désignant mes alliés.

Nous ne déplorions aucun blessé dans cette brève escarmouche et je m'en félicitai.

— Que s'est-il passé ? demandai-je.

— Ils sont arrivés à l'aube, nous les avons contenus, mais ils sont passés quand même. C'est une catastrophe ! gémit l'un des locaux.

— Nous sommes là pour rétablir la situation. Prenez vos armes et suivez-moi. Nous continuons.

Nous repartîmes dans les couloirs, suivant les bruits des combats. Il n'y avait pas de front marqué, les réfugiés avaient eu l'intelligence de s'éparpiller dans la citadelle, certains tentant même de tendre des embuscades aux envahisseurs. Les coursives résonnaient du fracas de l'acier et des cris.

Nous tombâmes sur plusieurs nids. À chaque fois, les paysans étaient en sous-nombre, acculés par l'ennemi. Nous en sauvâmes beaucoup, mais pour trop d'entre eux, nous arrivions trop tard.

Lors d'un combat, je dus me servir de mon pistolet à éclairs pour parer un coup. L'arme n'apprécia guère le traitement et refusa de tirer à plus de quelques inches. Je compris que, si je voulais continuer à l'utiliser, il faudrait que je me trouve très proche de ma cible.

Notre groupe progressa ainsi dans les passages labyrinthiques de la citadelle, jusqu'à ce que nous débouchions dans un couloir que je connaissais bien. Il menait à une porte massive et sombre. De la caverne derrière provenaient des hurlements : des hommes, des femmes, mais aussi des enfants. Je n'hésitai pas et donnai à mes camarades l'ordre de foncer.

Je déboulai dans l'ancien sanctuaire d'Ishbehel. Un feu brûlait de nouveau dans l'âtre qui occupait le centre. Une vingtaine de réfugiés étaient tassés dans un coin de la caverne, menacés par une silhouette que je reconnus bien.

— Gorduk ! interpellai-je le général.

Il se tourna vers moi, ses yeux brillèrent de haine.

— Messire Azorus, vous arrivez au bon moment. C'est l'heure de mourir !

Il éclata d'un rire mauvais. Je roulai des yeux. Non seulement ces gens avaient un problème avec les noms, mais en plus, ils surjouaient plus que Ginger quand elle avait un coup dans le nez.

— Une connaissance ? s'enquit Faith alors que Gorduk et ses hommes convergeaient vers nous.

— Disons qu'il me doit sa cicatrice.

— Tu as vraiment le chic pour te faire des amis, commenta Alice. Veux-tu que je lui flambe la couenne ?

L'idée était tentante, mais Gorduk m'avait porté sur les nerfs. Je refusais de laisser à quelqu'un d'autre le plaisir d'estourbir ce sinistre personnage. J'avais un grief à son encontre et devais le régler par moi-même.

— Non, occupe-toi des autres avec Faith et les voyageurs. M. Nutter, protégez les civils. Vous rayonnisez tout ce qui approche et qui n'est pas un allié.

— Parfait ! Compte sur moi ! déclara le professeur.

— Et toi ? m'interrogea Faith.

— Ne t'inquiète pas. Achille m'a montré une ou deux bottes que j'ai hâte de pouvoir mettre en pratique.

J'avançai d'un pas décidé vers Gorduk, qui se fendit d'un sourire torve. J'attaquai la première d'une feinte d'estoc à la tête qui se mua en coup de taille au genou. Gorduk esquiva et riposta au biceps. Je me dérobai et repris de la distance. Nous nous étions suffisamment jaugés, le combat commença vraiment. Nous échangeâmes des coups de plus en plus rapides et violents. Il voulait m'ouvrir le crâne de son épée longue. Pour ma part, je me sentais assez motivée par une éviscération, d'autant plus que Gorduk ne portait aucune protection au niveau de l'abdomen.

Les coups pleuvaient, mes bras et mes jambes se couvrirent d'estafilades, je le touchai aux cuisses et au visage. Alors que je me dérobais à un moulinet destiné à me raccourcir d'une tête, je jetai un bref regard à la bataille. Faith, Alice et les autres voyageurs ferraillaient avec les Équarrisseurs. Le professeur Nutter, campé avec son rayon de la mort, tenait la ligne. Des paysans s'étaient relevés pour venir lui prêter main-forte avec leurs armes de fortune. Pour le moment, aucune faction ne prenait nettement l'avantage. Il fallait que j'abatte Gorduk pour faire pencher la balance en notre faveur.

Galvanisée par cette idée, je me lançai dans le combat avec de nouvelles forces et une énergie insoupçonnée. J'enchaînai les coups de taille et les estocs, je parai, esquivai, feintai, tournant autour de mon adversaire sans qu'il puisse me toucher. Je lui tailladai les membres, lui portai une entaille au visage. Enivrée par ces victoires, je redoublai mes frappes, et commis une erreur.

Je bloquai la lame de Gorduk et avançai sur lui de manière à pouvoir lui tirer dessus de mon pistolet à éclairs à bout portant. Il lâcha son épée et m'asséna un violent direct. Je titubai en arrière, butai sur un corps et m'affalai. Gorduk récupéra son épée et fondit sur moi. Il la leva, pointe vers le bas.

— Ainsi meurt Azorus ! s'exclama-t-il.

La pointe s'abattit. Je retins un couinement. La lame était plantée dans le sol, juste à côté, dans une réplique parfaite de moi. Durant une brève seconde, je paniquai, je n'y comprenais rien. Puis je pris conscience d'une main agrippant mon épaule. Je me retournai. Faith.

Elle posa un doigt sur ses lèvres et m'indiqua par un geste de me relever. Je m'exécutai au moment où Gorduk abattait de nouveau son épée, décapitant la Samantha factice. Le hurlement de douleur du professeur Nutter déchira l'atmosphère. Il voulut se ruer sur Gorduk. Alice l'en empêcha. Le Sanguinaire exhiba ma tête en riant.

— Voilà ce que je fais, de votre fameux Azorus ! s'exclama-t-il.

Je ramassai mon arme, adressai un signe à Faith, qui opina et me lâcha. Je me raclai la gorge. Gorduk se tourna vers moi. La stupeur se peignit sur son visage. Il regarda sa main, qui ne tenait plus que du vide. J'en profitai pour foncer sur lui et l'estoquai à la poitrine. La lame pénétra sa cage thoracique comme dans du beurre. Le général tomba à genoux et trépassa avec cette expression de surprise intense.

Je retirai mon épée et pivotai vers les Équarrisseurs qui restaient.

— Fuyez ! tonnai-je. Fuyez ou subissez mon courroux !

Alice eut la gentillesse d'appuyer ma tirade d'une salve de foudre. Il y eut un bref instant de flottement, puis le professeur Nutter abattit l'un des brigands de son rayon de la mort, ce qui marqua le début de la débandade. Mes combattants voulurent donner la chasse aux survivants, je les arrêtai. Inutile de mettre leur vie en jeu, quand je sentais que la peur de ces hommes se révélerait une arme bien plus efficace. J'attendis qu'ils disparaissent et leur laissai un peu d'avance, avant de lancer le signal de la poursuite.

Nous coursâmes donc dans les couloirs les Équarrisseurs qui fuyaient devant nous. Nous tombâmes sur d'autres poches de résistances, rapidement exterminées, mais la plupart des intrus fonçaient eux aussi vers la sortie. Ceux que nous traquions en trouvèrent une, un pan de mur écroulé où ils s'engouffrèrent et se mirent à dévaler la montagne. Un grondement retentit du ciel, je levai les yeux. Jock et ses hommes pilonnaient les brigands, désormais en déroute.

— Sam !

Je tournai la tête, pour voir débouler Tom et Ginger. Ils étaient sales, mon frère saignait d'une coupure au front, mais ils étaient en vie. Un soulagement sans nom m'envahit.

— Sam ! Nous avons gagné ! s'écria Tom.

*

Nous avions remporté la première bataille, mais nous étions loin de voir la fin de cette histoire.

Le bilan s'avéra moins lourd que ce que nous avions craint. Les voyageurs planaires ne dénombraient pas de mort, juste quelques blessés. Trois Miracliens souffraient de plaies et contusions, mais nos alliés étaient saufs. Par sécurité, nous libérâmes l'un des équipages, qui comptait les blessés les plus graves. Les autres décidèrent de rester avec nous, estimant qu'ils n'avaient pas totalement rempli leur contrat envers les Seigneurs du ciel. Et puis, comme me le firent remarquer Jock et Alice :

— Botter les fesses d'une troupe de brigands, qui voudrait arrêter un truc aussi marrant ?

Les réfugiés avaient par contre payé un lourd tribut. Ce qui ne les empêcha pas de célébrer notre retour avec une grande fête. Tout le monde s'illustra. Jock succomba à la traîtrise des produits locaux, ce qui lui valut des piques de la part d'Achille, que nulle boisson ne paraissait pouvoir faire vaciller. Alice regretta de ne pouvoir expérimenter l'ivresse. Faith et moi lui assurâmes que les effets secondaires étaient loin d'être agréables. Nous dûmes interdire au professeur de goûter une eau de vie dans laquelle macérait une grenouille. La soirée s'étira jusque tard. Je ne me rappelle guère comment je regagnai mon lit.

Je me réveillai le lendemain matin avec une migraine carabinée, que Faith traita grâce à une recette de fae. Je retrouvai mes compagnons, bien plus frais que ce que j'avais redouté. Nous discutâmes un moment, avant de décider qu'il était temps de redescendre dans les villages. Les voyageurs planaires et leurs machines ouvrirent la marche, tandis que nous encadrions les réfugiés. Alors que je chevauchai sur le chemin pierreux de la citadelle, je ne pouvais m'empêcher de me sentir nerveuse. Certes, les éclaireurs nous informaient que les troupes de l'Équarrisseur étaient en déroute, j'appréhendais néanmoins une attaque-surprise.

Nous atteignîmes Moreaura alors que le jour déclinait. La bourgade avait souffert aux mains de la horde du général Gorduk. Certaines maisons étaient brûlées, les champs dévastés. Les Équarrisseurs avaient pillé les réserves. L'hiver serait dur pour les locaux, mais pour l'heure, ils se montrèrent heureux de retrouver leurs habitations.

Je craignais une attaque et Tom, une fois n'était pas coutume, partageait mon avis. Nous organisâmes donc des tours de garde afin de surveiller les alentours. Je passai une partie de la nuit à veiller au côté des sentinelles. Elle se révéla calme, aucun incident ne vint l'émailler. Mais je remarquai rapidement que les hommes me contemplaient avec un respect teinté de peur. Je surpris plusieurs conversations, où il était question d'Azorus le sorcier qui avait vaincu les légions de l'Équarrisseur. Ces rumeurs m'agacèrent au plus haut point. Par les crinolines de Victoria, ces gens me connaissaient ! Ils connaissaient mon véritable nom. À croire qu'en notre brève absence, ils avaient oublié la manière d'utiliser correctement leur cervelle. Au matin, je trouvai Tom et Ginger sur la place centrale. Lady Astley gérait de nouveau l'intendance, organisait la tenue des réserves, les comptes… Elle se révélait vraiment très douée pour ce rôle. Elle ressentait instinctivement quelle était la place pour chaque personne, elle savait flatter, cajoler, rassurer ou menacer pour obtenir le meilleur de chacun. Je m'approchai d'eux et sollicitai de mon frère un entretien privé. Nous nous isolâmes dans un coin de l'esplanade.

— Des nouvelles des troupes ? demandai-je.

— Deux éclaireurs sont revenus ce matin à l'aube, me souffla Tom. Ils confirment le retrait des brigands. Je pense laisser à ces gens une journée de repos, puis nous reprendrons la route.

J'approuvai d'un hochement de tête. Les habitants avaient assez souffert, inutile de trop les brusquer. De plus, je craignais toujours une embuscade et je préférais ne pas me précipiter. Nous partîmes le deuxième jour. Malgré mon inquiétude, personne ne nous attaqua. Nous atteignîmes Cenlphumier et je me détendis. Lorsque nous parvînmes à Piedepaur, je commençai à croire réellement à notre victoire.

Les locaux, en tout cas, en étaient persuadés depuis longtemps. Des chansons vantant nos mérites circulaient déjà, des gaudrioles dans ce genre :

> *« Oyez, oyez la glorieuse épopée*
> *D'Azorus le sorcier*
> *Qui parcourt cette terre,*

Si un jour le croisez,
Brigands sales et grossiers,
Vous mordrez la poussière
D'un sourire de grand-mère.

Gloire à Azorus le sorcier qui tua d'un éclair
Le cruel et l'affreux Gorduk le Sanguinaire !
Ouvrez les deux oreilles et venez écouter
L'histoire fabuleuse du guerrier-sorcier :

Tandis que retranchées, nos pauvres âmes gémissent,
Au-dehors on entend les lames qui cognent et crissent,
Tremblant, je sens nos cœurs affolés
Battre désordonnés
Au rythme des coups sourds
Sur les portes frappés,
Si Azorus le grand n'accourt,
Nous serons décimés. »

Azorus le sorcier s'avérait le plus populaire, au grand dam du professeur Nutter, qui aurait bien aimé une gigue à la gloire de ses rayons de la mort.

Ces rumeurs m'agaçaient, ces gens voyaient bien que je n'étais pas un garçon, mais une simple jeune fille. Je n'avais rien du féroce enchanteur qu'ils dépeignaient. Tom me convainquit de ne pas tenter de rétablir la vérité et de les laisser faire. Facile à dire ! Les chansons vantaient son courage au combat et son sourire étincelant. Quant à Ginger, les poèmes sur sa beauté poussaient partout comme de la mauvaise herbe. Le fait qu'Alice et Faith trouvèrent la geste d'Azorus à hurler de rire, l'apprirent et se mirent en tête de la chanter chaque fois que j'apparaissais n'arrangea rien à mon humeur.

Les rengaines stupides des rimailleurs n'étaient pas le principal de nos soucis de toute manière. En une semaine, nous avions reconquis Morneséjour. Les troupes de l'Équarrisseur fuyaient devant nous. La question demeurait de savoir ce que nous allions faire.

Nous nous réunîmes dans la cabine de pilotage de la Tédespeln. Tom nous donna les derniers rapports des éclaireurs. Ginger nous informa sur l'état des réserves. Si nous répartissions le contenu des greniers à blé et que nous cultivions dès maintenant certains tubercules, la province au complet pourrait passer l'hiver en évitant les disettes. M Nutter nous présenta d'ailleurs des plans pour un système d'irrigation et pour une machine à moissonner qui devraient considérablement améliorer le quotidien des paysans. Restait cette épée de Damoclès au-dessus de nous : l'Équarrisseur.

— Il s'arrêtera là, à votre avis ? demanda Ginger alors que le professeur remballait ses esquisses.

— Je ne sais pas. Il s'est pris une sacrée raclée quand même, répondit Tom.

Je secouai la tête en me remémorant la manière de combattre du général Gorduk. Il aimait le sang et l'affrontement. Sa blessure au visage et sa défaite n'avaient fait qu'accroître sa détermination.

— Non, s'il est comme ses hommes, il n'acceptera pas un échec, déclarai-je. J'ai peur qu'il ne recule que pour mieux nous frapper.

Mon frère ne paraissait pas convaincu.

— Les rapports indiquent pourtant qu'il ne s'intéresse plus à nous et qu'il semble s'être tourné vers les autres provinces. Nous sommes tranquilles pour un moment.

— Ça nous laisse du temps pour reconstituer nos forces, mais cela vaut aussi pour lui, objectai-je.

Tom et Ginger se regardèrent, avant de me fixer.

— Tu préférerais qu'on attaque maintenant, alors ? me demandèrent-ils.

J'ouvris la bouche, avant de la refermer. En vérité, je ne savais pas ce qui était le mieux. Je ne voulais pas exposer inutilement les paysans, ainsi que nos alliés, mais je craignais qu'attendre ne nous enfonce dans un bourbier. Faute de réponse convenable, je choisis de lancer une pique.

— Dites, depuis quand suis-je devenue l'experte en bataille ? jetai-je.

— Depuis que tu survis à toutes celles dans lesquelles on s'empêtre ? proposa mon frère avec un sourire innocent absolument peu convaincant. Et puis, Achille affirme que tu es la meilleure élève qu'il ait jamais entraînée. Je commence à croire que tu es une combattante exceptionnelle.

La discussion s'arrêta là, car je n'avais pas envie d'entrer dans la polémique. Nous retrouvâmes rapidement nos tâches quotidiennes. Cela dit, la question continuait de trotter dans les esprits et nous n'étions pas les seuls à nous la poser. Alors que je traînais dans Piédepaur, j'entendis plusieurs paysans se vanter qu'ils allaient, sous notre bannière, poursuivre l'Équarrisseur et massacrer ses troupes. Jock et plusieurs voyageurs planaire m'interpellèrent en me demandant quand nous comptions aller botter les fesses de ces sagouins.

Quelques jours après notre conversation, un groupe survint de l'ouest. Elle venait des confins de Morneséjour. Je les vis entrer dans le village et passer les contrôles : une colonne famélique, aux yeux hagards et aux visages creusés par la faim et la peur. Nous dûmes d'abord les nourrir et les mettre à l'abri, avant que le pauvre homme qui faisait office de chef ne prononce des paroles cohérentes.

— Le… L'Équarrisseur. Il a déboulé chez nous. Il a tout emporté, les chevaux, les bêtes, les vivres. Il… Il a incendié les maisons et les champs. Lui et ses troupes, ils disent qu'ils se rendent à la capitale…

Il s'agissait d'une nouvelle alarmante. Si Razgamath arrivait à prendre le trône d'Arnullie, alors une partie des autres provinces tomberait sous son joug. Nous serions en grand danger. Nous n'avions plus le choix : il fallait combattre et marcher sur Arnullia.

Nous lançâmes un appel et nous réunîmes sur la grand-place de Piédepaur. Je ne l'avais jamais vue aussi noire de monde. Tom monta sur des caisses et expliqua notre situation, ainsi que notre décision d'aller déloger Razgamath de la capitale. Lui qui était habitué des effets de manche et maîtrisait à la perfection l'art d'embobiner ses semblables parla simplement, clairement, sans rien cacher de la vérité.

Oui, ce serait périlleux. Non, nous ne savions pas si nous allions réussir. Il termina son discours par les mots suivants :

— Nous ne forçons personne, nous ne souhaitons que des volontaires, mais de ceux qui s'engagent avec nous, nous exigerons une loyauté sans faille.

Le silence flotta un moment sur la place, avant que la foule n'explose en vivats et applaudissements. En un instant, le tumulte devint complet et assourdissant. Tom étendit les bras pour réclamer le calme.

— Ceux qui désirent nous accompagner, mettez-vous à côté de l'estrade, s'il vous plaît.

Il espérait regagner de l'ordre, mais réalisa qu'il devrait trouver une autre idée. Tout le monde avait décidé de venir, et bientôt, des hommes s'empoignèrent pour être les premiers à se tenir à l'endroit indiqué. Nous avions encore du travail si nous voulions transformer ces gaillards en une armée digne de ce nom.

Je levai les yeux au ciel en voyant Tom et Ginger tenter de reprendre le contrôle de la situation. J'avisai Faith et Alice, qui ricanaient dans un coin.

— Ça vous amuse, lançai-je en les rejoignant.

— Beaucoup, répondit la Foudre des Skelj.

— Je suppose que je n'arriverai pas me débarrasser de vous.

— Oh allons, tu nous aimes trop pour ça, susurra Faith alors qu'un éclair enjoué passait dans ses iris dorés.

Je poussai un profond soupir, qui se mua en un couinement surpris lorsqu'une main massive s'abattit sur mon épaule. Jock, dans toute sa finesse, m'administra plusieurs tapes vigoureuses dans le dos.

— Parfait ! Vous pouvez compter sur moi et mon équipage. On a hâte d'en découdre !

— J'en suis ravie, maugréai-je.

— Dame Wiseman, vous êtes devenue une très bonne joueuse d'épée, mais vous avez encore besoin de mes services, déclara Achille en apparaissant derrière Jock.

Celui-ci éclata de rire et me souleva.

— On va bien s'amuser ! En plus, j'ai envie de tester les modifications que votre professeur a bricolées pour notre armement.

Jock me reposa. Je regardai M. Nutter. Les voyageurs planaires l'entouraient. Nul doute que chacun avait quelque chose à lui demander. Razgamath n'avait qu'à bien se tenir…

*

Le soleil se leva alors que nous franchissions les limites ouest de Morneséjour pour entrer dans la province de Tertriste. Encore un nom qui témoignait du problème qu'avaient ces gens avec les appellations.

Je me retournai pour contempler Morneséjour, et avisai l'astre derrière les montagnes de l'est. Je repensai à mon périple en cette direction, et chassai de mon esprit ces réflexions. Nous n'allions pas à la rencontre d'Ishbehel cette fois, nous chevauchions vers l'ouest en direction de la capitale pour, comme le disait Jock, botter les fesses de Razgamath.

La route, ourlée de champs, était large, mais pavée inégalement. Les chariots peinaient à y avancer et nous devions ménager nos montures. J'accordai une pause à ma jument pour brouter l'herbe en bord de chemin, et regardai autour de moi.

Tom avait pris la tête du cortège, accompagné par Faith et plusieurs autres voyageurs. Les machines assuraient la protection et volaient en amont et en aval, pour garantir que la voie était libre et qu'aucune armée dissimulée parmi les choux et les betteraves n'allait nous sauter à la gorge.

Ginger et le professeur marchaient en milieu de file. Lady Astley surveillait le savant et gérait l'intendance de notre cohorte. Nous avions réussi à mobiliser plusieurs centaines de paysans, d'après les derniers calculs de Ginger, nous n'étions pas loin du millier d'hommes en tout et pour tout. Les chiffres me donnaient le tournis.

Un chariot, sur lequel Achille se trouvait et discutait affûtage de lames avec le cocher, me dépassa. Je jugeai qu'il était temps de reprendre la route. Je tirai mon cheval de sa pause herbeuse, le talonnai et rejoignis lady Astley. Assise à l'arrière d'une charrette, elle lisait un épais livre de finances.

— Je n'aurais jamais cru te voir aussi studieuse, plaisantai-je.

— Ma défunte mère non plus. Elle me répétait toujours « apprends à compter et à écrire, tu pourras arnaquer les gens plus facilement ». Moi je ne voulais rien savoir. Elle serait surprise.

— La mienne également, murmurai-je.

Je regardai à nouveau l'armée. Les paysans étaient enthousiastes et beuglaient à tue-tête :

— Tandis que retranchées, nos pauvres âmes gémissent, au dehors on entend les lames qui cognent et crissent, tremblant, je sens nos cœurs affolés, battre désordonnés, au rythme des coups sourds, sur les portes frappés, si Azorus le grand n'accourt, nous serons décimés ! Mais tout à coup, silence dans le fracas terrible ; au milieu du chaos, monte un bruit impossible : un essaim de bourdons qui crache ses poumons. Stupeur, terreur, et massacre à foison : des dragons de métaux défoncent les brigands, qui finissent réduits en un hachis sanglant. C'est Azorus le sorcier et son armée d'enfer, venus poutrer les troupes de l'affreux Sanguinaire !

Parmi les chansons de marche, la geste d'Azorus le sorcier revenait un peu trop pour me plaire. Je soupçonnais Alice et Faith d'y être pour quelque chose. Ces gens se montraient si euphoriques… À croire qu'ils allaient pique-niquer et pas mener une guerre. Certes, pour l'instant nous n'avions rencontré aucune résistance. Mieux, de tout Morneséjour, des hommes et femmes affluaient pour se joindre à nous.

La première journée dans Tertriste ressembla à celle dans Morneséjour. Le soleil ne nous accompagna pas longtemps, et bientôt, une pluie fine le remplaça. Nous traversâmes une campagne qui me parut lugubre. Les champs étaient déserts et dévastés. Les troupes de l'Équarrisseur étaient passées par là. Nous atteignîmes un village à la nuit. Les habitants, d'abord dissimulés, sortirent pour nous accueillir quand nous annonçâmes notre volonté de botter les postérieurs de Razgamath et sa horde. Nous fûmes dès lors fort bien reçus et repartîmes le lendemain avec des vivres et de nouveaux soldats.

La même scène se répéta dans tout Tertriste. À chaque agglomération où nous nous arrêtions, nous gagnions des renforts. Le charisme de Tom y était pour beaucoup dans ce recrutement, la haine de Razgamath aussi. J'avais déjà noté lors de notre combat contre les sbires d'Ishbehel qu'il ne valait mieux pas contrarier un paysan, cette observation se justifiait jour après jour.

Les choses se gâtèrent lorsque nous franchîmes les limites de Tertriste pour pénétrer dans la province de Ceanzintéré. Nous approchâmes de la première ville en milieu de journée, pour trouver une troupe dense qui nous attendait à l'entrée. Les locaux s'étaient équipés de tout ce qu'ils pouvaient - faux, fourches, fléaux - et nous étudiaient avec hostilité.

Je comprenais leur inquiétude : notre armée se montait maintenant à près de deux mille têtes. Tom ordonna l'arrêt du cortège et me fit signe d'avancer. Alice, installée dans un chariot proche, se rendit invisible et sauta en croupe de mon cheval. Je talonnai ma jument et, avec Tom, nous vînmes à la rencontre des habitants.

— Bonjour, les salua mon frère.

— Nous savons qui vous êtes, Ligue des ténèbres, répondit l'un des hommes, probablement le chef. Vous n'êtes pas les bienvenus ici !

Voilà qui donnait la tonalité de la conversation.

— Puis-je demander pourquoi ? s'enquit Tom.

— Razgamath nous a épargnés jusque-là. Il a juré de continuer si nous ne vous aidions pas. Par contre, il rasera notre ville si nous vous portons assistance. Passez votre chemin et tout ira bien !

Tom tenta d'argumenter et de faire comprendre aux habitants que l'Équarrisseur n'avait pas gagné son surnom en se montrant magnanime et en tenant ses promesses. Peine perdue. Ces gens avaient peur et elle obscurcissait leur jugement. De plus, si Razgamath avait menacé de représailles, cela voulait sûrement dire qu'il possédait des espions qui pourraient rapporter nos faits et gestes. Raison de plus d'être prudents et de ne pas nous attarder en ces lieux.

Nous contournâmes donc la bourgade et reprîmes notre route. Les villages suivants avaient également reçu les mêmes consignes. Mais, passée la première réticence, ils se révélèrent plus accueillants. Ils avaient eu vent du carnage à Tertriste et Morneséjour et avaient vu les troupes de l'Équarrisseur à l'œuvre. Certains hameaux avaient été pillés et incendiés. Il ne fut guère difficile de les convaincre que nous représentions leur meilleure chance.

Des villages nous donnèrent des provisions, dans d'autres quelques hommes se joignirent à nous. Nous quittâmes Ceanzintéré pour entrer en Cœur-de-nul, la province centrale de l'Arnullie. Contrairement aux autres, la région était moins rurale, on y dénombrait en effet des villes entourées de solides murailles. Ne sachant guère ce que nous allions y trouver, nous préférâmes les éviter, et coupâmes donc à travers une épaisse forêt.

L'endroit aurait pu être joli, avec ses chemins de terre et ses grands arbres. Il émanait de ces lieux une certaine majesté. Malgré tout, je ne me sentais pas à l'aise sous ce couvert étouffant. J'avais l'impression que des yeux me guettaient.

La première journée se déroula sans encombre et je parvins à sommeiller une poignée d'heures au cours de la nuit.

— Soyons prudents, nous recommanda Tom alors que nous repartions pour le deuxième jour. J'ai peur qu'ils nous attendent quelque part.

Je suivis ses conseils et m'efforçai de rester aux aguets. Malgré tout notre vigilance, nous ne les vîmes pas à temps. Ils nous attaquèrent au détour d'un bosquet que nous avions traversé. Je chevauchais à l'arrière quand des cris m'alertèrent. Je tirai mon épée et mon pistolet à éclairs et poussai ma jument pour aller voir de quoi il retournait. Une ombre venue des arbres fondit sur moi et me jeta à terre. Je roulai rudement au sol et me redressai aussitôt. Une lame fusa en direction de ma gorge, je parai de mon arme et administrai un coup de taille à hauteur du ventre à mon adversaire. Il esquiva ma riposte, mais pas le registre que Ginger lui asséna sur le crâne. Je le terminai rapidement.

Mais pas le temps de m'endormir, deux autres arrivaient. Une flèche faucha le premier, je m'occupai du deuxième.

Quelqu'un me ceintura par-derrière. Je balançai ma tête en arrière, mon crâne percuta un nez qui craqua dans un bruit réjouissant. L'étreinte se desserra. Je me libérai et estoquai mon opposant à la poitrine.

Je me débarrassai ainsi de tous les brigands qui se présentèrent. Autour de moi, on ferraillait dur. Des soldats tombèrent, blessés ou morts, mais nous tenions bon. Des éclairs illuminaient de temps à autre le couvert de la forêt, les voyageurs planaires usaient de leurs armes. J'entendis le pistolet de Faith faire feu, et Achille agonir d'insultes colorées ses ennemis.

Alors que je tentais d'alléger un soudard de la partie la moins importante de sa personne – sa tête – un cor retentit. Aussitôt, nos adversaires se replièrent et fuirent dans les bois. Quelques-uns de nos hommes firent mine de les poursuivre, mais Tom les arrêta d'une voix impérieuse.

Le silence et le calme retombèrent. Mon frère et Ginger prirent les choses en main pour réorganiser les troupes, s'occuper des blessés et de ceux morts au combat.

Je restai immobile, plantée au milieu du passage, jusqu'à ce que Faith vienne vers moi.

— Tout va bien ? s'enquit-elle.

J'opinai.

— Oui, c'est juste que tout ceci était un peu soudain.

En vérité, la bataille m'avait fait réaliser que nous nous étions vraiment embarqués dans une guerre, avec un ennemi acharné à nous abattre.

Les jours suivants confirmèrent cette révélation. Nous essuyâmes des tirs d'arbalète et de catapulte en nous approchant d'une cité fortifiée. Les troupes de Razgamath ne cessèrent de nous harceler. Nous perdîmes de nombreux hommes.

Une nuit où j'étais de garde, je perçus du mouvement dans le campement. Je vis plusieurs de nos soldats filer en douce et prendre la direction de l'est. Ils désertaient pour retourner dans leurs campagnes. Je ne pouvais leur en vouloir.

Pourtant, nous avancions, chaque jour nous grignotions du terrain sur les hordes de l'Équarrisseur. Celles-ci étaient composées de brigands, va-nu-pieds et autres rebuts. Les populations les craignaient, mais ne les appréciaient guère.

Nous atteignîmes finalement une grande ville, Pierremolle, dernière cité avant la capitale. Ce bastion fortifié servait de protection. On ne pouvait rejoindre Arnullia sans le traverser.

Les portes étaient fermées, les murailles hérissées d'archers et arbalétriers. Un homme se tenait en haut. À son accoutrement sombre et rapiécé, je reconnus l'un des sbires de Razgamath.

— Arrière, Ligue des ténèbres ! Votre route s'arrête ici ! s'exclama-t-il. Moi, Darkhal, deuxième général de Razgamath, je vais vous pulvériser !

J'échangeai un regard avec mon frère. Derrière lui, Faith et Alice roulèrent des yeux au ciel. Darkhal se répandit en injures, expliquant par le menu tout ce qu'il comptait nous infliger. Ginger étouffa un bâillement. La scène était d'un tel ridicule que j'hésitai entre le rire et les larmes.

J'observai la foule sur les murailles. Il s'agissait des habitants, accompagnés de quelques Équarrisseurs. Visiblement, ils avaient recruté de force la population et les visages tendus et anxieux montraient que les locaux n'étaient guère enthousiastes à l'idée de se trouver mêlés à cette guerre.

Un plan germa dans mon esprit. Je m'approchai de Tom et lui soufflai :

— Je pense savoir comment nous débarrasser de ce gugusse sans violence inutile. Tu me fais confiance ?

— Toujours, répondit mon frère.

Je ne polémiquai pas sur les nombreuses fois où il avait mis ma parole en doute, et me concentrai plutôt sur mon entreprise.

— Faith, Alice, j'ai besoin de vous, murmurai-je.

Mes deux amies me rejoignirent et je leur expliquai en quelques mots ce que je comptais faire. Leur visage s'éclaira d'un sourire.

En haut des murailles, Darkhal était passé à d'autres invectives nous accusant de relations contre nature avec des ovins. Je l'interrompis d'un coup de pistolet à éclairs tiré en l'air. Je savais que je risquais gros, mais j'avançai. Derrière moi commença à résonner le chant d'Azorus le sorcier.

— Gorduk frappe le héros sacré, il bave et rit tandis qu'il faiblit, il lève haut sa monstrueuse épée et dans un cri de bête croit lui ôter la vie. Son rire s'envole et puis soudain se tait : il tombe au fond de sa gorge tranchée.

Curieusement, entendre ce ramassis d'idioties entonné par des dizaines de paysans me rasséréna.

— Laissez-nous entrer ! apostrophai-je Darkhal.

— Jamais, Ligue des ténèbres !

— Trêve de plaisanterie. Je répugne à recourir à de telles extrémités, mais nous voudrions passer pour aller botter les fesses de Razgamath. Auriez-vous l'obligeance de nous ouvrir la porte ?

Darkhal s'empourpra.

— Vous n'avez rien écouté ? Je vais vous pulvériser.

— Et avec quelle armée ? Les quatre clampins avec leurs protections moisies ? Ils sont bons pour terroriser les habitants, mais ils ne pèseront pas lourd face à nous.

Je pris une inspiration, me redressai sur ma selle et pointai Darkhal du doigt. Comme s'ils avaient compris mon plan, les hommes et femmes entonnèrent plus fort le chant d'Azorus.

— Voyez, voyez ! C'est Azorus ressuscité ! Gloire à Azorus le sorcier, qui tua d'un éclair, le cruel et l'affreux Gorduk le Sanguinaire !

— Je suis Azorus, puissant sorcier ! J'ai déjà terrassé un général de Razgamath et je compte bien en ajouter un deuxième à ma liste ! Écartez-vous de lui ou subissez mon courroux !

Ceux qui entouraient Darkhal m'obéirent avec prudence. Tant mieux. La visée d'Alice manquait de précision, cela m'aurait ennuyé de toucher des innocents.

— Revenez ! beugla Darkhal. Sinon, je…

La foudre le carbonisa sur place. Alice fit preuve d'enthousiasme et vaporisa la porte et un pan du mur par la même occasion. Des cris retentirent dans la ville. J'adressai un signe de tête à Faith, qui retira ses lunettes. L'illusionniste utilisa ses pouvoirs pour me faire paraître bien plus grande que je n'étais en réalité.

— Tremblez devant Azorus et la Ligue des ténèbres ! tonnai-je.

Les sbires de Razgamath abandonnèrent leurs postes en hurlant. Avoir profité de la crédulité de ces gens ne me rendait pas très fière, mais au moins, nous avions remporté cette victoire sans presque verser de sang. Désormais, la route vers la capitale nous était ouverte.

*

Les habitants de Pierremolle nous accueillirent avec gratitude. Je découvris une cité plutôt prospère, qui vivait visiblement du commerce. Bâtie en pierre grise, nichée dans le recoin d'un fleuve, ses maisons étaient solides. Ce qui expliquait pourquoi Razgamath n'avait pas réussi à la raser totalement. En arpentant les rues, je vis quand même de nombreux murs écroulés, des toits noircis, des vitres brisées.

Nous nous installâmes à Pierremolle, le temps de soigner nos blessés et récupérer des forces. Nous en profitâmes aussi pour envoyer des éclaireurs en reconnaissance.

Lorsqu'ils revinrent, ils nous dressèrent un rapport de la situation. Razgamath avait envahi Arnullia et exécuté le souverain. Il s'était terré dans le palais royal. La ville était en état de siège, d'un côté les Équarrisseurs écumaient les rues pour piller les maisons et enrôler les habitants de force dans leur brigade. De l'autre, les nobles qui avaient survécu aux luttes internes tentaient de regagner de l'autorité. La garde essayait de reprendre le château. La capitale nageait en plein chaos.

Notre rôle était maintenant de nous faufiler dans ce bourbier pour tuer Razgamath et récupérer le pouvoir. Mes camarades élaborèrent un plan soi-disant génial. Je nourrissais des doutes, d'autant plus qu'ils m'avaient assigné une mission des plus désagréable : m'infiltrer par le système d'égouts.

Nous déclenchâmes l'opération une nuit sans lune, qui nous paraissait favorable. Je partis en amont, en compagnie de Faith et Alice, et rejoignis ma planque : l'entrée d'un conduit, situé à la sortie de la ville. Là, commença la partie que je détestais le plus : l'attente.

Je m'agitai dans ma cachette et relevai mon écharpe sur mon nez pour me protéger de l'odeur putride qui émanait du tunnel. Faith, à côté de moi, s'éventa en plissant les narines. Seule Alice ne semblait guère affectée. Elle lorgna hors de notre tanière.

— Alors ? demandai-je.

— Rien pour l'instant, répondit-elle.

Je soupirai et m'appuyai contre la paroi. Au-dessus de nous se dressaient les murailles de la capitale. Une grille barrait l'entrée vers le conduit, mais Alice avait assuré pouvoir s'en charger rapidement. Dans le pire des cas, Faith transportait l'un des calibres du professeur Nutter. Nous n'attendions plus qu'une diversion.

Alors que je contemplais l'idée de me ronger les ongles jusqu'au sang pour dissiper l'ennui mêlé d'angoisse qui me gagnait, une explosion ébranla le sol.

— Ah, ça commence, déclara Alice.

Je passai la tête hors de notre abri. Jock avait une nouvelle fois vu les choses en grand. Lui et les autres voyageurs planaires lançaient leur attaque. Ils survolèrent la ville en piqué, lâchant des bombes qui éclatèrent en étincelles colorées.

M. Nutter avait équipé les machines d'armes non létales, des variantes de sa gelée rose qui figeait les gens. Il nous avait assuré que le processus était entièrement réversible. J'espérais qu'il ne s'était pas laissé trop emporter.

En parlant d'enthousiasme, un éclair violet m'éblouit. Malgré le vacarme qui régnait, j'entendis nettement un rire dément résonner. Je rampais hors de mon abri pour mieux y voir.

— Fais attention ! m'intima Alice.

— Pas de danger, je la dissimule, déclara Faith.

Forte de la protection de l'illusionniste, j'osai me redresser un peu. À quelques yards de là, j'aperçus mon mentor abattre la porte d'un tir d'un canon. La machine, énorme, biscornue, hérissée d'antennes et de pistons, émettait la lumière violine que j'avais remarquée plus tôt. Elle lâcha un nouveau tir, qui pulvérisa la herse d'entrée. Le professeur poussa un rugissement de triomphe.

Derrière lui, Thomas et Ginger, montés sur des chevaux blancs, vêtus de tenues sombres brodées de fils argentés, affichaient une attitude régalienne du plus bel effet. Tom leva son épée.

— Vers la victoire ! l'entendis-je crier.

Les troupes se ruèrent à l'assaut de la ville. Leur rôle était simple : garder l'attention sur eux pour attirer les Équarrisseurs, si possible libérer les quartiers en protégeant les civils et surtout, éviter de se faire tuer. J'avais l'impression qu'ils prenaient le dernier point à la légère, ce qui ne manquait pas de m'inquiéter.

— Sam, allons-y ! m'appela Alice.

Je redescendis dans ma cachette. La Foudre des Skelj se tenait devant la grille. Nous attendîmes une nouvelle explosion et Alice lâcha une déflagration qui réduisit la herse en cendres. La voie vers le cœur de la capitale s'offrait à nous.

*

Alice passa la première, se rendant presque invisible. Elle revint vers nous rapidement.

— La voie est libre.

Faith et moi enfilâmes nos lunettes à voir dans le noir, l'une des dernières créations du professeur Nutter. Les binocles étaient massifs, affreusement lourds et inconfortables, mais au moins, nous distinguions notre entourage comme en plein jour. J'aurais néanmoins aimé qu'elles protègent aussi de l'odeur infâme qui régnait ici.

— Quelle horreur ! s'exclama Faith. Pire que les tanières de loups-garous.

— Et encore, tu n'as jamais senti les chaussettes sales de Thomas, soupirai-je, mais nous n'avons guère le choix. Avançons.

Nous entamâmes notre progression. Nous ne disposions pas de plan des canalisations, mais nous avions effectué des repérages aériens de la cité. Nous savions à peu près à quelle distance le château se trouvait des murailles. Je m'occupai de la boussole pour maintenir le cap, Faith se chargea de mesurer le chemin parcouru.

Nous marchâmes vite. Au-dessus de nous résonnaient des impacts et des explosions. J'espérais que le professeur et mes camarades ne s'étaient pas laissé trop emporter.

Nous arrivâmes enfin dans la zone du palais. Il fallait maintenant dénicher un endroit pour remonter à l'air libre. Nous dûmes pour cela revenir à un croisement et nous éloigner de notre but. Qu'à cela ne tienne, je ne m'attendais pas à pouvoir déboucher directement dans la forteresse. Trop de risques de mauvaises rencontres.

Les entrées des égouts consistaient en des déversoirs où les habitants jetaient déchets et eaux usées. Le passage formait une sorte de toboggan de pierre. Alice flotta jusqu'à la surface.

— C'est bon, souffla-t-elle. Vous pouvez y aller.

Faith et moi tentâmes de grimper. Ce ne fut pas sans mal. Sans rentrer dans les détails, je peux affirmer que notre dignité, ainsi que la propreté de nos vêtements en souffrirent grandement.

Je m'extirpai à grand-peine de cet endroit infâme, souhaitant de tout mon cœur pouvoir prendre un bain rapidement. Le spectacle que je découvris me cloua.

Une partie de la ville brûlait. Deux engins la survolaient, je discernai celui de Jock et l'un des autres voyageurs. Ils larguèrent quelque chose sur les foyers d'incendie. De l'eau. Ils essayaient d'éteindre les feux.

J'aperçus des silhouettes sur un toit. Je reconnus celle de mon frère, aux prises avec un adversaire. Tom tomba et se rattrapa à une gouttière. Je voulus lui porter secours, Alice m'en empêcha. L'ennemi de Tom fondit sur lui, épée brandie. Un tir de rayon de la mort le faucha. Ginger accourait à la rescousse avec des renforts.

— Viens, me pressa Alice en m'entraînant à l'écart. Il faut avancer.

Longeant les murs, nous prîmes la direction d'un sombre bâtiment qui surplombait la cité : le château. Les flammes éclairaient sa pierre noire et ses tours biscornues, lui conférant une allure sinistre.

Nous croisâmes des civils qui fuyaient, des hommes en armures et des Équarrisseurs qui se combattaient férocement. Je bouillonnais d'intervenir, mais je savais en même temps que je ne devais pas perdre mon objectif de vue : pénétrer dans le palais.

Grâce aux talents de Faith, nous restâmes inaperçues jusqu'à atteindre la herse qui marquait l'entrée du bastion. Comme je m'y attendais, elle était fermée, et pas question de la défoncer, nous devions demeurer discrètes. Alice pointa les douves qui entouraient les murs.

— Les filles, vous allez avoir droit à votre bain plus tôt que prévu.

L'eau se révéla glacée et sombre. Elle puait la vase et la boue, mais à tout prendre, elle constituait une amélioration par rapport aux égouts. Nous nageâmes jusqu'à toucher l'autre côté. Alice vola à une fenêtre, emportant une corde qu'elle déroula pour nous permettre de grimper.

L'escalade en pleine nuit, trempée jusqu'aux os, ne représentait pas mon loisir favori. Je m'attendais à tout moment à ce qu'un Équarrisseur nous repère et décide de nous faire connaître une flèche ou un carreau d'arbalète. Le chaos qui régnait dans la ville avait apparemment désorganisé les patrouilles, car nous atteignîmes la fenêtre sans mal.

Je poussai un soupir de soulagement alors que je posai le pied sur du dallage. Je frissonnai et observai autour de moi. Nous nous trouvions dans une minuscule pièce, visiblement une étude.

Alice ouvrit la porte et jeta un coup d'œil dans le couloir. Elle nous adressa un hochement de tête. Nous nous faufilâmes à l'extérieur. Des cris lointains et des explosions retentissaient. Un hurlement déchira l'atmosphère, venu des hauteurs. J'échangeai un regard avec mes compagnes. Elles acquiescèrent.

Nous dénichâmes un escalier. Le bruit d'une cavalcade nous arrêta net. Trois femmes aux visages apeurés descendirent. Elles se figèrent en nous découvrant. Je levai la main dans un signe d'apaisement.

— Du calme, nous ne vous voulons aucun mal. Nous sommes ici pour vous sauver.

La plus jeune d'entre elles lâcha un couinement. Sa voisine lui passa un bras autour des épaules et l'attira contre elle.

— Il est devenu fou, gémit la troisième.

— Qui ça ? demandai-je.

— Razgamath ! Il a commencé à tuer les domestiques.

— Où est-il ?

— Là-haut, avec ses Équarrisseurs.

— Allez retrouver les autres serviteurs et cachez-vous. Nous nous occupons de tout.

Les filles filèrent vers le bas tandis que nous reprenions notre progression. Les cris gagnaient en intensité, des beuglements inhumains. Je rassemblai mon courage et nous montâmes.

Je sentis le premier attaquant plus que je ne le vis. Une ombre surgit soudain d'un palier. Je bloquai son coup de mon épée et voulus riposter de mon pistolet. L'arme n'émit qu'un pet mouillé décevant. Mon agresseur en profita pour m'asséner un coup de pied dans la poitrine. Je tombai à la renverse sur Faith et Alice. Elles me rattrapèrent, mais notre opposant fondit sur nous avec un poignard. Le coup déchira ma manche et toucha Faith au bras. Je me dégageai et le lardai d'une botte.

Nous eûmes à peine le temps de nous dégager que d'autres ennemis arrivaient. Les Équarrisseurs déboulèrent dans les escaliers. Une lutte acharnée débuta. Les sbires étaient en plus grand nombre, mais leurs gestes lents et leurs pupilles dilatées témoignaient d'une consommation d'alcool ou de drogue. Ils ne portaient aucune protection, certains étaient même à moitié nus.

Je me débarrassai de deux d'entre eux. Une trouée s'offrit à moi. Je n'hésitai pas et plongeai. Je débouchai sur une terrasse extérieure. Un homme se tenait à genoux, les bras tendus vers le ciel. Un livre était ouvert devant lui.

— Ô Seigneur de l'au-delà ! Entends ma prière ! clama-t-il. Moi, Razgamath, j'en appelle à toi pour me libérer de mes ennemis !

Je me figeai. L'homme s'aperçut de ma présence et tourna la tête vers moi. Je croisai son regard et saisis que cette personne avait abandonné toute santé mentale bien longtemps auparavant. J'avisai autour de lui les corps sans vie de trois femmes, dont le sang s'écoulait sur la pierre. Razgamath se leva. Je réalisai qu'il se tenait dans une sorte de symbole dessiné avec le sang des sacrifiés. Je compris alors quel était le livre et ce qu'il comptait faire avec. Je n'hésitai pas.

Avec un cri de rage, je chargeai Razgamath. Il esquiva ma première botte et se jeta sur moi. Désarçonnée par une telle réaction, je battis en retraite. Les dents du fou claquèrent à quelques centimètres de ma gorge, tandis que son poignard mordait ma cuisse.

Je reculai de quelques pas pour me placer hors de portée. Razgamath m'observa de ses yeux hallucinés. Il rugit et voulut se ruer de nouveau sur moi. Cette fois, j'étais prête. J'évitai son attaque et lui administrai un féroce coup de taille. Ma lame lui entailla le cou. Il appuya la main sur sa blessure avec un gargouillis. Je retirai mon arme pour la lui enfoncer dans la poitrine. Razgamath tomba au sol. Je me figeai, dans l'attente. Mais il ne se releva pas, et Isbehel ne déchira pas le ciel, preuve que l'Équarrisseur ne possédait sûrement pas de pouvoirs magiques.

Je tins néanmoins à être sûre qu'il ne se relèverait pas : j'abattis mon épée à plusieurs reprises pour séparer son chef de son tronc et l'attrapai par les cheveux.

Des cris résonnèrent derrière moi. Deux Équarrisseurs déboulèrent. Ils s'arrêtèrent net en me voyant. Un éclair éclaira brièvement les lieux alors que je brandissais la tête. Je remerciai silencieusement Alice.

— Tremblez devant Azorus ! hurlai-je. Soumettez-vous ou craignez mon courroux !

Les Équarrisseurs se prosternèrent. Alice et Faith surgirent derrière eux et les assommèrent. La fae m'observa en haussant un sourcil.

— Tu as le sens de la mise en scène, nota-t-elle.

— On fait ce qu'on peut, grommelai-je.

Alice poussa du pied le livre.

— Qu'est-ce que c'est ?

— Le moyen d'appeler une créature déplaisante. Brûle-moi ça, s'il te plaît.

— Avec joie.

Un dernier éclair, moins puissant que les précédents, signe qu'Alice fatiguait, régla son compte au manuscrit impie.

— Et maintenant ? s'enquit la Foudre.

— Allons chasser les Équarrisseurs, répondis-je.

Munie de mon sinistre trophée, je redescendis dans les pièces inférieures du château. Il ne restait plus que quelques barbares, que j'invectivai en brandissant la tête de leur ancien maître. Terrorisés par mes prétendus pouvoirs, ils fuirent, ou se rendirent bien vite.

Les domestiques et les habitants du palais firent preuve d'autant de circonspection et demeurèrent cachés, jusqu'à ce qu'une bonne plus téméraire que les autres vienne voir de quoi il retournait.

— Razgamath est mort ! clama-t-elle.

Son cri marqua le signal de la délivrance. Partout, familiers et serviteurs sortirent pour constater la nouvelle par eux-mêmes. Rapidement, je dus me frayer un chemin dans une foule assez dense.

J'atteignis enfin la cour de la forteresse et ordonnai qu'on lève la herse. J'attendis ce qui me parut une éternité. Des détonations résonnaient toujours dans les airs, mais de moins en moins fréquentes. Je m'efforçai de rester impassible, même si chaque minute qui passait était une torture.

Finalement, j'aperçus des lumières : celles de flambeaux, mais également des lueurs colorées qui m'arrachèrent un bref sourire. Trois silhouettes s'encadrèrent sur le pont-levis. Je vins à leur rencontre. Ils étaient épuisés, le visage de Tom affichait une méchante coupure, Ginger boitait et les sourcils du professeur étaient noircis, mais ils étaient en vie. Nous avions gagné.

*

Rétablir l'ordre dans Arnullia et traquer les derniers Équarrisseurs nous prit une bonne semaine. La purge du précédent roi avait mis à mal la noblesse, beaucoup étaient morts soit aux mains du souverain, soit de celles de Razgamath. Certains se cachaient dans leurs provinces, d'autres s'étaient carrément exilés dans les terres voisines. Ceux demeurés présents nous prêtèrent allégeance assez rapidement. Je crois qu'ils étaient soulagés de retrouver un semblant de calme et que même les plus ambitieux ne souhaitaient pas se frotter à nos armes.

Une fois la capitale sécurisée, nous voulûmes renvoyer les voyageurs planaires. Certains partirent, mais les trois quarts, Jock en tête, nous décrétèrent qu'ils se marraient bien trop pour s'arrêter là. Nos alliés décidèrent également de prolonger leur séjour, afin de nous prêter main-forte pour la suite. Je pense qu'eux aussi commençaient à s'amuser. Achille se mit à passer beaucoup de temps avec Jock et son équipage. L'appel du voyage laissait son empreinte sur lui.

Les voyageurs restants nous servirent d'émissaires vers les provinces du royaume. Certaines, comme Morneséjour et Tertriste nous étaient déjà acquises et se rallièrent à nous avec enthousiasme. D'autres traînèrent un peu plus les pieds. Pour celle de Tadequaunard, il fallut carrément envoyer le professeur Nutter avec quelques-uns de ses joujoux pour calmer les velléités de rébellion et guerre civile. Cela dit, d'après Leister, le philosophe du Sanctuaire, les dirigeants de cette province s'étaient toujours montrés taquins vis-à-vis du pouvoir central.

Chemin faisant, la Ligue assura son emprise sur le trône d'Arnullie et rétablit l'ordre, ainsi qu'un semblant de paix. Certes, il y avait des contestations, des nobles qui faisaient preuve de mauvaise volonté, des paysans qui estimaient qu'ils pouvaient très bien se débrouiller sans nous. Mais globalement, nous contrôlions la situation.

Cette sensation était étrange. Pour la première fois depuis bien longtemps, nous savions exactement où nous allions et ce que nous faisions. Mieux, nous nous étions naturellement répartis pour gagner en efficacité.

M. Nutter gérait la reconstruction de la capitale. En effet, celle-ci avait subi de nombreux dégâts et nous jugions qu'il était de notre devoir d'y remédier. Le vieil homme s'était mis en tête d'améliorer certaines choses, notamment le système d'évacuation des eaux usées, les mécanismes de levée des portes… Je l'assistai dans ces tâches. Bientôt, nous devînmes connus sous les noms des sorciers Azorus et Belgos. Le professeur annonça que je n'étais pas la seule à avoir droit à un sobriquet, après tout !

Thomas s'imposa comme le chef. Il avait bien étudié la noblesse anglaise, il savait jouer les grands seigneurs, rassurer quand il le fallait, menacer quand il le devait. Il possédait le charisme et le physique pour ce genre de rôle. Je devais néanmoins avouer que la tête creuse qui me servait de frère m'avait impressionnée lors de notre conquête. Tom se révélait capable de prendre les justes décisions dans l'action et avait vraiment à cœur le bien des sujets de l'Arnullie.

Bien évidemment, Ginger le secondait, l'assistait, et le surveillait quand le naturel rustre de Tom refaisait surface.

Lady Astley avait très rapidement compris que les Arnulliens n'obéiraient jamais directement à une femme. Ce qui ne l'empêchait pas de posséder un pouvoir non négligeable. Dès qu'elle le put, Ginger récupéra les livres de comptes et se mit à les éplucher. Elle devint vite une experte sur les finances du royaume et nomma une brigade d'intendants chargés de la gestion. Elle usait en plus de son charme pour se faire apprécier, multipliait les œuvres de charité, allait à la rencontre des gens.

Bref, en quelques mois, le peuple adulait la Ligue des ténèbres et la noblesse nous tolérait. Je pense que certains commençaient même à nous aimer. Toutes les conditions étaient réunies pour un couronnement grandiose.

*

Ginger et Tom avaient vu les choses en grand : cérémonie dans la salle du trône du château, décorée pour l'occasion de somptueuses tapisseries et tentures, éclairée par d'immenses lustres et des milliers de chandelles.

Je pénétrai dans la salle et marquai un temps d'arrêt. La vision me donnait le vertige. Des centaines de personnes étaient assemblées là, des dignitaires du royaume, des nobles, mais également des paysans de Morneséjour, qui s'étaient bravement illustrés lors des combats.

Les têtes se tournèrent vers moi à mon entrée et je me sentis rougir. Accroché à mon bras, Edmund Nutter trépigna d'impatience. Je vis un mot sur toutes les bouches : « sorciers ». Je percevais la peur de ces gens, mais aussi leur respect. Le professeur et moi inspirions à la fois crainte et curiosité. Les Arnulliens considéraient nos inventions comme la manifestation d'une puissante magie. Nous n'osions les détromper. De toute manière, je crois que l'explication surnaturelle arrangeait le plus grand monde.

Je remontai l'allée moquettée de velours écarlate, qui menait aux deux trônes siégeant au fond de la salle, sous un dais ouvragé. Pour l'heure, ils étaient vides. Je m'efforçai de ne pas prêter attention aux murmures, et mon mentor et moi nous plaçâmes de part et d'autre. Les conversations moururent et le silence s'installa.

Afin de dissiper mon trouble, j'observai les visages autour de moi. Nos amis voyageurs planaires étaient ici : Jock, Achille, Alice et ses compagnons… Nos alliés aussi, Faith, Mlle S, les sinikiens… Dreampop et Deathrock se tenaient là, un bébé dans les bras. Le balayeur de la Source était apparu un matin dans la cour du château et nous avait simplement déclaré qu'il ne restait que pour le couronnement.

En bonne place à côté des trônes figuraient les philosophes de la Citadelle, Leister en tête. L'homme hocha le chef lorsque mon regard passa sur lui.

Je reportai ensuite mon attention sur la foule. Je m'arrêtai sur un jeune garçon qui détourna vivement les yeux et tira sa capuche, comme pour se dissimuler. Je poussai un soupir agacé. Certains prenaient vraiment le mot « sorcier » très au sérieux. Enfin, me balader dans la capitale avec la tête de Razgamath à bout de bras n'avait pas dû arranger ma réputation.

Des trompettes résonnèrent, m'arrachant à mes pensées.

— Dame Renata et seigneur Théobaldrin, annonça un héraut.

Ginger et Tom entrèrent, un cortège de murmures les accompagna. Ginger portait l'une des robes dont elle avait le secret, qui l'embellissait encore, pour autant que cela soit possible. Mon frère resplendissait avec un pourpoint noir brodé d'or et d'argent, incrusté de pierres. Je jetai un regard sur ma propre mise. Avec ma longue veste et mes chausses, je détonnais quelque peu.

Le couple s'avança jusqu'à arriver devant les trônes. Puis, ils s'agenouillèrent. Leister le philosophe brandit deux fines couronnes. Il les leva bien haut pour que tous puissent les voir, et déposa la première sur la tête de Ginger.

— Par le pouvoir du savoir et de la connaissance, je vous nomme reine d'Arnullie, Renata de Ténébéris, première du nom.

Il passa ensuite à mon frère.

— Par le pouvoir du savoir et de la connaissance, je vous nomme roi d'Arnullie, Théobaldrin de Ténébéris, premier du nom.

Il recula.

— Relevez-vous, maintenant.

Tom et Ginger obéirent et se tinrent devant Leister. Il les regarda avec un sourire radieux. J'étais contente de notre choix pour la cérémonie. Donner à Leister et aux philosophes le pouvoir de couronner les souverains nous plaçait sous le règne du savoir et marquait une nette rupture avec nos prédécesseurs. Le professeur Nutter trépignait de joie, je sentis qu'un sourire irrépressible naissait sur mon visage.

Je perçus du coin de l'œil un mouvement dans la foule. Le jeune homme que j'avais repéré plus tôt, celui qui s'était caché en me voyant, surgit de la cohue avec une arbalète.

— Gloire à Ishbehel ! clama-t-il.

Je réagis si vite que, lorsque je pris conscience de mon geste, l'agresseur gisait déjà au sol, ma dague fichée dans la gorge.

Il y eut un moment de flottement. Je croisai le regard d'Achille, qui me gratifia d'un hochement de tête approbateur. Mais tout le monde ne semblait pas aussi admiratif de ma prouesse. L'odeur de la peur emplit la salle. Je sentis l'instant où la foule allait céder à la panique et fuir de toute part. Je ne pouvais le permettre. Je m'avançai d'un pas vif et conquérant et repris mon poignard. Je le brandis en tournant sur moi-même, le montrant à tous.

— Voilà ce qui arrive à ceux qui s'attaquent à la lignée des Ténébéris ! criai-je. La mort et la destruction ! Je suis

Azorus le sorcier et je proclame ici que les Ténébéris et tous leurs descendants sont sous ma protection. Tant que je vivrai, nul mal ne pourra survenir !

Le silence s'étira. Puis, quelqu'un applaudit et bientôt, toute la salle explosa en vivats. On m'acclamait, on célébrait la naissance d'une nouvelle dynastie. Ginger et Tom allèrent s'asseoir sur leurs trônes, royaux jusqu'au bout.

Je rejoignis ma station à leur côté. Sur mon passage, des mains se tendaient pour me toucher, me féliciter. Le balayeur hocha la tête et me prit le bras.

— Je suis heureux de constater que vous avez trouvé une place. Rappelez-vous que si jamais vous en ressentez le besoin, la Source vous est ouverte.

Il me lâcha et se fondit dans la foule, où il disparut. Je me tins entre le trône de Ginger et celui de Tom et observai la cohue. Nos sujets. Nous avions enfin réussi. Nous avions conquis un monde. Notre règne pouvait maintenant commencer.

*

La suite de l'histoire est simple. Le règne de dame Renata et du seigneur Théobaldrin fut l'un des plus prospères qu'on ait jamais vu. Grâce aux inventions et aux travaux des sorciers Azorus et Belgos, la population connut des améliorations fulgurantes de ses conditions de vie : outils pour moissonner, eau courante et potable, ponts volants, barrages…

Nous dûmes affronter une période de trouble, au cours de laquelle des voyageurs planaires, menés par les De Sagran, tentèrent de nous attaquer. Nous leur fîmes comprendre que nous ne comptions pas nous laisser faire, et ils abandonnèrent la partie.

Nous démantelâmes la Tédesplen d'un commun accord. Notre machine avait fait son temps et nous avions besoin de pièces pour les constructions. Le professeur Nutter pleura, mais au final, l'attrait des nouvelles inventions l'emporta.

Mon mentor vécut encore de longues et belles années, qu'il consacra à la recherche. Je le retrouvai mort un matin, près de vingt ans après notre arrivée en Arnullie. Il était étendu sur sa planche à dessin, un sourire aux lèvres. Je n'ai jamais su son âge exact, mais je pense qu'il devait approcher des cent ans. Nous lui offrîmes des funérailles en grande pompe, où tous les voyageurs planaires furent conviés.

Ginger et Thomas eurent trois enfants, deux garçons et une fille. Leur aîné prit leur suite sur le trône, je restai auprès de lui pour le conseiller et le protéger.

Mon frère et son épouse partirent couler des jours paisibles dans une charmante maison de la capitale. Ils vieillirent ensemble, se chamaillant souvent, se disputant parfois, mais sans jamais se quitter. Ginger succomba un hiver à une mauvaise grippe à l'âge vénérable de quatre-vingts ans, Tom la rejoignit au printemps. Mes compagnons sont enterrés dans la province de Morneséjour, au cœur de la Citadelle. Les philosophes qui habitent toujours là les veillent.

Quant à moi, j'ai vieilli, bien sûr, mais moins rapidement que mes camarades. Je n'ai pas d'explication à ce sujet, j'ai vécu tellement de choses, mais je crois que mon plongeon dans la Source y est pour quelque chose.

Les autres voyageurs planaires me rendirent beaucoup visite au début, puis leurs venues s'espacèrent. Beaucoup vieillirent et moururent eux aussi. Ceux restants empruntèrent des chemins différents, qui les menèrent loin de l'Arnullie. De tous, Alice et Faith me manquent le plus, même encore aujourd'hui.

D'abord dévastée par le décès de mes compagnons, de ma famille, j'ai fini par reprendre le dessus. Les enfants et petits-enfants de Ginger et Tom avaient besoin de moi. Fidèle à la promesse faite lors du couronnement, je suis demeurée *après d'eux pour les conseiller et assurer leur sécurité et terminer l'œuvre que le professeur Nutter avait commencée.*

Les années se sont écoulées. À Liolan premier a succédé Celidinis, puis Fervain et Langran, et tous les autres. La mémoire des circonstances de notre arrivée s'est éteinte dans les souvenirs. Aujourd'hui ne subsistent plus que des légendes et des contes, une aura qui me drape, moi, Azorus le sorcier.

On murmure que je suis immortel, que j'ai toujours été là. On ne se rappelle que de mes « pouvoirs » destructeurs, pas des tours, des ponts, des barrages que j'ai bâtis avec le professeur Nutter. Mais qu'à cela ne tienne, j'ai l'habitude et je me console en constatant qu'au château, une partie des domestiques me restent fidèles.

Le roi Thédeus est le dernier de sa lignée. C'est un vieil homme qui n'a plus toute sa tête et qui n'a pas d'héritier. Il a adopté un jeune nobliau, un parent de cette fouine de Drael, malgré mes conseils. La dynastie des Ténébéris s'arrêtera avec lui. Je serai bientôt délivrée de ma promesse et…

*

Un bruit violent ébranla les murs du château, résonnant sous le plafond de la tour. Samantha sursauta, lâcha sa plume. Elle retomba sur le manuscrit et étala une grosse tache d'encre sur la dernière page.

— Tonnerre de merde ! jura la vieille femme.

Elle épongea le désastre d'un revers de manche.

— À croire que tout le monde s'est ligué pour que je ne termine jamais mes mémoires, grommela-t-elle.

Entre les manigances de Drael, les récents caprices de Thédeus et les habituelles interruptions du genre « seigneur Azorus ! L'un des alchimistes a mis le feu à l'aile est du château, venez nous aider ! », il lui était difficile d'avancer dans sa rédaction.

Samantha se leva, étirant son dos fatigué. Elle se rappela le professeur Nutter, toujours à cavaler partout, malgré son grand âge. Elle aurait donné cher pour connaître son secret.

Elle jeta un coup d'œil à son manuscrit. Il ne restait plus que quelques paragraphes et il serait achevé. Ses yeux s'humidifièrent. Elle les frotta rageusement. Non, elle ne devait pas pleurer.

Elle poussa un soupir. Elle se sentait si vide et lasse. Et pourtant, il demeurait tant à faire. Les lignes dansaient devant ses yeux fatigués. Plus qu'une poignée de mots à écrire, et pourtant, elle ne se sentait pas d'attaque à terminer ce soir.

Le bruit qui lui avait fait renverser son encre retentit encore. Samantha le reconnut. Elle ne l'avait pas entendu depuis des années, plus de soixante ans à vrai dire. Elle fila à la fenêtre et l'ouvrit, se penchant pour voir au-dehors.

Des hommes et femmes couraient dans la cour du château. Le gong funèbre résonna de nouveau, faisant trembler les murs. Le cœur de Samantha se serra.

— Le roi est mort ! Le roi est mort !

Les appels montèrent jusqu'à elle. Sam recula et s'assit lourdement sur son lit. Après des mois de maladie, Thédeus était mort. On y était. La lignée de Thomas et Ginger s'était éteinte. Les Ténébéris n'étaient plus. Cette fois, les larmes coulèrent sans qu'elle puisse les retenir.

Samantha prit conscience d'une cavalcade dans l'escalier. Trois coups violents furent frappés au battant de sa porte.

— Ouvrez ! Au nom de la garde, sorcier Azorus ! cria quelqu'un.

La vieille femme fixa la porte sans vraiment la voir. Les coups reprirent.

La douleur disparut, remplacée par une sourde colère. Samantha lâcha des jurons en gaélique, avant de se lever. Drael n'avait vraiment pas perdu une minute. Samantha se doutait que ce moment viendrait, elle espérait juste disposer de plus de temps pour prendre des forces et se préparer.

Qu'importe ! La Ligue des ténèbres n'allait pas se laisser impressionner pour si peu. Pas plus qu'elle n'allait se rendre sans combattre.

Elle s'accroupit et tira une caisse de sous son lit.

— Azorus ! Sortez !

— Pourquoi cet empressement ? lança Sam.

— On vous accuse d'avoir empoisonné le roi.

Samantha grogna quelques gentillesses à l'égard de Drael.

— Ouvrez ou nous défonçons votre porte !

Sam déverrouilla la caisse et en extirpa un énorme calibre couvert de poussière. Elle le nettoya sommairement, avant de l'épauler. Le fusil grésilla et émit une lumière verte.

— Ne vous donnez pas cette peine, capitaine, cria-t-elle. La porte est ouverte. Entrez, je vous en prie.

ÉPISODE 24 –
L'HÉRITAGE
DES TÉNÉBÉRIS

Le roi Thédeus était mort. La lignée des Ténébéris s'était éteinte.

Enfin, pas tout à fait, car Samantha Wiseman, désormais plus connue sous le nom d'Azorus le sorcier, demeurait encore.

Une Sam fort remontée contre le capitaine de la garde qui, guidé par le conseiller Drael, osait l'accuser d'avoir empoisonné le souverain.

— Ouvrez ou nous défonçons votre porte ! beugla le soldat.

Samantha observa la caisse qu'elle venait de sortir de sous son lit. Elle la déverrouilla et en extirpa un énorme calibre. Avec les années, il avait pris la poussière. Sam le nettoya sommairement d'un revers de manche, avant de l'épauler. Elle grimaça. Il pesait son poids et ses vieilles articulations n'appréciaient guère le traitement. Elle pressa un bouton sur le côté. Le fusil grésilla et émit une lumière verte.

— Ne vous donnez pas cette peine, cria-t-elle. C'est ouvert. Entrez, je vous en prie.

Le battant fut repoussé, Sam tira. Le canon vrombit et lâcha une boule crépitante d'un joli émeraude. Le capitaine des gardes, qui passait la porte, fut projeté dans le mur en arrière. Les autres soldats hésitèrent à avancer. Sam en profita pour reculer. Son arme avait eu le temps de recharger, elle la pointa sur les visages incertains.

— Alors la bleusaille ! Qui veut être le prochain à y goûter ?

Elle visa un jeune homme qui, paralysé par la peur, n'avait pas eu la présence d'esprit de ses camarades. Sam caqueta un rire démoniaque du plus bel effet et pressa la détente. Malheureusement pour elle, le fusil à propulser n'émit qu'un bourdonnement, qui décrut jusqu'à mourir.

— Tonnerre de merde, jura la vieille femme.

Elle battit en retraite jusqu'à s'adosser au rebord de fenêtre. Voyant que nulle boule d'un vert étrange ne venait les percuter, les gardes se décidèrent à avancer. Ils entrèrent dans la pièce, pointant sur elle arbalètes et hallebardes. Toutefois, les quatre jeunes gens restèrent bien groupés près de la porte, et sur les visages Sam put lire une ombre de peur. Tant mieux. Cela allait lui faciliter la tâche.

— Messieurs. Que puis-je pour vous ? demanda-t-elle d'un ton affable.

— Vous avez tué le capitaine ! s'exclama l'un des gamins.

— Non, assommé, répliqua Sam. Veuillez m'excuser, je nettoyai mon arme et le coup est parti tout seul. Le grand âge, voyez-vous. Ça me fait accomplir des choses étranges.

Sam poussa un soupir dramatique et s'appuya sur son énorme fusil, qu'elle caressa distraitement. Les gardes resserrèrent les rangs.

— Que me vaut cette visite ? s'enquit Sam.

— Nous venons vous arrêter pour le meurtre du roi Thédeus, lança celui qui avait parlé.

Il regarda les autres pour guetter leur approbation.

— Meurtre ? Rien que ça ? constata Sam.

— Sorcier Azorus, Drael, conseiller de notre souverain, vous a désigné comme assassin de notre bien aimé monarque.

Sam étudia les soldats. De braves garçons, même s'ils n'avaient pas inventé l'eau tiède ni le fil à couper le beurre. Ni la roue et la poudre, d'ailleurs.

— Et comment ai-je donc tué ce cher Thédeus ? demanda Samantha.

Une ombre d'indécision traversa les traits des gardes.

— J'aimerais savoir de quoi on m'accuse, insista la vieille femme.

— Empoisonnement.

Sam hocha la tête.

— Empoisonnement… Un nouveau mal à rajouter à mon crédit. Il paraît que je fais mourir les troupeaux d'un seul regard, et que les anciens trépassent sur mon passage…

Elle éclata d'un rire sans joie, puis riva son attention sur les soldats.

— Drael a bien travaillé. Il vous a bourré le mou suffisamment pour que vous ayez oublié tout ce que j'ai fait pour ce pays. Qui se souvient encore de la reine Renata, du roi Théobaldrin et du sorcier Belgos, hein ?

Elle effectua quelques pas dans la pièce et attrapa le livre inachevé. Les gardes se tassèrent un peu plus. Elle le brandit dans leur direction. L'un d'eux laissa échapper un couinement de peur.

— Bande d'idiots ! Vous croyez qu'il s'agit d'un grimoire maléfique ? Ce ne sont que mes mémoires. Vous devriez les lire, vous apprendriez tout ce que vous devez à la lignée des Ténébéris. Les ponts, les canaux, le système d'irrigation, les routes pavées, les navires, les dirigeables, les machines…

Sam marqua une pause, avant de reprendre.

— Vous avez vraiment la mémoire courte, soupira-t-elle en revenant s'appuyer contre le mur. Mais vous êtes sympathiques, somme toute. Je connais, et j'apprécie, la plupart de vos parents. C'est pourquoi je ne vous tuerai pas.

L'un des gamins émit un couinement. Sam se fendit d'un sourire torve et pressa une commande dissimulée dans une pierre de la paroi. Aussitôt, les gardes furent projetés en hauteur et se trouvèrent collés au plafond, à léviter.

— Paillasson piégé, les amis. Merci de ne pas vous être éparpillés dans mes appartements, vous m'avez facilité la tâche. Maintenant, si vous voulez bien m'excuser.

Samantha récupéra un sac posé dans un coin, qu'elle passa en bandoulière. Il refermait de l'argent, du linge de rechange, des faux papiers, un rayon de la mort et des grenades. Elle y glissa en outre le livre, avec un soin presque religieux. Il contenait son histoire, celle de la Ligue des ténèbres. Son testament.

Sam sentit les larmes lui piquer les yeux et les refoula. Elle n'avait plus l'âge de ces bêtises. La vieille femme pressa une nouvelle commande dans un des murs, révélant un tunnel secret.

— Soyez sages, les petits. Et ne croyez pas tout ce que Drael vous dit, déclara Samantha en partant.

Le battant se referma derrière elle et Sam se trouva dans l'obscurité. Elle fouilla dans la poche de son sac et en tira une lampe, qu'elle actionna à l'aide d'une manivelle. Samantha n'avait pas emprunté le passage depuis des années. Elle constata avec déplaisir qu'il n'avait pas changé et était toujours aussi humide. Voilà qui n'allait pas arranger ses articulations.

Décidant que l'heure n'était pas aux lamentations, Sam se mit en route dans le conduit. Il débouchait dans l'une des réserves du château, une pièce dans les sous-sols utilisée pour stocker des vieilleries. Couronne de contrôle mental, rayon de glace, pierre de soleil… Tant de souvenirs.

Elle préféra ne pas s'attarder en ces lieux et entrouvrit le battant, vérifiant que personne n'était là avant d'oser sortir. Sam se trouva face à un mur de toiles d'araignées et à leurs occupantes. Elle s'abaissa, malgré les protestations de son dos, pour ne pas les déranger. Non pas qu'elle aime particulièrement les arachnides, mais elle ne tenait pas à laisser de traces de son passage. Marchant avec précaution pour éviter de trop faire voler de poussière, elle gagna la porte et la poussa.

Elle retint une grimace devant le grincement. Heureusement, personne ne traînait dans le couloir. Sam s'y glissa. Le château résonnait de cris et braillements en tout genre. La vieille femme remonta le tunnel jusqu'à un escalier, qui donnait sur un hall. Elle y vit des gens qui cavalaient dans tous les sens. Parfait, l'agitation lui permettrait de se faufiler plus facilement.

Trois gaillards en armes arrivèrent en courant alors qu'elle s'apprêtait à grimper les marches.

— Le sorcier Azorus ne doit pas s'échapper, fouillez toutes les pièces ! lança l'un des capitaines. Sergent, prenez quatre hommes et allez inspecter les sous-sols.

Sam se figea. Voilà qui sentait le roussi. Ou le sapin, au choix. Dans tous les cas, elle jugea préférable de ne pas s'attarder et fila dans le couloir en sens inverse. Obnubilée par l'idée de fuir, elle négligea de contrôler un croisement, et percuta un garde. Sam tomba à la renverse, l'autre la retint. La vieille femme plongea la main dans sa besace, à la recherche d'un rayon de la mort. Elle se détendit en reconnaissant le visage de celui qu'elle venait de heurter.

— Sergent Raton ? s'exclama-t-elle.

— Par ici, sorcier Azorus, lui glissa le soldat.

Il l'amena dans un couloir, en direction du quartier des domestiques. Il ouvrit une porte et la poussa à l'intérieur.

— Les filles vont vous aider à sortir, souffla-t-il.

— Merci, sergent Raton, répondit-elle.

Effectivement, deux femmes l'attendaient là : Déa la guérisseuse et Abigaelle, la copiste, transportant l'un de ses éternels carnets de notes.

— Il ne faut pas traîner ! s'écrièrent-elles. Le caporal Ossenoire se charge de détourner l'attention des patrouilles. Il les a emmenées du côté des geôles, mais nous n'avons plus beaucoup de temps. Votre enlumineuse s'occupe aussi de les retenir au cas où Ossenoire échoue.

Elles l'attrapèrent par le bras et l'entraînèrent à travers les quartiers jusqu'aux cuisines. Il y régnait une ambiance chaleureuse et agitée. Le cuisinier, Louen, leva la tête de ses marmites. Il lui adressa un grand signe, qui se mua en taloche visant son jeune apprenti. Adam venait en effet de piocher dans un plat de charcuterie.

— La voie est libre ? s'enquit Abigaelle.

— Oui, confirma Louen. Roxanne vous attend.

— Ne traînons pas, alors, décréta Déa.

Elle ouvrit la marche, talonnée par Sam et la copiste. Elles empruntèrent l'entrée des livraisons, une porte à l'arrière des cuisines. Une femme se tenait là, brune, vêtue d'un pantalon de toile et d'une veste de cuir. Samantha se sentit touchée que la maîtresse des écuries ait délaissé son royaume pour lui prêter main-forte.

Elle indiqua la rue qui débouchait derrière le mur de l'office et tendit une cape à Samantha.

— Nos amis retiennent les gardes, filez ! lui intima-t-elle.

Les yeux de Sam s'embuèrent.

— Merci, pour tout, souffla-t-elle.

— Tout le monde n'a pas oublié ce que nous devons à la lignée des Ténébéris. Partez vite, maintenant.

— Merci, répéta Samantha.

Elle rabattit la capuche de la cape sur son visage et s'éloigna à pas vifs. Tandis qu'elle laissait le château derrière elle, Samantha réfléchit à la marche à suivre. La mort de Thédeus l'avait prise de court de quelques jours, elle n'avait pas eu le temps de mener son idée à terme. Un sourire ironique releva les commissures de ses lèvres un bref instant. Elle avait vieilli. Lorsque Tom et Ginger étaient en vie, elle n'aurait pas paniqué ainsi. À cette époque, elle avait une certaine expérience des entreprises qui ne tournaient pas rond.

Sentant que la peur risquait de lui faire prendre de mauvaises décisions, Sam préféra opter pour la sécurité. Elle allait se cacher un moment pour évaluer la situation. Puis, elle irait voir ses contacts et mettrait la suite de son dessein à exécution.

Oui, c'était un bon plan. Elle allait louer une chambre à la *Barque Céleste*, dont le patron était un ami. Il la protégerait le temps qu'elle ait pu terminer ce qu'elle avait en attente. Ragaillardie, Samantha fila dans les rues d'Arnullia. Elle passa un vaste pont, qui enjambait un canal. Celui-ci assurait l'approvisionnement en eau de la ville. D'autres, dans tout le pays, permettaient l'irrigation des terres. Un vrombissement la survola. Pas besoin de lever la tête pour savoir qu'il s'agissait d'un dirigeable. Ceux-ci restaient encore rares et coûteux. L'accident causé par l'un d'eux des années auparavant avait failli mettre un terme au projet, mais Samantha demeurait confiante.

Elle longea une grande avenue, bordée de réverbères. La vue d'uniformes arrivant en sens inverse la convainquit de bifurquer dans une rue moins fréquentée. Elle dépassa l'enseigne d'un vendeur de jouets, un automate violoniste, avant de s'engager dans une autre allée. Elle s'arrêta net. Une patrouille lui barrait la route.

— Ne bougez plus ! ordonna le chef de la troupe en pointant son arbalète sur elle.

Sam préféra obtempérer. Son rayon de la mort se trouvait dans sa besace, mais elle ne savait pas si elle aurait le temps de le récupérer. La vieillesse avait engourdi ses réflexes tout comme elle avait émoussé son esprit, semblait-il. Elle s'était laissée embarquer par ses cogitations en oubliant de surveiller les alentours, et voilà qu'une escouade de cinq soldats l'encerclait. Elle leva les mains en signe de reddition et se maudit d'être capturée aussi facilement. L'auberge de la *Barque Céleste* ne se situait qu'à quelques pas…

— Tiens, tiens, qu'avons-nous là ? N'est-ce pas un affreux sorcier ?

Samantha se raidit. Avec les années, elle avait appris à détester cette voix mielleuse et pleine de fiel.

— Drael. Je vois que les rats n'ont pas attendu pour se montrer. Et encore, vous comparer aux rats est méprisant pour ces bestioles. Contrairement à vous, elles peuvent se révéler utiles.

Un ricanement hautain répliqua à sa pique. Un homme se faufila entre deux gardes. Samantha avait toujours trouvé que Drael répondait parfaitement à la caricature du chancelier maléfique : petit, squelettique, il s'affublait de longues robes qui mettaient en valeur sa maigreur. Il cultivait en outre une barbichette pointue qui hurlait « personnage traître et fourbe » à qui le regardait. Samantha n'avait jamais compris pourquoi le roi Thédeus avait accordé sa confiance à cet individu. Probablement parce qu'il n'avait plus toute sa tête sur la fin de ses jours… Et qu'avant cela, il démontrait autant de bon sens qu'une armoire rustique.

Drael tourna autour de Sam et l'étudia sans mot dire. La vieille femme s'efforça de ne pas se laisser désarçonner. Elle se répéta qu'elle en avait vu d'autres. Mais une voix persistait à lui souffler que cette fois, ses compagnons ne viendraient pas la sauver et qu'elle ne possédait plus ses genoux d'antan. Plus question de duels ou d'escapades, elle avait rangé son épée des décennies auparavant. Elle était seule.

Drael la désigna d'un geste, un homme s'avança et lui retira sa besace.

— Que transportons-nous là ? roucoula Drael d'un ton qui donna envie à Samantha de présenter son crâne aux pavés de la rue.

Il tira la bourse que Sam avait préparée en vue d'une éventuelle fuite. Le trépas fulgurant de Thédeus et l'arrivée des gardes dans les minutes qui avaient suivi l'avaient quelque peu prise de court et elle n'avait pas eu le temps de mener son plan à terme.

Drael poursuivit son inventaire, dévoilant les derniers croquis de machine sur lesquelles Sam travaillait, ceux qu'elle n'avait pas voulu laisser derrière pour éviter qu'ils ne finissent entre de mauvaises mains. Elle serra les dents tandis que Drael murmurait :

— Intéressant…

Il passa au rayon de la mort.

— Vraiment fascinant… Je ne comprends pas pourquoi vous avez toujours refusé d'équiper nos hommes de vos inventions. Nous aurions fait un malheur avec ce genre d'instruments. Nous aurions soumis les royaumes voisins en quelques jours !

— Vous venez de répondre à votre question, répliqua Sam.

La Ligue avait construit de nombreuses machines pour les habitants, mais jamais d'armes. On ne savait jamais en quelles mains elles allaient tomber, et tout le monde n'était pas aussi bon enfant que le professeur Nutter. Drael lui adressa un sourire ironique.

— Nos alchimistes seront ravis d'étudier cette babiole.

Sam ne dit rien, mais bouillonnait de colère et d'impuissance. Drael donna le rayon à l'un de ses hommes, puis tira du sac le dernier objet : le livre.

— Ne touchez pas à ça ! Il ne vous est pas destiné ! rugit Samantha.

Elle fit mine de bondir sur Drael. Deux gardes l'arrêtèrent.

— Et à qui le réserviez-vous ? Au peuple ? se moqua Drael. Les trois quarts ne savent pas lire… Qu'est-ce que vos histoires pourraient leur faire ?

— Vous ne pouvez pas comprendre, gronda Sam.

— Au contraire, je comprends tout à fait ce que vous avez voulu accomplir, répliqua Drael.

Il marqua une pause. Une désagréable sensation envahit Samantha. Drael se fendit d'un sourire mauvais qui lui donna le frisson.

— Vous n'êtes pas le seul à disposer d'un solide réseau d'espions. Ou plutôt devrais-je dire la seule, n'est-ce pas, Samantha Wiseman ?

La vieille femme se figea. Non. Impossible.

— Depuis que vous avez commencé la rédaction, mes informateurs se relayent pour recopier chaque mot que vous écrivez. J'en ai appris beaucoup sur vous. Je dois dire que je suis assez surpris. L'origine divine de la lignée Ténébéris ne m'avait jamais convaincu, mais j'étais loin de me douter du pot aux roses. Des voyageurs planaires !

Il éclata d'un rire que Sam jugea théâtral au possible. Même Ginger éméchée aurait mieux fait. Ginger… Jamais elle ne se serait faite avoir ainsi ! Elle aurait repéré les espions à mille lieux et les aurait orientés sur des fausses pistes.

Drael caressa la couverture du livre.

— Je connais maintenant la vérité sur vous et vos voyages. Cela ouvre de nouvelles perspectives, je dois dire. Tous ces mondes, dont certains n'attendent que la conquête, que nous pourrions illuminer de notre pouvoir…

Ces mots, ainsi que la lueur qui brillait dans les yeux de Drael, réveillèrent chez Sam de déplaisants échos. Comme s'il avait suivi le fil de ses pensées, Drael poursuivit :

— Je ne sais pas si vos amis de l'Union vivent encore, après toutes ces années, ce serait surprenant. Mais vous vous trouvez bien là, depuis plus de trois cents ans, alors pourquoi pas eux. Je compte récupérer votre *Tédesplen* et aller voir du côté de Polis, chercher des alliés. Puis j'irai visiter la Source, histoire de vérifier vos dires.

— Vous avez mal compris, Drael. La *Tédesplen* a été détruite.

Le conseiller éclata de rire.

— Allons, Samantha. Ne me prenez pas pour l'un des paysans débiles à qui vous destiniez ce livre. Vous n'auriez jamais pu démanteler votre machine, vous y teniez trop. Elle est cachée, quelque part. Vous vous rendez à Morneséjour régulièrement, je suis sûr qu'elle y est dissimulée.

— Si vous avez effectivement lu mon livre, vous savez que mes compagnons sont enterrés à la Citadelle. Je vais me recueillir sur leurs tombes !

— Possible, convint Drael, mais je maintiens qu'il y a autre chose là-bas.

Sam secoua la tête en signe de dénégation.

— Vous niez, mais des semaines d'interrogatoire vous feront changer d'avis. Je pourrais même vous persuader de nous livrer les plans de vos armes.

Samantha crut chuter dans un puits sans fond. Elle lutta pour échapper à la poigne des gardes. Peine perdue, ils la tenaient bien. Elle n'avait aucun moyen de fuir.

— Emmenez-la au château, déclara le conseiller.

Il referma le livre et le cala sous son bras, en leur emboîtant le pas. Les soldats traînèrent Samantha. La vieille femme hurla, se débattit. Sans arriver à rien.

Il ne lui restait plus qu'une seule solution. Du bout des doigts, elle attrapa la grenade dans sa poche et la dégoupilla. Pas question de tomber aux mains de Drael et qu'il s'approprie son savoir.

— Eh, mais qu'est-ce que c'est ? s'exclama l'un des gardes alors que l'explosif rebondissait au sol.

Samantha ferma les yeux. La déflagration la souffla. Mais au lieu du pic de douleur, suivi par les ténèbres éternelles qu'elle attendait, elle heurta le pavé froid de la rue et s'érafla la joue. Engourdie, un goût métallique dans la bouche, les oreilles sifflantes, elle se redressa à grand-peine. Deux mains l'empoignèrent par les épaules pour la relever. On lui parla sans qu'elle parvienne à distinguer les paroles. Sam tituba sur quelques pas. Sa vision était trouble. Une paume chaude se glissa dans la sienne. Samantha discerna une silhouette féminine, vêtue d'une robe bleue.

— Alice…, balbutia-t-elle.

*

Samantha ouvrit les yeux avec difficulté. Elle réussit à terminer de décoller les paupières au troisième essai, puis se redressa. Elle expérimenta un bref instant de panique lorsqu'elle découvrit les murs crasseux d'une chambre inconnue, avant de se remémorer les derniers événements et où elle se trouvait. Au cours de ses voyages avec la Ligue, Sam avait dormi dans nombre de piaules miteuses comme celle où elle venait de se réveiller. La paillasse était à peu près propre, mais Sam préférait ne pas s'attarder sur les traînées humides le long des parois ou sur les choses qu'elle aperçut courir sur le plancher du coin de l'œil.

— Ah, enfin debout, lança une voix à côté d'elle.

Sam tourna la tête pour découvrir Alice, assise en tailleur sur le parquet, sa robe étalée autour d'elle. Depuis la dernière fois où elle l'avait vue, des décennies auparavant, la Foudre des Skelj avait un peu vieilli. De fines pattes d'oies marquaient maintenant le coin de ses yeux et de sa bouche.

Samantha nota qu'elle tenait ouvert sur ses genoux le manuscrit. Alice le referma dans un claquement, se releva et épousseta sa jupe, avant de prendre place sur le bord du lit. Les deux amies se regardèrent, l'une comme l'autre pensant rêver. Alice étudia Sam avec acuité et détailla chaque ride de son visage, les taches brunes qui mouchetaient sa peau.

— Tu as pris un coup de vieux, dis donc, déclara-t-elle.

— Merci, répondit Sam d'un ton neutre. Je pourrais te retourner le compliment.

Alice ricana sous cape. Malgré les années, Samantha n'avait pas perdu cette facilité à se renfrogner et ronchonner dès qu'on la taquinait.

— Non, franchement, les cheveux blancs qui se clairsèment, la peau qui s'affaisse… Je parie que tu as des rhumatismes. C'est moche d'être humaine. Regarde-moi, la pleine forme !

Alice ponctua sa tirade d'un sourire étincelant. Sam la toisa, avant de réaliser que la Foudre des Skelj se payait sa tête. Passée la première bouffée de colère, la vieille femme consentit à un maigre rictus. Un immense soulagement envahit Alice, qui guettait la moindre réaction de son amie. Cela faisait si longtemps qu'elles ne s'étaient pas vues… Et Sam avait changé.

Alice lui tapota sur l'épaule.

— Comment te sens-tu ?

— Pas trop mal, compte tenu des circonstances, déclara Sam.

Elle repoussa la couverture râpeuse qui l'enveloppait et se leva. Elle effectua quelques pas et se plaça en retrait de la fenêtre. La rue en bas bruissait d'animation, piétons et chariots côtoyaient voitures à vapeurs et marchands ambulants avec leurs carrioles. Vu les maisons ornées d'enseignes, elle se trouvait dans l'un des quartiers sud de la ville, qui grouillait de tavernes et auberges, et accueillait la plupart des voyageurs. Un bon choix de planque. Si Drael voulait explorer tous les établissements et toutes les chambres, il en aurait pour des jours.

— Combien de temps ai-je dormi ? demanda-t-elle à Alice.

— Plusieurs heures. Tu es tombée dans les pommes juste après que je t'ai récupérée.

— Et Drael ? Il a survécu ?

— Celui avec la gueule de fouine ?

— Une description tout à fait précise. Celui-là même.

— Quelques brûlures, une robe roussie, une dignité froissée, mais je crois qu'il s'en est tiré. Enfin, je n'ai pas épilogué, honnêtement. J'ai dressé un bouclier pour te protéger au maximum, je t'ai ramassée, et j'ai filé.

— Je suppose que je dois te remercier…

— Un peu, oui ! Mais quelle idée aussi, de faire détonner une grenade quand tu es à côté ! Je pensais qu'Edmund t'avait mieux enseigné son art que ça !

Sam baissa les yeux. Alice se radoucit.

— Ça fait combien d'années que ça dure, cette situation ? Longtemps que tu es toute seule ?

— Un moment, admit Sam.

Les craintes d'Alice se trouvaient confirmées. Samantha avait toujours été du genre à aider les autres plutôt que l'inverse. Les années n'avaient apparemment pas arrangé cette tendance.

— Mais par tous les dieux de tous les mondes ! Pourquoi tu ne m'as pas appelée ?

Sam haussa les épaules.

— J'ai pris l'habitude de me débrouiller. Tous avaient leur vie, toi la première…

Samantha ne poursuivit pas. Le silence s'étira durant quelques inconfortables secondes, avant que la vieille femme ne décide de le rompre.

— Pourquoi es-tu venue ? Je pensais que ta dette était payée ? interpella-t-elle Alice.

La question méritait en effet réflexion. Sam n'aimait pas devoir quelque chose à quelqu'un sans savoir exactement pourquoi.

— Je me languissais de ta présence. C'est vrai, ça fait combien d'années qu'on ne s'est pas vues ? Trente ? Quarante ans ?

— Plutôt cinquante, je dirais, répondit Sam.

Au début du règne de Thomas et Ginger, les voyageurs planaires marquaient de temps en temps des arrêts en Arnullie. Ces visites s'étaient espacées au fur et à mesure que tout ce petit monde vieillissait et abandonnait l'errance. Alice était demeurée fidèle, avant que le temps et les événements de la vie ne fassent leur œuvre. Chacun s'était éloigné, sans que les deux femmes puissent pointer du doigt le moment où la rupture avait eu lieu. Alice s'en voulait maintenant. Elle s'était montrée trop dilettante. Elle avait vagabondé, délaissant par là même son amie la plus proche.

— J'ai l'habitude que tu débarques à l'improviste, mais ton intervention tombe un peu trop à propos. Qui t'envoie, Alice ?

La Foudre et Samantha se dévisagèrent en silence, avant qu'Alice ne se détourne et n'effectue quelques pas. Elle peinait elle-même à comprendre pourquoi elle était arrivée à ce moment précis.

— Je ne suis pas humaine, mais je porte cette peau — l'apparence que tu m'as donnée — depuis un moment maintenant. Mes pouvoirs ont décru, je parviens toujours à me rendre invisible, me transformer ou balancer un petit éclair de temps en temps. Je peux voyager entre les mondes, mais pour le reste, c'est pas terrible. Elle est belle, l'arme surpuissante des Skeljs…

Alice marqua une pause. Samantha l'observa avec acuité, cherchant où elle voulait en venir.

— Ça fait quelques années que je rêve, tu sais. C'est bizarre, ces images dans ma tête qui ne font pas vraiment sens. Je n'y prête en général pas attention.

— Comme la plupart des humains, soupira Sam.

— Je réside actuellement sur un monde assez reculé, dans une tribu. Ils ont un vieux guérisseur, une sorte de magicien. Je lui ai parlé par hasard de mes rêves. Il s'est montré très intéressé, et ne m'a pas lâchée tant que je n'ai pas accepté d'ingurgiter une de ses mixtures pour soi-disant « aller à la rencontre de mes songes ».

Alice émit un rire ironique.

— Tout son charabia ne me convainquait pas. J'ai surtout dit oui pour qu'il me fiche la paix. Alors me voilà, dans sa tente, à avaler une bouillie qui avait un goût de pied ayant trempé dans de la pisse de chat. Et puis, quelques secondes plus tard, je déambulais dans une sorte de manoir perdu dans les brumes, avec une femme à l'air sévère, qui me fusillait de ses yeux verts. Elle m'a annoncé qu'elle te connaissait, et que tu étais en grand danger. Je me suis réveillée avec la pire gueule de bois de toute ma vie, j'ai réfléchi à tout ça, et puis je suis venue te trouver.

Samantha accusa le coup et porta la main à sa poitrine. Sa mère ? Après toutes ces années.

— Elle a parlé d'une « gamine turbulente », avant de râler.

Pas de doute, du Siobhan Wiseman tout craché. Alice étudia Sam avec inquiétude. La Foudre caressa la couverture du livre.

— J'ai lu ce que tu as écrit. Pourquoi n'as-tu jamais dit que tu te sentais si seule ?

Sam haussa les épaules.

— Je ne me sens pas seule. J'ai beaucoup de travail, répliqua-t-elle bien plus sèchement qu'elle ne l'aurait voulu.

— À d'autres. Je sais lire entre les lignes. Je te rappelle que je tiens de toi pour beaucoup de choses.

Samantha lui lança un regard agacé, Alice resta de marbre. La tension monta dans la pièce, Alice avait oublié à quel point son amie pouvait avoir un sale caractère, quoi qu'elle essaye de faire croire dans ses écrits. Elle rouvrit le livre et le feuilleta d'un air distrait.

— C'est drôle, je ne me souviens pas de certains événements comme toi, déclara-t-elle.

— Tu n'étais pas là tout le temps, crut bon de lui remémorer Sam.

— Certes, mais pour la partie à laquelle j'ai assisté, tu as pris certaines libertés. Tu n'avais pas l'air héroïque du tout quand nous nous sommes rencontrées dans cette cave. Tu semblais plutôt perdue.

— Toi également. Ça explique peut-être pourquoi nous nous sommes bien entendues de suite.

— Et ton frère. Il n'était pas si rustre.

— Ça, c'est parce que tu ne l'as jamais vu manger des roulés jambons-confiture le matin en petite tenue.

Alice ne put retenir un éclat de rire à ces mots.

— Le professeur était par contre aussi fou que génial. Et Ginger… Quelle manipulatrice hors pair. Tu m'étonnes qu'elle ait fait une sacrée reine.

La Foudre marqua une pause.

— Ils te manquent, non ?

— Tous les jours, souffla Sam.

Alice s'approcha de son amie et l'entoura de ses bras. Samantha se raidit, avant de se laisser aller.

— Tu aurais dû m'appeler plus tôt, murmura-t-elle. J'aurais dû venir. Je suis désolée.

— Ce n'est rien. J'avais des choses à finir, s'entêta Samantha.

Elle brisa l'étreinte, se recula et se posta de nouveau du côté de la fenêtre. Alice comprit ce que voulait dire Ginger quand elle pestait contre le fichu tempérament d'Irlandais de Sam et Tom.

— Et maintenant ? demanda Alice d'un ton tranchant. Tes affaires sont en ordre ? Tu peux partir ? Quitter cette vie ?

Les deux se contemplèrent avec un agacement non dissimulé. La vieille femme aurait aimé pouvoir tout plaquer, laisser derrière elle. Seulement…

— Pas tout de suite. Je suis restée parce que je refusais de faillir à la mémoire de mon frère et de Ginger, et parce que j'avais des chantiers à terminer.

— Les ponts, les routes, toutes les machines ? s'enquit Alice.

Sam acquiesça.

— Du sacré ouvrage. Le professeur Nutter et toi avez bien travaillé. Il serait fier de voir ce que vous avez accompli.

— C'est pour ça que j'ai écrit mon histoire. Les gens doivent comprendre qui étaient les Ténébéris et ce qu'ils nous doivent.

Sam soupira.

— La mort de Thédeus a quelque peu bousculé mes plans. Il va falloir que j'improvise.

Un éclat brillait au fond des yeux de Sam, qu'Alice connaissait bien. Ginger avait laissé son empreinte sur l'humaine bien plus que celle-ci ne le croyait.

— Qu'est-ce que tu as en tête ? s'enquit la Foudre.

— Tu as lu le livre. Tu as été témoin de ce qui m'est arrivé. Drael veut prendre le pouvoir en Arnullie et c'est une très mauvaise nouvelle…

— Et ?

— Mon idée d'origine était de publier mes mémoires et de les distribuer. J'ai peur aujourd'hui que cela ne suffise pas. Il faut en plus que j'abatte Drael.

Alice grimaça à ces mots.

— Sans te manquer de respect, la Ligue et toi ne brilliez pas par vos plans, et celui-ci me semble un chouïa risqué.

— Je sais, c'est pour ça que j'ai besoin de ton aide. Tu es avec moi ?

— Comment pourrais-je dire non ? soupira Alice. Quelle est la suite des opérations ?

— Répandre la connaissance et humilier publiquement un tyran, ça te tente ?

Un sourire étira les lèvres d'Alice. Il réchauffa le cœur de Samantha. Elle n'était plus seule dans cette bataille, elle avait à ses côtés la Foudre des Skelj.

— Ça me paraît encore mieux que de balancer des éclairs ! répondit cette dernière.

*

— Mon col me gratte, ronchonna Samantha en tirant la partie incriminée du vêtement.

— C'est pour ton bien, rétorqua Alice.

La Foudre lorgna au coin de la rue où elles se trouvaient, guettant une entrée plus loin. La demeure était assez cossue, du moins pour le niveau technologique de ce monde. Elle possédait de beaux murs de bois et de pierre et une façade en encorbellement où se balançait une enseigne proclamant « alchimiste ».

Sam passa la tête hors de sa cachette à son tour, juste au moment où un homme sortait de la maison et poussait la porte derrière lui.

— On attend ? demanda Alice.

Samantha acquiesça. L'alchimiste qui travaillait ici était un de ses anciens élèves, un garçon très assidu, avec une certaine affinité pour les constructions étranges et les matières explosives. Un savant fou en puissance. Son associée et épouse avait la tête bien plus sur les épaules, avec un vrai don pour les affaires. Au fil des ans, le couple était devenu des amis, à tel point que Samantha leur avait confié nombre de papiers importants qu'ils avaient accepté de garder. Elle détenait de quoi inquiéter Drael, peut-être même convoquer un procès. Les alchimistes possédaient en outre une imprimerie, l'une de la centaine de machines que le professeur et elle avaient fait construire. Ils pourraient reproduire le livre et le diffuser, si tout se passait bien.

Ce dernier point tracassait Sam bien plus qu'elle ne voulait se l'avouer. Drael connaissait-il ses liens exacts avec eux ? Sam s'était toujours montrée discrète lors de ses visites. Cela dit, elle croyait aussi avoir pris toutes les précautions nécessaires pour couvrir sa fuite.

— Tu vois quelque chose de suspect ? demanda-t-elle à Alice.

— Une vieille dans une robe atroce avec une cape élimée et qui me souffle à l'oreille ? proposa la Foudre.

Sam lui lança un regard venimeux.

— Pas de gardes, ni d'hommes qui ont l'air de faire le guet, si c'est ce à quoi tu penses.

Samantha dansa d'un pied sur l'autre et observa les alentours. Ça ne collait pas. Drael savait qu'elle s'était échappée et qu'elle avait une complice. Les rues auraient dû grouiller de soldats, or elles n'avaient croisé que deux patrouilles, que le déguisement sommaire de Samantha avait bernées. Son instinct et ses années d'expérience aux côtés de Tom et Ginger lui hurlaient que quelque chose clochait.

— On attend encore et on y va ? s'enquit Alice.

Sam acquiesça, avant de froncer les sourcils. Elle désigna une fenêtre au rez-de-chaussée.

— C'est de la fumée qui sort, non ?

La Foudre opina. Elles échangèrent un regard, avant de se ruer vers la maison.

— Au feu ! Au feu ! cria Sam pour alerter les gens.

Des vitres s'ouvrirent des logements voisins. Des habitants pointèrent leur nez. Alice déverrouilla la porte. La fumée la prit à la gorge.

— Tu restes ici ! ordonna-t-elle à Sam.

Elle avait beau bénéficier d'une longévité supérieure grâce à sa baignade dans la Source, une inhalation de vapeurs toxiques n'était pas forcément indiquée. Sam fit mine de désobéir. Alice lui adressa une œillade courroucée. Sam finit par obtempérer, et demeura sur le seuil.

Alice plongea dans l'incendie et s'accroupit aussitôt. Les émanations ne la dérangeaient guère, mais elle n'y voyait goutte. Elle progressa dans l'atelier, entre les tables, les cornues brisées sur le sol, les papiers tachés d'encres. La chaleur était étouffante. Le feu avait pris dans un coin de l'atelier, celui où les propriétaires entassaient leurs produits. Alice repéra deux corps étendus derrière un établi. Souplement, elle avança jusqu'à eux. L'homme et la femme avaient été assommés, mais ils respiraient toujours. Alice les chargea sur ses épaules, bénissant ses créateurs pour l'avoir dotée d'une force impressionnante. Les alchimistes pesaient quand même leur poids et la Foudre peina à les ramener à l'entrée.

Le brasier était devenu insoutenable, une fumée âcre emplissait les lieux. Alice se mit à tousser. Elle chuta et lâcha l'homme. Elle se redressa tant bien que mal et se décida à le traîner sur les derniers pas.

Elle n'aurait jamais cru que l'air du dehors puisse être aussi bon. Elle inspira à pleines goulées et tomba à genoux. Des mains la relevèrent et la soulagèrent de son fardeau. Les habitants organisaient déjà une chaîne. On les emmena, elle et les rescapés, plus loin, où l'un des rebouteux du quartier les examina. Il décréta bien vite qu'Alice allait bien, avant de passer à l'alchimiste et sa femme. Ils arboraient de vilaines brûlures, ainsi que des bosses à la tête, mais ils allaient s'en sortir.

Un hurlement fit tressaillir Alice, avant qu'elle réalise qu'il s'agissait d'une sirène. Une carriole, tirée par deux chevaux, déboula. À l'arrière se trouvait une impressionnante machine, que deux pompiers commencèrent à actionner, tandis que deux autres déroulaient un long tube relié à une citerne, elle aussi juchée sur le véhicule. Quelques secondes plus tard, de l'eau jaillissait de la lance et partait à l'assaut de l'incendie.

Les soldats du feu captant l'attention de la foule, Sam rejoignit Alice. La Foudre remercia le médecin et suivit son amie à l'écart.

— Drael et ses hommes m'ont devancée, déclara Sam.

Elle jeta un regard à la maison qui se consumait. Tous les papiers qu'elle avait confiés aux alchimistes, tous ces documents patiemment assemblés, envolés. Se trouvaient là des années de travail, mais également le moyen de faire tomber le conseiller et de s'assurer qu'il ne récupère pas le trône.

— Tu n'en as aucune copie ? s'enquit Alice.

— Non. J'ai préféré tout miser sur la discrétion. J'ai eu tort apparemment.

— Bon sang, Sam ! Je pensais que tu avais bien appris tes leçons avec Ginger !

Alice s'arrêta en avisant la mine dépitée de Sam. Celle-ci s'appuya contre le mur derrière elle et ferma les yeux un bref instant. Elle se sentait fatiguée. Elle avait de nouveau perdu. En plus, il fallait qu'elle songe maintenant à son prochain mouvement. Les gardes n'allaient pas tarder à débarquer, il fallait fuir, encore.

Alice posa la main sur son bras. Samantha rouvrit les paupières.

— Tu ne vas pas renoncer, hein ? s'enquit-elle.

Elle vit passer un éclair sur le visage de son amie. Elle se noyait dans sa peur et son chagrin. Elle lui saisit fermement le bras et la força à marcher. Au bout de la rue, des silhouettes en uniforme rappliquaient, il était plus que temps de mettre les voiles.

— Je ne sais pas, avoua Samantha. Je suis perdue.

— Allez ! insista Alice. Il y a bien quelque chose que tu puisses faire. Ce n'est pas la première fois que tu te trouves dans une situation critique.

— Avant, j'avais les autres. Tom, Ginger, Edmund…

La voix de Samantha se brisa, ce qui effraya Alice au plus haut point. Définitivement, Sam était en train de perdre les pédales.

— Ils sont toujours avec toi ! rétorqua-t-elle. Le professeur t'a appris à créer et construire des machines qui défient l'imagination. Ginger t'a enseigné l'art de l'arnaque, les magouilles financières, Tom celui de se battre et ne jamais renoncer.

Alice s'arrêta et prit Samantha par les épaules, la forçant à la regarder.

— Ils ne voudraient pas que tu baisses les bras comme ça. M. Nutter a démoli un labyrinthe de cultistes pour vous retrouver toi et Ginger. Lady Astley a manipulé une ville entière pour te sauver d'un duel où tu allais laisser ta peau. Ton frère n'a jamais cessé de te chercher quand l'Union t'a capturée.

Sam passa les doigts sur sa nuque, là où la plaque de connexion avait apposé sa marque. Elle posa la paume sur le sac qu'elle portait en bandoulière, et palpa à travers le cuir la forme du manuscrit. Elle se remémora ses voyages. Il y avait eu des moments de toute beauté, mêlés de très sombres heures. Elle se rappela toutes les occasions où elle avait cru tout perdre : ses compagnons sur l'autel d'Ishbehel, le professeur aux mains des vampires de Londres, son frère dans l'arène à Élysée, ses camarades à bord du HMS Victoria que l'Union s'apprêtait à abattre, Ginger à Providence… Toujours ils avaient survécu, remportant parfois de brillantes victoires. Ils en devaient une partie à la chance, mais aussi à leur opiniâtreté et leur intelligence. Quoi que dans le cas de Tom, cette dernière proposition puisse se discuter.

Alice étudia Sam alors que les pensées défilaient sous son crâne. Petit à petit, elle vit la vieille femme se redresser et retrouver un peu de sa flamme d'antan.

— Alors ? s'enquit-elle.

— J'aurais bien une idée, mais ça risque de se révéler dangereux, répondit Sam.

— Les meilleurs plans le sont assurément. Explique-moi.

— Celui-ci implique que Drael et sa clique me capturent. Alice haussa un sourcil.

— Je ne suis pas sûre de te suivre.

— C'est très simple. Tu peux toujours modifier ton apparence ?

*

Alice persistait : tout ceci était trop risqué. Samantha nourrissait des doutes également, mais s'efforçait de ne rien dire et d'afficher une façade confiante, comme son frère l'aurait fait. Ce qu'elle avait concocté ressemblait aux soi-disant plans sans faille des beaux jours de la Ligue. Il y avait donc de fortes chances pour que tout capote. Sam essayait de ne pas songer à cette alternative. Rester positive et aller de l'avant, comme quand elle accompagnait ses camarades.

Alice à ses côtés n'était qu'un souffle d'air. La Foudre avait eu du mal à altérer ainsi son apparence. Trop d'années passées dans la même peau. Mais après quelques tentatives, elle avait tout de même réussi à se rendre invisible. Des sensations qu'elle croyait oubliées revenaient.

Samantha et elle traversèrent la ville, évitant les patrouilles. Alors qu'elles progressaient, Alice observa la cité. La capitale avait beaucoup changé au fil des siècles. Oubliée la cité sombre et sinistre que Sam, Ginger, Tom et le professeur avaient conquise. Partout, Alice voyait la trace de la Ligue. L'héritage de la lignée Ténébéris imprégnait Arnullia. Dommage que Sam ne le perçoive pas.

La vieille femme marchait, les yeux vers le sol, à la fois pour qu'on ne la reconnaisse pas, et car elle réfléchissait. Elle révisait les différentes étapes de son plan et suppliait n'importe quelle divinité à l'écoute que tout se déroule comme prévu.

Au fur et à mesure qu'elles avançaient, les rues s'élargirent. Entre les toits s'encadra la silhouette massive du château. Elles arrivèrent devant le pont-levis de l'entrée principale. Sam marqua une pause et prit une profonde inspiration, avant d'abaisser sa capuche et de marcher d'un pas sûr vers les gardes. Ceux-ci croisèrent leurs hallebardes en l'avisant.

— Halte-là, on ne passe pas ! s'exclama l'un des guetteurs.

— Épargnez-moi vos platitudes, rétorqua Sam. Je suis ici pour voir l'héritier. Emmenez-moi à lui !

Les hommes hésitèrent.

— Je suis le sorcier Azorus ! Obéissez-moi ! tonna Samantha.

Les deux gardes se concertèrent du regard, avant que l'un d'eux ne file en direction du château. Il revint quelques instants plus tard, au grand soulagement de son collègue, qui n'en menait pas large face au magicien régicide. La sentinelle ramenait du renfort : une troupe d'une douzaine d'hommes en armes. Sam haussa un sourcil.

— Tant de jeunes gens rien que pour moi ? Il ne fallait pas...

Comme elle s'y attendait, Drael se trouvait parmi l'escouade, bien protégé au milieu des combattants. Sam prit une profonde inspiration.

— C'est maintenant que ça commence, murmura-t-elle à l'attention d'Alice.

La Foudre posa la main sur son bras pour lui assurer son soutien.

Drael s'avança, un air satisfait sur le visage. Alice comprit les envies de meurtre qu'éprouvait Sam à son égard.

— Tiens, mais c'est le puissant Azorus, déclara-t-il. Vous en avez assez de courir, c'est ça ?

La vieille femme haussa les épaules.

— C'est sûr que je ne me languissais pas de vos beaux yeux, Drael, rétorqua-t-elle.

Certains hommes étouffèrent un rire à la pique, preuve que tous n'appréciaient pas le conseiller. Tant mieux, Sam misait là-dessus.

— Non, en réalité, je suis ici pour voir votre neveu. Beodrin premier du nom.

Drael se figea et fixa Samantha. Les lèvres de cette dernière s'étirèrent en un sourire. Alice connaissait bien cette expression : Sam jubilait.

— Mais oui, poursuivit-elle. Thédeus, mort sans héritier, a bien désigné Beodrin comme son successeur. Il est donc logique que je vienne lui présenter mes respects et que je me mette à son service.

Drael réprima mal un mouvement de rage. Il inspira et se recomposa son habituel visage affable et mielleux. Samantha comme Alice eurent envie de lui apprendre la brasse coulée dans les douves. Avec une pierre aux pieds.

— Vous êtes accusé du meurtre de Thédeus, Azorus, clama Drael. En conséquence, vous pourrirez dans une geôle avant d'être exécuté.

— Je n'ai pas tué Thédeus, mais notre bien aimé roi a en effet été assassiné, répondit Sam.

Elle tourna sur elle-même. La rencontre au pont-levis avait attiré une foule dense, venue voir de quoi il retournait. Elle aperçut aux fenêtres tous ceux qui l'avaient aidée à sortir. Ils avaient rameuté le plus de monde possible, comme s'ils avaient compris son plan.

— Vous entendez ! s'écria Sam. Thédeus a été assassiné ! Et je connais l'identité du coupable ! On essaye de me faire taire car je sais des choses !

L'attroupement commença à murmurer. Sam hocha la tête à l'attention d'Alice, celle-ci se rapprocha de la cohue.

— Je dispose d'informations, mais je ne répondrai qu'à mon roi ! Beodrin, nommé par Thédeus ! Je ne parlerai pas aux sous-fifres !

Drael encaissa la remarque avec un visage de marbre. Alice jugea qu'il était temps d'engager les hostilités.

— La vérité ! lança-t-elle. On veut la vérité !

Des hommes et femmes se tournèrent de toute part, étonnés d'entendre retentir cet appel, sans voir qui le poussait. Mais, les humains faisant parfois preuve d'autant de pouvoir de décision qu'un mouton, ils reprirent en chœur.

— Vérité ! Vérité ! Vérité !

Les alliés de Samantha se chargèrent de relayer la rumeur. Bientôt, tout le château résonna d'un mot : vérité. Alice estima son œuvre accomplie, elle quitta la foule pour se placer de nouveau à côté de Sam.

— Bien joué, souffla celle-ci.

— Merci, mais ce n'est pas encore gagné.

Ça, Samantha ne l'ignorait pas. Les cris attirèrent d'autres personnes. Les rues qui environnaient le pont-levis furent noires de monde. Drael ne savait que faire. Il hésitait à utiliser l'armée pour disperser la cohue. Non, mauvaise idée, cela ne ferait que donner du pouvoir aux revendications de son ennemie.

La rumeur enflait. Bientôt, elle arriverait aux oreilles de Beodrin. Drael devait prendre les devants.

— Allez chercher l'héritier, ordonna-t-il à deux gardes.

Sam vit partir les soldats et esquissa un sourire. Elle tourna ostensiblement le dos à Drael pour se placer face à la foule. Certains commencèrent à scander son nom. Azorus le sorcier effrayait certes les gens, mais beaucoup n'aimaient guère Drael. Ceux pourvus d'un cerveau suffisamment performant constataient vite que ce sinistre individu avait le mot « traître » écrit sur le front.

Un concert de hurlements accueillit la venue de Beodrin. Le jeune homme, vingt ans à peine, semblait désemparé. La mort de Thédeus l'avait choqué et bien qu'il ait été préparé à ce rôle, il peinait à réaliser qu'il était roi désormais. Sam réprima un soupir. Et dire que son plan dépendait d'un gosse avec autant de charisme qu'une courge…

Beodrin parut tout de même se rappeler de son rang nouveau au fur et à mesure qu'il avançait sur le pont-levis. Il se redressa, carra les épaules, avant de se planter devant le groupe.

— Eh bien, que signifie cette agitation ? tonna-t-il.

Avant que Drael eut le temps de répondre quoi que ce soit, Samantha s'agenouilla. Elle grimaça. Décidément, le grand âge n'avait rien de drôle.

— Mon roi, j'ai été injustement accusée du meurtre de Thédeus. Je viens vous trouver pour me jeter à vos pieds et implorer non pas votre pardon, mais une oreille attentive. Je sais qui a tué Thédeus, mais je n'entends le dire qu'à vous et aux personnes que vous jugerez dignes de confiance.

Drael manqua de s'étouffer de rage. Beodrin parut désarçonné par la demande. Il regarda tour à tour Samantha, Drael, les gardes, et la foule qui scandait toujours « vérité ! vérité ! ».

— Seigneur, n'écoutez pas ce traître, ce régicide. Tout prétexte est bon à prendre pour sauver sa misérable peau. Laissez-moi l'enfermer dans la plus profonde oubliette…

— Mon roi, n'écoutez pas mes mots si vous le souhaitez, mais accordez au moins votre oreille à vos sujets. Répondez à leurs demandes, répliqua Sam.

Beodrin hésita et observa de nouveau la cohue. Il avait beau être jeune et inexpérimenté, il n'était pas stupide. Il savait que son règne débutait d'une manière quelque peu chaotique. S'il refusait les requêtes du peuple, il risquait de se placer dans une position encore plus délicate. Il coula un regard vers Drael. Restait à diminuer l'aura du conseiller, songea Sam. Drael avait-il déjà une trop importante influence sur lui ?

— Mais trêve de paroles, je m'en remets à votre sagesse, ajouta-t-elle. Un roi exceptionnel prend les décisions justes.

Cette phrase fit pencher la balance en sa faveur.

— Cette affaire est grave et je ne peux la régler seul. Réunissez mes conseillers dans la grande salle, ordonna Beodrin.

Sam se permit un sourire. Finalement, le gamin n'était peut-être pas totalement naïf. Il semblait réaliser, en tout cas, qu'il ne pouvait faire confiance à Drael.

Samantha avait remporté la première manche. Alors qu'on lui passait les fers — elle demeurait quand même un puissant sorcier soupçonné de régicide — Alice resta sur le côté, observant. Elle veilla bien à ce que personne ne la touche et emboîta le pas au groupe qui rentrait. Sam marchait la tête haute, dans une attitude altière et assurée. Elle avait bien appris ses leçons. Ginger et Tom auraient été fiers d'elle.

L'attroupement remonta le pont-levis, jusqu'à entrer dans la cour du château. La rumeur du dehors avait attiré nombre des habitants des lieux : les nobles et leurs suites se trouvaient déjà là, ainsi qu'une bonne partie des domestiques.

Bien évidemment, on ne réunissait pas comme ça les conseillers du prince héritier, surtout en des temps aussi troublés. Samantha fut emmenée dans les geôles. En tant qu'éminence grise du royaume, elle avait envoyé son lot d'importuns visiter les cachots. Elle avait toujours veillé à ce qu'ils soient néanmoins décemment traités. Après tout, on ne savait jamais qui allait être emprisonné et, s'ils sortaient, ce qu'ils pourraient faire.

Sam échoua donc dans une cellule pourvue d'une paillasse à peu près propre et d'un seau d'aisance. Elle s'assit sur la couche improvisée. Alice, restée de l'autre côté de la porte, gratta aux barreaux.

— Tu veux que je te fasse évader maintenant ?

— Non, on s'en tient au plan, déclara-t-elle.

— Bien. Je monte la garde au cas où Drael ait l'idée de te faire disparaître.

Sam acquiesça. Elle s'installa plus confortablement sur la paillasse et prit son mal en patience.

Elle s'attendait à moisir plusieurs jours en prison, mais une escouade vint la trouver le lendemain, sûrement dans la matinée vu le rayon de soleil qui filtrait à travers une meurtrière.

Visiblement, Beodrin n'avait pas envie de laisser traîner cette affaire. Tant mieux car des cris résonnaient du dehors. La ville, déjà secouée par la nouvelle de la mort de Thédeus, était en ébullition.

Sam traversa la cour principale, Alice sur ses talons, jusqu'à ce qu'on l'amène à la salle du trône. La décoration n'avait guère changé depuis le temps de Tom et Ginger, nota la Foudre. Les portraits des rois et reines de la lignée Ténébéris ornaient néanmoins les murs à la place des hideuses tapisseries.

Une foule dense se massait dans la pièce : des nobles, des familiers du château et des servants. Sam se revit avec émotion, trois cents ans plus tôt, remonter l'allée jusqu'au trône. Mais cette fois, son frère et Ginger ne se trouvaient pas là. Beodrin était assis, l'air sombre et derrière lui se terrait Drael.

Les conversations bruissèrent à l'approche de Samantha. Elle avança d'un pas lent, qui se voulait serein, mais s'immobilisa à côté des premiers tableaux. Tom et Ginger lui souriaient doucement. Derrière leurs sièges se tenait le professeur Nutter, vêtu de son habituelle blouse blanche. Elle étudia sa propre image, et songea que les années n'avaient vraiment pas été clémentes. Samantha s'inclina devant les portraits. Des larmes lui piquèrent les yeux. Elle les refoula.

Elle reprit son chemin. Le silence était tombé. Sam remonta l'allée, détaillant les effigies de la lignée Ténébéris, les descendants de Thomas et Ginger. Elle en avait détesté trois, de sinistres crétins. Beaucoup l'avaient cordialement agacée, la faute à Tom qui avait réussi à léguer son caractère d'idiot à ses fils, qui avaient ensuite décidé de perpétuer sa tare ! Heureusement que Ginger était parvenue à contrebalancer l'influence de Tom. Quoiqu'elle ait transmis ses manies de pie voleuse à nombre de ses héritières.

Certains avaient été des corniauds. D'autres de grands souverains. Ils les avaient aidés, elle et le professeur, à faire de l'Arnullie le royaume moderne et prospère qu'il était désormais. Ils avaient fait voter des lois justes, pour tous les citoyens. Ils avaient protégé les faibles, permis l'accès à l'éducation pour tous. Ils avaient été bons.

Sam parcourut ainsi la lignée dans un silence total. Elle s'arrêta devant la peinture du dernier : Thédeus. Elle détailla les longs cheveux blancs, le visage aux traits fins, devenus anguleux avec l'âge. Elle nota les yeux d'un vert pétillant.

Samantha tomba à genoux devant le portrait. Thédeus l'avait prodigieusement exaspérée sur la fin de sa vie, avec sa manie de n'en faire qu'à sa tête et sa propension à plus accorder sa confiance à Drael qu'à elle. Il avait oublié d'où venait sa famille et qui Sam était réellement. Malgré tout, elle ne parvenait pas à lui en vouloir. Il était de son sang.

Sam se releva, pestant contre ses articulations douloureuses, et pointa le tableau.

— Je me présente devant l'effigie de Thédeus, dernier roi de la lignée Ténébéris. Ce portrait le montre, tel qu'il fut avant sa mort.

Il s'agissait du signal pour Alice. La Foudre se tint prête. Sam se tourna devant Beodrin.

— Je me présente devant vous, prince héritier Beodrin. Je reconnais pleinement votre autorité, vous que Thédeus a désigné comme son successeur légitime.

Un bruissement retentit dans la foule. Les mots d'Azorus le sorcier détenaient encore du poids. Drael réprima une grimace agacée.

— On m'accuse de régicide. Mais je n'ai souhaité que protéger le trône d'Arnullie de mains mal intentionnées. Si j'ai fui devant les gardes, c'était uniquement parce que je savais qu'on voudrait me blâmer à tort et qu'il fallait que je récupère les gages de mon innocence et de la traîtrise d'un autre.

Cette fois, l'intervention de Sam s'accompagna d'un concert de murmures. Beodrin les fit taire d'un simple mouvement. Alice nota l'échange avec intérêt. Le jeune homme ne ressemblait pas au gamin qui avait traversé le pont-levis. Il paraissait déjà plus assuré. Un signe encourageant.

— Vous comprenez, sorcier Azorus, que j'ai du mal à vous croire, compte tenu des circonstances, déclara Beodrin.

— C'est pour cela que j'ai amené des preuves de ce que j'avance.

— J'aimerais bien voir ça, ricana Drael.

Le prince héritier lui lança un regard courroucé qui le réduisit au silence.

— J'attends, avertit-il Sam d'un ton tranchant.

La vieille femme pointa de nouveau du doigt le tableau.

— Roi Thédeus ! J'invoque ici ton esprit !

Alice inspira et commença à changer de forme. C'était bien plus difficile que ce qu'elle l'aurait pensé. Elle n'allait pas y arriver. Drael lâcha un nouveau ricanement. La Foudre des Skelj vit rouge. Elle apparut aux yeux de tous.

La foule émit un cri. Hommes et femmes reculèrent précipitamment. Certaines de ces dernières tombèrent en pâmoison. Alice leva devant elle des mains ridées et décharnées. Elle croisa le regard de Sam, qui opina. La transformation était parfaite. Alice avait réussi à reproduire exactement le visage du défunt Thédeus. Alice lança un râle d'outre-tombe particulièrement convaincant.

— Mon roi ! s'exclama Samantha en s'inclinant. Mon roi qui revient des limbes !

— Où suis-je ? gémit Alice.

— Vous êtes dans la salle du trône.

— Que se passe-t-il ? J'ai mal !

— Mon roi, on vous a tué.

La Foudre partit d'une plainte à fendre l'âme. Les moins courageux des invités louchaient déjà vers la sortie. Beodrin contemplait la scène avec des yeux écarquillés. Drael ouvrait et fermait la bouche sans pouvoir s'arrêter.

Il se reprit et pointa un index accusateur sur Samantha.

— Sorcellerie ! clama-t-il.

— Spiritisme ! cracha Sam.

— Prince Beodrin ! Vous n'allez pas laisser cet individu souiller la mémoire de votre père adoptif ! s'indigna Drael.

L'héritier ne répondit pas. Il fixait le pseudo-fantôme. Drael s'énervait, Sam gardait un calme à toute épreuve. Alice poussa encore des gémissements avant de décider de porter le coup de grâce.

— Drael ? s'exclama-t-elle d'un ton suppliant. Pourquoi m'as-tu fait ça ? Tu étais mon plus fidèle conseiller, mon ami. Pourquoi cette coupe de vin empoisonnée ? Que t'ai-je fait pour que tu veuilles me tuer ainsi ?

L'expression de bête traquée de Drael valait le détour. Rien que pour cet instant, Alice s'estima heureuse de prendre part à cette mascarade.

— Ce vin me brûle de l'intérieur ! Pourquoi me l'as-tu donné ?

— C'est un mensonge ! couina Drael.

— Les morts ne mentent pas ! clama Samantha en se redressant.

Elle croisa le regard du prince Beodrin et sut qu'il n'était pas dupe de la mise en scène. Il la fixa, puis passa à Drael qui se répandait en vociférations, et esquissa un sourire. Il se leva.

— Gardes ! Saisissez-vous du conseiller Drael ! Il devra répondre de ses actes.

Définitivement, Beodrin n'était pas aussi manipulable qu'elle avait pu le croire.

— Non ! Mes fidèles, à moi ! beugla Drael.

Une joyeuse pagaille commença. Les soldats s'avancèrent pour appréhender le félon, alors que les quelques hommes restés loyaux s'interposaient. Le corps chargé de la protection du souverain se rassembla autour de Beodrin, tandis que les serviteurs et nobles présents fuyaient dans le plus grand chaos.

Alice en profita pour disparaître et rejoindre Samantha. Celle-ci finissait de se libérer de ses chaînes, on ne côtoyait pas Tom et Ginger pendant des décennies sans apprendre deux ou trois trucs.

— On peut y filer maintenant ?

Sam jeta un coup d'œil à Beodrin. Leurs regards se croisèrent. Le prince héritier hocha la tête. Sam réalisa qu'elle l'avait mal jugé. Il avait parfaitement compris que Drael allait chercher à le manipuler, et le tuerait probablement, pour prendre le trône. Il avait saisi l'occasion que Sam lui offrait pour se débarrasser de lui. Avec un peu de chance, il deviendrait un roi décent.

— Oui, nous pouvons y partir, déclara Sam.

Elle récupéra ses affaires, confisquées lors de son arrestation. Sur le chemin vers la sortie, elle rencontra Abigaelle la scribe, à qui elle confia le livre.

— Je te charge d'en assurer la transmission, recommanda-t-elle. Le peuple doit savoir.

L'archiviste acquiesça à cette demande.

Alice et Sam quittèrent le château, en proie à l'ébullition, et franchirent les portes sans être inquiétées. Personne n'avait envie de se mettre en travers de la route d'Azorus le sorcier, qui se riait des chaînes et parlait aux morts.

— Où va-t-on maintenant ? demanda Alice alors qu'elles s'engageaient dans les rues d'Arnullia.

Le regard de Sam se porta vers l'est.

— À la Citadelle de Morneséjour.

— Tu as caché la *Tédesplen* là-bas, non ?

Sam ne répondit pas. Alice nota l'angoisse qu'elle s'efforçait de dissimuler.

— Je ne peux pas t'en dire plus. Il faudra me faire confiance.

*

Sam et Alice louèrent des chevaux, achetèrent des provisions, et prirent la route en direction de Morneséjour, laissant derrière elles Arnullia, en proie à de profonds bouleversements.

Elles chevauchèrent vite, enfin, aussi rapidement que leurs montures et l'état de santé de Sam, le leur permettait. Des messagers sur de véloces coursiers les dépassèrent alors qu'elles quittaient Coeur-de-Nul. Elles apprirent ainsi l'exécution publique de Drael et le prochain couronnement de Beodrin, premier du nom.

Alice essaya de faire parler Sam, mais sans succès. La vieille femme se murait dans un silence inquiétant, comme si elle espérait et redoutait quelque chose à la fois.

Elles traversèrent Ceanzintéré, puis Tertriste, avant d'entrer dans Morneséjour. Si les autres provinces avaient accepté le progrès et les inventions issues des travaux du professeur Nutter, Morneséjour n'avait guère changé. Les habitants, bien que faisant partie d'Arnullic, se fichaient pas mal de la vie, et de l'avis, de la capitale. Ils menaient leur existence comme bon leur semblait et se bornaient de payer leurs impôts au roi, sans chercher plus loin.

Elles cheminèrent jusqu'à Piédepaur, qui était désormais devenu une coquette bourgade. Puis, elles passèrent à Cenlphumier, avant de gagner la Citadelle.

Sam ne parlait toujours pas beaucoup, même si Alice essayait de la dérider. Elle demeurait sombre, perdue dans ses pensées. Lorsque les hautes murailles de la Citadelle apparurent, Alice la vit essuyer une discrète larme.

— Un problème ? s'alarma Alice.

Sam ne répondit pas et se contenta de hausser les épaules.

Les portes étaient ouvertes, elles y engagèrent leurs montures, avant de s'arrêter dans le patio à l'entrée. Sam mit pied à terre, aidée par Alice.

— Tes vieux os ont survécu à ce voyage ? demanda-t-elle.

Samantha ne releva pas la pique. Son regard se porta sur un homme en toge blanche qui arrivait.

— Seigneur Azorus, nous avons eu vent de votre venue.

Sam se raidit. Le philosophe lui adressa un signe rassurant.

— Ne vous inquiétez pas, tout va bien. Personne d'autre ne sait, nous avons gardé votre secret.

— Quel secret ? s'enquit Alice avec une pointe d'agacement.

Sam ne daigna toujours pas la mettre au courant, ce qui n'arrangea pas l'humeur de la Foudre.

— Suivez-moi, je vais vous conduire à lui, déclara le nouveau venu.

Ils passèrent dans une multitude de couloir, jusqu'à traverser une place. Des chants résonnaient dans le passage où elles s'engagèrent. Alice fronça les sourcils. Cette voix. Elle la connaissait !

Ils arrivèrent devant une porte, leur guide s'inclina profondément.

— Je vous laisse.

Sam acquiesça, puis toqua.

— Professeur ? C'est Samantha. Puis-je entrer ?

Un rire dément lui répondit, la vieille femme poussa le battant et elles pénétrèrent à l'intérieur. Edmund Nutter n'avait pas tellement changé. Il était assis au milieu d'un amas de papiers et de bricolages en tout genre.

— Je vous amène de la visite, déclara Sam.

— Tiens ! Mais c'est Alice ! s'exclama Edmund Nutter.

Alice resta interdite sur le seuil, se demandant si elle ne rêvait pas. Le professeur Nutter était mort ! Elle avait assisté à la veillée funèbre avec les autres voyageurs planaires ! Elle était venue à l'enterrement !

Mais le savant semblait bel et bien réel. Alice s'approcha et s'agenouilla devant lui. L'émotion lui étreignait la gorge. Elle devenait vraiment trop humaine !

En parlant d'humanité, voilà que sa colère revenait. Elle se redressa et foudroya Sam du regard.

— Il était vivant ! Toutes ces années ! Tu aurais pu me mettre dans la confidence ! siffla-t-elle.

— Je refusais de t'embêter avec ça…, tenta Samantha.

— M'embêter avec ça ? s'étrangla Alice. C'est mon ami autant que le tien ! Tu aurais dû me le dire !

Sam ouvrit la bouche pour répondre, Edmund Nutter l'interrompit.

— C'est ma faute, c'est moi qui ai souhaité disparaître. Je comprends que vous soyez fâchée, Alice. Mais ne vous en prenez pas à ma petite Samantha. Je vais vous expliquer.

Il se redressa et s'épousseta.

— Tu veux aller les voir ? interrogea-t-il Sam.

Elle hocha la tête.

— Oui, s'il vous plaît.

Ils sortirent et serpentèrent dans les couloirs, avant d'arriver sur un patio. On y avait planté des arbres, qui croissaient en une gracieuse tonnelle, abritant deux pierres tombales toutes simples. Celles de Ginger et Tom.

Sam tomba à genoux devant elles. Les larmes coulaient sans qu'elle puisse les arrêter. Même après toutes ces années, son frère et Ginger lui manquaient. Alice et le professeur Nutter respectèrent son silence, avant que Sam ne se relève.

— Expliquez-lui, demanda-t-elle au savant.

— Mes dons commençaient à intéresser bien trop de monde, on a essayé de m'enlever plusieurs fois, des royaumes ennemis pour la plupart. Rien de bien trop grave jusqu'à ce que des voyageurs planaires se mêlent de la partie. Ils ont tenté de me capturer pour me faire construire des armes. Heureusement, mes compagnons m'ont sauvé à temps. Mais après cela, nous avons longuement discuté. J'ai réalisé que, vivant et génial comme je le suis, j'étais bien trop dangereux. Alors j'ai décidé de disparaître. Pas mal, non ?

Il se fendit d'un sourire lunaire. La colère d'Alice retomba. Il était difficile de s'énerver contre Edmund Nutter.

— Nous avons gardé le secret, car nous ne voulions pas causer d'ennuis à nos amis, ajouta Sam. Et puis, une fois qu'on a commencé à garder des secrets, c'est plus simple de continuer.

— J'aurais pu vous aider. Le cacher, le protéger, répliqua Alice.

Samantha secoua la tête.

— Non. Tu avais ta vie, tes compagnons, nous ne pouvions t'imposer ce fardeau.

— Pourquoi ne pas m'en avoir parlé sur la route du retour ? demanda Alice.

Sam se fendit d'un sourire triste.

— J'avais peur de ce que j'allais trouver à la Citadelle. Voilà plusieurs mois que je n'avais plus de contact avec les philosophes. Trop dangereux avec la surveillance de Drael. Le dernier message mentionnait le professeur alité avec une mauvaise grippe. Tout le chemin, j'ai imaginé le pire.

La Foudre posa la main sur l'épaule de Sam pour la réconforter. Une pensée traversa son esprit.

— Quel âge avez-vous au juste, Edmund ? Loin de moi l'idée de vous vexer, mais ne devriez-vous pas être mort ?

— La mort, c'est très surfait, répondit l'intéressé.

Alice se tourna vers Sam. La longévité de celle-ci s'expliquait par son plongeon involontaire dans la Source. Mais le professeur alors ?

— Il a bu un peu d'eau, indiqua Sam comme si elle avait deviné le raisonnement d'Alice.

— Un gros paquet, vous voulez dire ! s'exclama le savant.

Alice se massa les tempes. Elle avait oublié à quel point les rencontres avec la Ligue des ténèbres pouvaient se révéler fatigantes.

— Et Tom et Ginger ? s'enquit-elle. Ils sont vivants aussi ?

Sam secoua la tête, un éclair douloureux sur le visage, alors que son regard se posait sur les deux tombes.

— Nous leur avons proposé de récupérer de l'eau de la Source. Mais ils ont refusé. Ils avaient trouvé leur bonheur ici. Ils avaient une famille, des enfants. Ils ont vieilli et sont partis. Ils ont mené une vie heureuse.

Alice reconstituait l'enchaînement des faits. Elle comprenait pourquoi Sam était restée en Arnullie, ces histoires de voyage vers l'est, pourquoi Sam semblait si triste lorsqu'on évoquait son frère et Ginger, mais moins quand on parlait du professeur Nutter.

— Samsamsamsamsam ! Il faut que je te montre ce que j'ai bricolé sur la machine ! s'exclama Edmund.

Avant que Samantha ou Alice aient eu le temps de faire quoi que ce soit, il fila dans un couloir.

— Ça me rappelle des choses, grommela la Foudre alors qu'elles se lançaient à sa poursuite.

Ils débouchèrent dans la caverne, ancien repaire des prêtres d'Ishbehel.

La grotte sinistre avait laissé la place à un immense atelier éclairé par une coupole. Aux murs étaient punaisés des dizaines. Non, des centaines de plans. Des machines pour acheminer l'eau, transporter des charges lourdes ou construire des routes. Des projets pour les générations à venir.

La *Tédesplen* trônait au milieu de tout ce fatras, aussi magnifique et étincelante que dans le souvenir d'Alice.

— J'ai changé les vitres de la cabine et j'ai poli les cuivres ! s'exclama le professeur. Elle est comme neuve !

— Vous ne l'avez pas détruite ! s'écria Alice. Sam ! Tu as encore menti !

— Bien évidemment que non, je n'allais pas la démanteler ! répliqua le savant. Mais il fallait bien que tout le monde croit que ma splendide machine n'existait plus pour qu'on me fiche la paix !

Alice se répandit en vulgarités sur les mémorialistes qui ne racontaient que des bobards.

Sam ne l'écoutait déjà plus. Elle s'approcha et passa la main sur la coque.

— Salut, ma belle, murmura-t-elle.

Elle escalada l'échelle. Ses yeux la piquèrent alors qu'elle retrouvait l'intérieur. Tout sentait bon la cire et l'encaustique. Le professeur avait bien travaillé.

Alice et Edmund Nutter la rejoignirent à bord.

— Et maintenant ? demanda la Foudre. Que voulez-vous faire ?

— Oh, moi j'ai plein d'idées, leur annonça Edmund, mais je laisse à Samantha le soin de décider. Je suis un vieux fou, je vous le rappelle. C'est elle, le cerveau de la bande.

La réflexion tira un sourire à Sam.

— Notre séjour en Arnullie est terminé. Il est temps d'aller trouver un autre foyer, déclara-t-elle.

— La Source ? s'enquit Alice.

Samantha acquiesça et s'assit au poste de pilotage. Elle pressa une commande. Les moteurs se mirent à ronronner.

— Vous n'allez pas dire adieu aux philosophes? s'étonna Alice.

— Ils se doutent déjà que nous nous en allons, répondit Sam. Ils connaissaient cette possibilité dès l'instant où nous leur avons confié le professeur. Ils savent quoi faire avec les plans que nous leur laissons. Après tout, ils sont les disciples de l'ordre Nutterien, dédié à la sagesse universelle.

Alice goûta l'ironie de la chose, avant d'opiner.

— On repart en voyage, on va se balader, chantonnait Edmund Nutter, heureux comme un enfant.

Sam restait concentrée sur les instruments, un pli barrait son front. Alice s'approcha d'elle.

— Tu as vraiment envie d'aller t'enterrer à la Source? demanda-t-elle.

— Il le faut, répondit Sam.

Alice s'accouda contre le panneau de commande.

— Ton côté «je dois souffrir seule car telle est ma destinée» commence à m'agacer.

Sam lui décocha un regard venimeux. Alice n'en tint pas compte et poursuivit.

— Tu n'es pas la seule à faire des cachotteries.

Sam haussa un sourcil et coula une œillade vers elle.

— J'ai un bonjour à te transmettre. D'une fée aux yeux dorés.

— Faith? Elle est vivante? s'exclama Samantha.

Ses yeux la piquèrent de nouveau. Fichue émotivité…

— Il faut croire que les fae bénéficient d'une certaine longévité également. Et je dois dire qu'elle a bien mieux vieilli que toi.

Sam lui lança un nouveau regard dur, mais Alice devinait son excitation.

— Grand chêne a bien changé. La Mascarade est tombée un peu après que vous ayez conquis le trône. Maintenant, enfants des Douces ténèbres et humains vivent ensemble. Tu devrais voir Devil's Peak. Il y a des dragons dans le ciel, des loups-garous dans la police, des faes parmi les hommes. Un spectacle qui vaut le détour.

Samantha resta silencieuse un instant, avant de risquer :

— Nous pourrions peut-être nous permettre un crochet à Grand-Chêne. Qu'en dites-vous, professeur ?

— Tant qu'il n'y a pas de vampires, je suis partant ! répondit l'intéressé.

— Alors, allons-y ! s'exclama Alice.

Sam opina et s'apprêta à actionner les moteurs.

Elle suspendit son geste lorsqu'elle aperçut dehors un groupe. Sam se redressa. Ils étaient tous assemblés : les Ténébéris sur qui elle avait veillé. Devant eux se tenaient Tom et Ginger. Lady Astley, magnifique dans sa robe à tournure, lui adressa un signe, tandis que son frère la saluait d'un grand signe. Derrière eux, une femme apparut. Siobhan Wiseman sourit à sa fille. Sam resta là, à les regarder.

Elle leva la main. Les fantômes l'imitèrent tous, avant de s'évaporer un à un.

— Un problème ? s'inquiéta Alice.

— Non, tout va bien, déclara Sam en se rasseyant.

Elle actionna les moteurs et l'Arnullie commença à disparaître, nimbée dans le gris de l'Entremonde.

— L'aventure continue, murmura Sam.

ÉPISODE BONUS : LE CHÂTEAU AUX MONSTRES

Nos voyages étaient terminés et nous régnions sur l'Arnullie depuis cinq ans. Nous pensions que les aventures étaient derrière nous. Il faut croire que nous nous trompions.

Cette fameuse excursion dans le « château aux monstres » m'est revenue, alors que je regardais les serviteurs nettoyer les jardins et qu'au loin sonnaient les cloches. Je la couche sur le papier afin, peut-être, d'en faire profiter de futurs lecteurs...

*

Nous avions pacifié l'Arnullie et sécurisé le trône. Cinq ans n'avaient pas été de trop pour mettre au pas les nobles réticents et pour chasser les derniers Équarrisseurs. Le royaume respirait de nouveau, et nos sujets avaient célébré en grande pompe l'anniversaire du couronnement de Théobaldrin et Renata, alias Tom et Ginger. Nous avions parcouru l'Arnullie pour rencontrer les habitants, tous s'étaient réjouis et nous avaient submergés de cadeaux.

Nous avions fêté cette victoire au château d'Arnullia en compagnie de tous nos amis et alliés : Faith, Alice, Anya, Korben, Dreampop, Deathrock et leur fille Motoko, Mlle S., Achille, Jock, et tous les autres. Les réceptions que nous avions organisées s'étaient révélées dantesques et nous avions banqueté des jours durant. Nous avions bien festoyé, même si je devais admettre qu'une tornade blonde aux yeux verts nous avait volé la vedette. Siobhan de Ténébéris, première du nom, âgée de trois ans, avait ravi l'assemblée et en avait profité pour se faire éhontément gâter, sous le regard attendri de ses parents, de sa tante et de son grand-père d'adoption.

Mais une fois tout le monde reparti, une idée s'installa dans notre esprit : le royaume était calme et pourrait survivre un jour ou deux sans nous, pourquoi ne pas nous accorder des vacances et fêter ensemble notre victoire ?

Il était temps de ressortir la *Tédesplen*…

*

Le brouillard de l'Entremonde… Je devais avouer que ces volutes ne m'avaient guère manqué. Je restai aux aguets tout le temps du voyage, inquiète à l'idée qu'Ishbehel ne surgisse d'un de ces nuages. Le professeur avait beau m'avoir affirmé que son nouveau rayon anti-dieu s'occuperait de la créature si jamais elle osait montrer le bout de ses tentacules, je ne pouvais m'empêcher de me sentir anxieuse. Aussi poussai-je un soupir de soulagement lorsque le détecteur d'univers s'activa.

— Monde en approche, annonça Tom.

Siobhan, assise sur les genoux de son père, arrêta de demander pourquoi les lumières s'allumaient, et pourquoi il y avait une manette chromée à côté d'un cadran, et pourquoi tante Samantha soupirait... Délaissant pour un temps sa salve de questions, elle applaudit quand le brouillard se déchira devant nous, pour révéler une verte prairie.

Tom et moi sortîmes les premiers, armés comme au temps de nos explorations, pour vérifier que nul danger ne nous guettait. Mais aucun ennemi ne fondit sur nous, pas de mort-vivant ni de vampire, pas de créature invisible et meurtrière, pas de cultiste ou de météorite prête à nous tomber sur le coin de la figure.

Devant nous, un lac étendait ses eaux saphir, qui miroitaient sous les rayons du soleil matinal. Une brise fraîche agita mes cheveux, tandis que je détaillais les environs. Nous avions atterri sur une portion d'herbe dégagée, qu'une forêt de conifères délimitait. Des montagnes surplombaient l'ensemble. Au sommet de l'une d'elles, je repérai un édifice biscornu ressemblant à un château.

L'endroit était désert, je notai néanmoins, niché dans une crique au bord du lac, les fumées d'un village.

— Cela me semble parfait pour nous détendre, annonça mon frère.

J'acquiesçai. Nous avions emporté dans la *Tédesplen* de quoi nous offrir un pique-nique digne de souverains. Après tout, il s'agissait là de notre nouveau statut. Le professeur Nutter et moi avions bricolé une tonnelle portable que nous nous chargeâmes de sortir de la *Tédesplen* et de monter. Pendant ce temps, Ginger alluma un feu, tandis que Tom emmenait Siobhan se promener. Les eaux fascinaient en effet la petite.

— Il faudra que nous allions voir la mer, un jour, nota Ginger, tout en remuant les braises.

Nous continuâmes les préparatifs pour le repas, mîmes la viande à cuire et disposâmes les pâtisseries pour M. Nutter. L'ambiance qui régnait-là était détendue. J'étais ravie de me retrouver seule avec mes compagnons. Je réalisai à quel point cette proximité m'avait manqué.

Je m'apprêtai à m'installer sous la tonnelle pour profiter du feu qui crépitait, quand un hurlement horrible retentit. Aussitôt, je me dressai et bondis sur mon pistolet à éclairs. Ginger avait empoigné un tisonnier et le professeur Nutter, son rayon de la mort. Nous nous ruâmes en direction du cri. Tom surgit entre deux sapins. Il tenait Siobhan par la main et boitait.

—Mais qu'est-ce que tu as fichu, imbécile ? apostrophai-je mon frère.

— J'ai marché sur un hérisson, gémit-il.

Je levai les yeux au ciel. Siobhan éclata d'un rire cristallin et applaudit.

— Acore ! s'exclama-t-elle.

*

Le soleil amorçait sa course vers le zénith, un vent tiède agitait les pins autour de nous, et nous profitions d'un repos bien mérité et de l'ombre de notre tonnelle.

La viande cuisait, Ginger somnolait, Siobhan lovée contre elle. Le professeur Nutter tisonnait les braises, Tom et moi avions décidé de goûter le vin dont les habitants de la province de Lapiquaule avaient absolument tenu à nous faire cadeau.

Je terminai mon deuxième verre et lorgnai vers le feu. Celui-ci me fit l'affront de tenter de se dédoubler. Je me massai les tempes.

— Pour sûr, il tape ! commenta mon frère.

Il se releva à grand-peine de sa banquette pour tendre la main vers le tonnelet, avec l'idée de se resservir. Un hurlement déchira la quiétude des lieux, interrompant son geste.

— Ce coup-ci, ce n'est pas moi ! se justifia-t-il.

Je me levai et titubai sur quelques pas, avant que de nouveaux cris ne me dessoulent en partie. Ginger se redressa, Siobhan commença à pleurer. Sa mère la tint serrée contre elle.

— Ça venait de la berge, déclarai-je.

Je saisis mon pistolet à éclairs. Les beuglements ne cessaient pas et semblaient même se rapprocher. Je perçus les voix de plusieurs personnes. J'échangeai un regard avec mon frère.

— Restez ici, Edmund, lança Tom. Au moindre problème…

— Je fais feu ! s'exclama le savant en indiquant son rayon de la mort.

Ginger avait, quant à elle, repris son tisonnier.

En compagnie de Tom, je filai vers le raffut. Nous traversâmes le sous-bois, avant d'arriver dans un espace dégagé. Une foule d'une quinzaine de gaillards courait le long de la berge et poussait les cris qui nous avaient alertés. Ces énergumènes brandissaient des fourches et des faux et — chose incongrue en ce bel après-midi — des torches. Quelques yards devant eux fuyait un homme. Le pauvre hère nous avisa et obliqua dans notre direction.

— S'il vous plaît ! Aidez-moi ! clama-t-il.

Il s'affala à mes pieds et se releva aussitôt. Il était assez jeune, avec une tignasse sombre ébouriffée et une vilaine coupure au front. Il tenait serrée contre lui une mallette de cuir.

— Ces malades veulent me tuer ! Moi, je cherchais juste à les soigner et ils m'accusent de sorcellerie !

J'échangeai un regard avec Tom. Nous avions rencontré notre lot de foules en colère qui souhaitaient nous occire, le plus souvent suite à une expérience ratée du professeur. Nous n'aimions guère les rassemblements qui criaient au meurtre. Nous prîmes notre décision en quelques secondes et nous plantâmes devant l'inconnu. Les premiers membres du groupe s'arrêtèrent en nous voyant. J'avisai le visage de celui qui semblait mener la charge : une grimace de haine déformait ses traits grossiers.

— Halte là ! tonna mon frère de sa plus belle voix régalienne. Que voulez-vous à cet homme ?

— Pas vos oignons ! gronda celui qui marchait en tête. Rendez-le-nous.

Tom lâcha une salve d'éclairs en l'air. Les paysans battirent en retraite.

— J'ai dit : que voulez-vous à cet homme ?

L'autre baragouina une réponse qui ressemblait fort à un chapelet d'insultes. Tom tira donc entre ses pieds. Les péquenauds reculèrent. Courageux, mais pas téméraires.

— Rentrez chez vous ! Fichez la paix à ce pauvre bougre ! clama mon frère.

Le chef nous toisa, avant de cracher au sol.

— Vous le voulez ? Parfait, gardez-le !

Il adressa un signe à ses compagnons.

— Venez, on le laisse à ces idiots !

Quelques-uns nous dévisagèrent avec circonspection. Je me campai fermement devant eux et fit grésiller mon pistolet à éclairs. La troupe mit les voiles. Nous restâmes néanmoins aux aguets le temps qu'ils aient disparu. Je me tournai alors vers l'homme.

— Oh merci ! Merci mille fois ! s'exclama-t-il en me prenant les mains.

— Vous allez bien ? m'enquis-je.

— Maintenant oui, soupira-t-il. Mais j'ai bien cru ma dernière heure arrivée.

— Ces gaillards, qu'est-ce qu'ils vous voulaient ? demanda mon frère.

L'inconnu ouvrit sa mallette. Elle contenait des fioles et des instruments de médecine.

— Je suis un homme de science et je désirais les aider à guérir une enfant atteinte d'une mauvaise grippe. Mais ces brutes m'ont traité de sorcier, et m'ont chassé de leur village.

Nous avions rencontré un problème similaire lors d'un de nos voyages : un homme n'avait guère apprécié la jambe mécanique à ressorts que le professeur Nutter avait voulu lui bricoler. Probablement parce qu'il s'était encastré dans le plafond à cause d'elle. Nous avions dû quitter les lieux suite à ce regrettable incident. Notre mésaventure commune me rendit l'inconnu plus sympathique.

— Comment vous appelez-vous ? l'interrogeai-je.

— Viktor, répondit-il.

— Enchanté. Désirez-vous vous joindre à nous pour vous restaurer et pour que nous regardions votre coupure au front ? proposa mon frère.

Il se fendit d'un sourire timide.

— Ce serait avec grand plaisir… Et j'adorerai en apprendre plus sur vos drôles d'inventions.

Il lorgnait sur nos armes, notamment sur mon pistolet à éclairs.

— Je pense que le professeur Nutter sera ravi de vous démontrer à quel point son rayon de la mort est l'objet le plus merveilleux au monde, expliquai-je.

Nous repartîmes à notre campement improvisé. Le savant et Ginger baissèrent leurs armes en nous voyant. Lady Astley avisa Viktor.

— Qui nous ramenez-vous ? s'enquit-elle.

— Un de vos confrères, professeur, répondis-je. Nous l'avons sauvé d'un bien mauvais pas.

— Ah. Les torches et les fourches, déclara Edmund Nutter avec un hochement de tête entendu.

— Les torches et les fourches, confirmai-je.

Nous fîmes asseoir Viktor et Ginger examina la plaie à son front. Il rosit joliment à son contact.

— Vous… Vous êtes splendide, balbutia-t-il.

— Merci.

— Vraiment magnifique, poursuivit Viktor sans la lâcher des yeux.

Cette fois, lady Astley s'empourpra légèrement. Tom prit un air ombrageux et alla passer un bras autour des épaules de sa compagne.

— Magnifique et mariée, crut-il bon de rappeler. Et mère de famille.

— Oh. Veuillez m'excuser, bafouilla Viktor.

Siobhan, assise sur l'une des banquettes, se redressa.

— Pourquoi maman elle est toute rouge ? Et pourquoi papa il a l'air fâché ? s'enquit-elle.

Le regard de Viktor pivota vers elle.

— Quelle ravissante enfant ! s'exclama-t-il.

Comme si elle avait compris qu'on la complimentait, Siobhan le gratifia d'un sourire adorable que je lui connaissais bien. Ma jeune nièce avait repéré une victime potentielle et n'allait pas tarder à lui extorquer des friandises.

Siobhan poursuivit ses grimaces, se tordant et riant, sans lâcher Viktor des yeux. Le savant ne se détachait pas d'elle non plus et, sans que j'arrive à mettre le doigt sur ce qui me gênait, son attitude me causa des frissons.

— Quel âge a-t-elle ? s'enquit-il.

— J'ai trois ans, répondit fièrement Siobhan.

— Parfait… Parfait… À cet âge, l'esprit est encore malléable et le cerveau peut être travaillé.

Sa voix avait perdu les intonations geignardes qu'elle avait jusque-là, pour adopter des inflexions tranchantes qui ne me plurent guère.

Il se détourna et attrapa sa mallette de cuir, qu'il ouvrit. Il tira de son sac un étrange objet, comme un masque. Je récupérai mon pistolet à éclairs, Tom, son fusil, le professeur Nutter son rayon de la mort.

— Veuillez m'excuser, répéta Viktor.

Ginger se plaça entre sa fille et l'homme, le regard dur.

— Vous excuser de quoi ? m'inquiétai-je.

— Elle est parfaite, marmonna le jeune homme.

Son ton halluciné me fit froid dans le dos.

— Parfaite, parfaite, parfaite ! murmura en boucle Viktor.

Il extirpa une fiole et la brandit.

— Tom ! criai-je.

Personne n'eut le temps de faire feu : le flacon s'écrasa et libéra instantanément une épaisse fumée verte. Viktor enfila son masque, je protégeai mon nez de ma manche. Trop tard. Je sombrai dans l'inconscience.

*

J'émergeai péniblement d'un sommeil pâteux. Ma tête bourdonnait et ma bouche me sembla comme emplie de sable. L'urgence de la situation me força néanmoins à surmonter ma faiblesse et à me remettre debout.

— Tom ? Ginger ? Professeur ? lançai-je.

Des grognements me répondirent. Mes compagnons étendus autour de moi se relevèrent en gémissant.

— Siobhan ? appela Ginger.

Je cherchai des yeux ma nièce mais ne la vis nulle part. Mon sang se glaça.

— Siobhan ? Siobhan ? cria Ginger.

— Siobhan !! beugla Tom.

Lui et Ginger parcoururent notre campement improvisé, clamant le nom de leur fille, tandis que le savant et moi demeurions figés par l'horrible réalité. Je finis par me sortir de cette affreuse torpeur. J'attrapai mon frère par le bras.

— Tom ! Tom ! Calme-toi s'il te plaît ! lui intimai-je.

Il me fixa avec un fond de colère, avant d'acquiescer et de prendre trois respirations profondes.

— Cherchons des traces, ordonnai-je.

Nous ratissâmes la zone, mais sans rien trouver. Siobhan s'était volatilisée. Tom et moi revînmes à notre campement. Ginger s'était effondrée sur une des banquettes et retenait à grand-peine des sanglots.

— Ce malade a enlevé Siobhan, déclarai-je. Réfléchissons. Où a-t-il bien pu l'emmener ?

— Je… Je ne sais pas, gémit Tom.

Je lui administrai une taloche derrière la tête, il me lança une œillade furibonde dont je ne tins pas compte.

355

— Ne te laisse pas dominer par ta peur ! grondai-je. On ignore où Viktor a bien pu partir, mais je pense qu'on a rencontré des gens qui sont au courant.

— Les villageois ! s'exclama-t-il.

— Tout juste.

Ginger se redressa et récupéra le fusil que Tom avait laissé choir à terre. Son regard tranchait comme une lame.

— Allons leur poser des questions, alors.

Nous ramassâmes le plus gros de nos affaires, avant de filer vers la *Tédesplen* et de la faire décoller. Il ne nous fallut que quelques minutes pour repérer et atteindre la bourgade, qui se nichait dans une anse au bord du lac. Le temps que nous atterrissions, une foule assez dense — la même qu'un peu plus tôt — se massait à l'entrée du village. Ils avaient repris leurs torches et leurs fourches.

— Vous faites moins les malins ! nous apostropha leur chef.

J'échangeai un regard avec mes compagnons. Une telle entrée en matière n'augurait rien de bon. Restait à déterminer si nous pouvions obtenir des informations. Je m'attendais à ce que Tom fonce bille en tête, attrape son interlocuteur par le col et lui hurle des ordres. De manière très surprenante, mon frère parvint à se contenir.

— Nous avions tort, reconnut-il. Vous sembliez avoir d'excellentes raisons de poursuivre ce malandrin. Nous venons vous demander votre aide : savez-vous où cet homme réside et où il aurait pu s'enfuir et se cacher ?

Le chef nous toisa.

— Pourquoi est-ce que je vous répondrais ?

— Parce qu'il a enlevé ma fille unique et que je ne suis pas d'humeur à discuter, répliqua Ginger.

Elle n'avait pas élevé la voix, mais la menace qui sous-tendait ses paroles, ainsi que son angoisse, étaient presque palpables. Le chef du village la dévisagea, puis soupira.

— C'est un malade qui vit reclus dans la forteresse là-haut.

Il pointa du doigt un édifice qui couronnait une colline.

— On l'appelle « le château aux monstres ». C'est infesté de créatures bizarres, que ce Viktor garde auprès de lui, alors on y va pas. On ignore ce cinglé et il nous fiche la paix depuis des années. Seulement, il s'est mis en tête de kidnapper ma petite dernière. C'est pour ça qu'on l'a attaqué.

Je reconstituai l'enchaînement des faits. Viktor n'avait pu capturer la fillette qu'il convoitait, et avait donc jeté son dévolu sur Siobhan. Mais pourquoi ce malade désirait-il tant enlever une enfant ?

Je regardai la bâtisse sur les hauteurs. Sans avoir besoin de parler, je savais que mes compagnons partageaient mon avis : la chasse aux monstres était ouverte.

*

Le château se dressait devant nous : une sinistre bâtisse crénelée, entourée d'un parc tout aussi avenant que le reste des lieux. Je regardai les grilles et les murs d'enceinte mangés par le lierre. Pour couronner le tout, le temps, jusque-là splendide, s'était brutalement gâté. De gros nuages noirs assombrissaient le ciel et une pluie fine s'était mise à ruisseler.

Nous avions survolé l'édifice, cherchant à nous poser au plus près. Mais entre les ruines et les ronces du jardin, et les tours biscornues, nous avions dû nous résoudre à atterrir devant l'entrée principale.

— Je n'aime pas ça, grondai-je.

Ginger marqua son accord d'un hochement de tête. Mon frère ne répondit pas, trop occupé à vérifier qu'il emportait suffisamment d'armes. Il avait pillé l'arsenal du professeur Nutter et croulait presque sous le poids de fusils de glace, pistolets à éclairs et rayons de la mort. Je portais la *Tédesplen*, miniaturisée autour de mon cou.

— J'espère qu'il y aura des monstres ! s'exclama le savant, une lueur démente dans le regard. En tout cas, s'il n'y en a pas, je porte réclamation !

— J'espère surtout qu'on va vite retrouver Siobhan ! lui répliqua Ginger.

Les grilles se dressaient devant nous, lugubres et imposantes. Mon frère s'avança le premier et les poussa. Elles n'étaient pas verrouillées. Étrange. Cela ne me disait rien qui vaille. Je suivis néanmoins Tom et Ginger, le professeur sur mes talons. Nous nous engageâmes dans le parc, marchant sur un chemin dallé qui sinuait vers la porte principale. Alors que nous approchions, un éclair illumina les yeux, découpant l'une des tours du château.

— Tom ! Ginger ! les avertis-je.

Je pointai du doigt le balcon de la tour. Viktor s'y tenait, Siobhan avec lui. La petite se débattait et lui administra même un coup de pied dans le tibia. S'il manquait de force, j'admirai la pugnacité de ma nièce.

— Fous ! s'écria Viktor. Vous avez sonné votre arrêt de mort en pénétrant sur mes terres !

Un grondement de tonnerre ponctua sa tirade.

— Rends-nous notre fille ! l'interpella Ginger.

Viktor éclata d'un rire que je jugeai un peu trop théâtral.

— Jamais ! Si vous la voulez, il vous faudra venir la chercher !

Un nouvel éclair m'éblouit. Quand ma vision revint à la normale, Viktor avait disparu, emmenant Siobhan avec lui. Avec un claquement sinistre, la grille du parc se referma derrière nous.

— D'abord le discours et le rire démoniaque, puis le piège, soupirai-je.

— Cela manque d'originalité, approuva le professeur.

— Plus tard pour les critiques d'art, nous rabroua mon frère, je crois que le comité d'accueil arrive.

Effectivement, des formes sombres convergeaient vers nous, se dissimulant derrière les arbres et les pierres tombales qui ornaient le parc. Plusieurs éclairs illuminèrent les lieux et je distinguai de la fourrure et des crocs.

— Des loups, sifflai-je.

— Ou des loups-garous, corrigea Ginger en pointant l'une de ces créatures qui marchait sur deux pattes.

Je me remémorai les paroles des paysans. Le château des monstres en effet. Je resserrai ma prise sur mes armes. Un loup fusa des buissons à côté de nous. Je me jetai sur Ginger, qui était visée, juste à temps pour la sauver. Nous chutâmes lourdement. Des mâchoires claquèrent à côté de mon oreille. Un tir résonna, la créature battit en retraite. Je me relevai, tandis que Tom s'occupait de Ginger. Les monstres nous entourèrent, immenses et sombres, leurs babines dégoulinantes de bave retroussées sur des crocs jaunis. Je repoussai un assaillant d'un tir et un autre d'un coup de taille. Je restai concentrée sur mes ennemis, mais pas inquiète outre mesure : le professeur en avait déjà abattu deux, nous ne tarderions pas à vaincre. C'était sans compter sur un invité surprise.

Un cri retentit, celui d'un oiseau de proie. Un gigantesque rapace fondit sur nous. Le souffle de ses ailes me jeta à terre, et le monstre se saisit de mon frère dans ses serres.

— Tom ! m'écriai-je.

Je levai mon arme, mais le risque de le toucher par mégarde était trop grand. Je n'osai presser la détente.

— Derrière vous ! nous avertit M. Nutter.

Les loups revenaient. Je fis feu sur l'un d'eux, qui glapit et se sauva. Mais ceux restants commencèrent à nous harceler. L'aigle qui avait attrapé mon frère l'emmenait vers les hauteurs du château. Ginger et moi hurlâmes à l'unisson :

— Tom !

— Je vais bien ! Je contrôle la situation ! l'entendîmes-nous dire tandis qu'il gigotait pour se défaire de le prise.

— Il faut nous abriter ! déclarai-je.

— Il y a une dépendance un peu plus loin ! nous signala Ginger.

Effectivement, une sorte de chapelle se dressait à quelques pas. Gardant nos ennemis à distance grâce à nos armes, nous nous dirigeâmes vers le bâtiment, qui se révéla être l'entrée d'un caveau. La grille était fermée. Ginger la crocheta en un temps record et s'y engagea la première, nous la suivîmes, juste à temps, car le rapace qui avait emmené mon frère fondait de nouveau sur nous. Je claquai la grille au moment où l'un des molosses tentait de m'arracher la gorge. La bête gronda et se jeta sur la herse, qui vibra mais tint bon. Je plongeai ma lame à travers les barreaux et égratignai le museau du mâtin, qui recula en jappant.

Au fond du caveau, nous découvrîmes un escalier, que nous dévalâmes rapidement.

— Fichus loups-garous, grognai-je.

— Les derniers que j'ai rencontrés à Devil's Peak étaient pourtant des gens charmants ! objecta Ginger.

L'arrivée dans une salle souterraine coupa court à la discussion qui s'annonçait. Je m'attendais à trouver une crypte semblable à celle de la famille Hargreaves à Summerfall. Mais point de voûte gothique ou de gisant : nous nous retrouvâmes dans une pièce aux murs ocre décorés de bas-reliefs dans des tons or et bleus, entourés de larges piliers.

— On dirait…, commençai-je.

— L'Égypte ! s'exclama le professeur Nutter.

Il fila vers un gigantesque sarcophage posé contre une paroi. Un visage altier d'or et de lapis-lazuli nous contemplait.

— Incroyable ! s'écria le vieil homme. J'ai toujours rêvé de voir une momie en vrai.

Avant que j'aie pu faire quoi que ce soit, il attrapa le rebord du sarcophage.

— Non !

Nous criâmes toutes deux à l'unisson. Mais le savant avait déjà ouvert le tombeau. Et celui-ci était vide. J'échangeai un regard avec mes compagnons.

— Oh la la, gémit Ginger.

Nous nous plaçâmes dos à dos.

— Une sortie ? m'enquis-je.

— Là-bas, souffla lady Astley, près du pilier.

— Le pilier derrière lequel un truc entouré de bandelettes nous guette ? soupirai-je en avisant l'endroit en question.

— Oh la la, répéta Ginger.

— Fantastique ! s'exclama le professeur.

La momie nous contemplait en effet et lâcha des paroles gutturales que mon traducteur échoua à me faire comprendre. La créature marcha d'un pas saccadé et implacable dans notre direction et leva une main. Le sable sur le sol s'éleva en une violente bourrasque. Elle me fouetta au visage, je reculai et tombai à terre, prise dans une tempête. Quelque chose remonta mon bras. Des scarabées. Je hurlai, du sable rentra dans ma bouche. Je tentai de me débarrasser des insectes en me frottant frénétiquement. L'une de ses horreurs passa sous ma peau, et ma panique ne connut pas de limite. Je criai à m'en déchirer les poumons, avant de me gratter.

Des mains se posèrent sur mon front.

— Samantha ! Samantha ! C'est une illusion !

La voix du professeur me ramena à la réalité. Il n'y avait pas de sable ni d'insecte. Par contre, Ginger gisait à terre, la momie penchée au-dessus d'elle. Une main sur sa gorge, elle incantait une mélodie déplaisante à l'oreille. La terreur écarquillait les yeux de Ginger. Edmund Nutter fit feu de son rayon de la mort. Sans succès.

Dans mon accès de démence, j'avais échappé ma lame et mon pistolet à éclairs. Je ne perdis pas une seule seconde à les chercher. Je me ruai sur notre ennemi et le percutai en un violent plaquage. Malheureusement pour moi, et malgré ses membres décharnés, la créature se montrait forte. Elle m'agrippa et me projeta. Je criai et me rattrapai à ce je pus : un bout de bandelette. La momie hurla. Je chutai au sol, serrant toujours le morceau de bandelette. Il se déroula et fit pivoter la chose sur elle-même. Elle lâcha ainsi Ginger, qui se releva d'un bond.

— Professeur ! Ginger !

Le savant fonça sur le cadavre ambulant et lui asséna un coup dans les rotules.

— Tiens ! Tu l'as bien cherché, celui-là, clama-t-il.

Ginger, avec son regard des mauvais jours, se rua à son tour sur la créature.

— Alors comme ça, tu comptais m'empêcher de retrouver ma fille ? gronda-t-elle.

Elle attrapa une extrémité de bandelette qui dépassait. Mon mentor et moi l'imitâmes. Nous tirâmes, poussâmes, la momie fut ballottée de part et d'autre, et petit à petit, sa chair parcheminée apparut.

— Ah ah ! s'exclama Edmund Nutter en la pointant du doigt.

La momie émit un rugissement de rage et frappa le savant. Il vola à plusieurs yards et laissa une traînée dans le sable où il atterrit.

— Professeur ! m'écriai-je.

— Je vais bien ! répondit-il, cul par-dessus tête.

La momie, elle, ne pouvait pas en dire autant. Avec des cris outrés, et une rapidité surhumaine, elle fila dans son sarcophage, tentant tant bien que mal de cacher sa peau mise à nue. J'échangeai un regard avec Ginger, pour être sûre qu'elle avait bien vu la même chose que moi : une momie pudibonde. Puis, d'un accord tacite, nous décidâmes de fuir. J'allai relever M. Nutter et récupérer mes armes. Nous empruntâmes prestement la sortie derrière le pilier. Celle-ci menait à un couloir de pierre sombre, qui se terminait sur une porte massive. Un solide verrou la fermait, il ne résista pourtant pas plus longtemps à Ginger que la grille à l'entrée du caveau. Le battant pivota, révélant un nouveau couloir, bien plus grand celui-là. Nous nous y engageâmes, refermant derrière nous des fois que la momie connaisse des velléités de poursuite.

Je détaillai les lieux : des torches grésillantes éclairaient l'ensemble, lui conférant une ambiance sinistre. Des murmures et des gémissements me parvinrent. Ils venaient des portes qui s'alignaient de part et d'autre du couloir. D'un accord tacite, je pris la tête du groupe, mon pistolet à éclairs prêt à faire feu.

— Sam ! m'appela Ginger.

Je me retournai. Elle pointait du doigt une planche, fichée dans le mur à côté de la porte que nous avions empruntée. Une feuille y était punaisée.

— Race : momie, lut Ginger. À manier avec précaution. Nourriture : archéologues importuns. Date de livraison prévue : 25 septembre 1959.

Elle me regarda, l'air indécis.

— Mais qu'est-ce que cela veut dire ?

— Je l'ignore, soufflai-je.

Je m'avançai jusqu'à une autre cellule.

— Créature du lagon noir. Date de livraison prévue : 12 février 1954…, lus-je.

Je remarquai alors une trappe dans le battant et la poussai. Une forte odeur de vase m'assaillit, tandis qu'une forme sombre se ruait vers moi. Elle percuta le bois avec un cri, je reculai, ébranlée.

— Il y a d'autres ! nous avertit Ginger.

Le professeur et elle étudiaient les geôles restantes. Toutes contenaient des créatures : vampires, goules, esprits vengeurs, gorgones, monstres de neiges, zombies… À chaque fois, un papier placardé à côté de la cellule informait de la race de la créature, de ses habitudes alimentaires et de sa dangerosité. Une date de livraison figurait également en bas de la fiche.

— Ces dates, commenta lady Astley. On dirait qu'il compte livrer ces créatures. Vous savez pourquoi ?

— Je l'ignore, mais c'est sans doute pour cela qu'il a enlevé Siobhan. Viktor fabrique des monstres à la commande, déclarai-je.

— C'est… c'est…, commença le professeur Nutter.

Il avisa le couloir et les portes avec un air halluciné.

— C'est une merveilleuse idée ! Pourquoi ne l'ai-je pas eue le premier ? s'exclama-t-il.

Il frappa dans ses mains avec enthousiasme.

— Dès notre retour en Arnullie, je ferai la même chose !

— Pas si je peux l'empêcher, décrétai-je. De toute manière, nous avons plus urgent.

Il fallait avant tout retrouver Siobhan et Tom. J'espérai que mon frère n'avait rien. Malgré sa conviction de contrôler la situation, nous l'avions laissé en bien mauvaise posture.

Nous remontâmes le couloir jusqu'à atteindre un escalier. Il menait à un palier où s'ouvrait un bureau. Pourvu de larges fenêtres gothiques donnant sur les jardins, il s'agissait de l'étude de Viktor. Des croquis détaillant ses créations s'alignaient sur les murs. Je remarquai des dessins anatomiques de vampires, loups-garous et autres monstres. Visiblement, Viktor nourrissait le projet de fabriquer une sorte de dragon et un gorille géant. Il travaillait aussi sur les requins.

Une table occupait un coin de la pièce, elle disparaissait sous une tonne de papiers. Ginger prit un carnet qui trônait au-dessus d'une pile et l'ouvrit. Toute couleur déserta son visage.

— Quelqu'un aurait passé commande à Viktor d'une petite fille vampire. Il faudrait qu'elle soit blonde et mignonne..., déclara-t-elle.

Elle referma le carnet avec un claquement sec.

— Voilà pourquoi il voulait Siobhan ! gronda-t-elle.

Un rugissement venu de l'extérieur nous coupa. Je m'approchai précautionneusement d'une fenêtre et l'entrouvrit. Les loups-garous se tenaient en contrebas. Massés autour de la fenêtre, ils nous attendaient. À moins que… Mue par un pressentiment, je passai la tête au-dehors.

— Sam !

Je pivotai la tête et aperçus une gigantesque gargouille, sur laquelle était posé un nid d'une dimension impressionnante. Tom émergea d'un amas de brindilles. Il était sale, échevelé, mais il semblait aller bien. Un pépiement retentit derrière lui. La tête d'un bébé aigle apparut. L'oiseau commença à picorer l'épaule de Tom avec un air de profonde adoration.

— Aïe ! s'exclama-t-il. Non ! Lâche-moi, je ne suis pas ton frère !

Malgré moi, la scène m'arracha un rire nerveux, ce qui me valut une œillade meurtrière de la part de Tom.

— Au lieu de te bidonner, est-ce que tu pourrais trouver un moyen de me faire descendre ?

*

Le sauvetage ne se révéla pas aisé, nous dûmes bricoler une échelle improvisée avec des cordes et des bandelettes de la momie que le professeur Nutter avait récupéré avant que nous quittions l'antre de la créature. Tom refusa d'abord d'emprunter le pont de fortune, attitude que je comprenais, étant donné que les loups-garous faisaient toujours le siège de notre position en bas du château, mais qui ne nous arrangeait guère. J'agonis mon frère d'insultes, ce qui eut le mérite de me défouler d'une part et de l'inciter à l'action d'autre part.

Malheureusement, une fois l'indécision de Tom vaincue, il nous fallut gérer un autre problème : les aiglons l'avaient pris en affection, et semblaient d'humeur à le becqueter en piaillant joyeusement. L'un d'entre eux l'attrapa même par les vêtements quand il fit mine de partir. Tom dut les cajoler, et leur chanter une berceuse à base de chatons mignons qui s'endormaient, avant que ceux-ci n'acceptent de se recoucher dans leur nid. Pendant tout ce temps, je ne cessais de guetter les cieux, à l'affût du retour de leur mère. En contrebas, les loups grognaient et hurlaient. Certains sautèrent le long des murs pour tenter - en vain - de nous atteindre. Fort heureusement, la meute n'avait pas tiré le haut du panier niveau intelligence et aucun des canidés ne pensa à emprunter la porte qui se trouvait quelques yards plus loin. Toutes les expériences de Viktor n'avaient pas été couronnées de succès.

Quoi qu'il en soit, après plusieurs minutes d'effort et une dignité sérieusement mise à mal, Tom parvint à nous rejoindre dans le bureau de Viktor. Il me vit la première et chercha donc à me serrer dans ses bras, je le repoussai d'un geste, le nez plissé de dégoût.

— Mais tu pues ! m'exclamai-je. Tu sens la vieille charogne.

— Maman oiseau avait laissé un casse-croûte à ses petits. Visiblement, du mouton régurgité, nous informa Tom.

— Charmant…, commenta Ginger.

Je réprimai une grimace et me préparai à répliquer à mon frère que j'allais le balancer dans les douves s'il s'approchait plus avant. Je n'eus pas le temps d'approfondir, car un cri à glacer les sangs résonna, accompagné d'un rire démoniaque. Son écho se réverbéra le long des murs. Au-dehors, les loups hurlèrent à la mort. Je frissonnai. J'avais déjà entendu ce genre de rire, le plus souvent quand le professeur Nutter réussissait une expérience particulièrement risquée. Je sortis la première dans le couloir. Personne. Mes compagnons me rejoignirent.

— Où est-il ? gronda mon frère.

Le son provenait du bout du couloir, où descendait un escalier. Nous l'empruntâmes tandis que retentissaient toujours les éclats de rire. Ceux-ci se turent à l'instant où je posai le pied sur la dernière marche. Je regardai autour de moi. Nous nous tenions dans ce qui servait d'entrée principale au château. Il s'agissait d'un vaste hall, aux murs sombres et au plafond colonisé par les toiles d'araignées. Des vitraux s'ouvraient au-dessus de la porte. Plusieurs éclairs les illuminèrent, déchirant la pénombre et révélant la traditionnelle galerie de portraits qui ornait les murs. Nous avions surgi d'un escalier qui venait de la droite. Deux autres partaient sur la gauche. Ginger attrapa mon bras.

— J'ai entendu quelque chose ! souffla-t-elle d'un ton pressant.

Je tendis l'oreille. Effectivement, il me sembla distinguer la voix d'une enfant. Nous avançâmes vers les deux escaliers. Alors que nous approchions, les échos se précisèrent : une fillette pleurait et appelait son papa et sa maman. Avant que Ginger ou moi ayons eu le temps de réagir, Tom s'était rué dans les degrés d'où provenait le bruit.

— Tom ! Ça ne sert toujours à rien de cavaler ainsi vers le danger ! essayai-je.

Mais il avait déjà disparu et ne m'écouta pas plus que toutes les autres fois où je lui avais fait cette réflexion. Ginger, le professeur et moi fonçâmes à sa poursuite.

— Ah, pour une fois, ce n'est pas après moi qu'on court, comment le savant.

Montant les marches quatre à quatre, nous rejoignîmes Tom alors qu'il filait à un tournant. L'escalier, jusque-là droit, s'enroulait maintenant en un étroit colimaçon.

— Tom ! criai-je pour tenter de le faire ralentir.

Peine perdue. Nous ne le retrouvâmes qu'en haut de la tour, dans une pièce qui se révéla vide, mis à part Tom, qui se tenait debout, nous tournant le dos.

— Tom ? appelai-je mon frère d'un ton indécis.

Il se retourna vers nous, un sourire béat sur le visage. Il berçait un enfant invisible.

— Regarde, ma chérie, je l'ai récupérée, déclara-t-il à Ginger.

— Oh bon sang ! commenta celle-ci.

Elle attrapa Tom par le bras et voulut le tirer à l'extérieur de la salle. Trop tard. La porte se referma avec un claquement, confirmant par là-même que nous venions de nous jeter dans un piège. Pour la deuxième fois de la journée. Je n'eus pas le temps de me lamenter de la perte de nos réflexes : des chuchotis résonnèrent dans la pièce, des voix féminines, qui n'auguraient rien de bon. Ginger tenait fermement Tom et le poussa vers la porte, tandis que le savant et moi regardions aux alentours. Personne.

— Montrez-vous ! tonnai-je.

Des rires acerbes me répondirent. Des créatures invisibles et moqueuses, tout ce qui manquait à cette journée… Je tentai d'ouvrir. Sans succès.

— Tom ! Tom ! Reprends-toi ! cria Ginger en secouant son époux.

Mais mon frère continuait de câliner une Siobhan imaginaire en chantant une comptine. Je tournai sur moi-même. Pas d'autre issue.

— Professeur ! Aidez-moi à défoncer la porte !

Je me préparai à courir pour asséner un coup de pied au battant. Le professeur me devança : il avait tiré d'une des poches de sa blouse des morceaux de métal et les avait assemblés pour former un canon évasé.

— Attention les yeux ! s'exclama-t-il.

Je suivis son conseil et me détournai. Il y eut un bref éclair vers et une explosion. Je me redressai. La porte avait disparu, proprement vaporisée. Je m'approchai. Elle ne donnait plus sur l'escalier mais sur le vide.

— Mais qu'est-ce que…, commençai-je.

Je n'eus pas le temps de finir. Quelque chose me poussa dans le dos. Je tombai avec un cri. Je me débattis, hurlai, attendant le fatal impact, avant qu'une pensée fulgurante ne me traverse l'esprit. C'était une illusion. Je m'accrochai à cette idée et, comme si cela pouvait m'aider à déchirer l'enchantement, je balançai un grand coup d'épée. Le fracas d'un miroir qu'on brise résonna à mes oreilles. Autour de moi, les ténèbres se morcelèrent et je me retrouvai de nouveau dans la salle. Le professeur Nutter était à côté de moi. Il cligna des yeux.

— Quelle intéressante promenade ! commenta-t-il.

Un gémissement m'empêcha d'aller plus loin. Je tournai la tête. Ginger gisait au sol, maintenue par deux femmes en robes blanches, tandis qu'une troisième avait planté les crocs dans son cou. Mon frère, toujours perdu dans son illusion, la regardait sans la voir.

— Ginger ! m'écriai-je.

Je me ruai vers elle. Une force inconnue m'arrêta. Ma lame et mon pistolet à éclairs glissèrent hors de mes doigts. D'un recoin enténébré de la pièce surgit un homme. Grand et mince, il portait un complet noir, qui disparaissait dans les plis d'une cape sombre doublée de rouge. Son regard, intense et glacial à la fois, était rivé sur moi. L'une des femmes délaissa Ginger et avança vers moi.

— Ne la touchez pas ! Elle est à moi ! gronda l'inconnu.

Je ne pouvais bouger, happée par son regard hypnotique. Il me sourit, dévoilant une dentition blanche aux canines acérées. Je savais que je devais fuir ou me défendre, je n'y parvins pas. La panique me gagna.

— Excusez-moi, interrompit alors le professeur Nutter.

L'homme tourna la tête vers lui.

— Vous êtes bien des vampires ?

Pour toute réponse, l'intéressé sourit plus largement.

— Ah. Voyez-vous, je n'aime guère les engeances dans votre genre. Surtout quand ils aident quelqu'un à capturer ma petite fille et qu'ils font du mal à mes amis.

Il farfouilla dans l'une des poches de sa blouse.

— Voyons… Où l'ai-je mise ? marmonna-t-il. Ah ! La voilà !

Il brandit un objet que je reconnus aussitôt. Sa pierre de lumière. La gemme était insérée dans un dispositif complexe muni de deux gros boutons. M. Nutter en pressa un. Une violente clarté illumina les lieux. L'étau qui m'empêchait de bouger disparut. Je me cachai les yeux avec un glapissement. J'entendis un rugissement inhumain, accompagné d'un rire démoniaque. Des cris de peur complète moururent dans des bruits mous et écœurants. Un liquide gluant m'éclaboussa. Je me recroquevillai. La lumière déclina, je retirai mon bras de devant mon visage et découvris un affreux carnage.

— Beurk, commentai-je.

Les vampires gisaient partout en pièces détachées, et au milieu trônait le professeur Nutter. Il brandissait sa pierre d'une main et tenait un canon fumant de l'autre.

— Saletés de vampires ! Ça vous propose des pâtisseries et ça ne vous sert que des gâteaux rassis.

Visiblement, le savant n'avait toujours pas digéré son séjour chez le seigneur des âmes perdues. L'illusion créée par les vampires avait disparu, Tom et Ginger se relevèrent, chancelant. Ils s'appuyèrent l'un sur l'autre.

— Ça va ? demandai-je à mon frère.

— Je… Je crois, oui.

— Et toi, Ginger ?

— J'irai mieux quand j'aurai retrouvé ma fille ! gronda l'intéressée.

— Moi j'ai tué des vampires, donc ça va mieux ! s'exclama le professeur Nutter.

Je coulai un regard vers lui, il affichait un sourire ravi.

— Dites-moi, Edmund, vous avez modifié votre pierre de lumière, non ? s'enquit Ginger.

Il acquiesça avec enthousiasme.

— Sur les conseils de Faith, oui ! Oh, et Alice m'a aidé à en augmenter la puissance. Et elle m'a offert les plans de cet éclateur.

Il exhiba avec fierté son arme.

— J'aurais dû savoir qu'Alice était derrière tout ça, commentai-je.

— Tant de finesse, tant de subtilité, c'est tout à fait elle, déclara mon frère en poussant une main du bout du pied.

Je pris mentalement note de remercier mon amie la prochaine fois que je la verrai, et avisai la porte. Elle donnait de nouveau sur le couloir. Nous avions vaincu les vampires, mais Siobhan restait introuvable. Où Viktor avait-il pu bien la cacher ?

*

Nous avions écumé le château en long en large et en travers. Nous avions trouvé plusieurs laboratoires, tous vides, les cuisines, que le professeur avait vidées et une salle d'archive où Viktor répertoriait ses commandes passées. Mais personnes dans les longs couloirs enténébrés. Pas de serviteur. Pas le moindre petit monstre, ce qui décevait beaucoup Edmund Nutter qui avait pris goût à l'étrange.

Tom et Ginger faisaient de leur mieux pour ne pas montrer leur angoisse, je la sentais néanmoins, prête à se déverser à la moindre occasion. L'inquiétude commençait également à me ronger.

Nous revînmes pour la troisième fois au moins dans le hall d'entrée. Dehors, les loups hurlaient et s'agitaient. La nuit était tombée et la pleine lune diffusait sa froide clarté. Je m'arrêtai et cherchai un élément que nous aurions manqué : une porte, un couloir, n'importe quoi. Rien…

Ginger se prit la tête entre les mains, Tom passa un bras autour de ses épaules, l'air abattu.

— Il a dû s'enfuir, déclara-t-il. Nous attirer dans le château pour filer en douce.

L'hypothèse était plausible, mais ne collait pas totalement.

— Non. Pourquoi abandonner ce lieu où il a tout ce qu'il faut pour ses expériences ? objectai-je.

Une idée germa dans mon esprit. Viktor était un savant fou de la plus belle espèce. Il ne raisonnait pas comme le commun des mortels. Or, nous avions justement sous la main notre propre exemplaire de savant fou.

— Professeur, si vous aviez capturé Siobhan, où l'auriez-vous cachée ?

Le vieil homme me lança une œillade outrée.

— Je n'enlève pas les gens, moi !

— Je sais, tempérai-je. Mais j'ai besoin de vous pour déterminer ce qu'il aurait fait.

Edmund Nutter s'arrêta et me fixa, avant de poser un doigt sous le menton.

— Je me serais dissimulé dans les sous-sols. C'est bien, les sous-sols. On peut fuir rapidement. Et puis, j'aurais ensuite attiré les gêneurs à l'opposé.

— On a cherché dans les souterrains ! répliqua Tom, harassé. On n'a rien trouvé.

— Professeur, une dernière question : si vous vouliez cacher une entrée secrète, où la mettriez-vous ?

Le vieil homme réfléchit un instant.

— En pleine vue. Là où les gens n'iraient pas regarder.

Une phrase, entendue je ne savais où, me revint soudain : les aventuriers ne vont jamais tout droit. J'avisai un espace sous un des escaliers, un coffrage de bois sculpté. Je m'avançai et le tâtai du bout des doigts. Je ne tardai pas à dénicher une rainure et un bouton dans le pelage d'un cerf. J'appuyai. Un déclic m'avertit que j'avais trouvé l'entrée. Je poussai le battant ainsi dévoilé, mettant au jour un escalier. Des pleurs retentirent.

— Siobhan ! s'écria Tom.

Il se rua le long des marches, je les dévalai à sa suite, talonnée par Ginger et le professeur. Nous découvrîmes un couloir, éclairé par de maladives lampes vertes. Un nouveau hurlement déchira le silence. Cette fois, ce n'était pas Siobhan, mais une voix masculine. Nous courûmes dans cette direction. Une porte s'ouvrait plus loin. Nous débouchâmes dans un laboratoire qui semblait avoir été le théâtre d'un violent combat. Des étagères gisaient à terre, au milieu de bocaux brisés. Une table occupait le centre de la pièce, au-dessus d'elle se dressait une machine biscornue, hérissée de câbles qui avaient systématiquement été arrachés. Dans un coin, deux hommes portant des livrées noires, probablement des domestiques, nous regardèrent en tremblant.

— Un monstre ! C'est un monstre ! gémit l'un d'eux.

L'autre agrippa son camarade, le releva et fila dans le couloir. Le professeur Nutter allait les poursuivre, mais une plainte et un rire cristallin venus du fond du laboratoire l'arrêtèrent. Nous avançâmes avec précaution. Viktor gisait au sol, dans une flaque de sang. Assise sur lui, Siobhan était en train d'étudier un grimoire volumineux. Son petit front se plissa d'application, avant qu'elle ne décide que le livre ne piquait guère son intérêt. Elle le jeta, et attrapa un bocal qui traînait à côté d'elle.

— Siobhan ! s'exclama Ginger.

Ma nièce tourna la tête. Son visage s'éclaira d'un large sourire.

— Maman ! Papa ! s'écria-t-elle.

Elle se leva et cavala vers eux. Elle lâcha le bocal qui explosa au sol, percuta une table basse et envoya voler son contenu à terre sans ralentir pour autant sa course. Un grognement retentit d'un coin d'ombre et je vis un homme massif se déplier. Son visage était affreusement couturé, comme s'il avait été assemblé par un chirurgien dément. Je reculai d'un pas, brandissant mon pistolet, mais ne pressai pas la détente. Quelque chose dans son maintien, une douceur dans ses yeux sombres peut-être, m'arrêta. La créature grommela quelques paroles inintelligibles, puis entreprit de ramasser le grimoire que Siobhan avait jeté. La petite applaudit en l'avisant.

— C'est mon ami, maman. Il est gentil ! Et très fort !

J'étudiai le laboratoire en miettes et Viktor qui gisait au sol.

— Vous avez défendu Siobhan ? lança Tom.

Le monstre acquiesça.

— Vous avez détruit le laboratoire ? m'enquis-je.

Elle secoua la tête. Mon regard se coula vers Siobhan, qui jouait avec les cheveux de Ginger. Puis j'étudiai de nouveau la pièce. Effectivement, maintenant que j'y pensais, je trouvai une certaine ressemblance avec la chambre de Siobhan au château… Le professeur Nutter s'avança alors vers la créature pour l'observer.

— Monsieur, permettez-moi de vous dire que vous êtes splendide ! s'exclama-t-il.

L'intéressé releva les lèvres en un sourire maladroit. Viktor choisit ce moment pour s'agiter au sol. Il n'était qu'assommé, en fin de compte.

— Qu'allons-nous faire de cette saleté ? feula Ginger en rivant une œillade assassine sur Viktor.

L'idée de le tuer me traversa l'esprit, mais la Ligue des ténèbres n'était pas comme ça.

— On le livre aux villageois, déclarai-je. Ils décideront quel sort ils lui réserveront.

— Et lui ? demanda Tom en parlant de la créature.

Nous échangeâmes un regard.

— On peut le prendre avec nous ? proposa le professeur.

*

La *Tédesplen* s'immobilisa dans la cour du château. Les domestiques présents s'affolèrent durant quelques instants, avant de reconnaître la machine et de se calmer.

Je sortis la première et aidai Ginger à faire descendre Siobhan. Tom suivit avec le professeur et la créature, baptisée Igor lors du trajet.

L'intéressé regarda autour de lui d'un air inquiet.

— Ne t'en fais pas, Igor, le rassura mon frère en tapotant sur son épaule. La place ne manque pas. Je suis sûr que la cuisinière sera ravie de récupérer un apprenti costaud comme toi. Et si la cuisine ne te plaît pas, tu pourras toujours venir ranger les jouets que Siobhan laisse traîner...

Un sourire maladroit se peignit sur le visage couturé d'Igor. Siobhan applaudit en émettant un trille joyeux.

— Elle a vaincu un savant fou, détruit un laboratoire et apprivoisé un monstre pour sa première sortie hors du château. Elle promet, cette petite, commentai-je.

— Oui, répondit Ginger.

Elle posa la main sur son ventre.

— Je pense que le suivant risque d'être du même acabit.

— La lignée des Ténébéris s'annonce bien ! s'exclama le professeur Nutter.

Fin de la Ligue des ténèbres

AUTOUR DE LA SAISON 3

ÉPISODE 17 : SEIGNEURS DU CIEL

Ambiance résolument steampunk pour cet épisode : ça faisait un moment que j'avais envie d'un épisode de course, avec des machines construites de bric et de broc.

Ma principale influence pour ces Seigneurs du ciel a été le film *Those magnificent men in their flying machines*, que je recommande, il est vraiment hilarant.

On pourrait aussi citer *Hidalgo*, notamment pour l'ambiance de désert oriental (et pour l'idée de la tempête de sable).

Pour les machines, j'avoue que *Porco Rosso*, *Le château dans le ciel*, ou l'anime *Last Exile* m'ont pas mal inspirée. Le Disney *La planète au trésor* aussi. D'ailleurs l'*Hispaniola* est un clin d'œil à *l'Île au trésor*. Et l'*Espadon Rouge* en est un à l'anime *Cowboy Bebop*.

ÉPISODE 18 : OPÉRATION APOCALYPSE

J'ai déjà fait un épisode post-apocalyptique (avec quelques zombies et une collaboration forcée, d'ailleurs), mais j'avais envie de situer l'action juste avant que tout ne bascule, au moment où on sent que tout va être perdu.

Le film qui pour moi a le mieux retranscrit cette impression de chute imminente, c'est le tout premier *Mad*

Max. Si vous aimez ce genre d'ambiance, je vous conseille aussi les *Fils de l'homme*, d'Alfonson Cuaron. Vous pouvez aussi vous pencher sur *Le jour d'après*, de Nicholas Meyer, qui traite d'une apocalypse nucléaire, vécue dans un petit village du Kansas. Glaçant.

Côté anime, on pourrait citer *Evangelion*, où l'humanité est en mauvaise posture et où les choses ne s'arrangent pas vraiment à la fin (pour peu qu'on comprenne ce qui se passe réellement).

Pour donner l'ambiance catastrophe à cet épisode, j'ai été puiser dans une série qui m'a pas mal influencée : *Sliders* (Je recommande les deux premières saisons, après, la qualité décline). Mon inspiration pour Opération apocalypse : les épisodes *Last days* (saison 1, épisode 3) et *Exodus* (Saison 3, épisodes 16 et 17). Je pense qu'on peut aussi citer une nouvelle fois *Doctor Who*, avec son épisode *Utopia* (et son arche grandiose, même si la mienne s'avère moins sinistre).

Le général Raventus doit beaucoup au major West, dans le film *28 jours plus tard* (qui m'a d'ailleurs inspiré l'idée du complexe militaire). Il y a peut-être un soupçon de capitaine Achab en lui aussi, à la réflexion.

ÉPISODE 19 : LE SANCTUAIRE OUBLIÉ

Cet épisode-ci m'a donné pas mal de fil à retordre, il a été réécrit plusieurs fois jusqu'à cette version finale. J'avais envie d'avoir une ambiance un peu science fantasy, avec des créatures fantastiques, mais aussi des éléments de technologie. Je voulais aussi qu'il fasse référence à d'autres aventures de la Ligue, sans être redondant. Grâce aux conseils avisés de mes bêtas lecteurs et diverses réécritures, j'espère avoir réussi.

J'ai eu aussi envie de faire un petit clin d'œil aux jeux vidéo. Je n'y joue malheureusement pas beaucoup faute de temps, mais plus jeune, j'y ai consacré de nombreuses heures avec mon frère. J'ai toujours été fascinée par la manière dont le scénario guide le joueur, l'oriente vers les endroits où il droit aller. J'adore les jeux avec des quêtes principales et secondaires. J'admire profondément l'inventivité des scénaristes, des développeurs, des designers, bref, de tout ce petit monde.

Du coup, pour le visuel, j'ai pas mal pioché chez *Donjons et Dragons*, *Myst*, *Fable* ou *Final Fantasy*. Je pense que *Visions of Escaflowne* m'a aussi pas mal marqué. Un jour, j'écrirai une histoire avec des guymelefs…

ÉPISODE 20 :
ANCIENS ENNEMIS

Voilà un petit moment que j'avais envie de m'essayer au dieselpunk. Le dieselpunk, c'est un peu comme le steampunk, sauf qu'au lieu de revisiter l'époque victorienne, l'action se situe plus dans les années 30/40 (avec les technologies qui vont avec). Si le steampunk est plutôt Art nouveau, le dieselpunk va plutôt chercher du côté de l'Art Deco. Allez chercher des images du Chrsyler Building, vous verrez tout de suite de quoi je veux parler. Je pense d'ailleurs que New York est une bonne représentation de l'esthétique Art Deco.

Côté fiction, Gotham est une ville à l'esthétique assez Art Deco (la série mélange d'ailleurs le moderne, avec des technologies actuelles, et une ambiance rétro, notamment au niveau des costumes). Le film *Capitain Sky et le monde de demain* a une ambiance résolument Dieselpunk, tout comme le film *Iron Sky* (les nazis qui ont créé une base de l'autre côté de la Lune et qui ressurgissent au XXIe siècle. Si vous ne l'avez pas vu, le visionnage vaut le détour). Malgré un scénario assez WTF, *Sucker Punch* est intéressant visuellement, notamment la séquence dans les tranchées. On pourrait aussi citer la série des *Indiana Jones*, moins axé sur la technologie, mais plus sur une ambiance pulp et aventure.

Si ce genre d'esthétique vous plaît, vous pouvez regarder l'anime *Last Exile*, mais aussi *Porco Rosso* et le *Château dans le ciel*, de Miyazaki.

Les films *Rocketeer*, *La Momie* et *Hellboy,* ou encore la série *Caprica*, empruntent aussi au genre dieselpunk quelques codes visuels.

Côté littérature, je pense que le dernier tome de la *Trilogie de la Lune*, de Johan Heliot, *La Lune vous salue bien*, est résolument Dieselpunk (alors que le début est lui steampunk).

Le dieselpunk, qui évoque donc les années 30/40, se marie très bien avec les films noirs, ses détectives privés, ses femmes fatales et ses bars embrumés.

Les amateurs du genre auront sûrement reconnu quelques clins d'œil. Lauren est évidemment un hommage à la grande Lauren Bacall. Le nom d'emprunt qu'elle donne, O'shaughnessy, est tiré du *Faucon Maltais*, tout comme le prénom Philip (détective Philip Spade). À voir absolument : *Le Faucon Maltais*, *Le Grand Sommeil*, *Casablanca* et *Port de l'angoisse*

Philip est aussi une référence à Howard Philip Lovecraft, dont l'ombre plane sur cet épisode, et dont l'œuvre se marie aussi très bien avec le dieselpunk, je trouve (les joueurs de l'*Appel de Cthulhu* ne me contrediront pas, je pense).

Les aficionados auront très sûrement reconnu le nom Providence (l'une des villes citées dans l'œuvre de Lovecraft) et se seront donc peut-être doutés que la ville abritait de vilains cultistes.

Si vous aimez ce genre de mélange, je vous conseille vivement le film *Cast a deadly spell*, qui met en scène un

Lovecraft détective privé, dans une Amérique des années 40 qui a découvert la magie...

ÉPISODE 21 : PASSAGERS CLANDESTINS

Les fans de la série auront bien évidemment reconnu ma source d'inspiration principale pour cet épisode : la saga *Alien*. L'idée des Skelj est née après avoir vu *Prometheus* et en avoir parlé avec un ami, qui trouvait quand même les Ingénieurs assez négligents. C'est vrai, quoi ! Ils laissent traîner des armes surpuissantes partout !

Si vous aimez les films d'horreur dans l'espace, je vous recommande *Pandorum*, plutôt bien fichu et angoissant. *Event Horizon* se défendait aussi (avec un petit côté Warhammer 40 K et horreur lovecraftienne qui n'était pas pour me déplaire). Qui mérite aussi un petit visionnage : *Alien Cargo* (pas très connu, mais assez inventif au niveau des décors et de la gestion de l'espace) et *The Black Hole* (un Disney avec un capitaine fou et un équipage zombifié, et une fin à la 2001. Si, si).

Côté série, je pense citer une nouvelle fois *Doctor Who*, avec les épisodes *The Impossible Planet*, *Satan's Pit* et *42*.

Pour les histoires de bateau hantés, on peut relire certains passages de *Dracula*, ou si vous avez envie de rigoler, regardez *Un cri dans l'océan* de Stephen Sommers. Rires et gore garanti !

ÉPISODE 22 :
RETOUR AU PAYS

Ça y est, la Ligue des ténèbres est de retour à Morneséjour. Outre Piédepaur, vous avez donc découvert les villages voisins, et que je ne suis pas au-dessus d'un mauvais jeu de mot.

Ça m'a fait plaisir de retrouver Piédepaur avec les paysans, mais aussi le Sanctuaire et les philosophes. Si l'on y réfléchit, La Ligue a bien changé. Certes, ils convoitent toujours le trône et ont leur propre intérêt en tête, mais ils hésitent moins avant de venir en aide à leurs prochains.

Reste à savoir si cette générosité s'avérera payante...

ÉPISODE 23 :
POUR LE TRÔNE D'ARNULLIE

J'ai longtemps réfléchi au monde où la Ligue des ténèbres allait poser ses valises, avant de réaliser que celui où ils avaient été le plus proche de la conquête était Morneséjour. Il était donc logique qu'ils reviennent là pour leur plus grande aventure.

Cela m'a fait plaisir d'organiser ce "baroud d'honneur" et de permettre à quelques personnages de la série de revenir. Remarquez quand-même qu'ils ont fait preuve d'intelligence et n'ont choisi que des mondes où ils avaient des alliés (Heureusement que c'était Sam qui les guidait et non le professeur Nutter. Le résultat aurait été différent).

La Ligue des ténèbres a donc conquis un monde et fondé sa lignée. Mais l'histoire n'est pas encore terminée.

Rendez-vous dans l'épisode 24 : l'héritage des ténébéris, pour en connaître la conclusion.

Et un grand merci à Marion pour *Geste d'Azorus le sorcier* !

ÉPISODE 24 : L'HÉRITAGE DES TÉNÉBÉRIS

Ça y est, *la Ligue des ténèbres* se termine avec cet épisode.

Dès le début, j'avais prévu cette fin, avec une Sam vieillie et seule, qui a perdu ses compagnons (enfin, presque tous, car le professeur Nutter est immortel).

Tom et Ginger ont pour moi eu une belle vie et ont laissé un magnifique héritage. La Ligue des ténèbres a fait grandir l'Arnullie, grâce à eux, la vie est sûrement meilleure dans les campagnes.

Les aventures de la Ligue des ténèbres se terminent ici. Merci à vous de les avoir suivies au cours de ces trois saisons !

Je tiens à remercier tous ceux qui m'ont épaulée dans cette aventure, et qui bénéficient d'un petit caméo à la fin :

- Roxanne Tardel est la maîtresse des écuries (Roxanne est une passionnée de chevaux)

- Andréa Deslacs est la soigneuse (Andréa est médecin en plus d'être écrivaine, dans la vraie vie)

- Rachel Fleurotte est l'archiviste (Elle possède d'ailleurs une impressionnante collection de carnets)

- Hardkey est le marmiton (il a une obsession pour la nourriture et ses textes le reflètent)

- Iphégore Ossenoire est le garde (Iphégore est un combattant de haut niveau en orthographe et syntaxe et me surveille étroitement).

- Louen est le soldat (Il écrit de très bonnes scènes d'actions et est un relecteur précieux pour les miennes).

ÉPISODE BONUS :
LE CHÂTEAU AUX MONSTRES

J'ai longuement hésité sur la marche à suivre pour cet épisode (il a d'ailleurs été réécrit plusieurs fois), avant de me décider pour une aventure un peu à l'ancienne, avec juste nos quatre compagnons, même si Siobhan tente de leur voler la vedette.

Les amoureux de films de monstres auront bien sûr reconnu les clins d'œil aux films de la Hammer : vampires, momies, créatures aquatiques... Les dates de livraison correspondent d'ailleurs aux dates de sorties des films. Mais Viktor ne s'arrête pas là et se diversifie en proposant une nouvelle gamme pour ses vampires, en lorgnant du côté des Kaïjus et autre monstres géants, sans oublier les requins qui semblent avoir le vent en poupe ces temps-ci...

La Ligue des ténèbres s'achève donc sur cet épisode bonus. Je remercie une nouvelle fois tous les lecteurs de leur fidélité et tous mes bêta-lecteurs, correcteurs, maquettiste, et mon illustratrice Sylvie de m'avoir suivie dans cette entreprise !

www.ingramcontent.com/pod-product-compliance
Lightning Source LLC
Chambersburg PA
CBHW021418150726

47989CB00001B/19